"中西叙事传统比较研究"
编撰人员名单

总 主 编：傅修延

副总主编：陈　茜　肖惠荣

本卷撰写人员：傅修延　刘亚律　陈志华　刘碧珍　卢普玲
　　　　　　　涂年根　王文勇　易丽君　张　丽　张泽兵

中西叙事传统比较研究

总主编 傅修延

关键词卷

刘亚律 等著

北京大学出版社
PEKING UNIVERSITY PRESS

图书在版编目(CIP)数据

中西叙事传统比较研究.关键词卷 / 傅修延总主编；刘亚律等著. —— 北京：北京大学出版社, 2024.10.
ISBN 978-7-301-35411-7
Ⅰ.I0-03
中国国家版本馆CIP数据核字第2024K6L930号

书　　　名	中西叙事传统比较研究·关键词卷 ZHONGXI XUSHI CHUANTONG BIJIAO YANJIU·GUANJIANCI JUAN
著作责任者	傅修延　总主编　刘亚律　等著
组稿编辑	张　冰
责任编辑	初艳红
标准书号	ISBN 978-7-301-35411-7
出版发行	北京大学出版社
地　　　址	北京市海淀区成府路205号　100871
网　　　址	http://www.pup.cn　　新浪微博：@北京大学出版社
电子邮箱	编辑部 pupwaiwen@pup.cn　　总编室 zpup@pup.cn
电　　　话	邮购部 010-62752015　发行部 010-62750672　编辑部 010-62759634
印　刷　者	涿州市星河印刷有限公司
经　销　者	新华书店
	720毫米×1020毫米　16开本　20.5印张　370千字 2024年10月第1版　2024年10月第1次印刷
定　　　价	128.00元

未经许可，不得以任何方式复制或抄袭本书之部分或全部内容。
版权所有，侵权必究
举报电话：010-62752024　电子邮箱：fd@pup.cn
图书如有印装质量问题，请与出版部联系，电话：010-62756370

内容简介

本书以中西叙事理论部分关键词为依托,贯彻"中西互衬""以西映中"的原则,旨在通过对这些核心范畴的知识构成进行梳理比较,把握中西叙事理论的结构形态、发展流变、知识特点与文化蕴涵等。

研究内容由两大部分组成。前一部分以"关键词""叙事传统"为统领,具有引言性质,主要对关键词比较研究的目的、意义、方法、路径等进行总体说明。后一部分为研究主体,包括"叙事""表述""叙事结构""人物""叙述阅读""叙述声音""叙事反讽""叙事空白""音景""聆察"等关键词的比较研究,主要观点有:

将人类的叙事活动视作一个整体,认为比较是把握中西叙事特征及其差异性的重要方法,中西叙事观念主要存在"编制"与"记录""慕史"与"崇虚"的显著区别。中西人物观在人与情感、人与伦理以及人与物事三个方面差异较大,中国叙事结构有从"缀事"到"章回",从"线性结构"到"心理结构"的独特进程。中西叙事阅读所倚重的感觉类型各有侧重,中国叙事阅读强调"聆听",西方则突出"透视"。以"叙述声音""叙事反讽""叙事空白"等关键词为代表的叙事修辞比较研究,主要探究叙事技巧与表达效果之间的关系,既重视挖掘制约概念内涵的文化因素,也尊重二者之间的不可通约性,认为不可通约性是文化差异的重要表征。"音景"与"聆察"是对当代听觉文化崛起做出的学术回应,前者的功能在于使叙述世界更为丰满立体,后者则为如何开展听觉叙事研究提供方法论支撑。

总序
叙事传统有文明维系之功

傅修延

"中西叙事传统比较研究"（共七卷）为国家社科基金重大项目"中西叙事传统比较研究"的成果结晶，2016年该研究获立项资助（批准号：16ZDA195），2018年获滚动资助，2022年以"优秀"等级结项（证书号：2022&J020），2023年获国家出版基金资助。除了这套七卷本研究成果，本研究还有一批成果以论文形式发表于《中国社会科学》《文学评论》《文学遗产》《外国文学评论》和 Neohelicon 等国内外权威刊物。2021年前期成果《中国叙事学》被译成英文在施普林格出版社出版，2022年阶段性成果《听觉叙事研究》列入国家社科基金中华学术外译项目推荐书目，2023年《听觉叙事研究》英译本获准立项。此外，成果中还有两篇论文获得江西省社会科学优秀成果一等奖（2019年和2021年），两部专著获得教育部高等学校科学研究优秀成果奖（人文社会科学）二等奖（2020年）。

以下介绍本研究的缘起、目的、内容、学术价值和观点创新。

一、缘起

叙事学（亦称叙述学）在当今中国热闹非凡，受全球学术气候影响，一股势头强劲的叙事学热潮如今正席卷中国。翻开人文社会科学领域的报刊与书目辑揽，以"叙事"或"叙述"为标题或关键词的著述俯拾皆是；高等学校每年成批生产与叙事学有关的本科、硕士和博士学位论文的数量近年来呈节节攀升之势。在CNKI数据库中分别检索,从2012年8月3日至2022年8月3日这十年中,篇名中包含"叙事"与"叙述"的学术论文,前者检索结果总数为50658条,年均5065.8篇;后者检索结果总数为5378条,年均537.8篇。除了使用频率大幅提高之外,"叙事"的所指泛化也已达到令人叹为观止的地步,在一些人笔下该词已与"创作""历史"甚至"文化"同义。

  但是,迄今为止国内的叙事学研究,还不能说完全摆脱了对西方叙事学的学习和模仿——"叙事学"对国人来说毕竟是一个舶来名词,学科意义上的叙事学(Narratology)诞生于20世纪60年代的法国,迄今为止这门学科的主导权几乎还在西方。以笔者的亲身经历为例,中外文艺理论学会叙事学分会近二十年来几乎每两年就举办一次叙事学国际会议,西方知名的叙事学家大多都曾来华参加此会。这种在中国举办的国际会议本应成为东道主学者展示自己成果的绝好机会,但由于谦让和其他原因,多数人在会上扮演的还是聆听者的角色。相比之下,西方学者大多信心满满、侃侃而谈,他们仿佛是叙事学的传教士,乐此不疲地向中国听众传经送宝。这种情况并非不可理解,处于后发位置的中国学者确实应当虚心向先行一步的西方学者学习。但西方学界素有无视中国学术的习惯,一些西方学者罔顾华夏为故事大国和中华民族有数千年叙事经验之事实,试图在不了解也不想了解中国的情况下总结出置之四海而皆准的叙事理论,这当然是极其荒唐的,也是不可能做到的。在西方一些大牌教授心目中,中国文学无法与欧美文学并驾齐驱。法国结构主义叙事学当年在归纳"叙事语法"上陷于困境,视野狭窄是其原因之一。

  以上便是本研究起步时的学术语境。总而言之,如同许多兴起于西方的学科一样,西方学者创立的叙事学主要植根于西方的叙事实践,他们的理论依据很少越出西欧与北美的范围,在此情况下,中国学者应当向世界展示自己的叙事传统,并在一个更为广阔的时空背景下描述中西叙事传统各自的形成轨迹以及相互之间的冲突与激荡。所以本研究内含的真正问题是:西方话语逻辑能否建构出具有普适性的叙事理论?全球化进程下的叙事学研究难道还能继续无视中国的叙事传统?对中西叙事传统作比较研究是否有利于叙事学成长为更具广泛基础、更具歌德和马克思憧憬的"世界文学"意味的学科?

  提出问题是为了解决问题,相关问题实际上又内含了一种面向中国学者的召唤：我们在中西交流中不应该总是扮演聆听者的角色，中西叙事传统比较这样的研究任务目前只有中国学者才能承担。近代以来"西风压倒东风"局面产生的一大文化落差，是谢天振先生称之为"语言差"的现象：操汉语的国人在掌握西语并理解相关文化方面，比母语为西语的人掌握汉语和理解中国文化要来得容易，这种"语言差"使得中国拥有一大批精通西语并理解相关文化的专家学者，而在西方则没有同样多的精通汉语并能理解博大精深的中国文化的同行。① 与"语言差"一道产生的还有谢天振所说的"时间差"：国人全面深入地认识西方、了解西方已有一百多年历史，而西方人开始迫切地想要了解中国，也就是最近这短短的二十至三十年时间。② "语言差"与"时间差"使得"彼知我"远远不如"我知彼"，诚然，在中华国力急剧腾升的当下，西方学者现在并不是不想了解中国，而是他们中的大多数尚不具备跨越语言鸿沟的能力。可以设想，如果韦勒克、热奈特等西方学者也能够轻松阅读和理解中国的叙事作品，相信其旁征博引之中一定会有许多东方材料。相形之下，如今风华正茂的中国学者大多受过系统的西语训练，许多人还有长期在欧美学习与工作的经历，这就使得我们这边的学术研究具有一种左右逢源的比较优势。

二、目的

本研究致力于为"讲好中国故事"提供学术助力，任何"接地气"的讲述方式都离不开本土叙事传统的滋养。

传统的一大意义在于其形成于过去又不断作用于当下，为了讲好当下的中国故事，需要回过头来认真观察自己的叙事传统，从中汲取有益的经验与养分。同时还要将其与西方的叙事传统作比较参照，此即王国维所云"欲完全知此土之哲学，势不可不研究彼土之哲学"，他甚至还说"异日发明光大我国之学术者，必在兼通世界学术之人"。③ 20世纪初学界就有"列强进化，多赖稗官；大陆竞争，亦由说部"④的认识，小说固然不可能

---

① 谢天振：《中国文学走出去：问题与实质》，《中国比较文学》2014年第1期。
② 同上。
③ 王国维：《奏定经学科大学文学科大学章程书后》，载方麟选编：《王国维文存》，南京：江苏人民出版社，2014年，第50—55页。
④ 陶曾佑：《论小说之势力及其影响》，载郭绍虞主编：《中国历代文论选（下册）》，北京：中华书局，1963年，第420—421页。

独力承担疗世救民的使命，但这说明叙事中蕴含的巨大能量已为今人所觉察。面对当今世界范围内各种思想文化激烈交锋的新形势，中央要求哲学社会科学发挥作用以"提高我国在国际上的话语权"，本研究正是对这一号召的学术响应。

叙事诸要素包括行动、时间、空间和人物等，讲述者对叙事要素的不同倚重导致不同的"路径依赖"。以古代的史传叙事为例，如果说《左传》是"依时而述"，《国语》是"依地而述"，那么《世本》及后来的《史记》就是以时空为背景形成"依人而述"，这种以人物为主反映行动在时空中连续演进的纪传史体，最终成为皇皇"二十六史"一以贯之的定式。又如，史官文化先行使得后来的各类叙事多以"述史"为导语："奉天承运"的皇帝圣旨多祖述尧舜汤武，共和以后的政治文告亦往往从前人的贡献起笔，四大古典小说更是用"自从盘古开天地，三皇五帝到如今"之类的表述作开篇。今天为民众喜闻乐见的各种故事讲述，仍在一定程度上沿袭着这种模式——用前人之事来为自己的讲述"鸣锣开道"，容易获得某种"合法性"与"正统性"。再如，中国自古就有以重器纪事的习惯，商周青铜器有不少是铭事之作。将叙事功能赋予陈放在显著位置上的贵重器物，一是有利于将事件牢固地记录下来，二是时时提醒在生之人这一事件的存在，三是昭告冥冥之中的神灵和先人。青铜时代开启了这种叙事传统，以后每逢有重大事件发生，便会出现相应的勒石铭金之作，人神共鉴的叙事意味在形形色色的碑碣文、钟鼎文和摩崖文中不绝如缕。到了无神论时代，这一传统仍然保留了下来，无论是人民英雄纪念碑还是为特定事件铸造的警世钟和回归鼎之类，都有告慰在天之灵的成分。世代相传的故事及其讲述方式凝聚着我们祖先的聪明智慧，只有弄明白自己从何处来，才可能想清楚今后向何处去。

人类学认为孤立地研究一个民族的神话没有意义，只有将多个民族的神话相互参照发明，才能见出神话后面的意义与规律。古埃及象形文长期未被破译，载有三种文字对照（古希腊文、古埃及象形文与埃及草书）的罗塞塔碑出土之后，学者通过反复比对，终于发现了理解这种文字的重要线索。同样的道理，要想真正懂得中华民族的叙事传统，不能只做自己一方的研究，还需要将其与域外的叙事传统相互映发。例如，中国古代小说的"缀段性"被胡适看作"散漫"和"没有结构"①，这种源于亚里士多德《诗学》的判断现在看来相当武断，因为如今美国的电视连续剧基本上都是每集叙述一个相对独立的小故事，以此连缀全剧，看到这一点，就会发现我们的"缀段性"叙事传统并不像某些人所说的那样不合理，西方叙事到头来也与我们的章回体叙事殊途同归。再如，一般人不会想到古代小说家中也会出现形式探索的先驱，而如果以西方的"元叙述"理论为参照，便可看出明清之际董说的《西游补》是一部最早的"元小说"，因为其中确切无疑地用荒诞无稽的讲述揭穿了叙事的虚妄，这说明我们的古人早就洞悉叙事这门艺术的本质。有了这种认识，才会发现张竹坡、毛氏父子为代表的小说评点已有归纳叙事规则的迹象，鲁迅《中国小说史略》中更有总结中国叙事经验的自觉意识。

中美双方的比较文学学者首次聚会时，美方代表团团长、普林斯顿大学教授厄尔·迈纳在闭幕式上用"灯塔下面是黑暗的"这句谚语，说明比较文学的研究意义：只研究自己国家的文学是远远不够的，需要另一座"灯塔"来照亮。本研究坚持以对中国传统的讨论为主线，西方传统则是以副线和参照对象的方式存在。这种"以西映中"的主副线交织，或许会比不具立场的"平行研究"更具现实意义，因为比较中西双方的叙事传统，根本目的还是深化对自己一方的认识——研究者都不是生活在真空之中，不存在什么立场超然的比较研究。只有把自己与他人放在一起，客观地比较彼此的长短、多寡与有无，才能发现自己过去看不到的盲区，更深入地理解自己"从何而来"及"因何如此"。

本研究还有一个重要目的，就是纠正20世纪初年以来低估本土叙事的偏见。众所周知，欧美小说的大量输入与中国小说的现代换型之间存在着某种因果关系，但在效仿西方小说模式的同时，一种认为中国小说统统不如西洋小说的论调也在学界占了上风。胡适声称："这一千年的（中

---

① "《儒林外史》虽开一种新体，但仍是没有结构的；从山东汶上县说到南京，从夏总甲说到丁言志；说到杜慎卿，已忘了娄公子；说到凤四老爹，已忘了张铁臂了。后来这一派的小说，也没有一部有结构布置的。所以这一千年的小说里，差不多都是没有布局的。内中比较出色的，如《金瓶梅》，如《红楼梦》，虽然拿一家的历史做布局，不致十分散漫，但结构仍旧是很松的；今年偷一个潘五儿，明年偷一个王六儿；这里开一个菊花诗社，那里开一个秋海棠诗社；今回老太太做生日，下回薛姑娘做生日，……翻来覆去，实在有点讨厌。"胡适：《五十年来中国之文学》，载胡适：《胡适古典文学研究论集》（上册），上海：上海古籍出版社，2013年，第128—129页。

国)小说里,差不多都是没有布局的。"①陈寅恪也说:"至于吾国之小说,则其结构远不如西洋小说之精密。"②这种对西方叙事作品的钦羡,在相当长时期内遮蔽了国人对自身叙事传统的关注。

如果以大范围和长时段的眼光回望历史并与西方作比较,便会认识到没有什么置之四海而皆准的叙事标准。中西叙事各有不同的内涵、渊源与历史,高峰与低谷呈现的时间亦有错落,其形态与模式自然会千差万别,不能简单地对它们作高低优劣之判断。《红楼梦》问世之时,英国的菲尔丁等小说家还未完全突破西班牙流浪汉小说的形式桎梏,就连艺术价值远低于《红楼梦》的《好逑传》(清代章回小说)也曾获得歌德的高度称赞。我们不能因取石他山而看低自己,更不能一味趋从别人而将本土传统视为"他者"。西方叙事传统虽有古希腊罗马文学这样辉煌的开端,但西罗马的灭亡导致西方文化坠入长达千年的困顿,所以西方叙事学家经常引述的作品大多是18世纪以后的小说,出现频率较高的总是那么十几部,其中一些用我们叙事大国的眼光来看可能还不够经典。

相比之下,中国叙事传统如崇山峻岭般逶迤绵延数千年,每个时代的每种文体都对故事讲述艺术做出了贡献,且不说史传、传奇、杂剧和章回体小说等人所共知的叙事高峰,过去只从抒情角度看待的诗词歌赋——包括《诗经》、楚辞、汉赋、乐府和唐诗、宋词等在内,其中亦有无数包含叙事成分的佳作,它们合在一起构成了一座储藏量极为丰富的宝库。作为这笔无价遗产的继承人,中国的叙事学家有条件做出超越国际同行的理论贡献。

三、内容

中国和西方均有自己引以为豪的叙事传统,本研究秉持"中西互衬"和"以西映中"的方针,对中西叙事传统展开全方位的比较研究。具体来说,本研究突破以小说为叙事学主业的路径依赖,将对象扩大到包括作为初始叙事的神话、民间种种涉事行为与载事器物、戏剧与相关演事类型、

---

① 胡适:《五十年来中国之文学》,载胡适:《胡适古典文学研究论集》(上册),上海:上海古籍出版社,2013年,第128页。
② 陈寅恪:《论再生缘》,载陈寅恪:《寒柳堂集》,北京:生活·读书·新知三联书店,2001年,第67—68页。

含事咏事的诗歌韵文以及小说与前小说、类小说等。扩大研究范围的理据在于,如果完全依赖以语言文字为载体的叙事文本,无视汇入中西叙事传统这两条历史长河的八方来水,对它们所作的比较研究就无法达到应有的深度与广度。选择以上对象作中西比较,是因为它们与叙事传统的形成有着不容忽视的强关联:神话是人类最早的讲故事行为,在叙事史上的凿空作用自不待言;民间叙事作为"在野的权威"和"地方性知识",对叙事传统的形成有一种潜移默化的影响;戏剧在很长时期内一直是大众接受故事的主要来源,其在社会各阶层的传播远超别的叙事形态;诗歌的叙事成分经常被其抒情外衣所遮蔽,因此有必要彰显其"讲故事"的属性;小说及其前身一直是叙事传统最重要的体现者,更需要在前人工作的基础上予以深化和推进。此外,本研究还包括叙事理论及关键词以及叙事思想等方面的中西比较等。以下为各卷的主要内容:

1.《中西叙事传统比较研究·关键词卷》

本卷旨在梳理中西叙事理论关键词的概念内涵与渊源演进,考察其知识谱系、理论意义及文化意味,将学界对中西叙事理论的认知与理解推向深入。一是勾勒中西叙事理论各自的发展轮廓,从共时性角度比较其形态特征;二是对中西叙事理论的研究领域进行分类,主要从真实观念、文本思想、情节意识、人物认知、修辞理念及阅读观念等方面开展比较研究,以求深化关于中西叙事传统的认识与理解;三是持以西映中的方法论立场,对中西叙事理论中的若干关键词进行比较研究,彰显中国叙事理论话语的体系结构、实践效用与文化意义;四是构建中国特色的叙事理论话语体系的基本原则、主要方法与实际意义。

2.《中西叙事传统比较研究·叙事思想卷》

本卷集中探讨中西叙事思想几个比较重要的方面。一是文学叙事思想,一方面讨论了中西古代小说的主要差异,认为西方小说比中国小说更接近现实,西方文学侧重叙事要素本身的呈现,中国文学侧重叙事要素之间的关系,中国小说重视要素的密度,西方小说重视要素的细度;另一方面讨论了中西小说的虚构观,认为中国小说围绕"奇"做文章,西方小说强调"摹仿"与"再现"。二是历史叙事思想,分析中西历史不同的发展轨迹及其不同的叙事观念,指出中国史传文的高度发达及文学叙事中的"慕史"倾向对文学叙事的重要影响。三是叙事伦理思想,从故事伦理与叙事伦理两个方面,分析中西叙事伦理不同的主题、价值取向、文化规约、叙事方式。四是身体叙事,从理论与实践两个方面分析了中西身体叙事思想之异同。

3.《中西叙事传统比较研究·神话卷》

本卷对作为文化源头的中西(希腊、希伯来)神话叙事传统进行系统的比较研究,分十章从神话文本存在形态、讲述者类型、话语组织向度、形象的角色化程度、行动元类型与故事模式、创世神话的时空优势意识、神秘数字的组织作用等方面,对中西上古神话叙事特征和传统进行比较研究,得出中国上古神话叙事具有空间优势型特征,西方神话叙事具有时间优势型特征的结论。在此基础上,从思维、语言、以经济生产方式为基础的社会生活等方面对导致中西神话叙事和思维特征时空类型差异的深层原因进行深层次探讨,并勾勒出其各自对后世叙事传统的深远影响。

4.《中西叙事传统比较研究·小说卷》

本卷立足于中国古代小说叙事本位,通过互衬来凸显中西小说各自的叙事特征,借此彰显中西小说叙事传统之差异。主要内容:一是频见于西方叙事学视界而治中国小说者用力不足之比较叙事研究,如中西小说的功能性叙事、评论性叙事、反讽性叙事以及小说叙事中的人物观念等,通过以西映中式的比照,在比较中呈现中国古代小说的叙事面貌,彰显中西小说同而有异的叙事特征;二是多见于中国小说叙事场而西方叙事学少有关注的博物叙事、空白叙事,分析中西小说此类叙事传统的文化成因及其价值;三是常见于中国古代小说叙事领域而难见于西方小说之缺类比较研究,如中国古代小说的插图叙事,意在揭示中国小说叙事之个性。

5.《中西叙事传统比较研究·戏剧卷》

本卷考察中西戏剧自萌芽至现代转型期间所出现的林林总总的演事形态,以见中西戏剧叙事传统之异同。主要内容:一是梳理中西戏剧叙事传统的形成与发展,主要以中国戏剧叙事传统为主,西方戏剧叙事传统为辅,沉潜到戏剧史的各个阶段,沿波讨源,考察戏剧叙事的演进脉络;二是采用中西对读的方式,专题比较中西戏剧角色叙事、叙述者、剧体叙事、伦理道德叙事等之异同,彰显中西戏剧同中有异的叙事形态与特色;三是突破戏剧文本叙事的单向研究,引入戏剧形态学的视野与方法,挖掘中西戏剧舞台"演事"传统,揭示中国戏剧以表演为中心的叙事传统,形成角色叙事、听觉叙事、博艺叙事、行走表演叙事等与西方戏剧迥异的表演叙事方式,深化对中国戏剧演剧形态的认识;四是深入中西戏剧动态、开放的戏剧文化场域,从戏剧创编、演剧场合、故事传统等方面,考察中西戏剧叙事传统形成的机制与文化原因,发掘出戏剧叙事的多元方式。

6.《中西叙事传统比较研究·诗歌卷》

本卷将中西诗歌叙事传统置于异质文化及冲突融合的语境中进行比较,由此彰显中国诗歌叙事传统的特色。主要内容:一是分析不同的思维方式如何影响中西诗歌叙事传统,如形象思维与理性思维的差异,直接关系到诗歌意象的选择、事件的叙述、情感的表达乃至风格的偏好;二是比较中西诗歌叙事的口头传统,如"重述"与"程式"是诗歌口头传统的鲜明遗痕,主题作为一种固定的观念群则起到了导引故事情节发展的作用;三是比较中西诗歌的叙事范式,如"诗史"范式与"史诗"范式、"感事"范式与"述事"范式、"家园"范式与"远游"范式等;四是探讨中西诗歌的叙述者、隐含作者、内心独白叙事、听觉叙事等,它们是叙事主体想象力扩张的重要标志;五是从《诗经》叙事性层面觇探中国诗歌叙事传统的特质。

7.《中西叙事传统比较研究·民间卷》

本卷以叙事载体为分类依据,区分出口传、文字、非语言文字三个大类,对其内涵、特征以及在中西方叙事传统中的发生发展进行梳理和比较。主要内容:一是中西民间口传叙事传统比较研究,民间故事、口头诗歌、民歌、谣谶是口传叙事当中的主要形态,从源流考察、叙事特征、叙事模式以及与文人叙事关系等方面,对这四种具体的叙事形态分别进行比较;二是中西民间文字叙事传统比较研究,主要研究以文字为载体的中西民间叙事形态,其中以私修家谱叙事最具代表性,着力从源流发展、叙事体例、叙事话语等方面进行比较研究;三是中西民间非语言文字叙事传统比较研究,中西陶绘瓷绘等民间艺术中有着丰富的叙事元素,本卷着重研究蕴含在以陶瓷图绘为代表的图像艺术中的叙事现象。上述三大类研究基本涵盖了中西民间叙事的主要形态,能多维度透析中西民间叙事传统及其价值。

四、学术价值

叙事学兴起之初,西方一些学者效仿语言学模式总结过各种各样的"叙事语法",但这些尝试最终都归于失败,原因主要在于"取样"的范围过小。要想让一门理论具备普遍适用性,创立者须有包容五湖四海的胸襟。但西方叙事学主要表现为对欧美叙事规律的归纳和总结,验之于西方之外的叙事实践未必全都有效。一些傲慢的西方学者甚至把一切非西方的学问看作"地方性知识",中国的叙事经典因此难入其法眼。事实上如果真有所谓"普遍性知识"的话,那么它也是由形形色色的"地方性知识"汇聚而成的——无论是西方还是东方的叙事学,统统属于"地方性知识"的范畴,单凭哪一方的经验材料都不可能搭建起"置之四海而皆准"的叙事学理论大厦。进入21世纪后,由于中国学者的努力,这种情况已经有所改善,但在归纳一般的叙事规律时,一些不懂汉语的西方学者依旧背对东方,他们甚至觉察不到自己的理论体系中缺少东方支柱。所以中国学者在探索普遍的叙事规律时,不能像西方学者那样只盯着西方的叙事作品,而应同时"兼顾"或者说更着重于自己身边的本土资源。这种融会中西的理论归纳与后经典叙事学兼容并蓄的精神一脉相承,可以让诞生于西方的叙事学接上东方的"地气",成长为更具广泛基础、更有"世界文学"意味的理论学科。通过深入比较中西叙事传统,我们有可能实现对叙事规律的总体归纳,实现对叙事各层面各种可能性的全面总结。这种理论上的归纳和总结告诉人们,中西叙事实践中还有许多可能性尚待实现,还有不少"缺项"和"弱项"可以互补与强化;只有补足这些"缺项"和"弱项"的叙事学才能真正发挥理论指导实践的作用。

本研究的另一学术价值,是为中西叙事传统的比较研究确定一套常用的概念体系,这对建设有别于西方的中国话语体系也有重要意义。福柯指出,只有话语创新和范式转换才有可能实现真正意义上的"创始",本丛书朝此目标迈出的一大步,表现为对以下四个关键性概念作了专门论述。其一为"叙事",此前对叙事的认识多从语义出发而未深入本质,本研究将其还原为讲故事行为,指出叙事最初是一种诉诸听觉的信息传播,万变不离其宗,不管传媒变革为后世的叙事行为增添了多少手段,从本质上说它们都未摆脱对原初"讲"故事行为的模仿。只有紧紧抓住"讲故事"这条主线,才有可能穿透既有的学科门类壁垒,使叙事传统的脉络、谱系与内在关联性复归清晰。其二为"叙事传统",本研究对这一概念作了首次界定,将其定义为世代相传的故事讲述方式——包括叙事在内的所有活动都会受惯性支配。人们一旦习惯了某种路径,便会对其产生难以自拔的依赖,惯性力量导致"路径依赖"不断自我强化,对故事的讲述习惯就是这样逐步发展成叙事传统的。其三为"中国叙事传统",影响了一代又一代的叙事,成为中国叙事传统的显性特征。笔者一贯主张研究中国叙事学须扣紧叙事传统这条主线,为此倾注了半生心血——在前期成果奠定的学术基础上,本研究通过扩大调查范围与提前考察时代,将中国叙事传统的面貌描摹得更为全面和清晰。其四为"西方叙事传统",本研究对西方叙事传统作了系统考辨,指出古希腊罗马文学之所以在西方叙事史上产生巨大深远的影响,原因在于它为未来的故事讲述奠定了方法论基础,后古典时期的叙事进程则表现为将前人辟出的小径踩踏成大道;在生产方式的影响下,西方人讲述的故事多涉及旅途奔波、远方异域以及萍水相逢的陌生人,这使得流浪汉叙事成为其叙事传统的显性特征。

本研究还为叙事学及相关领域开辟出新的文献资料来源。叙事如罗兰·巴特所言,存在于一切时代与一切地方;鲁迅曾说:为官方所不屑的稗官野史和私人笔记,从某种意义上说要比费帑无数、工程浩大的钦定"正史"更为真实。本研究专设"民间卷"这一分卷,把以往不受关注的民间谱牒等纳入叙事研究的视野,分卷作者通过实地调研和网络搜索等手段,从中国国家图书馆和世界数字图书馆等处收集到中西私修家谱近百套。引入这些私人性质的记述材料后,中西叙事传统的面貌呈现得更为清晰。

尤为值得一提的是,本研究还将目光投向语言文字之外的陶瓷图像,陶瓷器物上的人物故事图因具有"以图传文、以图演文、以图补文"的功能,加之万年不腐带来的高保真特性,可以作为文字文献的重要补充。瓷器为中国的物质符号,瓷都景德镇就在丛书大多数作者的家乡江西,本研究充分利用了这一本土优势。此外,分卷作者这几年遍访国内外博物馆、研究所、展览会、古玩店与拍卖行等,通过现场拍摄、网站搜索及向私人收藏家购买等多种途径,收集到中西陶瓷图片8000余幅,其中包括中国外销瓷和"中国风"瓷上的1500幅图像,它们构成16世纪至19世纪中西文化交流的重要文献。众所周知,景德镇生产的瓷器最早在全球范围广泛流通,许多欧洲人知道中国文化,最初便是通过景德镇外销瓷上的人物故事图。为了将陶瓷图像与其他材质的图像进行比对研究,分卷作者还收集了大量漆器、金银器、玉雕、木雕、竹雕、砖石雕、象牙雕、木版年画、壁画、糕模等民间器物上的图像,并对其进行了分类整理,建成了一座非语言文字的民间器物图像数据库。

五、观点创新

第一，中西叙事的不同源于各自的语言观、形式观乃至相关观念下发展的文化，而归根结底是因为中西文化在视觉和听觉上各有倚重。

既然是对中西叙事传统作比较研究，就要找出两者差异的根源所在。本研究认为，在听觉模糊性与视觉明朗性背景之下形成的两种冲动，不仅深刻影响了中西文化各自的语言表述，而且渗透到中西文化中人对事物的认识之中。以故事中事件的展开方式为例，趋向明朗的西式结构观（源自亚里士多德）要求保持事件之间的显性和紧密的连接，顺次展开的事件序列之中不能有任何不连续的地方，这是因为视觉文化对一切都要作毫无遮掩的核查与测度；相反，趋向隐晦的中式结构观则没有这种刻板的要求，事件之间的连接可以像"草蛇灰线"那样虚虚实实、断断续续，这也恰好符合听觉信息的非线性传播性质。所以西式结构观一味关心代表连贯性的"连"，而中式结构观中除了"连"之外还有"断"。受西式结构观影响的胡适等人不喜欢明清小说中的"穿插"，金圣叹、毛氏父子等却把"穿插"理解为"间隔"，指出其功能在于避免因"文字太长"而令人觉得"累缀"，借用古人常用的譬喻"横云断山"与"横桥锁溪"来说，正是因为"横云"隔断了逶迤绵延的山岭，"横桥"锁住了奔腾不息的溪水，山岭与溪水才更显得"错综尽变"和气象万千。

用文化差异来解释叙事并不新鲜，从感觉倚重角度入手却是首次。本丛书作者多年来致力于探讨中国叙事传统的发生与形成，一直念兹在兹地思考为什么它会是如今天所见的这种样貌，接触到麦克卢汉的"中国人是听觉人"之论后，感到他的猜测与我们此前的认识多有契合，中国传统叙事的尚简、贵无、趋晦、从散等表现，只有与听觉的模糊性联系起来，才能理得顺并说得通。将"媒介即信息"（感知途径影响信息传播）这一思路引入研究，许多与中国叙事传统有关的问题就可获得更为贯通周详、更具理论深度的解答。

第二，生产方式对叙事传统亦有影响，新形势下的中国叙事应与时俱进。

不同的生产方式形成了中西不同的叙事传统。西方人历史上大多为海洋与游牧民族，他们习惯于在草原、大海与港湾之间穿行，其讲述的故事因而更多涉及远方、远行与远征。古希腊神话和荷马史诗中的英雄多有外出历险、漂洋过海和遇见形形色色的陌生人的经历,《奥德赛》甚至以奥德修斯九死一生的还乡为主线。中世纪的骑士文学,《神曲》《十日谈》《巨人传》、西班牙流浪汉小说与《堂吉诃德》等都离不开四处游历、上天入地、朝拜圣地和流浪跋涉;18世纪欧洲小说中的鲁滨孙、格列佛、汤姆·琼斯等仍在风尘仆仆地到处旅行;19世纪以来西方叙事作品虽说跳出了流浪汉小说的窠臼,但拜伦、歌德、雨果、狄更斯、马克·吐温、罗曼·罗兰、乔伊斯、毛姆和塞林格等人的作品还是喜欢以闯荡、放逐、游历或踟蹰为主题。

相比之下,农耕文化导致国人更为留恋身边的土地、家园与熟人社会。出门在外必然造成有违人性的骨肉分离,人们因而更愿意遵循"父母在,不远游"和"一动不如一静"的古训。在安土重迁意识的影响下,离乡背井的出游成了有违家族伦理的负面行为,远方异域和陌生人的故事自然也就没有多少讲述价值。当然我们古代也有《西游记》与《镜花缘》这样的作品,但它们提供的恰恰是反证:唐僧师徒名义上出国到了西天,沿途的风土人情却与中华故土大同小异;唐敖和多九公实际上也未真正出境,他们看到的奇形怪状之人基本上还是《山海经》中怪诞想象的延续。这些都说明,抒写路上的风景确实不是我们古人的强项。由于叙事传统的惯性作用,我们这边直到晚近仍然热衷于讲述熟人熟事,以异域远方为背景的叙事作品堪称凤毛麟角,人们习惯欣赏的仍是国门之内的"这边风景"(王蒙有部反映国门内故事的长篇小说就叫《这边风景》)。

古代叙事较少涉及出游、远征与冒险,表面看来似乎说明国人缺乏勇气与冒险精神,但实际上这是顺应时势的一种大智慧。古代中国人主要是农民,男耕女织的田园生活能维持基本的衣食自给,这种无须外求的生活导致我们的祖先缺乏对异域的向往与好奇。中国能够一步一步地发展到今天这个规模,很大程度上是因为前人选择了稳扎稳打的发展模式,葛剑雄就说:"……中国……没有像有些文明古国那样大起大落,它们往往大规模扩张,却很快分裂、消失了,而中国一直存在下来。"[①]不过放眼未来发展,形成于农耕时代的中国叙事传统亟待变革。全球化已是当前世界的大势所趋,一个国家如果没有大批视野宏阔、胸怀天下的国民,不可

---

① 葛剑雄讲述、孙永娟整理:《儒家思想与中国疆域的形成》(下),《文史知识》2008年第12期,第140页。

能创造出良好的外部发展环境,而一国之民拥有何种视野与胸怀,是否对外部世界抱有强烈的好奇心与浓厚的兴趣,又与国民经常倾听什么样的故事有密切关系,如梁启超就说叙事变革可以带来人心与人格的变革——"欲新一国之民,不可不先新一国之小说"①。中国文化要想真正"走出去",一方面要摒弃"外面的世界不是我的世界"的心理,另一方面要更多讲述中华儿女志在四方的故事。

第三,中华文明垂千年而不毁,与中国叙事传统的群体维系功能有关。

中华文明之所以在世界古文明中硕果仅存,中华民族这一人数最多的群体之所以存续至今而未分裂,与我们叙事传统的维系功能大有关系。本研究之阶段性成果《人类为什么要讲故事——从群体维系角度看叙事的功能与本质》等认为,与灵长类动物的彼此梳毛一样,人类祖先通过"八卦"或曰讲故事建立起来的相互信赖与合作,促进了群体的形成、维系和扩大,最终使人类从各种竞争中脱颖而出成为"万物的灵长"。世界上没有哪个民族不会讲故事,但不是所有的民族都能把自己的故事讲好,许多民族都曾以自己为主导发展成规模极大的群体,后来却因内部噪声太多而走向四分五裂。与此形成鲜明对照,中华民族作为一个群体,其发展历程虽然也是人数越聚越多,圈子越画越大,但这个圈子并没有像其他圈子那样因为不断扩大而崩裂,这与我们祖先善于用故事激发群体感有关。

中国故事关乎"中国",这一名称从一开始就预示了"中国"不会永远只指西周京畿一带黄河边上的小地方,秦汉以来中原以外地区不断"中国化"的事实,让我们看到中心对边缘、中央对地方具有难以抗拒的感召力与凝聚力。还要看到汉语中"中国"之"国"是与"家"并称,这一表述的潜在意思是邦国即家园,国家对国人来说是像家一样可以安顿身心的温暖地方。由于中华民族内部存在着"剪不断,理还乱"的亲缘关系,中国历史上很少发生主体民族对少数民族的无故征伐与屠戮,因而也就没有世界上一些民族间那种不共戴天的深仇大恨。见于史书、小说和民间传说中的"七擒孟获"之类的故事,反映的皆为以仁德感召为主的攻心战略,唐太

---

① 梁启超:《小说与群治之关系》,载梁启超:《饮冰室合集·1·文集1—9》,北京:中华书局,1989年,第6页。

宗李世民更主张对夷夏"爱之如一"①。"中国"之名的向心性和中华民族的内部融通，无疑对中国故事的讲述产生了深刻影响。《三国演义》因为讲述魏蜀吴三国鼎立的故事，所以开篇时要说"天下大势，分久必合，合久必分"②，但小说结束时叙述者又把话说了回来："自此三国归于晋帝司马炎，为一统之基矣。此所谓'天下大势，合久必分，分久必合'者也。"③用"分久必合"作为小说的曲终奏雅，说明作者认识到"合"才是中国历史的大势所趋。

不独《三国演义》，古往今来所有的中国故事，不管是历史的还是文学的，官方的还是民间的，只要涉及分合话题，都在讲述"合"是长久"分"为短暂，"合"是正道"分"为歧路，"合"是福祉"分"为祸殃。中国历史上不是没有出现过分裂，而是这种分裂总会被更为长久的大一统局面所取代；中华民族内部也不是没有出现过噪声，而是这些噪声总会被更为强大的和谐之声所压倒。历史经验告诉国人，分裂战乱导致生灵涂炭，海晏河清才能安居乐业，因此家国团圆在我们这里是最为人喜闻乐见的故事结局。一般情况下老百姓不会像上层人士那样关心政治，而统一却是从上到下的全民意志，有分裂言行者无一例外被视为千秋罪人，这一叙事传统从古到今没有变化。

总之，一时代有一时代之学术，没有走向全面复兴的时代大潮，没有历史创伤的痊愈和文化自信的恢复，就不会有本研究的应运而生。

是为序。

2023 年 8 月于豫章城外梅岭山居

---

① 司马光编著、胡三省音注：《资治通鉴》（全二十册），卷一百九十八·唐纪十四，北京：中华书局，1956 年，第 6247 页。
② 罗贯中：《三国演义》（上），北京：人民文学出版社，1953 年，第 1 页。
③ 同上书，第 990 页。

目　录

第一章　问题、目标和突破口：中西叙事传统比较研究谫论 …………… 1
  第一节　问题 ………………………………………………………… 1
  第二节　目标 ………………………………………………………… 4
  第三节　突破口 ……………………………………………………… 11

第二章　关键词：中西叙事理论比较研究的新路径 …………………… 15
  第一节　为何比较：烛照盲区与深化理解 ………………………… 15
  第二节　以何比较：作为"文化"与"事件"的关键词 …………… 19
  第三节　如何比较：立场原则与主要方法 ………………………… 22

第三章　论叙事传统 ……………………………………………………… 27
  第一节　传统 ………………………………………………………… 27
  第二节　叙事传统 …………………………………………………… 32
  第三节　叙事传统与"讲好中国故事" …………………………… 45

第四章　论西方叙事传统 ………………………………………………… 54
  第一节　良好的开端 ………………………………………………… 55
  第二节　几种有代表性的叙事形式与倾向 ………………………… 59
  第三节　发展、创新与继承 ………………………………………… 69
  结　语 ………………………………………………………………… 84

第五章　叙事 …… 88
第一节　"记录"与"编制" …… 89
第二节　"慕史"与"崇虚" …… 96

第六章　表述 …… 103
第一节　综述 …… 104
第二节　表述的发展过程 …… 112
第三节　表述的内外结构 …… 117
第四节　表述在巴赫金理论体系中的地位：衔接各理论的桥梁 …… 119

第七章　重复 …… 121
第一节　重复与人类语言的伴生关系 …… 121
第二节　文学中的重复及其叙事功能 …… 126
第三节　重复与克里斯玛特质的形成 …… 131
第四节　重复在疏离中的发展 …… 136
结　语 …… 140

第八章　不可靠叙述 …… 141
第一节　西方的不可靠叙述观：修辞、认知与综合 …… 141
第二节　国内的不可靠叙述研究：引进、拓展与深化 …… 152

第九章　叙述结构 …… 159
第一节　在结构主义浪潮中理解"结构" …… 160
第二节　结构主义在中国的接受 …… 164
第三节　从"缀事"到"章回" …… 166
第四节　从"线性结构"到"心理结构" …… 169
第五节　被"解构"的"结构" …… 174

第十章　人物 …… 182
第一节　西方叙事传统中的人物理论 …… 183
第二节　中国叙事传统中的人物理论 …… 191
结语："人有人的作用" …… 201

第十一章　叙事阅读 …… 204
第一节　伦理性本位与关系性范型 …… 204
第二节　崇"听"传统与科学精神 …… 209
第三节　听觉意味与视觉倚重 …… 213

第十二章　叙述声音 …… 223
第一节　声音与叙述声音：几种代表性的观点 …… 224
第二节　倾听文本中的叙述声音 …… 231

第十三章　叙事反讽 …… 240
第一节　反讽概念 …… 241
第二节　叙事者与反讽 …… 243
第三节　叙事"跨层"与反讽 …… 246
第四节　叙事进程与反讽 …… 248

第十四章　叙事空白 …… 252
第一节　叙事空白的界定 …… 252
第二节　叙事空白的本质 …… 257
第三节　叙事空白的运作机制 …… 260
第四节　叙事空白的价值 …… 266
结　语 …… 269

第十五章　音景 …… 270
第一节　音景：故事背景上的声音幕布 …… 271
第二节　不仅仅是幕布：音景的反转与"声音帝国主义" …… 274
第三节　音景何以不可或缺：拟声种种及人类本能 …… 278

第十六章　聆察 …… 284
第一节　"耳睑"开启"觉有声" …… 285
第二节　"消极的能力" …… 288
第三节　"最大的好客就是倾听" …… 290

第四节　倾听作品中的声音……………………………………… 293

参考文献……………………………………………………………… 298
后　记………………………………………………………………… 303

第一章
问题、目标和突破口：
中西叙事传统比较研究谫论

时至今日，叙事研究已非文史学者所能专美，詹姆斯·费伦就此用"叙事帝国主义"（narrative imperialism）一词来形容叙事学在各领域的扩张，笔者在全国叙事学研究会的十年工作报告中，也曾用一系列数据介绍叙事学热潮席卷中国学界的情况。① 然而对一个学科的内涵发展来说，遍地开花并不完全是好事，少数人对叙事学理论工具的挥舞似有炫技与滥用之嫌，而过分迷信方法则有忘记根本的危险。叙事策略、叙事模式、叙事理论、叙事思维乃至叙事作品及其作者，其实统统都与传统脱不了干系，万变不离其宗，只有溯及传统的研究才有可能勾勒出对象的来龙去脉，才有可能把握现象后面的规律。研究叙事传统还应坚持"以西映中"的原则，也就是说将西方叙事传统作为中国叙事传统的参照系，通过与他人比较达致对自身理解的深入。本研究涉及的范围较为广泛，为了凸显重点和关键，以下拟从问题、目标和突破口等三个方面展开讨论。

第一节 问题

本研究从逻辑上说包括四大问题：何谓叙事传统？为什么要开展中

---

① 傅修延：《中国中外文艺理论学会叙事学分会十年工作的回顾》，载谭君强主编：《叙事学研究：回顾与发展——第五届叙事学国际会议暨第七届全国叙事学研讨会论文集》，上海：上海外语教育出版社，2017年，第3—18页。

西叙事传统的比较研究？如何开展中西叙事传统的比较研究？中西叙事传统的异同何在？笔者在前期研究中已尝试回答这些问题，本研究的最终成果将是对它们的全面回答。这里需要对提出这些问题的背景略作介绍，因为有时提出问题的语境更能揭示问题的本质，真正的问题往往隐藏其下，不懂得这样的语境，无法理解我们为什么要把叙事传统的中西比较提上议事日程。

中国虽为史官文化先行的叙事大国，但创立于西方的叙事学（narratology）对国人来说还是个舶来概念，一些人对这门学科趋之若鹜，主要是因为它提供了一个庞大的"工具箱"，可以"拿来"用于对叙事作品的批评、诠释和剖析。目前运用叙事学方法最多的一个学术群体，应为中国语言文学与外国语言文学两大学科的高校教师，以及在其指导下撰写学位论文的本科生、硕士生和博士生等，由于中国叙事学目前还处于建设阶段，所取得的成果尚不足以构成一个可与西方叙事学相颉颃的武库，初学者在理论工具的选择上很自然地倾向于他山之石。国内叙事学研究的领军人物当数北京大学的申丹教授，近二十年来她一直以积极的姿态参与对叙事学前沿问题的国际讨论，西方学术界对其成就评价颇高。此外，在中国学者进入西方主流学术话语圈的过程中，乔国强、尚必武、唐伟胜等中青年学者也做出了重要的贡献。但是也要看到，在人文社科领域的国内学者当中，能与西方主流学界频繁交往的并不太多，而像申丹这样可以和西方顶尖学者自如对话并有突破性研究的更属凤毛麟角。纵览国内叙事学研究的成果，我们会注意到相当数量的研究只是跟在别人后面"学着讲"和"跟着讲"，真正跳出西方窠臼的创新思想并不多见。还有一些人满足于一般性的介绍和搬用西方理论，少数人甚至将人家的研究对象连同其观点也一并搬来，这种做法已经触碰到学术道德的底线。以他山之石攻他山之玉，在有些人看来是一件顺理成章的事情，以西方叙事理论来研究西方叙事作品的论文中，有极少数属于不劳而获的顺手牵羊或曰少劳多获的移花接木，这是值得警惕的一种不良倾向。

"学着讲""跟着讲"等现象之所以发生，一方面是因为叙事学的话语主导权目前仍在西方，另一方面还要从我们自己对西方的仰视中去找原因。全国叙事学研究会主办的叙事学国际会议（两年一度）迄今已历五届，每届会议的主办方都会邀请一批西方学者来华参会，国际知名的叙事学家几乎全都在这个会议上亮过相。此外在"与国际接轨"大潮的推动之下，国内高校与研究机构也经常邀请西方叙事学的代表性人物来华讲学，因此这一领域内的中外互动可以说相当频繁。然而人们看到的是这样一幅图景：不管是在大会演讲还是在学术报告中，西方学者谈论的都是自己一方的叙事理论和实践，其引征举例极少越出西欧与北美的范围，似乎西方叙事学就是整个叙事学，其他地区的叙事经验与智慧可以付之阙如。本来在中国举办的学术论坛应该是主客互动的最好场合，实际情况却是客人以传经送宝者的姿态侃侃而谈，东道主方面则表现出洗耳恭听的雅量。虚怀若谷诚然是一种东方美德，但我们很难接受对本土叙事传统的无视。泱泱华夏为文明古国，中华民族的叙事传统数千年来未曾间断，忽略这一传统不可能总结出置之四海而皆准的叙事理论，本来应当成为当今中外学者的一种共识。然而对于某些自视甚高者来说，西方之外的一切在其眼中属于"地方性知识"，不能与西方叙事传统这种"一般性知识"等量齐观。笔者当年访学欧美时，见识过"欧洲中心论"的诸多傲慢：一些高校的比较文学可以没有东方内容，中国叙事经典的地位在某些人心目中远低于欧美文学，他们录取研究生时甚至不将汉语视作一门外语。如今的情况已有所改善，但在归纳一般的叙事规律时，一些人依旧在自说自话，没有人会为自己的理论大厦缺少东方支柱感到遗憾和惭愧。这方面我们内部也有一些问题：在争创"世界一流大学和一流学科"的形势下，国际发表成了许多高校和学科衡量成果是否"一流"的重要观察点，这在自然科学领域或许没有异议，但人文社科的情况相对复杂。由于一些重要的国际刊物握于西方学者之手，中国学者要借人家的话筒发声，在话题、视角和表达的选择上就不得不有所迁就。因此判断是否"一流"不能只用一杆秤来衡量，在衡量标准的选择上我们也要有相应的"文化自信"。

以上便是提出问题的语境。总而言之，如同许多发端于西方的学科一样，20世纪60年代创立于法国的经典叙事学主要植根于西方的叙事传统，西方学者赖以立论的依据相对比较单薄，在此情况下，中国学者应该回过头来梳理自身所属的本土叙事传统，在一个更为广阔的时空背景上展示中西叙事传统各自的形成轨迹以及相互之间的冲突与激荡。所以本研究内含的真正问题是：仅凭西方话语逻辑能否建构出具有普适性的叙事理论？全球化进程下的叙事学研究难道还能继续无视中国的叙事传统吗？对中西叙事传统作比较研究是否有利于叙事学成长为更具广泛基础的学科？

提出问题是为了解决问题,这些问题实际上更像是一种面向本土的召唤:中国学者不应该总是扮演聆听者的角色,为了让叙事学成长为歌德和马克思憧憬的更具"世界文学"意味的学科,我们应该当仁不让地挑起中西叙事传统比较这副重担。跨文化研究须有中学和西学两方面的基础,坦率地说西方相对缺乏这方面的人才配备。谢天振就此问题曾有论说,他认为操汉语的国人在掌握西语并理解相关文化方面,比母语为西语者掌握汉语和理解中国文化要来得容易,这种"语言差"使得我方拥有一大批精通西语并理解相关文化的专家学者,而彼方则少有精通汉语并能理解中国文化博大精深之处的同行。[1]"语言差"的形成与近代以来欧风美雨的不断吹袭有关,由于经济、军事和文化上的"西风压倒东风",国人在很长时期内一直在观察和学习西方,西方的语言自然也属这种学习的对象。同时也要看到,西方学者对中国叙事传统的"选择性失明",也有"非不为也,盖不能也"的具体原因,因为对西方人来说汉语确实是一种高难度的语言,熟练阅读用古汉语写成的典籍更是极少数汉学家才能做到的事情。相比之下,我们这边的学者大多接受过较为系统的西语训练,21世纪以来更有大量长期在海外学习和工作过的优秀人才陆续归国,时代为完成这项艰巨任务创造了人才条件。这方面的典型人物当属四川大学的赵毅衡教授,回国定居后的十多年内他笔耕不辍,新作迭出,其中《广义叙述学》[2]颇受人称道,该书最大的贡献在于既跨学科又跨中西,努力做到对所有的叙事进行分类并探索普遍规律。作者不像许多专治西学者那样与本土文化存在隔阂,而是既熟悉国际话语与学术规范,又有扎实厚重的国学功底,这就使其研究左右逢源,达到了一种融会贯通的境界。

第二节 目标

本研究的目标,在于通过中西比较来深化我们对自身叙事传统的认识,在此过程中发展和建设更具普适性的叙事理论。叙事学在西方兴起之初,一些学者效仿语言学模式总结过各种各样的"叙事语法",但这些尝

---

[1] 谢天振:《中国文学走出去:问题与实质》,《中国比较文学》2014年第1期,第9页。
[2] 赵毅衡:《广义叙述学》,成都:四川大学出版社,2013年。

试最终都归于失败,原因主要在于"取样"的范围过于褊狭。要想让一门理论具备普遍适用性,创立者须有包容五湖四海的胸怀。但西方叙事学主要表现为对西方叙事规律的归纳和总结,验之于西方之外的叙事实践未必全都有效。西方叙事传统虽然可以上溯至古希腊罗马,但西罗马的灭亡导致西方文化坠入长达千年的困顿,直至中世纪结束之后才重见光明。所以西方叙事学家经常引述的大多是18世纪以后的小说,出现频率较高的总是那十几部,如亨利·詹姆斯的《螺丝在拧紧》、约瑟夫·康拉德的《黑暗的心》和弗拉基米尔·纳博科夫的《洛丽塔》等,其中一些用我们这个叙事大国的眼光来看,可能还不够经典的水平。相比之下,中国的叙事传统如崇山峻岭般逶迤绵延了数千年,每个时代的每种文体都对故事讲述艺术做出了贡献,且不说史传、传奇、杂剧和章回小说等人所共知的叙事高峰,过去只从抒情角度看待的诗词歌赋(包括诗经、楚辞、汉赋、乐府和唐诗、宋词等在内)中亦有无数叙事佳作,它们合在一起构成了一座储藏量极为丰富的宝库。作为这笔无价遗产的继承人,我们没有理由不做出超越国际同行的贡献。

不过在看到先天优势的同时,我们也要清醒地反省自己的后天不足。比较中西叙事传统不但需要广博的知识结构,还要有缜密的逻辑思维和清晰的话语表达能力,中国学者在后两个方面特别有待提高。普适性的理论一定要用普适性的话语来表达,要想让别人听明白我们说的是什么,就得使用逻辑上没有半点含混、不会产生误解和歧义的学界"普通话"。季羡林批评我们古人的表达"有时流于迷离模糊":"好像是神龙,见首不见尾,让人不得要领。古代文艺批评家使用的一些术语,比如'神韵''性灵''境界''隔与不隔''本色天成''羚羊挂角,无迹可求'等等,我们一看就懂,一深思就糊涂,一想译成外文就不知所措。"[①]或许是有鉴于此,国内文论界近期屡有"古代文论的现代转换"之呼声,其目标亦为将古人的表达转换成今人和外人都能理解的"普通话"。这一转换当然不可能立即达成,为了避免目前话语运用上的捉襟见肘,可以考虑熔铸一批新词以解燃眉之急,笔者曾用自己创建加移植的"聆察"和"音景"(分别与"观察"和"图景"平行)两个术语描述听觉叙事的中西表现,感觉这种方法要比沿用

---

① 季羡林:《比较文学随谈》,载季羡林:《季羡林文集·第八卷:比较文学与民间文学》,南昌:江西教育出版社,1996年,第27页。

既有概念更能把问题说清楚。①

　　建设更具普适性的叙事理论这一目标,包括"普适性"和"叙事理论"两个关键词,对普适性有了如上认识,接下来需要对叙事理论或曰叙事学作进一步的辨识与厘定。理论源于实践,叙事学一般来说是以形形色色的故事讲述为研究对象,从中总结出人类叙事活动的种种规律。笔者个人的体会是:叙事学有一个非常鲜明的方法论特征,那就是从模态逻辑角度来研究各类叙事行为,从中区分出各种"可能的"叙事类型。故事在讲述过程中会投射出种种"可能的世界"(possible world),叙事活动涉及的各个层面中也存在着各种可能的变化。经典叙事学的创始人如罗兰·巴特(又译罗兰·巴尔特)和热拉尔·热奈特等致力于从貌似无序的种种可能中发现秩序,换言之他们力图证明随机性的叙事终究还是在许多确定性的选择中做出取舍,讲故事的活动绝非如表面看来那样是随心所欲的,有许多看不见的手在暗中约束和规范着人类的这种行为。不过,笔者认为叙事学的主要目的还应为揭示叙事活动的多种可能性。由于各自文化与观念的限制,中西叙事传统中都有约束、规范叙事的种种"镣铐"与藩篱。有全球视野与比较眼光的研究者应当关注故事讲述人如何戴着镣铐跳舞,关注他们对所受限制的挑战与突破。通过深入比较中西叙事传统,有可能实现对叙事规律的总体归纳,实现对叙事各层面各种可能性的全面总结。这种理论上的归纳和总结告诉人们,中西叙事实践中还有许多可能性尚待实现,还有不少"缺项"和"弱项"需要互补与强化,唯其如此,叙事学才能真正发挥理论指导实践的作用。

　　前面提到叙事学就学科而言是由西方人创立,需要做出说明的是,国内叙事学热潮的兴起并非完全是外因推动。早在法国人茨维坦·托多罗夫(又译兹维坦·托多罗夫、茨韦坦·托多洛夫)发明"叙事学"(narratology)这一名词之前,我们的前人就有了探寻叙事规律的理论冲动,而且这种探寻大多是由梳理叙事传统入手,因此本研究的目标实际上是由前人奠定。以下从学术史角度作一简略回顾。中国历史上的史官文化先行,决定了叙事研究的先行者必定会从史家当中首先产生,对叙事问题有系统思考者首推唐代的刘知几,《史通》(卷六)"叙事第二十二"有专

---

① 季羡林:《比较文学随谈》,载季羡林:《季羡林文集·第八卷:比较文学与民间文学》,南昌:江西教育出版社,1996年,第27页。

为"叙事"而发的滔滔宏论,其他史家对叙事问题亦有不少精彩阐发。伴随着明清小说的兴盛,面向读者的评点派批评应运而生,张竹坡、毛氏父子等人的评点已有归纳叙事规则的明显趋势,只不过使用的话语多为"横云断山""隔年下种""趁窝和泥"之类形象的譬喻。"小说"这一名称告诉我们这种文体历史上地位不高,金圣叹敢于将《水浒传》与《离骚》、杜诗等相提并论,显示明清之际人们的经典观正在发生变革,而梁启超提出的"欲新一国之民,不可不先新一国之小说"①更反映出20世纪初国人已开始相信"列强进化,多赖稗官;大陆竞争,亦由说部"②。回过头来看,无论在西方还是在中国,小说都担负不起疗世救民的使命,但这种从一个极端到另一个极端的观念变化,说明讲故事活动中蕴含的巨大能量已为人们所觉察。由此我们可以理解,为什么新文化运动的两位领军人物都会将自己宝贵时间的相当一部分用于小说史研究——鲁迅的《中国小说史略》和胡适的《中国章回小说考证》等均为这方面的标志性成果,选择这样的研究对象,说明他们意识到需要认真总结中国人自己的叙事经验。

有必要特别指出,20世纪上半叶虽无叙事学和叙事理论这样的提法,但老一辈学者的开拓性研究中却经常流露出高明的叙事眼光与明显的叙事意识:鲁迅在《中国小说史略》中强调叙事的"主干",对"事与其来俱起,亦与其去俱讫"的碎片式叙事表示不满;③王国维在《宋元戏曲史》中强调了戏剧的叙事功能,指出"后代之戏剧,必合言语、动作、歌唱,以演一故事,而后戏剧之意义始全"④;胡适在收入《中国章回小说考证》《胡适古典文学研究论集》的一系列文章中频繁使用"演述""穿插""布局"和"结构布置"等结构批评术语,在他看来,"这一千年的小说里,差不多都是没有布局"⑤;顾颉刚对孟姜女、嫦娥、羿和尾生等故事所做的衍变脉络梳

---

① 梁启超:《论小说与群治之关系》,载许建平选编:《二十世纪中国文学史论文精粹·小说戏曲卷》,石家庄:河北教育出版社,2001年,第3页。
② 陶曾佑:《论小说之势力及其影响》,载郭绍虞主编:《中国历代文论选》(下册),北京:中华书局,1963年,第420页。
③ 鲁迅:《中国小说史略》,载鲁迅:《鲁迅全集》(第九卷),北京:人民文学出版社,1981年,第221页。
④ 王国维:《宋元戏曲史》,上海:华东师范大学出版社,1995年,第40页。
⑤ 胡适:《五十年来中国之文学》,载胡适:《胡适古典文学研究论集》(上册),上海:上海古籍出版社,2013年,第128—129页。

理与叙事模式归纳,被专家认为"奠定了中国故事学最坚实的学科范式"①。由于时代超前,鲁迅等人并不是在叙事学意义上使用上述概念,提到叙事类概念时往往语焉不详或欲言又止,但他们至少是尝试从叙事角度去观察小说、戏剧和民间故事等叙事门类。就学理而言,对叙事各门类的具体研究终究要走向深层次的叙事研究,当"叙事"成为打通各门类间壁垒的关键词时,研究者会越来越多地从叙事角度去思考问题。

20世纪下半叶以来的研究证明了这一不可阻挡的趋势。陈平原的《中国小说叙事模式的转变》(上海人民出版社1988年版)为其先声,"叙事模式"这一吸引眼球的表述被嵌入标题,标示出研究范式已经发生转换。近二十年来更有许多研究直接亮出"叙事学"或"叙事传统研究"之类的名号:杨义在《中国古典小说史论》(中国社会科学出版社1995年版)之后完成《中国叙事学》(人民出版社1997年版,该书2009年又出了图文版);董乃斌在《中国古典小说的文体独立》(中国社会科学出版社1994年版)之后推出《中国文学叙事传统研究》(中华书局2012年版),不久又出版《中国文学叙事传统论稿》(东方出版中心2017年版)。这些标题中"叙事学"与"叙事传统"的出现均非偶然。这一时期还有一些与本研究名目相近的中西比较著作出现,其中有较大影响的为赵毅衡的《当说者被说的时候:比较叙述学导论》(中国人民大学出版社1998年版)和丁乃通的《中西叙事文学比较研究》(华中师范大学出版社1994年版),不过前者偏重理论探讨而后者属于影响研究,对叙事传统本身的讨论还不太多。就此而言,董乃斌对中国叙事传统的持续关注显得特别重要,除出版了两部关于叙事传统的论著外,他目前还主持着国家社科基金重大项目"中国诗歌叙事传统",这些工作的主要着力点均在于纠正旅美学者陈世骧等所持的"中国文学就是一个抒情传统"之说,指出共生并存的叙事/抒情传统贯穿了整个中国文学史,两部论著对中国文学叙事传统的精细描述亦为后续研究提供了良好的示范。

还有一个有趣的现象值得一提,这便是浦安迪、杨义和笔者均有以"中国叙事学"为题的专著,这个同名现象显示"中国叙事"在研究者心目中应当成"学"——不管是把这个"学"字理解为"学问"还是"学科",对"中

---

① 施爱东:《顾颉刚故事学范式回顾与检讨——以"孟姜女故事研究"为中心》,《清华大学学报(哲学社会科学版)》2008年第2期,第26页。

国叙事学"的研究多少都会涉及叙事传统的中西比较。浦安迪的《中国叙事学》(北京大学出版社1996年版)是一部反映其讲演内容的小册子,该书第一章第三部分"西方与中国的叙事传统"的主旨与本研究甚相契合,作者认为"中西文学的传统,在源头、流向和重心等方面,都各异其趣",表示"不仅要研究'叙事文学'在以抒情诗为重点的中国传统文学里的地位问题,而且还要研究中国叙事文学与世界其他各国的叙事文学之间的关联"。① 可惜这一部分篇幅只有三千字,无法全面展现中西叙事传统的不同面貌与形成缘由。迄今为止我们仍在等待浦氏关于"中国叙事文学与世界其他各国的叙事文学之间的关联"的详细论述,但其近著《明代小说四大奇书》(沈亨寿译,生活·读书·新知三联书店2006年版)及《浦安迪自选集》(刘倩等译,生活·读书·新知三联书店2011年版)中均未见相关内容,此方面的研究或有待来日。浦安迪之外的西方汉学研究,与本研究相近的成果并不太多,原因仍在于这项工作对西方学者来说有较大难度。杨义的《中国叙事学》从结构、时间、视角、意象等角度讨论了与叙事传统相关的许多问题,提出"返回中国叙事本身","返回中国文化的原点,参照西方现代理论,贯通古今文史,融合以期创新"等高明之见。② 该书初版后记引苏格兰诗人彭斯语——"啊!我多么希望什么神明能赐予我们一种才能/可使我们能以别人的眼光来审查自我",可见作者在书稿完成时认识到研究自身传统需要引入"别人的眼光"。对此他还有更为明确的表述:"在牛津数月的价值,就在于借用西方人的眼光,来审视我读过的数千种中国叙事文学,在结构、视角、时间诸方面的中西对话中,使我获得了前所未有的新鲜感。"③但这一认识在该书中尚未来得及付诸实施,我们同样期待作者今后会有关于"中西对话"的大著问世。

以上匆匆的回眸一瞥,让我们看到叙事传统不但已列入一些重要学者的工作日程,相关研究正在向纵深方向推进,在推进过程中人们还意识到不能埋头向内,需要寻找中外叙事之关联或者说"以别人的眼光来审查自我"。在上述学术大家的启发、影响与鼓励之下,笔者20世纪末以来即

---

① 浦安迪教授讲演:《中国叙事学》,北京:北京大学出版社,1996年,第10—11页。
② 同上书,第10—36页。
③ 同上书,第458页。

有志于从事中西叙事的比较研究,主持了一系列相关项目,项目产生的成果以及后续研究为本研究的开展铺平了道路。① 浦安迪提出的寻找中外叙事之关联,以及杨义所说的希望借鉴"别人的眼光",在笔者的前期研究中已经见诸行动。《先秦叙事研究:关于中国叙事传统的形成》已对涉及叙事传统的一组关键词进行汉英对照与意义辨析,并对中西叙事传统的相互影响与激荡作了粗线条的勾勒:中国叙事在五四之前的百多年中并没有放射出特别的光彩,《红楼梦》等四大名著的印行都是19世纪之前的事情。而就在19世纪末至20世纪初的这段时间内,西方叙事有了突飞猛进的发展,但不能因为这短期的一蹶不振就将具有几千年传统的中国叙事看低了,在相当长的时间内一直是我们向别人放送影响,所以有必要将先秦以来的中国叙事传统提上研究日程。②《中国叙事学》进一步认为,尽管外来影响在相当长时期内遮蔽了我们对自身叙事传统的关注,但若以"长时段"眼光回望历史,则会使我们认识到叙事标准不能定于一尊:中西叙事各有不同的来源,其形态与模式自然会有许多差异,因此也无高低优劣之别。中国叙事学应当吸取他人经验,但不可能走与西方叙事学完全相同的道路,当前的中国叙事学研究应穿透百年来西方影响的"放送"迷雾,回望我们自身弥足珍贵的叙事传统。所以中国学者在探索普遍的叙事规律时,不能像西方学者那样只盯着西方的叙事作品,而应同时"兼顾"或者说更着重于自己身边的本土资源。这种融会中西的理论归纳与后经典叙事学兼容并蓄的精神一脉相承,有利于西方诞生的叙事学接上东方的"地气"③。以上举述表明,20世纪末以来笔者虽以研究本土叙事传统为己任,但一刻也没有忘记借助"他人的眼光"反观自身,"以西映中"一直是笔者努力追求的学术目标。这方面最有力的证据,是笔者1993年便承担了"比较叙述学"这一国家社科基金项目。其他如国家教委人文社会科学研究"八五"规划项目的名称"中国叙述学"、《先秦叙事研究》一书的副题——"关于中国叙事传统的形成"以及《中国比较文学》所刊拙文的标题《从西方叙事学到中国叙事学》,全都显

---

① 杨义:《中国叙事学》(图文版),北京:人民出版社,2009年,第10—36页。
② 傅修延:《先秦叙事研究:关于中国叙事传统的形成》,北京:东方出版社,1999年,第3—6页。
③ 傅修延:《从西方叙事学到中国叙事学》,《中国比较文学》2014年第4期,第13页。

示笔者是朝这一目标不断挺进。从事学术事业不能没有使命感,也不能没有宏大目标的召唤,认定一个既定目标后念兹在兹地对其作不懈追求,为之付出几十年的时间精力,是学人应有的学术品格。将前述陈平原、董乃斌、杨义、浦安迪和笔者的成果放在一起,可以看出它们最终的目标都是指向中西叙事传统比较研究,因此从学术史角度看,这一目标的确立乃是历史和逻辑的必然。

第三节　突破口

本研究的主要突破口有三。

一是主攻对象上的突破。如前所述,鲁迅、胡适等人是从研究小说入手来总结中国人的叙事经验,浦安迪、杨义的同名作《中国叙事学》也是在这方面用力。董乃斌意识到光是小说无法代表中国的整个文学叙事传统,故其《中国文学叙事传统研究》开始纳入小说之外如诗歌、戏剧、史传等门类的内容。而本研究在此基础上更进一步,将主攻对象扩大到包括神话(人类最初的叙事)、诗歌(包括韵文体的咏事之作)、小说(包括散文体的叙事文)、戏剧(包括后起的诸多演事形式)和民间叙事(包括口传、文字与非语言文字三个类别的叙事)等门类,并有叙事思想、叙事理论及关键词等方面的比较。这样做的理由是叙事行为并非只诉诸语言文字这一种媒介——学界目前反对"文本中心主义"的呼声甚为强烈,仅凭小说来总结叙事规律的做法已落后于时代。热拉尔·热奈特说:"从其名称来说,叙事学应当讨论所有的故事,实际上却是围绕着小说,把小说看作不言而喻的范本。"①罗兰·巴特如此形容叙事的跨门类存在:"叙事遍布于神话、传说、寓言、民间故事、小说、史诗、历史、悲剧、正剧、喜剧、哑剧、绘画(请想一想卡帕齐奥的《圣于絮尔》那幅画)、彩绘玻璃窗、电影、连环画、社会杂闻、会话。而且,以这些几乎无限的形式出现的叙事遍存于一切时代、一切地方、一切社会。"②赵毅衡更批评巴特列举的范围过于狭窄:"巴

---

① Gérard Genette, "Fictional Narrative, Factual Narrative", *Poetics Today*, 4(1990), p.755.
② 罗兰·巴特:《叙事作品结构分析导论》,张寅德译,载张寅德编选:《叙述学研究》,北京:中国社会科学出版社,1989年,第2页。

尔特开出的长单子,严重地缩小了叙述的范围,因为他感叹地列举的,都只是我们称为'文学艺术叙述'的体裁。在文学之外,叙述的范围远远广大得多。"①就具体操作而言,将"一切时代、一切地方、一切社会"的叙事都列入研究是无法做到的事情,但热奈特、巴特和赵毅衡等人的实际意思是叙事学应当尽可能地扩大对象范围,这在人文社科工作者各据鸿沟、各自为战的时代是不敢奢望之事。所幸现在有了重大项目攻关这种团队协作模式,可以将学有所长的专家集合在一起,用子课题形式囊括各个重要的叙事门类与分支。虽说不可能将有关对象"一网打尽",但那些处于学科边缘又对叙事传统有隐性塑形作用的对象,再也不会遗落在叙事学的研究领域之外了。

二是治学格局上的突破。当今学术研究的一个趋势是专业越分越细,"术业有专攻"固然不错,视野过于狭窄还是会影响到研究的触类旁通。与此同时,跨学科研究也成为目前学界的一个热点,这方面已经涌现出许多重要成果,不过也有人指出,如果本学科的基础打得不够扎实,遑论在两个学科的结合处做出超越前人的成绩。目前多数人的治学策略是经营一级学科(如中国语言文学和外国语言文学)之下某个不算太窄的专业领域,尽量不越出这一范围。然而本研究的学科属性为比较文学,对叙事传统作中西比较必须打通中学和西学,突破以往中西分隔的治学格局。学贯中西在过去的人看来是一个高不可攀的目标,钱锺书的学问在过去那个时代被当成一种奇迹,但今天的情况如前所述已大有不同,一些中青年学者不但能熟练阅读西语文献,所受的学术训练较之前的人也更为系统和完整,其治学格局已呈现出兼容并蓄、海纳百川的气象。王国维当年说:"异日发明光大我国之学术者,必在兼通世界学术之人。"②这一预言看来正在成为学术领域的现实。打通中西之外还要打通古今,研究叙事传统不应只是面向过去。《论传统》一书的作者爱德华·希尔斯认为人都是传统的产物,其所作所为、所思所想均为对前人的"近似重复"③;艾略特在《传统与个人才能》一文中劝告人们"不仅感觉到过去的过去性,而且

---

① 赵毅衡:《广义叙述学》,成都:四川大学出版社,2013年,第3页。
② 王国维:《宋元戏曲史》,上海:华东师范大学出版社,1995年,第53页。
③ 爱德华·希尔斯:《论传统》,傅铿、吕乐译,上海:上海人民出版社,2014年,第37页。

也感觉到它的现在性"①。这些论说可能会让人觉得有些费解,不过只要看到现实生活中某个人长得越来越像其父亲乃至祖父,我们就会明白他们所要表达的意思。叙事传统在某种意义上就像是遗传学上的"家族特征",那些世代相传的故事及其讲述方式凝聚着我们祖先的经验和智慧,只有弄明白自己从何处来,才可能想清楚今后向何处去。讲好现在和未来的中国故事需要本研究的助力,任何"接地气"的讲述方式都离不开本土叙事传统的滋养。

三是研究方法上的突破。本研究在方法论上的一大创新,在于从感官倚重角度阐释中西文化差异及其影响下的叙事传统之别。从文化差异上找原因并无新意,但从感官倚重角度切入文化的深层即感知层面,从对视听的"路径依赖"来探寻中西之别的成因,这样的切入角度在同类研究中尚未有过。马歇尔·麦克卢汉认为感知媒介或途径对信息接受有决定性影响,其代表性观点——"媒介即信息"说的是人们通过什么去感知,决定了他们感知到什么。② 将这种理论用于研究感官倚重上的文化差异,我们会看到相对于"视觉优先"在西方的较早出现,中国在长时段内保持着听觉社会的许多特征:如果说西方文化是"以视为知"的文化,那么中国文化便可用"听觉统摄"来概括,也就是说我们的古人重视"看",但更倾向于用"听"来统摄甚至指代包括视觉在内的各种感知(如"听戏""听政""听讼""听力"等表述)。"以视为知"使得感知倾向于事物的外观与表象,西方人因此更注重事物之间"看"得出来的关联,具体到讲故事行为中的事件组织层面,这种关联就是亚里士多德(又译亚里斯多德)和其他西方文论家经常提到的"头、身、尾一以贯之的有机结构"③。而在听觉感知的模糊性与不确定性的支配下,我们古人心目中的结构有显隐、明晦与表里等区分,外在的显性关联对他们来说并不是那么重要。由于希望读者有较高程度的卷入,一些作家甚至刻意不让人轻易"看"出其笔下的关联,所以金圣叹在解释"草蛇灰线法"时会说:"骤看之,有如无物,及至细寻,其中

---

① 托·斯·艾略特:《传统与个人才能》,载托·斯·艾略特:《艾略特文学论文集》,李赋宁译注,南昌:百花洲文艺出版社,1994年,第2页。
② 马歇尔·麦克卢汉:《理解媒介——论人的延伸》,何道宽译,北京:商务印书馆,2000年,第16—34页。
③ 浦安迪教授讲演:《中国叙事学》,北京:北京大学出版社,1996年,第56页;参见亚里斯多德:《诗学》,罗念生译,北京:人民文学出版社,1962年,第24页。

便有一条线索,拽之通体俱动。"①西方人一般来说喜欢流畅连贯的故事讲述,我们的古人却觉得无间隔的连续叙事让人觉得"累缀",所以"必叙别事以间之",这就是"横云断山""横桥锁溪"等间隔手法的由来。② 总之,本研究试图开辟一条从感知途径入手的新路,新路两旁有新的风景,因此为这种探索多付出一些辛劳还是值得的。③

---

① 施耐庵著,金圣叹评:《金圣叹批评水浒传》(上),刘一舟校点,济南:齐鲁书社,1991年,第24页。
② 罗贯中:《三国志演义》,毛纶、毛宗岗评改,济南:山东文艺出版社,1991年,第10页。
③ 关于研究方法的突破,参见傅修延:《为什么麦克卢汉说中国人是"听觉人"——中国文化的听觉传统及其对叙事的影响》,《文学评论》2016年第1期。该文选入中国社会科学院文学研究所编:《〈文学评论〉六十年纪念文选》(第一卷),北京:社会科学文献出版社,2017年,第321—339页。

第二章
关键词：中西叙事理论比较研究的新路径

中国学界自觉的叙事学研究始自20世纪80年代中后期，三十余年来取得的成绩有目共睹，但也始终存在一个未能有效突破的瓶颈，那就是，西方叙事理论风骚独领的格局没有彻底打破，本土叙事学依然步履蹒跚地行走在建设的路途之上，契合中国叙事传统的理论话语系统远未确立。由是之故，本章倡言以中西叙事理论关键词辨析为具体入口，在两种理论形态之间展开比较，为进一步推动中国叙事学研究，构建有中国特色的叙事话语系统找寻新的路径。

第一节 为何比较：烛照盲区与深化理解

众所周知，"比较"是人类认识世界与自身的普遍方式，"一切价值都由比较得来，不比较无由见长短优劣"[①]。"比较"之所以成为人文社科研究的重要方法，根源在于"比较"天然具备"透视"与"反观"的功能。"透视"令比较的双方更加透彻地洞察对方的特点，参照物的存在又为"反观"自身的盲区提供了依据。中国当前文论研究中各种西式理论表现强势，本土理论几近失声。这种被曹顺庆称为"失语症"[②]的现象在叙事理论与批评中的突出表现，就是概念术语的套用、误用与滥用，有些人甚至不惜

---

① 朱光潜：《抗战版序》，载朱光潜：《诗论》，桂林：漓江出版社，2012年，第2页。
② 曹顺庆：《文论失语症与文化病态》，《文艺争鸣》1996年第2期，第50页。

削足适履，明明可以用自身话语来表达却偏要鹦鹉学舌。因此，总结中国叙事理论，努力构建有本土特色的叙事理论话语系统，已成当务之急。要实现此目标，我们就不能画地为牢，搞孤立主义与自我设限，而应该积极发挥西方理论的"他者"作用，让其理论特质成为烛照中国叙事理论的窗口。雷·韦勒克说得好："如果仅仅用某一种语言来探讨文学问题，仅仅把这种探讨局限在用那种语言写成的作品和资料中，就会引起荒唐的后果。"① 刘若愚说得更为明白："在历史上互不关联的批评传统的比较研究，例如中国和西方之间的比较，在理论的层次上会比在实际的层次上导出更丰硕的成果……文学理论的比较研究，可以导致对所有文学的更佳了解。"②

若将刘若愚的观点置于中西叙事理论比较的语境之下，那么这里所谓"更佳了解"至少包含两层意思：其一是发现既有中国叙事学研究中的"盲区"，消除"盲区"的过程就是更好地理解中国叙事理论的形态、内涵与特质的过程；其二是更好地理解叙事活动的普遍规律。中西叙事尽管存在民族、语言与文化的巨大差异，但是作为人类对宇宙人生的一种认知与表达，其中必定存有共通规律，我们的任务就是在比较中努力找寻这些规律。从这个意义上说，进行中西叙事理论比较，应该能为突破前述瓶颈找到一个解决方法，为中国的叙事学研究开拓新的学术增长点。

且以中国古典小说的"缀段性"结构为例略加说明。众所周知，明清小说多具穿插性情节，人物与事件往往俱来俱去③，缺乏所谓"一以贯之的有机结构"④，这种被称为"缀段性"的结构屡遭讥评。然而宇文所安的研究却表明，类似结构其实早就出现在《左传》之中。像浦安迪、鲁迅与胡适等人一样，宇文所安也认为《左传》的情节"缺乏把整个叙事统一为有机整体的力量"，但是他的解释则颇具启示意义：

> 《左传》的叙事模式很好地再现了当时的政治历史：许多封建诸侯国在相互争斗，不断变换它们的联盟，个别诸侯国时而得势时而又失势。在错综复杂而常常变化的关系网中，叙事中心被分散了。叙

---

① 雷·韦勒克，奥·沃伦：《文学理论》，刘象愚、邢培明、陈圣生等译，北京：生活·读书·新知三联书店，1984年，第46页。
② 刘若愚：《中国文学理论》，杜国清译，南京：江苏教育出版社，2006年，第3页。
③ 鲁迅：《中国小说史略》，载鲁迅：《鲁迅全集》（第九卷），北京：人民文学出版社，1981年，第226页。
④ 浦安迪教授讲演：《中国叙事学》，北京：北京大学出版社，1996年，第56页。

事的统一性一般来说总是依赖于个人、行动尤其是结局。但是在《左传》里,只有不够稳定的临时性结尾,不足以把各条叙事线索系在一起。诸侯国里的霸主可以维系某种联合,但是他们一旦去世,这种联合也就瓦解了。①

两相对照起来,宇文所安的研究至少给人以下启示:从历史渊源来看,"缀段性"结构并非明清奇书文体的"专利",其源头现在看来可溯及《左传》。考虑到《左传》在中国叙事文学中的崇高地位,他的发现为认识中国小说与史传的密切关系提供了又一有力例证。

从研究范式来看,宇文所安把叙事模式的成因与历史情状关联起来,这样的理解已然带有发生学的考察意味:人与事俱来俱去的结构安排,实乃人物在历史舞台"你方唱罢我登场"的形式象征。它以间接的方式折射生活,与生活保持着深层的同构关系。换言之,生活不仅为叙述提供了题材来源,还是叙述形式的终极决定力量。

宇文所安的意义并不在于为"缀段性"结构恢复"名誉"这一结果,而在于为其存在理由提供了令人信服的学理解释本身。若循此思路荡漾生发开去,人们完全可以追问:国人讲故事喜欢从"自古以来"讲起,是何原因造就了这种追根溯源式偏好?中国小说里的"书场"痕迹除去经济发展的因素之外,还有哪些因素参与其间?明清小说评点多为吉光片羽式的妙语精言,此类"点"到为止的话语方式缘何而来?等等。当然,对这些问题的全面解答肯定非西方叙事理论所能,西方叙事理论亦非万能灵药,可以包治百病,然而它们的存在与引入,照亮了我们"灯塔下的黑暗",它让我们意识到,我们的叙事文化里还有大量值得深入思考的领域,这种发现问题的功能往往比解答问题更具价值。

开展中西叙事理论比较研究,也有助于将叙事普遍规律的探索与思考推向深入。比如"narratology"的译名问题。围绕"叙述"还是"叙事"的选用,中国学界曾进行过深入的讨论②。二者看似一字之差,实则牵涉到

---

① 宇文所安:《叙事的内驱力》,载宇文所安:《他山的石头记——宇文所安自选集》,田晓菲译,南京:江苏人民出版社,2003年,第70页。

② 本次讨论主要发生在赵毅衡与申丹之间。详情请参见《"叙事"还是"叙述"?——一个不能再"权宜"下去的术语混乱》与《也谈"叙事"还是"叙述"》两篇论文,文章分别载于《外国文学评论》2009年第2期(第228—232页)与第3期(第219—229页)。

叙事学的一个重大理论问题:"事件"到底是叙述的结果还是自在之物?赵毅衡"事"由"叙"出的主张,包含浓厚的语言本体论意味:世界是语言的产物,事件由言说(叙述)支配。这一观点,与他意欲把叙事学引向哲学研究之途的理念密不可分。① 申丹则认为"叙述""叙事"不可偏废。这一方面固然是受西方叙事理论"话语"与"故事"二分法的影响,另一方面恐怕也与中国史传文化里"事件"历来就有独立地位的认知传统有关。无论是"左史记言,右史记事",还是司马迁"不虚美,不隐恶"的"实录"精神,甚或刘知几的"采撰说",国人更倾向于认定"事件"是个先在的实体,史家的任务只是如何对其进行甄别、选择与调度。这种"事"在"叙"先的理解,自然将"叙"划入策略技巧一隅。现今学界叙事理论工具化的观念相当流行,部分原因当可归于此处。

结构主义叙事学以总结放之四海而皆准的叙事语法为己任,后经典叙事学则引入性别政治、权力话语以及后殖民主义等理论资源,进一步拓展了研究的空间。上述中国学者的讨论则表明,叙事学在走向"广义"的道路上,还可加上哲学思考或者传统考察等方向途径(当然还有更多其他途径),一旦新的道路得以开辟,又必然衍生更多新的问题等待我们去解答。仅以传统考察而论,我们就完全可以做如下进一步的思考:我们的叙事传统是什么,有何主要特征?这个传统是如何形成的?传统中的哪些因素制约着我们的叙事方式?在理论概念中如何追踪传统的痕迹?如是等等。理论研究的这种"接着讲"模式,对于我们探究叙事学的学科性质与规律大有裨益。我们有理由相信,只要锲而不舍,沿此道路做持之以恒的努力,我们就必将收获更多的理论惊喜。

中西叙事理论比较的意义当然远不止此,若非篇幅有限,我们完全可以列举更多的研究价值来加以说明,比方说提振民族文化的自信心与自豪感,纠正学界对本土理论程度不同的偏见,以及清除自我矮化的学术心理,等等。不过我们始终认为,这些价值目标的真正实现,还有赖于我们在理论比较方面拿出令人信服的成果来支撑,否则就极有可能陷入盲目乐观的境地。仰望星空固然美好,脚踏实地至为关键,我们更愿意做些扎实有效的基础性工作,稳妥地推进中国叙事理论的建设事业。

---

① 赵毅衡:《哲学符号学:意义世界的形成》,成都:四川大学出版社,2017年,第3页。

第二节　以何比较：作为"文化"与"事件"的关键词

中西叙事理论关键词是两种理论形态的思想交集，以之为切入口并对之进行系统辨析，是推动比较研究的有效途径。

关键词之所以"关键"，在于它是理论的精华与浓缩，掌控着理论的思想密码，拥有区分于其他理论的独特标识。《现代汉语词典》将"理论"一词解释为"人们由实践概括出来的关于自然界和社会的知识的有系统的结论"。在人文社科领域，理论家们往往创设具有独创性与概括性的知识系统来解答面对的问题。由于问题各不相同，以及观察角度的巨大差异，理论的类型因而也就千差万别。一种理论的思想、观念及其区别于其他理论的地方，往往要通过概念、范畴与术语来加以表达，特别是某些核心范畴更是理解该理论的"钥匙"，这也正是它们被名之为"Keywords"的根本原因。

按照吴炫的说法，真正的"理论"不等于"理论研究"。后者只是对既有理论进行阐释，前者则是理论家对时代社会的具体问题进行"发问"的结果。[①] 叙事理论关键词作为叙事学家"发问"中西叙事问题的思想精粹，往往比一般性概念更能凸显叙事理论的特质。比方说，"深层结构"一词体现了结构主义者追寻万千故事背后共通规则的强烈愿望；"功能"概念凝聚着弗·雅·普罗普（Vladimir Propp）归纳俄国民间故事角色类型的内在动机；韦恩·布斯（Wayne C. Booth）提出"隐含作者"，为的是强调文本意图自身的独立性，试图在文本意图与真实作者之间建立缓冲地带；孔子开创的"春秋笔法"，包含的则是其在政治理想与道德表达之间寻求妥协的良苦用心。叙事学本来就是以概念见长的学科，抓住核心概念（关键词）就等于抓住其理论思想的"牛鼻子"，纲既举则目易张，更易获得事半功倍的研究功效。

仅仅将关键词视作理论网络中的枢纽，恐怕还失之平面化，倘若将视野向学科史的纵深延伸，便会发现它们还具有"文化印记"与"事件印记"的双重性质。所谓"文化印记"，是指关键词往往烙有时代社会的思想、观

---

① 吴炫:《什么是真正的理论?》,《文艺理论研究》2010年第4期,第2页。

念与文化的印痕,它们被"交织"在关键词的理论"纹理"之中,随其不断使用而逐渐固定下来。它们既是文化传统的产物,又是文化传统的表征,是"意味深长且具指示性的词。它们的某些用法与了解'文化''社会'(两个最普遍的词汇)的方法息息相关"①。譬如"叙"字在中国文化里不但有"叙说"之意,更有"次序""秩序"之义(《说文解字诂林》就将其释为"次弟",即次序、次第)。从表面上看,"叙事"一词似乎只涉及事件的材料择取与时间安排,一旦考虑到中国讲究长幼有序的人伦法则以及"史贵于文"的文类次序,该词暗含的秩序感就有向"崇礼"与"崇史"的文化传统进行双重致敬的意味。

所谓"事件印记",是说关键词不是理论著作中冰冷抽象的语码符号,而是学科发展史上重大事件的无声见证,它以缄默的方式参与理论史,铭刻着理论思想激荡前行的历程,不少关键词本身就是规模不一的隐性"叙事"。譬如克洛德·列维-斯特劳斯(Claude Levi-Strauss)与让-保尔·萨特(Jean-Paul Sartre)的唇枪舌剑被"铭刻"在"神话结构"一词里,罗兰·巴特(Roland Barthes)与法国学院派教授的针锋相对被"内嵌"在"文学科学"一语中;"叙事"(或者"叙述")交织着赵毅衡与申丹的观念碰撞,至于"隐含作者",学界对之展开的讨论,无论是参与的广泛度、热烈度还是持久度,都堪称标准的网络"学术事件"②,其余波至今尚未完全停歇。文化因素的渗入,在关键词的知识系统里增加了厚重的历史感,事件因素的添加则又赋予其鲜活的生命气息,理论的风云变幻正是这般通过系列学术事件体现出来。当代文化研究出现号称"叙事转向"的新趋势,产生这种转向的原因之一,就是要以讲故事的方式来改变以往理论研究刻板生硬的面貌,让理论写作更具活泼灵动的学术品格。事件性因素的"加盟",为开展生动丰满的叙事理论比较提供了可能。关键词这种文化与事件"双性合一"的优势,也为一般理论考察所难企及。

学界当前的"关键词"研究成果以及范式实践,为研究的开展提供了方法论依据。按照托马斯·S.库恩(Thomas S. Kuhn)的观点,"范式"是

---

① 雷蒙·威廉斯:《关键词:文化与社会的词汇》,刘建基译,北京:生活·读书·新知三联书店,2005年,第7页。
② 申丹、韩加明、王丽亚:《英美小说叙事理论研究》,北京:北京大学出版社,2005年,第388—389页。

指科学研究中知识共同体在解决问题时所采用的相似的认知与应对方式,"范式"的更迭预示着人们理解世界的方式在发生变更,一部科学史就是一部"范式"被不断创造又被不断取代的历史。21世纪初,雷蒙·威廉斯《关键词:文化与社会的词汇》一书中译本的出版,为苦寻创新之路的文论界带来的正是这样一种启示性范式,由此国内掀起了一波"关键词"的研究热潮。在此热潮影响下,文化研究领域翻译出版了一批颇具分量的理论著作,如丹尼·卡瓦拉罗(Dani Cavallaro)的《文化理论关键词》(张卫东等译)、安德鲁·本尼特(Andrew Bennett)与尼古拉·罗伊尔(Nicholas Royle)合著的《关键词:文学、批评与理论导论》(汪正龙等译)、镜味治也的《文化关键词》(张泓明译)、赵一凡等主编的《西方文论关键词》、王晓路等的《文化批评关键词研究》、汪民安与周宪各自主编(编著)却又同名的《文化研究关键词》、李建中与高文强主编的《文化关键词研究》,以及胡亚敏主编的《西方文论关键词与当代中国》等。若将《外国文学》"西方文论关键词"栏目2011—2014年间刊发的系列论文计算在内,则此阵营将更为壮观。

上述成果不但丰富了学界对文化研究若干热点问题的认知,在范式创新上也颇见成效,成功探索出"关键词"研究的若干"亚范式",如李建中的"生命历程法"、周宪的"对映彰显法"以及胡亚敏的"历史场域法"等。此中值得一提的是"历史场域法"。胡亚敏一方面引入布迪厄的"场域"理论,用初始、生成、延展、本土四个"场域"对威廉斯的"社会"与"文化"进行适度改造细分,把"关键词"的社会文化意义落实到具体"场域"之中;另一方面又按新时期中国文学批评的发展轨迹来精选"关键词",让"关键词"的选择与排序成为关于这段历史的一种"叙事"。胡亚敏的这一理路,相当成功地解决了有些"关键词"研究中词与词之间存在较大逻辑罅隙的问题,整个研究也就显得浑然一体。文学理论研究更多属于"推进性或拓展性研究,这就需要审视原有的研究方式,不断地变换角度看待固有的问题和新近出现的问题,始终拥有某种问题和研究范式更新的意识"[①],中国学界的上述成果与范式经验,为我们贡献了诸多弥足珍贵的范例。我们站在前贤厚实的肩膀上,具有更为充足的理由对自己的目标设定保持自信。

---

① 王晓路等:《文化批评关键词研究》,北京:北京大学出版社,2007年,第4页。

需要指出的是,目前的"关键词"研究多集中在文化研究领域,文学理论中单个学科的"关键词"研究尚未出现,比方说,我们还未看到"后殖民主义理论关键词""权力话语理论关键词"一类的研究成果。就此而言,以"关键词"考察带动中西叙事理论的比较研究还具有一定的创新价值。

第三节 如何比较:立场原则与主要方法

行文至此,我们应该就如何以"关键词"研究带动中西叙事理论比较,以及构建有中国特色的叙事话语系统做出尝试性回答。

一、秉持"以西映中"的基本立场

这一立场由我们的研究目标以及繁荣我国优秀传统文化的国家战略所共同决定。所谓"以西映中",就是立足中国的叙事理论资源,将西方叙事理论的思想蕴含、话语方式等作为参照,通过对中国资源的细致梳理,发掘中国叙事理论的思想精髓与发展脉络,努力呈现其理论潜质与话语形态。同时,西方叙事理论的特点与优势也在这种映照中得到彰明,在研究重心上表现为以我为主,在研究形态上表现为中"主"西"副"的双线交织。"以西映中"为的是如鲁迅先生所说的"审己"。先生早就说过:"欲扬宗邦之真大,首在审己,亦必知人,比较既周,爰生自觉。"[①]雷·韦勒克也曾指出,不要指望民族文学之间的差异会真正消失,因为没有任何一个民族会愿意放弃自己的个性。"映"是比较,更是启迪。王国维《人间词话》中"境界"说的横空出世,不能抹杀叔本华的"直观"说与席勒"游戏"论的启迪之功;朱光潜《诗论》对中国诗歌声律规则的总结,也不能无视西方诗歌理论的"映照"贡献。梁漱溟的《东西文化及其哲学》认为中国"为人生"的伦理文化必有光明前景,其信念源自对西方文化只知一味借理智外求的缺憾有着深刻洞察。中国现代那些具有开创性意义的学术成果,其立场大都指向中国问题。倘若作为中国学人的我们在进行理论比较时,却将立意重心倾注在西方叙事理论那里,这样做与我们的研究初衷岂非背道而驰?

---

① 鲁迅:《摩罗诗力说》,载鲁迅《鲁迅全集》(第一卷),北京:人民文学出版社,1981年,第67页。

在中华民族走向全面复兴的伟大时代，传承和弘扬中华优秀文化传统，讲好中国故事，已经上升为国家意志与国家战略。要实现这一伟大目标，就必须对中华优秀传统文化的历史渊源、发展脉络及基本走向做到心中有数，讲清楚中华文化的独特创造、价值理念、鲜明特色究竟在什么地方，如此方能令人信服。从这个意义上说，"以西映中"，给予中国叙事理论更多关注，不只是比较文学学科的要求使然，更是对时代社会精神召唤的热切回应。

秉持"以西映中"的基本立场，需要特别警惕两种倾向。一种是因为强调"西"的映衬作用，以致在实践中不由自主地以"西"的评判标准看待中国叙事理论，搞"非秦者去，为客者逐"的那一套，其结果是依然走上以西"压"中、以西"蔽"中的老路。另一种则刚好相反，本土立场被无限强调，自我不断膨胀，最终演变为唯我独尊的民族至上主义。其实西方叙事理论也好，中国叙事理论也罢，无非是对各自的叙事现象、活动与观念的理论总结。它们之间固然有认知途径、形态特点与言说方式等方面的区别，但根本不存在价值判断上的优劣之分，将任何一方凌驾于另一方之上的做法，都是十分荒唐可笑的。美国学者乌尔利希·维斯坦因曾以自己的亲身体会，语重心长地提醒我们，对本民族的文学遗产抱有深切的自豪感，是完全正当的，但是自豪感不应阻碍"一种不带偏见的、跨国别的观点的形成"，文学研究中的民族至上主义倾向必须克服。[①] 如何在叙事理论的比较研究中避免重蹈欧洲中心主义的覆辙，维斯坦因的告诫值得我们时时铭记在心。

二、遵循叙事逻辑的基本框架

叙事活动包含了"谁讲故事"（叙述者）、"什么故事"（文本）以及"谁听故事"（接受者）三个核心逻辑环节，每个环节又可衍生出更多的次生环节来。叙事学作为研究讲故事的学问，当它试图对叙事活动进行理论概括时，其概念范畴就必须内在服从这些逻辑环节。我们应紧密依托这个逻辑框架，按概括力的大小与重要性的高低，遴选出相应的关键词来进行比较。

---

① 乌尔利希·维斯坦因：《我们从何处来，是什么，去何方》，韩冀宁译，载孙景尧选编：《新概念 新方法 新探索——当代西方比较文学论文选》，桂林：漓江出版社，1987年，第32页。

威廉斯的关键词研究诚然具有强大的范式意义,但是他按字母排序的做法,较难使关键词的语义联系"集中化"与"族群化",无形中削弱了语义砥砺激荡的实际效果。读者须将"文学""艺术""小说"等词有意聚拢在一起,才能形成语义的"环绕效应",但它们与"垄断""暴力""农民"等词究竟有多少语义联系确实难以看出。也许正是意识到这个问题,威廉斯才每每于一词释义之后,还要在文末用"参见"的方式来提醒读者加以注意。倘若说雷蒙·威廉斯的词词关系是"松散分离式"的,那么我们的词词关系则是"连续递进式"的。我们将关键词选择基本限定在叙事"主(客)体""文本(体)""修辞""阅读"及"评价"诸方面,相邻关键词之间的联系由于前述逻辑框架的限定而显得更为缜密。

三、确立通约优先、彰明本土的择词原则

关键词应当尽可能从中西叙事的理论交集中产生,必须具备较大程度的通约性与统摄性,对中西共通的叙事现象应具理论概括力、描述力与阐释力,借此实现关键词对中西叙事理论比较的贯通效应,在此条件得到充分满足的基础上,给予中国叙事理论的概念术语更多关注。我们的择词方法主要有三:

首先是"合理移植",即有原则地奉行"拿来主义",将西方那些经高频使用而被证明行之有效的概念(如"叙述者""视角""隐含作者"等)径直列为关键词,用以充实本土理论话语库,使之成为中国叙事理论话语系统不可分割的部分。杰拉德·普林斯在《叙述学词典》里曾就"引语"的类型进行过精细区分[①],其严谨态度无疑令人敬佩,但对无主宾格之分、无时态之别的汉语而言,"引语"词条在阐释中国叙事现象方面,成效似乎相当有限,像这样通约程度较低的术语就不宜过多考虑。

其次是"旧语新用",即对中国叙事理论中那些有生命力、涵盖力的概念委以重任,让它在中西叙事思想与文化的碰撞激荡中绽放理论的光华。比如"知音"一词,就其内涵而言,它与西方叙事理论的"隐含读者""理想读者"高度相通。刘勰"知音其难哉"的感慨,说明中西学人均深感"理想的"理解不易通达,倘若将其与"心声""弦外之音"等词语以及儒家礼乐文

---

① 杰拉德·普林斯:《叙述学词典》(修订版),乔国强、李孝弟译,上海:上海译文出版社,2011年,第80—83页。

化结合考察,则又不难从中辨析出中国阅读文化的"重听"传统。再如用"铺叙"来概括有意放慢叙事节奏,延缓叙事进程,对事件进行多层面精细叙述的现象,就可能比"狮子滚球"这样的形象表达更为精练准确,同时该词又能与西方叙事学中的"时间""频率"等概念的内涵实现某种打通。我们建构自己的叙事理论话语体系,尤应注意对类似"知音""铺叙"这样的概念加以发掘提炼。

最后是"自铸新词"。"自铸新词"更多表现为一种谨慎的理论尝试,是指在不违背汉语表达习惯的前提之下,为适应叙事学研究的新进展而锻造新词。西方叙事学诸概念(如"聚焦""展示""视点"等)的视觉中心主义色彩相当强烈,近年来,随着听觉文化研究的迅猛崛起,学界尝试创设了"聆察""音景"[①]等侧重听觉考察的术语。实践表明,它们对于描述叙事中的听觉感知颇为有效。"自铸新词"也许难以做到尽善尽美,但是考虑到本土话语建设尚处于起步阶段,还需要多方探求其实现路径,因此谨慎地进行此类尝试亦非毫无必要。

四、明确历史语义学与谱系学相统一的释义路径

我们强调对关键词进行历史语义学探究,主张从其栖身的历史文化语境中去追寻它的语义变迁轨迹,认为语义是随历史与文化场域不断变化而动态生成的结果,是具有丰富文化蕴含的意义集合体。因此,研究一方面必须沿词语的渊源史来勾勒其知识谱系,描述其语义的构成与转换,另一方面又必须通过语义探求来反观中西文化传统,以及二者在思想观念与运思方式上的差异。应该明确的是,这里所说的历史,并非总是按因果逻辑串接而成的线性历史,而是充满无数断裂的、非连贯性的历史,"各种力量有时平行展开,有时前后交错,但总是表现出不同的进度,通过相当松散的因果网络互相联结"[②]。因此关键词很难具有稳固的语义,其语义更多是由历史文化诸要素相互缠绕、碰撞、质疑与对话而构成的"星系"网络。比如"叙事学"一词,只有把德国形态学的"合成"与"分类"观念对

[①] 参见傅修延《论音景》《论聆察》两篇论文,分别载《外国文学研究》2015年第5期(第59—69页)与《文艺理论研究》2016年第1期(第26—34页)。

[②] 戴维·赫尔曼:《叙事理论的历史(上):早期发展的谱系》,马海良译,载James Phelan, Peter J. Rabinowitz主编:《当代叙事理论指南》,申丹、马海良、宁一中等译,北京:北京大学出版社,2007年,第19—20页。

俄国学者的启示,以及诺思罗普·弗莱(Northrop Frye)《批评的剖析》与法国结构主义的不谋而合都考虑在内,我们才能突破"俄国形式主义→布拉格学派→法国结构主义"的线性认知,对叙事学史的复杂性有着更为深切的洞察。同样,中国小说的"书场模式"既是经济发展与城市繁荣的结果,也是史传传统与"讲经"活动延宕开来并形成"合力"的产物,片面强调某个因素的决定作用,都可能对其他因素形成遮蔽,造成现象成因的"不可靠叙述"。这种摒弃线性描述,代之以有机观念的谱系学方法,比惯常的线性考察更具原生质感,更能真切地触摸到历史的真实脉搏。

第三章
论叙事传统

叙事的本质是叙述事件，也就是通常所说的讲故事，当然现在的讲故事已不仅是诉诸语言或文字，传媒变革导致今人正以前所未有的多种方式接触到形形色色的叙事。传统为世代所传之统，可传之统包括血统、文统、道统、学统、法统和国统等。① 从最简单的意义上说，叙事传统指的是世代相传的故事讲述方式。在走向全面复兴的时代大潮的推动之下，国内学界对本土叙事传统的研究热情也在不断提升，以标志性的国家社科基金重大招标项目为例，近几年都有以"叙事传统"为关键词的研究列入招标指南②，与叙事传统有关的论文著作更如雨后春笋不断涌现。这种情况决定了对这一核心概念的理解应走向深化，本章拟从学理角度对其作正本清源的辨析，以期为相关研究及当前倡导的"讲好中国故事"提供学术助力。

让我们首先从传统说起。

第一节 传统

对传统的阐释可谓众说纷纭，把传统问题说清楚可能需要不止一本

---

① 《后汉书·东夷列传·倭》："自武帝灭朝鲜，使驿通于汉者三十许国，国皆称王，世世传统。"
② 2015年和2016年分别有"中国诗歌叙事传统""中西叙事传统比较研究"列入国家社科基金规划办公室公布的招标指南。

书的篇幅,为了避免烦冗,我们不妨反弹琵琶,通过纠正某些具有普遍性的误解来表明自己的认识。

一、传统并非固定不变

传统在一般人印象中属于不再变化的过去,这是本章亟欲纠正的第一大误解。传统固然是世代所传,但在传递的过程中,传统本身也在发生微妙变化。上一代人传给下一代的,与下一代传给再下一代的不会完全一样,因为传递者会在传递对象上留下自己的痕迹甚至烙印。表面上看,传统是沿着时间箭头代复一代地向下延续,但是每一代人对传统的贡献却是一种反方向的向上回馈。欧文·白璧德看到"杰出作品就像是一条绵绵不断的金链,把更永恒的作品连接为一个完整的传统"①,他的学生 T. S. 艾略特则不但看到"现存的不朽作品联合起来形成一个完美的体系",还认识到"新鲜事物的介入"导致作为体系存在的传统本身也在发生改变:

> 当一件新的艺术品被创作出来时,一切早于它的艺术品都同时受到了某种影响。现存的不朽作品联合起来形成一个完美的体系。由于新的(真正新的)艺术品加入它们的行列中,这个完美体系就会发生一些修改。在新作品来临之前,现有的体系是完整的。但当新鲜事物介入之后,体系若还要存在下去,那么整个的现有体系必须有所修改,尽管修改是微乎其微的。于是每件艺术品和整个体系之间的关系、比例、价值便得到了重新的调整,这就意味着旧事物和新事物之间取得了一致。②

任何事物都有其"质的规定性"。传统作为世代所传之统,这一本质决定了它的使命是不断向下延续,然而如果只是一成不变的陈陈相因,这个封闭的体系必定会迅速走向衰亡,因此要想成为传统就必须开放体系的边界。艾略特此文指出了传统的动态性:传统就像一条由古及今的历史长河,如果途中不能获得八方来水的补给汇聚,这条长河不可能从过去一直流淌到现在。艾略特看到的还不止于此,引文还有另一层更为重要

---

① 欧文·白璧德:《论创新》,载欧文·白璧德:《文学与美国的大学》,张沛、张源译,北京:北京大学出版社,2004 年,第 155 页。
② 托·斯·艾略特:《传统与个人才能》,载托·斯·艾略特:《艾略特文学论文集》,李赋宁译注,南昌:百花洲文艺出版社,1994 年,第 3 页。

的意思,这就是传统并不像许多人想象的那样只属于过去:传统看起来似乎永远位于每一代人的身后,但每一代人的前行同时也在创造历史并导致身后传统的改变,因此传统总是在跟随每一代人的前行中不断调整自己的内部秩序。艾略特对此有精彩的归纳:"过去决定现在,现在也会修改过去。"①以《红楼梦》的问世为例,这棵参天大树甫一亮相便占据了古代小说林的中心位置,比它更早的各类小说——包括对其叙事范型有直接影响的"描摹世态,见其炎凉"的明代"人情小说"②,统统被迫起身给它腾出位置。受其冲击的还不只是小说传统。闻一多曾说:"我们这大半部文学史,实质上只是一部诗史。"③《红楼梦》的出现在很大程度上改变了过去"诗重稗轻"的观念,所谓"开谈不说《红楼梦》,纵读诗书也枉然",反映的就是一种"诗消稗长"的新局面。

二、传统不是纯粹客体

传统一词的拉丁文为 traditum,英文为 tradition,从 trade(贸易)这个词根,可以看出这个词有被传递、移送之义。我们这边由于经常提继承传统,人们印象中的传统也是一种代际间的传递之物,可以由人的主观意志来决定承传与否。这种认识是对传统的莫大误解,因为个人与传统之间并非简单的主客体关系,我们可以继承或不继承传统的某一方面,但从总体上说我们无法拒绝传统,因为我们本身就是传统的产物。如果将传统看作他者,等于说我们像孙悟空一样是从石头缝里蹦出来的。就某种意义而言,传统是一个把"小我"包裹在内的"大我",作为"小我"的个人要与传统这个"大我"决裂,就像想拔着自己的头发离开地球一样不可能。《西游记》曾描写孙悟空在如来佛掌心中的百般无奈,爱德华·希尔斯在《论传统》一书中也用"在过去的掌心中"来为第一章命名,该章主要强调传统对个人的决定性作用:

> 生活于任何特定时期的人们很少与同时生活的任何亲族成员相

---

① 托·斯·艾略特:《传统与个人才能》,载托·斯·艾略特:《艾略特文学论文集》,李赋宁译注,南昌:百花洲文艺出版社,1994年,第3页。
② 鲁迅:《中国小说史略》,载鲁迅:《鲁迅全集》(第九卷),北京:人民文学出版社,1981年,第179页。
③ 闻一多:《文学的历史动向》,载闻一多:《闻一多选集》(第一卷),成都:四川文艺出版社,1987年,第363—369页。

差三代以上。他们与过去所创造的事物、作品、语词和行为模式的直接接触，无论是物质的还是象征性的，其范围则广泛得多，在时间上可追溯到很远的过去。他们生活在来自过去的事物之中，他们的所作所为、所思所想，除去其个体特性差异之外，都是对他们出生前人们就一直在做，一直在想的事情的近似重复。①

希尔斯未对这一认识作理论阐发，我们不妨从现象学角度作点补充解释。对于人在时间中的存在，海德格尔在《存在与时间》中用"被抛""此在"和"沉沦"等术语作了许多讨论，借用这些词语的汉语字面意义，可以说个人来到世界上就是一种不由自主的"被抛"——上天像掷骰子一样把个人抛到对他来说完全陌生的世界上，对于"沉沦"到"此在"的命运安排，个人除了服从之外没有任何其他选择。② 希尔斯说任何个人的所作所为、所思所想都是对前人的"近似重复"，原因就在于"被抛"和"沉沦"使个人深陷于"过去的掌心"难以自拔，他的思想行为和表达方式不可能避免前人的影响，也不可能摆脱既有习惯的约束。传统事物中最难做出切割的是语言。东欧诗人保罗·策兰出生在一个说德语的犹太人家庭，其父母后来均死于纳粹集中营，但他创作时不得不用自己的母语，这就给他带来了一个最大的痛苦——"妈妈呀，我在用敌人的语言写诗！"在以"破旧立新"为开端的"十年浩劫"时期，以孔子为代表的传统文化遭受到最为激烈的批判，但批判者似乎并不介意使用孔子留下的"是可忍，孰不可忍"（《论语·八佾》）等表达方式。这种"用敌人的语言批判敌人"的做法，正好说明了传统的影响比人们意识到的更为强大，即便是在批判和否定传统时，人们仍在延续或肯定传统某些方面的价值。

三、传统难以理性对待

传统既然是一个将"小我"包裹在内的"大我"，作为"小我"的个人要

---

① 爱德华·希尔斯：《论传统》，傅铿、吕乐译，上海：上海人民出版社，2014年，第37页。
② "对于热衷于谈论'选择''机会'和'可能的世界'的人来说，'被抛'是一个令人扫兴和丧气的感觉，它表明人无法选择自己'实际的生存'，虽然未来之中确实存在着许多可能，但他也不得不面对同样多（如果不是更多）的不可能：不可能跳出所属的时代，不可能选择自己的父母，不可能避免与特定的人群共处，不可能拒绝做特定的事情。从这种悲观角度看人生，所有人都是被强行'抛'上某趟时间列车的乘客，他们在上车之后才知道自己的身份与搭乘的车次，坐在自己身边的还都是素昧平生的陌生乘客。"载傅修延：《济慈诗歌与诗论的现代价值》，北京：北京大学出版社，2014年，第184页。

想理性地对待传统便不那么容易——受自我意识和特定情感的影响,个人在涉及"我"或"我们"时很难做到完全客观公正。相对而言许多人可能不那么在意自己的尊严,但绝大多数人都不能容忍别人委屈自己安身立命的"母体"——包括父母、故乡、家族、民族和祖国等,即便造成这种冒犯的责任在于"母体"自身。《论语·子路》中叶公以"其父攘羊,而子证之"为"直",孔子则说"直"在"父为子隐,子为父隐"之中。传统当然也属个人的一种"母体",非理性的"亲亲相隐"心理同样左右着个人对传统的态度。实事求是地说,传统这条历史长河从来都是鱼龙混杂、泥沙俱下,虽然人们一直在说取其菁华,去其糟粕,但真要分清二者谈何容易,更何况还有众多非理性因素妨碍人们做客观分辨。

对于个人来说,传统除了上面所说母性之外还有神性,后者是人们难以理性对待传统的最大原因。神性这里指传统所具有的神圣克里斯玛特质,克里斯玛(Charisma)原为西方基督教用语,指的是因蒙受神恩而被赐予的超凡禀赋。马克斯·韦伯将其运用于普遍领域,"既用它来指具有神圣感召力的领袖人物的非凡体格特质或精神特质,如先知、巫师、立法者、军事首领和神话英雄等的超凡本领或神授能力,也用它来指一切与日常生活或世俗生活中的事物相对立的被认为是超自然的神圣特质,如皇家血统或贵族世系"[①]。希尔斯进一步扩大了它的内涵:"社会中的一系列行动模式、角色、制度、象征符号、思想观念和客观物质,由于人们相信它们与'终极的''决定秩序的'超凡力量相关联,同样具有令人敬畏、使人依从的神圣克里斯玛特质。"[②]不难看出,所谓克里斯玛特质属于非理性思维的产物,超自然的特质在世间事物中不可能真正存在,但由于上述对象在世间事物间显得过于出类拔萃,人们仍然像希尔斯所说的那样,相信这些对象与某种"决定秩序的"的终极力量存在关联,因而赋予其超凡脱俗的克里斯玛特质。被赋予克里斯玛特质的既有创造过历史的人物与影响深远的事件,也有相关事件发生的地点和时间,甚至还包括一些带有纪念碑意义的有形和无形的创造物。这些重要的人物和事件等不可能不在历史上留下深刻印记,人们因而视其为传统的化身,近乎本能地对其持尊重

---

① 傅铿:《传统、克里斯玛和理性化——译序》,载爱德华·希尔斯:《论传统》,傅铿、吕乐译,上海:上海人民出版社,2014年,第3页。

② 同上书,第4页。

态度。在英国,古老的君主制和王室成员不能成为玩笑的对象,外来人如涉及这一话题则有触犯禁忌之嫌。在美国,合众国的缔造者受到全民敬仰,《独立宣言》等历史文献在人们心目中如同圣物一般。在有几千年历史的中国,不管经历了多少次改朝换代,国人始终保持着对祖先与华夏文明的崇拜与热爱,这种对传统的感情很难用理性来解释,因为对克里斯玛事物的敬畏和依从往往渗入人的血脉和骨髓。

当然,也不是没有人提出过要用理性的态度来对待传统。欧洲18世纪的启蒙学者极度崇尚理性,他们建立了一个想象中的理性法庭,声称要用这个法庭来审判包括传统在内的既有一切:"一切都受到了最无情的批判;一切都必须在理性的法庭面前为自己的存在作辩护或者放弃存在的权利。"①然而任何存在都有其特定时空内的合理性,"最无情的批判"必然导致某些传统过早地"放弃存在的权利",因此这种态度本身就是有违理性精神的。在论及启蒙运动的弊端时,希尔斯不无感伤地说:"把人类从迷信和巫术信仰中解放出来已经走得如此之远,以致对许多人来说,一个道德上井然有序、人们对某些事物充满神圣感的世界之理想已经幻灭了。"②不仅如此,启蒙学者有时候不是让理性而是让自己来充当理性法庭的法官,他们在审判一切时唯独忘记了批判他们自己。20世纪以来国人对传统的批判,也屡屡出现这种用力过猛和对人不对己的情况。似此理性对待传统不像高举理性旗帜那样容易,没有人能完全做到凭理性行事。像启蒙学者那样强行用理性来审判传统,则又会危及传统的克里斯玛特质——一个被"祛魅"的传统是不可能传之久远的。

第二节 叙事传统

一、叙事与传统

传统包罗万象,叙事传统只是其中之一,但叙事传统与传统的关系非

---

① 弗·恩格斯:《反杜林论》,载中共中央马克思恩格斯列宁斯大林著作编译局编译:《马克思恩格斯文集》(第九卷),北京:人民出版社,2009年,第19—20页。
② 爱德华·希尔斯:《论传统》,傅铿、吕乐译,上海:上海人民出版社,2014年,第349页。

同一般,要想对其有深刻认识,必须首先理清叙事与传统之间的关系。

传统不会自动地往下传递,叙事是其薪尽火传的主要原因。诚然,观察和模仿也能实现某种程度的代际承续,但是缺乏逻辑联系的零散印象很容易失落,只有把信息作为事件或故事嵌入特定的时空框架,对相关人物、行动与环境等进行有组织的讲述,才有可能形成系统性的集体记忆,便于口口相传和代代相传。人类走过的道路荆棘丛生,讲述前人筚路蓝缕的故事,有利于后人从中汲取智慧和经验,找到解决当代问题的最佳途径。历史的相似性告诉我们,前人的遭遇往往会以某种形式在后世重演,后人之所以珍若拱璧般地守护自己的集体记忆,就是因为传统可以帮助自己少走弯路。"前人"这一概念指的是已经退出历史舞台的无数代人,从数量上说前人要比今人多,也就是说他们遭遇的事情要比今人多,凭借千百年积累下来的集体记忆,今人可以绕开前人曾经落入的陷阱,沿着前人开辟的道路继续行进,这不失为一种安全和稳当的行事策略。

就漫长的人类历史而言,文字传播的盛行只是最近才发生的事情,此前的集体记忆主要诉诸口头叙事。视觉中心时代的今人很难想象前人的听觉记忆能力是如何强大,所幸在人类非物质文化遗产保存较好的地区,仍有活态的口头叙事传统不绝如缕。我国藏族、蒙古族和柯尔克孜族集聚地区,活跃着一批传唱《格萨尔》《江格尔》《玛纳斯》等史诗的艺人。以表演《玛纳斯》的艺人为例,他们可以从夜晚唱到天明,在比赛期间甚至能连续演唱几天几夜。米尔曼·帕里和艾伯特·洛德曾对南斯拉夫地区的史诗演唱传统进行调查,共同创立了"帕里-洛德理论"或曰"口头程式理论",这一理论试图从学术角度解释艺人何以能记住成千上万的诗行。[①]不过该理论还不能说完全揭开了这一现象的秘密,因为一些文盲艺人对史诗的把握很难用程序和训练来解释——就像人群中的音乐天才或数学天才一样,他们记诵历史的能力与别人相比可谓鹤立鸡群。美国黑人作家亚历克斯·哈里撰写的历史小说《根》中,身为黑奴后裔的"我"长大后

[①] "这一理论将歌手们的诗歌语言理解为一种特殊的语言变体,它在功能上与日常用语不同,与歌手们在平常交际和非正式的语言环境中所使用的语言不同。由于在每一个层次上都借助传统的结构,从简单的片语到大规模的情节设计,所以说口头诗人在讲述故事时,遵循的是简单然而威力无比的原则,即在限度之内变化的原则。"载约翰·迈尔斯·弗里:《口头程式理论:口头传统研究概述》,朝戈金译,《民族文学研究》1997年第1期,第88页。

回冈比亚寻根,他惊愕地听说这个地方所有人的历史都以口耳相传的形式保留了下来:"一看到我震惊的神色,这些冈比亚人又向我说明每个人的历史都可追溯到远古没有文字的时代,当时人类的记忆、嘴巴和耳朵是唯一能储存和传播资讯消息的工具。他们说我们这些西方世界的人已习惯于'印刷的历史',因此几乎没人能够体会人类的记忆力可被训练至如何登峰造极的地步。"① 小说最后写"我"来到自己祖先的村庄,听一位老人讲授其家族的历史,老人最后讲到"大约在国王军队抵达的那年",家族中一位叫"康达"的男子外出砍木头后失踪,而这位"康达"就是"我"那被"白鬼子"掳往美国为奴的祖先!对于集体记忆的承传机制,小说中有这样的介绍:

> 在此国家一些较古老而且不是很文明的村落里可能发现一些被称为"史官"的老人,他们就像是一本历史的活字典。一位资深的史官通常是在六十五至七十五岁之间,在他们之下有一长列较年轻的史官——以及学徒男孩。当这些男孩将来有资格成为一位资深史官时,他已在老史官讲述长达几世纪的村落、种族、家庭或伟人历史的耳濡目染之下熏陶了四五十年。他们告诉我,整个黑非洲都是靠这种口述方式把远古迄今的年代志传下来的,因此这种传奇性的史官人物把非洲历史逐一不漏地说上三天也不会有所重复。②

传统不仅因叙事而传,与传统有关的叙事还经常创造传统或成为传统的替身。传统来自过去,过去的事物大多经受不住时光的磨蚀,今人更多是通过与传统有关的叙事获悉传统。这就导致能指取代了所指,用佛家的话来说就是指月亮的指头被当成了月亮本身。③ 欧美国家的圣诞习俗可谓虚构性叙事的产物。大多数人可能以为这一习俗在西方是"古已有之",实际上圣诞节在很长时期内只是人们用来安静休息的日子,直到1843年狄更斯出版小说《圣诞颂歌》之后,书中叙述的家人团聚、赠送礼物、相互祝福和共享盛宴等内容才为社会大众所效仿,并相沿成习变成近两百年来

---

① 亚历克斯·哈里:《根》,郑惠丹译,南京:译林出版社,1998年,第682页。
② 同上书,第638页。
③ "如人以手,指月示人,彼人因指,当应看月。若复观指,以为月体,此人岂唯亡失月轮,亦亡其指。"《楞严经》卷二。

的传统,书中人物所说的"Merry Christmas"亦随之成为流行的圣诞贺语。①所以很多人认为狄更斯是圣诞节之父,事实上这一切确实来自他的想象。叙事从来都是有目的性的,狄更斯写《圣诞颂歌》是为了纠正缺乏人情的逐利时弊,所有的故事后面都可发现有某种动机存在。笔者对起源于江西的羽衣仙女传说作过一点考察②,这个传说能在全球广泛传播,关键在于其中仙女与凡人生育后代的情节,为后世附会者提供了一个神化其血统的自由"接口",如琉球群岛和日本本土都有统治者是"仙女的后裔"的记载③,当地人在传播这个美丽故事的同时,不知不觉形成了统治者属克里斯玛型人物这一认识。《诗经·商颂》中的"天命玄鸟,降而生商",也是用美丽的玄鸟羽毛来为商王的血统作装饰。如此看来,许多神话叙事都负有创造传统的使命,传统的克里斯玛特质与人们刻意添加的虚构成分不无关系。

二、叙事传统的提出

传统因叙事而传,而叙事本身在传的过程中又会逐渐形成一些相对固定的范式与套路,此即叙事传统的由来。叙事与传统的关系既然如此密切,那么为什么叙事传统这一概念直到最近才被学术界作为一个重要的研究对象呢?表面看来,这与近些年涌动的叙事学热潮有因果关联,研究叙事必然导致对叙事传统的追溯,这就像研究小说不可能不关心小说史一样。然而更深入地看,提出叙事传统这一名目并将其纳入议事日程,标志着学术界认为需要从叙事的角度,重新审视跨越多个学科门类的讲故事行为,学科划分的钟摆今天已从不断细化的顶端返回,现在正朝着相反的方向摆去。④

---

① 这一贺语并非狄更斯首创,但《圣诞颂歌》的出版促进了它的广泛流行,小说出版的当年便有商人乘势推出印有这一贺语的圣诞卡,使得"Merry Christmas"更加深入人心。不过英国王室对这一贺语仍持保留态度,原因是"merry"有醉醺醺之义,英国女王伊丽莎白二世每年的圣诞致辞更多使用中性的"Happy Christmas"。

② 傅修延:《中国叙事学》,北京:北京大学出版社,2015年,第281—296页。

③ "中山王察度乃琉球三山的统一者,在位时期乃琉球历史最辉煌之页,他也是天仙的孩子"。君岛久子:《仙女的后裔——创世神话的始祖传说形态之一(节译)》,刘刚译,《云南民族学院学报》1990年第3期,第92页。

④ "要想就叙事传统获取恰如其分的判断,就不得不首先解决一个具体问题,即我们必须设法避免把小说这一文学形式当作顶礼膜拜的对象。"载罗伯特·斯科尔斯、詹姆斯·费伦、罗伯特·凯洛格:《叙事的本质》,于雷译,南京:南京大学出版社,2015年,第2页。该书第1章题目为"叙事传统"。

罗兰·巴特曾经指出硬性划分人文学科的荒谬:"我们将书法家置于这一边,画家置于那一边,小说家安于这一边,诗人安于那一边。而写却是一体无分的。"①叙事和这里所说的"写"一样也是"一体无分"的,无论是在文学、历史和新闻之间掘出鸿沟,还是更进一步在文学阵营的小说、戏剧和诗歌之间筑起藩篱,都无法遮蔽它们都有讲故事成分这一共性。从媒介运用来看,人类最初主要依靠自己的器官与肢体来传递与事件相关的信息,如指事、画事、舞事、说事、咏事、演事和写事等,后来造纸和印刷技术的成熟使得写事在诸多涉事行为中蔚为大观,再往后的社会发展和传媒变革又给这些行为带来了各自的升级版,其中一些还"强强结合"走向互补综合。不管后起的笔头叙事、新兴的镜头叙事与最初的口头叙事之间存在多大差别,它们都属于用各种方式讲述故事,虽然后来的"讲述"已经不再是或不仅是诉诸听觉。万变不离其宗,只有紧紧抓住"讲故事"这条主线,才有可能穿透既有的学科门类壁垒,还原出叙事传统的谱系(genealogy),也就是让"被忘却的内在关联性"脉络浮现,使"已经模糊了的或不被承认的宗代关系"复归清晰。②

还须看到,现行的学科分类乃是西方思维的产物,这套分类系统不一定完全适合我们自己的传统。假如一味执着于文史之分,我们便很难理解为什么前人一些评论经常会跳出窠臼,或者是以文论史,或者是以史评文。鲁迅称《史记》为"无韵之离骚"属于前者③,戚蓼生说《红楼梦》"如《春秋》之有微词,史家之多曲笔"则属于后者④。在我们这个史官文化先行的古老国度,杰出的文学家常被戴上"史迁""班马"之类的史家桂冠,人

---

① "我们这部法律,溯渊源,究民事,讲思想,合科学;仰赖这部搞分离的法律,我们将书法家置于这一边,画家置于那一边,小说家安于这一边,诗人安于那一边。而写却是一体无分的:中断在在处处确立了写,它使得我们无论写什么,画什么,皆汇入纯一的文之中。"罗兰·巴特:《字之灵》,载罗兰·巴特:《文之悦》,屠友祥译,上海:上海人民出版社,2002年,第112页。

② "谱系是一种调查方式,试图发掘被忘却的内在关联性,重新建立已经模糊了的或不被承认的宗代关系,揭示可能被视为各不相同、互不相关的各种体制建构、信念系统、话语或分析方式之间的关系。"戴维·赫尔曼:《叙事理论的历史(上):早期发展的谱系》,马海良译,载 James Phelan, Peter J. Rabinowitz 主编:《当代叙事理论指南》,申丹、马海良、宁一中等译,北京:北京大学出版社,2007年,第5页。

③ 鲁迅:《汉文学史纲要》,载鲁迅:《鲁迅全集》(第九卷),北京:人民文学出版社,1981年,第420页。

④ 戚蓼生:《石头记序》,载黄霖、韩同文选注:《中国历代小说论著选》,南昌:江西人民出版社,1990年,第499页。

们喜欢用"史才""良史"之类来形容其叙事能力的卓越。这些都说明前人对文史之分并不那么在意,他们不仅意识到了叙事的跨学科属性,而且还真正是从叙事传统这一高度来观察那些有内在联系的讲故事行为。再来看文学阵营内更细的划分,小说、戏剧和诗歌在西方人看来属于不同的门类,但在国人眼中它们很难完全分开。以戏剧与诗歌为例,西方的戏剧只是戏剧,中国传统戏剧则因有戏有曲而称戏曲,散曲(配合流行曲调而撰写的合乐诗歌)在元代的兴盛,竟然使得"元曲"成为元杂剧的代名。又以小说与戏剧为例,西方人很难想象我们的前人曾将小说和戏曲归为一类,20世纪初年蒋瑞藻的《小说考证》和钱静方的《小说丛考》均有戏曲内容,当时的《新小说》《小说林》等杂志也是刊登戏曲作品的重要园地。把戏曲和小说放在一起对国人来说并不奇怪,它们的雏形当年在勾栏瓦舍时就是挨在一起相互影响的邻居,这也是两者间许多相似之处的由来。

　　以上讨论是从叙事的跨学科性质出发,如果从叙事学上升到人类学,我们对提出叙事传统的意义会有更进一步的认识。人类为什么能在地球上所有的生灵中脱颖而出,成为莎士比亚所说的"宇宙的精华,万物的灵长"?现在有研究认为原因在于人类会讲故事。早期人类中不光有被认为是我们祖先的智人,也有体型和脑容量更大的尼安德特人,《人类简史:从动物到上帝》的作者尤瓦尔·赫拉利相信,智人就是因为更会讲故事而将尼安德特人淘汰出局:

　　　　如果一对一单挑,尼安德特人应该能把智人揍扁。但如果是上百人的对立,尼安德特人就绝无获胜的可能。尼安德特人虽然能够分享关于狮子在哪儿的信息,却大概没办法传颂(和改写)关于部落守护灵的故事。而一旦没有这种建构虚幻故事的能力,尼安德特人就无法有效大规模合作,也就无法因应快速改变的挑战,调整社会行为。①

　　会讲故事意味着能用故事纽带来维系人群,把分散的个体结合成愿意相互合作的共同体——"两名互不认识的塞尔维亚人,只要都相信塞尔维亚的国家主体、国土、国旗确实存在,就可能冒着生命危险拯救彼此。"②与许多具备爪牙角翅之利的动物相比,个头偏小的人类祖先在身

---

① 尤瓦尔·赫拉利:《人类简史:从动物到上帝》,林俊宏译,北京:中信出版社,2014年,第35页。
② 同上书,第29页。

体条件上基本没有优势,但他们能组织大规模的有效合作来克敌制胜,凭借的就是讲故事建立起来的相互信赖。

作为一部旨在影响广大读者的普及读物,《人类简史:从动物到上帝》的行文不免夹杂某种戏谑成分,但赫拉利只是人类靠讲故事起家这一观点的传播者,一些严肃的人类学研究早就得出了这样的结论。牛津大学认知及演化人类学学院前院长罗宾·邓巴在《人类的演化》中说:"文化中有两个关键的特性,显然为人类所独有。这两个特性一个是宗教,另一个是讲故事。"①宗教其实也有讲故事的性质,单纯的教义宣讲容易陷于枯燥,只有将其糅入故事才能为信众喜闻乐见。在其另一著作《梳毛、八卦及语言的进化》中,邓巴指出灵长类动物梳理毛发(grooming)的行为是一种重要的情感沟通手段,互梳毛发与否不但宣示关系的亲疏,群体内的山头与小圈子亦由此呈现。不仅如此,过去认为灵长类动物彼此间的咕哝呼唤(grunt)并非语言,最近灵敏度更高的仪器探测出这些声音不像听上去那么简单,它们可以传递较"小心""救命"之类更为复杂的信息。因此声音沟通的内涵要比沉默的梳毛丰富得多,效率也要高得多。② 不难看出,人类学会说话之后的"八卦"(gossip)是对远古时代梳毛与咕哝的一种继承,"八卦"虽然在形式上已经演化为更高层次的口头叙事,但其表达爱憎、"拉帮结伙"的功能并未发生质的改变。

邓巴认为原始人的大脑发育与所属群体的大小呈正相关:群体大则人际关系复杂,人际关系复杂则分辨敌友的难度增加,应对这种局面带来的压力自然会促进大脑皮层的生长。③ 从叙事与原始人族群关系的形成角度看,群体扩大与叙事能力的提高也是相辅相成之事。从沟通角度说,从梳毛、咕哝到"八卦"属于群体变大后的一种必然,因为梳毛属于"一对一"的肢体接触,人数多了这种接触不免顾此失彼,而"八卦"的飞短流长刺激着各个山头、小圈子和个人的敏感、禁忌与好奇,容易在群体内引发不胫而走的"一对多"扩散,这种传播就像燎原烈火一样事半功倍不可阻挡。反过来看,"八卦"或曰形形色色的讲故事又是群体形成、维系和扩大

---

① 罗宾·邓巴:《人类的演化》,余彬译,上海:上海文艺出版社,2016年,第20页。
② Robin Dunber, *Grooming, Gossip, and the Evolution of Language*, Cambridge, Mass: Harvard University Press, 1998, pp. 21—22,46—51.
③ Ibid., pp. 61—64.

的必要条件,即以赫拉利所说的"部落守护灵"为例,最初这可能只是某人的一句戏言,但是随着更多人的认同和对该故事的"接着讲",一个有着共同信仰的群体就此诞生。如此我们可以进一步理解,为什么邓巴会把宗教和讲故事作为人类文化的两个关键性特性。希腊神话作为西方叙事传统的开端,至今仍被世界各地的西语族群视为自己的文化源头,而希腊语中"神话"的本义就是咕哝①,英语、日耳曼语中的"上帝"追根溯源也是一种呼唤。② 风起于青萍之末,咕哝离梳毛只有一步之遥,却是继之而起的"八卦"之先声。由此可以看出叙事传统在人类社会化进程中所起的重要作用,人猿揖别之后我们其实并没有向前走出多远。③

三、叙事传统的构成

前文提到叙事传统指世代相传的故事讲述方式,讲述方式之所以世代相传,是因为信息在传播时会形成一定的"路径依赖"——一旦按某种模式、套路或方法讲述故事成了习惯,人们便会自动沿袭这种习惯。讲述是为了倾听,对于倾听一方来说,讲述方式没有好坏,只有(个人)好恶之分,说到底还是自己习惯与否:好的讲述方式往往就是自己熟悉的方式,不熟悉的方式则有妨碍故事消费之虞。显而易见,不同的群体会因习惯不同而形成不同的"路径依赖",每个群体中都会涌现出自己的讲故事高手,但若让他们去别的群体则不一定能获得同样的欢迎。这种"路径依

---

① "'神话'源于希腊语的 mythos,其词根是 mu,意为'咕哝',即用嘴发出声音之意。"载戴维·利明、埃德温·贝尔德:《神话学》,李培茱、何其敏、金泽译,上海:上海人民出版社,1990年,第105页。

② "印欧语词根的古老意义有时候扭曲甚至歪曲,真相难辨了,但它们还在那儿,从内里发着回响,作着提醒。古老词根 gheue,意思不过是呼叫,来到日耳曼语变成了 gudam,后来成了英语的 God(上帝)。"载刘易斯·托马斯:《关于说话的说话》,载刘易斯·托马斯:《聆乐夜思》(汉英对照),李绍明译,长沙:湖南科学技术出版社,2011年,第41页。

③ "即使到了今天,绝大多数的人际沟通(不论电子邮件、电话还是报纸专栏)讲的都还是八卦。这对我们来说真是再自然不过,就好像我们的语言天生就是为了这个目的而生的。你认为一群历史学教授碰面吃午餐的时候,聊的会是第一次世界大战的起因吗?……八卦通常聊的都是坏事。这些嚼舌根的人,所掌握的正是最早的第四种权力,就像记者总在向社会爆料,从而保护大众免遭欺诈和占便宜。"载尤瓦尔·赫拉利:《人类简史:从动物到上帝》,林俊宏译,北京:中信出版社,2014年,第25页。"Here, then, is a curious fact. Our much-vaunted capacity for language seems to be mainly used for exchanging information on social matters; we seem to be obsessed with gossiping about one another. Even the design of our minds seems to reinforce this."Robin Dunber, *Grooming, Gossip, and the Evolution of Language*, Cambridge, Mass.: Harvard University Press, 1998, p.6.

赖"后面的机制并不复杂，行走在熟悉的道路上时，沿途景观和岔路会按照期待依次呈现，与预期相符带来的安稳之感又会驱使人们下次再度选择这条老路。伊塔洛·卡尔维诺说："一个孩子听故事的乐趣，有一部分在于等待发生他期望的重复：重复的情景、重复的措辞、重复的套语。就像在诗中和歌中，押韵帮助形成节奏一样，在散文故事中事件也起到押韵的作用。"①成年人当然不像孩子那样期待具体的重复，但对故事的讲述方式仍有种种期待，一旦某个故事的开启、发展或结束不符合预期，人们心中就会有某种难以名状的小小不快。以故事中主要行动的重复次数为例，孙悟空的三打白骨精、刘备的三顾茅庐、宋江的三打祝家庄和刘姥姥的三进大观园都是"以三为度"，二打或四打白骨精其实也没有什么不可以，但对国人来说还是三打白骨精更符合预期，毕竟大多数中国故事中的主要行动都是重复三次后告一段落。

"以三为度"约束的仅为行动次数，行动次数只是行动涉及的一大堆问题之一，而叙事诸要素中除行动（How）外尚有时间（When）、空间（Where）和人物（Who）等。就故事讲述的荦荦大端而言，讲述者对叙事要素的不同倚重会形成不同的"路径依赖"，换句话说，这些不同的倚重一旦成为代际承传的习惯，就会逐渐形成各种风格稳定、特色鲜明的讲述方式。笔者在研究先秦叙事传统时注意到，如果说《左传》是"依时而述"，《国语》是"依地而述"，那么《世本》就是在二者基础上形成的"依人而述"，"这种囊括力极强的、能够各不相扰地反映各类事物在时空中连续性存在的纪传史体，经过司马迁的大力弘扬，最终成为煌煌'二十六史'一以贯之的定式。"②前文提到"史才"在古代泛指叙事能力，这里要补充的是，史官文化先行导致后来的叙事经常用"述史"作导语——奉天承运的皇帝圣旨多祖述尧舜汤武，共和以后的政治文告往往从前人的贡献起笔。至于最具传播影响的四大古典小说，其开篇无一例外是"自从盘古开天地，三皇五帝到如今"。《水浒传》回顾宋代之前的"纷纷五代乱离间"，《三国演义》以"周末七国纷争"以来的史实为导引，《西游记》的神魔小说性质使其溯及"混沌未分"时的"盘古开辟"，《红楼梦》的人物转世背景也使作者从"女娲氏炼石补天之时"开讲。"述史"即讲述前人的故事，用前人的故事来为

---

① 伊塔洛·卡尔维诺：《新千年文学备忘录》，黄灿然译，南京：译林出版社，2009年，第37页。
② 傅修延：《先秦叙事研究：关于中国叙事传统的形成》，北京：东方出版社，1999年，第315页。

要讲的故事鸣锣开道,容易使自己的讲述获得"合法性"与"正统性"。所以有人如此归纳:"中国人做学问的方式是靠历史叙事,先列举三代故事、先秦典籍、二十四史一路下来,然后续上你的当代叙事一小段,这样你才能得到自己内心承认的合法性,也只有这样才能够建立起大家公认的正统性权威。"①

叙事即叙述事件,而事件又由行动构成,如果说中国的讲述方式相对倚重时间中的行动,那么西方的讲述方式也有一个鲜明特点,这就是更多关注空间中的行动。西方人讲故事可以说是从希腊神话和荷马史诗开始,故事中的英雄多有外出历险乃至漂洋过海的经历,《奥德赛》甚至以俄底修斯(又译奥德修斯)九死一生的还乡为主线。再往后看,中世纪的骑士文学(包括传奇与抒情诗)、《神曲》、《十日谈》、《巨人传》、西班牙流浪汉小说与《堂吉诃德》等都与四处游侠、上天入地、朝拜圣地和流浪跋涉的内容有关;18世纪英法小说中的鲁滨孙、格列佛、汤姆·琼斯、吉尔·布拉斯和老实人等仍在风尘仆仆地到处旅行;19世纪以来的西方叙事作品虽说跳出了流浪汉小说的窠臼,但拜伦、歌德、雨果、狄更斯、马克·吐温、罗曼·罗兰、乔伊斯、毛姆和塞林格等还是喜欢以闯荡、放逐、游历或踟蹰为主题。讲述方式关乎性格与经历,西方人总体上属于海洋民族,从古希腊罗马时代起他们就在大海、港湾和岛屿之间梭巡,浩瀚的海洋从未对其远征、传教、贸易和开拓殖民地等行动构成过障碍,旅途生活和路上风景对他们来说是生活中的常态,所以西方叙事总喜欢涉及人在空间中的移动。

相比之下,农耕生活导致国人留恋土地和家园,出门在外必然造成有违人性的骨肉分离,人们因而更愿意遵循"父母在,不远游"和"一动不如一静"的古训。② 在安土重迁意识的影响下,离乡背井的出游成了有违家族伦理的负面行为,远征与冒险之类的故事自然也就没有多少讲述价值。当然我们也有《西游记》与《镜花缘》这样的作品,但它们提供的恰恰是反证——唐僧师徒名义上出国到了西天,沿途的风土人情却与中华故土大

---

① 黄平、汪丁丁:《学术分科及其超越》,《读书》1998年第7期,第107页。
② "安土重迁,黎民之性;骨肉相附,人情所愿也。"《汉书·元帝纪》。

同小异①,唐敖和多九公实际上也未真正出境,他们所看到的奇形怪状之人基本上还是《山海经》中异域想象的延续,这些都说明抒写路上的风景确实不是我们前人的强项。

  空间有大小之分,西方人不但喜欢讲述广阔空间中的行动,他们对封闭空间里的事件也有浓厚兴趣,哥特式小说顾名思义就是讲述发生于哥特式建筑中的故事。哥特式小说本身价值不高,在西方文学史上只是一名匆匆过客,但正如福柯在评论哥特式小说创始人的贡献时所说,安·拉德克利夫不仅是第一位使哥特式小说成为畅销书的英国作家,她还使此类故事的讲述成为一种习惯和可能,她和马克思、弗洛伊德等人一样,"不仅生产自己的作品,而且生产构成其他文本的可能性和规则"②。将故事背景设定在幽暗神秘的古堡旧屋之中,让忐忑不安的人物蹑手蹑脚地穿过走廊爬上阁楼,去执行某项使命、发现某个秘密或防范某种危险,这样的讲述在我们今天看来未免有些落套,然而对于"好的就是这一口"的西方读者来说,如此安排方能挠到他们心中的痒处。要不然我们就无法解释,为什么后世有那么多传世之作模仿甚至戏仿这种讲述。简·奥斯汀的《诺桑觉寺》、狄更斯的《远大前程》与《荒凉山庄》、勃朗特姐妹的《简·爱》与《呼啸山庄》、托马斯·哈代的《远离尘嚣》与《还乡》、威尔基·柯林斯的《白衣女人》与《月亮宝石》、奥斯卡·王尔德的《道连·格雷的画像》、维克多·雨果的《巴黎圣母院》、普罗斯佩·梅里美的《伊尔的美神》、爱伦·坡的《椭圆形画像》、达芙妮·杜穆里哀的《蝴蝶梦》和加斯通·勒鲁的《歌剧魅影》,都有向拉德克利夫致敬或做鬼脸的意味。从这里可以看出讲述方式的惯性是如何强大,不管某种讲述方式的始作俑者在文学史上的名声是多么卑微,只要这种讲述方式流行开来成为"构成其他文本的可能性和规则",人们就会有意无意地执行这些规则。

---

  ① 除风土人情外,《西游记》所写国家的社会结构、政治体制乃至城池街道等皆与大唐相似,更有趣的是作者为了省事,常将现成的写景状物诗词"植"入书中,结果造成西天路上出现许多东土事物。第八十八回取经人进入玉华国:"三藏心中暗道:'人言西域诸番,更不曾到此。细观此景,与我大唐何异?所为极乐世界,诚此之谓也。'又听得人说,白米四钱一石,麻油八厘一斤,真是五谷丰登之处。"

  ② 福柯:《作者是什么?》,逄真译,载朱立元、李钧主编:《二十世纪西方文论选》(下卷),北京:高等教育出版社,2002年,第193页。

讲述方式涉及面甚广，碍于篇幅此处只能点到为止。然而即便将以上讨论进行到底，也不能穷尽叙事传统的全貌，因为除了讲述方式的世代沿袭之外，叙事传统还让人自然联想到体现这种传统的具体作品，这种情况就像说到中国古代的造桥传统就会想到著名的赵州桥一样。经典叙事作品作为叙事传统的"样板"，可以让人实实在在地把握前人的讲述方式及其价值取向与伦理观念等，其示例垂范的作用是任何抽象的理论概括都难以替代的。巫鸿有文提到艺术作品的"纪念碑性"①，英文中的"纪念碑"（monument）和"纪念碑性"（monumentality）源于拉丁文monumentum，本义为提醒和告诫，开辟传统的作品在许多人看来就像是一座座高耸入云的纪念碑，后世的故事讲述人会用种种方式对其顶礼膜拜，奉之为学习的典范与衡量的圭臬。孔子修订过的《春秋》在国人看来就是这样一座"师范亿载，规模万古"的叙事丰碑，笔者曾说它就是中国叙事传统的化身："（《春秋》主张的）叙事须依时序而行、文字要多加锤炼推敲以臻精练、作者应依据思想道德原则对所述事物作不动声色的颂扬与挞伐，这三条构成了中国叙事传统的根本，成为无数史家与文学家共同拥有的风格特征。经过许多世代的薪火传承与发扬光大，它们化为弥漫在叙事领域内的集体无意识，融化在国人的血液中，渗透进记事的毛锥里。在文史一体的时代，《春秋》毋庸置疑是记事的典范；在文史分家之后的漫长岁月中，人们仍不自觉地以《春秋》和《春秋》笔法为衡量文学性叙事的标准。"②

就像李春因赵州桥而被后人铭记一样，一些作者也凭借其开创性的讲述进入叙事传统。伟大的故事讲述人当然也有其"纪念碑性"，普希金《纪念碑》一诗称自己树立了"一座非金石的纪念碑"③，但这一视觉譬喻更适合用来形容作品的分量、高度及其警示昭告功能。对于有生命灵性的作者来说，还是克里斯玛特质这一表述，最能突出其有别于芸芸众生的

---

① 巫鸿：《九鼎传说与中国古代美术中的"纪念碑性"》，载巫鸿著，郑岩、王睿编：《礼仪中的美术——巫鸿中国古代美术史文编》（上卷），北京：生活·读书·新知三联书店，2005年，第48页。

② 傅修延：《先秦叙事研究：关于中国叙事传统的形成》，北京：东方出版社，1999年，第185页。

③ "我为自己树起了一座非金石的纪念碑，/……我的名字将传遍了伟大的俄罗斯，/她的各族的语言都将把我呼唤；/……哦，诗神，继续听从上帝的意旨吧，/不必怕凌辱，也不要希求桂冠的报偿，/无论赞美或诽谤，都可以同样漠视，/和愚蠢的人们又何必较量。"普希金：《纪念碑》，载普希金：《普希金抒情诗选集》（下），查良铮译，南京：江苏人民出版社，1982年，第516—517页。该诗题记引荷拉斯语"我竖起一个纪念碑"。

超凡禀赋。英语中 originality（原创性）、genius（天才）和 inspiration（灵感）等词语最初均有神性①，即便是在科学思潮兴起之后，文艺创作者仍然觉得自己与希腊神话中的缪斯女神之间存在特殊联系，视其为灵感来源和精神主宰，18 世纪英国的弥尔顿甚至说其作品出自"天国女恩神"的"口授"②。受西化浪潮冲击，中国现代文学史上亦曾有人开口闭口"烟士披离纯"，鲁迅对此有过揶揄③。不过我们古代也有"思之思之，鬼神通之"之类的说法④，天才诗人在人们眼里非仙即圣：李白、杜甫和苏轼分别有"谪仙""诗圣"和"坡仙"等美号，藏族地区传唱《格萨尔》的民间天才亦被视为"神授"艺人。克里斯玛特质会由时空悬隔而获得增强，在后世的故事讲述人心目中，叙事传统的圣殿上端坐着的都是神祇般的人物，对许多人来说，进入这一不朽的行列构成其创作生命中最大的原动力。

　　叙事传统除了神性之外还有民间性。指出这一点，意在避免因强调叙事传统的克里斯玛特质而导致的一味朝上看，也就是说除了仰之弥高的经典作家作品外，还要看到精英叙事之外的民间叙事也是这个传统的重要构成与坚强支撑。民间性属于前文论及的母性范畴，就大多数来自基层的人而言，民间叙事因其地方性、宗法性和乡土性而更具"母体"意味，接受这种"自己人"的叙事要比接受"外人"的叙事容易得多。如果对消费过的故事作一番认真的盘点，每个人都会发现自己接触过的并非都是"精品"，在列入各类书目的读物和流行的影视戏剧之外，人们其实还通过五花八门的途径接触到形形色色的底层故事，后者的消费量或许比前者还要大。尽管报纸杂志、电视广播不断发布新的事件信息，社交媒体推

---

　　① "'创造'意味着像神那样制造出在创造行为之外没有前例的东西，故此，'原创性'的主要意义便从行动者的外部世界转移到他的内部世界，艺术家成了'创造者'，因此被设想为具有类似于神的特征。到了 18 世纪下半叶，'创造性的'这一用来形容'能力'或'想象'的形容词在文学批评中完全确立了。'天才'（genius）最初是一个精灵或守护神，它附着于人的躯体，操纵他们去做一些超越凡人能力的事情。拥有最高'创造力'的人便是'天才'……天才吸收了'神灵的启示'（inspiration）这一宗教词汇，与这一词汇相关的是'神秘的灵感'或外在神力'附体'。"载爱德华·希尔斯：《论传统》，傅铿、吕乐译，上海：上海人民出版社，2014 年，第 160 页。

　　② "她，天诗神曾自动地每夜降临/访问我，在我睡蒙眬中口授给我，/或给以灵感，轻易地完成即兴诗章。"约翰·弥尔顿：《失乐园》，朱维之译，北京：人民文学出版社，2019 年，第 325 页。

　　③ "至于所谓文章者也，不挤，便不做。挤了才有，则和什么高超的'烟士披离纯'呀，'创作感兴'呀之类不大有关系，也就可想而知。"鲁迅：《华盖集·并非闲话（三）（2）》，载鲁迅：《鲁迅全集》（第三卷），北京：人民文学出版社，1981 年，第 150 页。

　　④ "精神专一，奋苦数十年，神将相之，鬼将告之，人将启之，物将发之。"郑板桥：《郑板桥集》，上海：上海古籍出版社，1979 年，第 178 页。

送的奇闻轶事让人应接不暇,但现代人仍然保持着用"八卦"聊天来刺探身边动向的习惯,我们对各类事件的好奇心似乎永难满足。具有讲故事功能的还有家谱、方志和校史之类,其中记载的虽属集体的记忆,但有心人仍会觉得它们讲述的是"自己人"的故事,因而具有特别亲切的价值。此外,人们身边随时映入眼帘的叙事性绘画(包括窗绘瓷绘之类)、雕刻(包括砖雕木刻之类)和各种装饰陈设等,也在用静悄悄的方式讲述着昔日故事,其潜移默化之功不可小觑。民间叙事难免粗糙俚俗,其泥土芬芳与草根气息则为许多高头讲章所不及。家谱上记载的或老一辈人口述的祖先创业故事,在文学上或许难登大雅之堂,但对那些争气的后人来说,其激励功能可能贯彻终生,任何"外人"的故事都不可能产生同样的效果。当然,民间叙事也不是全无精品,陈寅恪认为弹词长篇《再生缘》作为一部"叙述有重点中心、结构无夹杂骈枝等病之作",在事件组织安排上比"结构皆甚可议"的《红楼梦》等经典更为高明。①

第三节　叙事传统与"讲好中国故事"

传统的一大意义在于其形成于过去却不断作用于现在,为了更好地认识过去和开创未来,需要回过头去认真审视自己的传统。T. S. 艾略特在前述《传统与个人才能》一文中主张从传统中汲取精神力量,要求人们"不仅感觉到过去的过去性,而且也感觉到它的现在性"②。叙事传统是传统的组成部分,对于正在书写当代中国史的国人来说,感觉到叙事传统的"过去性"和"现在性",应为"讲好中国故事"的题中应有之义。

一、叙事传统与传统中国

生命的内在冲动在于存续与繁衍,包括人类在内的所有生命都在这两点上与同类及其他物种竞争。毋庸讳言,世界各民族在其发展历程中

---

① 陈寅恪:《论〈再生缘〉》,载陈寅恪:《寒柳堂集》,北京:生活·读书·新知三联书店,2001年,第67—68页。

② 托·斯·艾略特:《传统与个人才能》,载托·斯·艾略特:《艾略特文学论文集》,李赋宁译注,南昌:百花洲文艺出版社,1994年,第2页。

均须经历优胜劣汰的考验,若以存续与繁衍论英雄,地球上最大的赢家应属四大文明古国中硕果仅存的中国。梁启超对此有过极简表述:"立于五洲中之最大洲而为其洲中之最大国者谁乎?我中华也。人口居全地球三分之一者谁乎?我中华也。四千余年之历史未尝一中断者谁乎?我中华也。"①如前所述,人类祖先通过讲故事建立起来的相互信赖与合作,使其从各种竞争中脱颖而出成为"万物的灵长",同理,要解释中华文明何以如鲁灵光殿般垂数千年而不毁,中华民族这个超级庞大的群体何以能维系至今而不陷于分崩离析,也不妨向我们的叙事传统中去寻找答案。

前文提到,与灵长类动物彼此梳毛一样,人类相互间的"八卦"或曰讲故事有助于群体的形成、维系和扩大。然而也要看到,不是所有的讲故事活动都会增进群体的凝聚力,现实生活中许多无聊的"八卦"恰恰就是拆群体墙脚的噪声。因此需要对前面的表述作一点修正——光是会讲故事还不行,有些故事是有利于团结统一的和谐之音,有的却是造成涣散分裂的嘈杂之音,只有多讲前者、讲好前者才能裨益群体的维系。事实上世界上没有哪个民族不会讲故事,但不是所有的民族都能把自己的故事"讲好",有些民族一度以自己为主导发展成人数众多规模极大的群体,后来却因内部噪声太多而走向四分五裂,罗马人、不列颠人和俄罗斯人等都有这种令人唏嘘的历史。与此形成鲜明对照,中华民族作为一个群体,其发展历程虽然也是人数越聚越多,圈子越划越大,但这个圈子并没有像其他圈子那样因为不断扩大而崩裂,这与我们的祖先发出的声音比较和谐有密切关系。

名不正则言不顺,中国故事关乎"中国",让我们先来看我们的祖先对自己国家的命名。"中国"既然在地理位置上居天下之"中","中国"之人与生俱来便有一种纳四方于彀中的自信与自命,这一名称从一开始就预示了"中国"不会永远只指西周京畿一带黄河边上的小地方②,秦汉以来中原以外地区不断"中国化"的事实,让我们看到中心对边缘、中央对地方具有难以抗拒的感召力与凝聚力。③ 还要看到,"中国"之"国"在汉语中

---

① 梁启超:《论中国学术思想变迁之大势》,夏晓虹导读,上海:上海古籍出版社,2001年,第4页。
② "中国"一词最初见于西周青铜器何尊上的铭文"宅兹中国,自之乂民"与《诗经·大雅》中的"惠此中国,以绥四方",这两处的"中国"范围都不大。
③ 参见葛剑雄讲述、孙永娟整理:《儒家思想与中国疆域的形成》(下),《文史知识》2008年第12期,第136页。

是与"家"并称,这一表述的潜在意思是邦国即家园,国家对国人来说不是一个单纯的地理概念,而是像家一样可以安顿身心的温暖地方。再来看我们这个群体的名称——"中华民族"。"中华"之"华"源于古代中原地区的华夏,早期中国的空间想象是华夏居中而四夷居偏,但华夏和夷狄毕竟同处于天子管辖的天下。古人贵华夏而贱夷狄,讲求华夷之辨与夷夏之防,但也认识到华夷同为一体,相互的区别主要在于文化。所谓"孔子之作《春秋》也,诸侯用夷礼则夷之,进于中国则中国之"①,说的是应该通过诸侯自己的文化选择来判断其身份认同。中国国境内五方杂糅的现实,使得夷夏之间的融通由文化而及于血缘,如今中华民族的主体汉族便是杂糅混血的产物。正是由于中华民族内部存在着这种"剪不断,理还乱"的亲缘关系,中国历史上很少发生主体民族对少数民族的无故征伐与屠戮,因而也就没有世界上一些民族间那种不共戴天的深仇大恨。见于史书、小说和民间传说中的"七擒孟获"的故事,反映的皆为以仁德感召为主的"攻心"战略,而这种战略从上古时代就已经开始实施:"三苗不服,禹请攻之,舜曰以德可也。行德三年,而三苗服。"②唐太宗李世民更主张对夷夏"爱之如一":"自古皆贵中华,贱夷狄,朕独爱之如一。""夷狄亦人耳,其情与中夏不殊。人主患德泽不加,不必猜忌异类。盖德泽洽,则四夷可使如一家……"③众所周知,在我们这个夷夏杂糅的大群体中,人数最多的汉族并不总是居于领导地位,然而即便是对于少数民族建立的政权,只要统治者继续维持大一统的格局与传统文化,久而久之人们也会认可其统治的正统性与合法性。满族建立的清朝总共不过二百多年,如今这个民族的文化基本与汉族融合,这个例子充分说明汉族与少数民族之间是一种"你中有我,我中有你"的关系。

"中国"之名的向心性和中华民族的内部融通,无疑会对中国故事的讲述产生深刻影响。《三国演义》因为讲述魏蜀吴三国鼎立的故事,所以开篇时要说"天下大势,分久必合,合久必分"。许多人可能没有注意到,小说结束时叙述者又把话说了回来:"自此三国归于晋帝司马炎,为一统

---

① 韩愈:《原道》。
② 《吕氏春秋·上德》。
③ 司马光编著:《资治通鉴》(卷197"唐太宗贞观十八年"条),北京:中华书局,2012年,第6329页。

之基矣。此所谓'天下大势,合久必分,分久必合'者也。"用"分久必合"作为小说的曲终奏雅,说明作者认识到"合"才是中国历史的大势所趋。不独《三国演义》,古往今来所有的中国故事,不管是历史的还是文学的,官方的还是民间的,只要涉及分合话题,都在讲述"合"是长久"分"为短暂,"合"是正道"分"为歧路,"合"是福祉"分"为祸殃。中国历史上不是没有出现过分裂,而是这种分裂总会被更为长久的大一统局面所取代;中华民族内部也不是没有出现过噪声,而是这些噪声总会被更为强大的和谐之声所压倒。历史经验告诉国人,分裂战乱导致生灵涂炭,海晏河清才能安居乐业,因此家国团圆在我们这里是最为人喜闻乐见的故事结局。一般情况下老百姓不会像上层人士那样关心政治,而在中国,统一却是从上到下的全民意志,有分裂言行者无一例外被视为千秋罪人,这一传统从古到今没有变化。

  民以食为天,国人的饮食习俗也是我们这个群体保持和谐的重要催化剂。如果说灵长类动物梳毛是聊天的开始,那么人类进食时的互动更能增进彼此间的交流。世界上没有哪个民族像我们这样喜欢请客吃饭,国人相信觥筹交错可以促进友谊消释误会,汉语的"餐叙"一词极其传神地体现了用餐和叙事的紧密结合,前者是手段而后者才是目的。今人聚餐大多不是为了大快朵颐,而是为了创造机会与亲友痛快聊天,一道消费或真或假的各类故事,许多八卦传闻就是在餐桌之上诞生的。在物资匮乏的过去,餐桌上的交流同样不可或缺,张光直根据《周礼·天官冢宰》的有关记载,认为"在负责帝王居住区域的约四千人中,有二千二百多人,或百分之六十以上,是管饮食的"①。这一数字透露出当时宫廷宴饮的场面是何等惊人,如此盛大的"餐叙"肯定有益于帝国疆域内的巩固。王公贵族之外,平民百姓的用餐也可达到很大规模,江西德安的"义门陈"有三百多年不分家的历史,其用餐处称"馈食堂",要靠打鼓召集三千多人同堂吃饭。有这类家族背景的人,其宗族血缘观念与延续祖先香火意识相对比较牢固,对修撰家谱等维持集体记忆的事情也会特别热心,从现代"核心

---

① "这包括162个膳夫,70个庖人,128个内饔,128个外饔,62个亨人,335个甸师,62个兽人,344个渔人,24个鳖人,28个腊人,110个酒正,340个酒人,170个浆人,94个凌人,31个笾人,61个醢人,62个醯人和62个盐人。"张光直:《中国青铜时代》,北京:生活·读书·新知三联书店,1983年,第222—223页。

家族"中走出来的人对此是无法理解的。

叙事传统可以表现为喜欢什么样的话题,也可以表现为忽略什么样的话题。前面提到中国故事很少涉及出游、远征与冒险,表面看来这似乎说明国人缺乏勇气与冒险精神,然而仔细想来,不去讲述这方面的故事实际上是顺应时势的一种大智慧。古代中国人主要是农民,男耕女织的田园生活虽然谈不上有多高品位,但还是能维持基本的衣食自给,这种无须外求的生活导致我们的祖先缺乏对异域的向往与好奇,因此也就较少讲述远游与冒险的故事。与这种守着土地庄稼过日子的生活不同,西方人传统的畜牧、狩猎和海洋活动,不但使其总是放眼世界,也使其消费欲求受到诸多刺激,为此需要不断用贸易甚至武力手段来获取各类资源。就像当年的十字军东征一样,西方国家发动的战争总有冠冕堂皇的理由,真正目的却是为了打通商路,满足他们从香料到石油等紧缺资源的需求。就生活质量而言,以植物资源为主的蔬食布衣模式,显然要低于以动物资源为主的肉食裘衣模式,但是前者相对安全而后者存在风险。中国能够一步一步地发展到今天这个规模,很大程度上是因为前人选择了稳扎稳打的发展模式。在我们这个农耕民族眼里,一个地方能不能够生身立命,可不可以最终加入"中国"这个大家族,最终取决于该地是否适合农业生产。中国最早的地理之书《山海经》由《山经》《海经》与《荒经》三大部分组成,其中"山"的篇幅超过了"海""荒"两者之和,"山"中的出产也远远超过了"海""荒"——古人之所以只把山脉纵横的内陆("中国")看作资源的承载之地,是因为他们觉得只有这样的地方才适宜发展农业。① 葛剑雄说中国以农立国,对外没有需求,历代统治者都不主张违背国力和实际需要去搞对外开发和盲目扩张:"正因为中国历代都遵循这样的原则,所以中国的疆域并非世界最大,却是基本稳定、逐步扩展的,没有像有些文明古国那样大起大落,它们往往大规模扩张,却很快分裂、消失了,而中国一直存在了下来。"②

二、叙事传统与未来中国

"讲好中国故事"有本义与引申义两重内涵,本义是指讲好真正的中

---

① 傅修延:《试论〈山海经〉中的"原生态叙事"》,《江西社会科学》2009年第8期,第58页。
② 葛剑雄讲述、孙永娟整理:《儒家思想与中国疆域的形成》(下),《文史知识》2008年第12期,第138页。

国故事,引申义则指做好实际工作以增加当前"中国故事"的精彩度。现在各行各业所说的"讲好中国故事",一般都是用引申义,文学领域用的当然都是本义。不过国家"十三五"规划纲要将"建设讲好中国故事队伍"列为目标之一(第一百项),我们理解其中用的也是本义。将故事讲述人的队伍建设纳入对未来发展的规划,足见国家对"讲好中国故事"的重视。

  以上对叙事传统的讨论都是着眼于过去,一旦把目光投向未来,我们就会看到形成于农耕时代的叙事传统亟待改变。前文提到每一代人的前行都会使身后的传统发生微妙的变化,此处仍须特别指出,这种变化虽然在每一代人那里都会发生,但不是每一代人都有机会遭遇当代国人面临的巨大变局。近代以来国人频频使用"三千年未有之大变局"这种表述①,严格地说,真正称得上"三千年未有之大变局"的,应为最近三四十年间农业中国向工业中国的转变,这才是三千年来东亚大陆从未发生过的全局性大改变!叙事即叙述事件,事件越是重要就越是值得叙述,假如用超大尺度的时空视角从外太空向地球俯瞰,便会发现这个星球上近期发生的最壮观事件,乃是我们这个人口最多的发展中国家一跃而为最大的制造业中心,正在生产全球一半的钢铁、近三分之一的水泥和四分之一的汽车。就因果关系而言,两个多世纪之前的英国工业革命可谓人类工业化进程的开篇,但到中国开始自己的华丽转身之前,世界上才有十分之一的人过上了工业化的生活,而中国仅三十多年的发展便将人类的五分之一卷入了这一进程。按照目前的增长速度,专家预计十年内中国工业总产值还将再翻一番,届时总规模将超过西方国家与日本之和,成为世界上独一无二的超级工业体。

  农业中国与工业中国的最大不同,在于前者无须外求,而后者在资源配置上必须全球化。今日中国与三十多年前的一大不同,在于彼时的国人希望通过与国际社会接轨以促进自己的发展,西方提供的国际公共产品大量涌入国内,而今日中国更希望世界与中国的发展接轨,我们为国际社会提供的公共产品正源源不断地运往国外。工业化时代的国人不可能继续"宅兹中国"的传统生活方式,必须学会并适应与更为广阔的外部世界打交道。事实上随着对外开放的扩大与深入,今天已有大量国人在世界各地工作、学习和生活,其身份有外交使节、专业技术人员、企业员工、

---

① 此语据说出于同治十一年五月李鸿章复议制造轮船未裁撤折。

留学生、访问学者、孔子学院教师和联合国维和部队成员等。当前中国倡议的"一带一路"建设,旨在充分利用中国拥有的强大产能,帮助相关国家实现基础设施现代化,使中国与外部世界形成更大的联通,这意味着还会有更多的中国公民走出国门。一时代有一时代之叙事,如果说前人是因农耕文化原因而不爱讲述异域故事,那么这一叙事传统显然已经不能适应当前形势的需要。中国打开对外开放的大门始于20世纪70年代末,但在叙事传统的惯性作用下,我们的故事讲述仍然缺少外部世界的内容。以标志性的茅盾文学奖获奖作品为例,涉及域外题材的长篇小说在历届名单中只占其中很小比例,人们更多描绘的还是国门之内的"这边风景"。①

叙事传统亟待变革的理由有三。

一是不变革不利于国民现代素质的养成。全球化已是当前世界的大势所趋,一个国家如果没有大批视野宏阔、胸怀天下的国民,不可能为其创造出良好的外部发展环境,而一国之民拥有什么样的视野与胸怀,是否对外部世界抱有强烈的好奇心与浓厚的兴趣,又与国民经常倾听什么样的故事有密切关系。所以梁启超认为叙事的变革可以带来人心与人格的变革:"欲新一国之民,不可不先新一国之小说。故欲新道德,必新小说;欲新宗教,必新小说;欲新政治,必新小说;欲新风俗,必新小说;欲新学艺,必新小说;乃至欲新人心、欲新人格,必新小说。何以故?小说有不可思议之力支配人道故。"②梁启超此说并非只是耸人听闻,当年法国的启蒙学者就以小说为传播新思想的工具,伏尔泰、卢梭、狄德罗等人都是讲故事的高手,孟德斯鸠的《波斯人信札》出版后洛阳纸贵,以致书商在巴黎大街上看见文人模样的过客便拉住索稿。

二是不变革不利于中国文化"走出去"。文化使者是文化"走出去"的重要桥梁,西方文化从一开始就在歌颂寻找金羊毛和远征特洛伊的勇士,人们对异国他乡的看法是既充满危险又值得憧憬,因此许多人敢于"走出去"并能在外面"待得住",利玛窦来中国后甚至向天主发誓永不还乡。相比之下,我们的叙事传统中虽然也有张骞、班超和玄奘这样的人物,但古人总的来说还是视异域为畏途,古代小说戏文中经常出现的对话——"梁

---

① 王蒙的长篇小说《这边风景》获第九届茅盾文学奖。
② 梁启超:《论小说与群治之关系》,载许建平选编:《二十世纪中国文学史论文精粹:小说戏曲卷》,石家庄:河北教育出版社,2001年,第3页。

园虽好,不是久恋之家",反映了过去出门在外者的普遍心理。钱锺书将这种心理追溯到屈原:"盖屈子心中,'故都'之外,虽有世界,非其世界,背国不如舍生,眷恋宗邦,生死以之,与为逋客,宁作累臣。"①现在看来,这种对故国宗邦的过分眷恋,势必拖住国人奔向远方的后腿,中国文化要想真正"走出去",一方面要摒弃这种"外面的世界不是我的世界"的心理,另一方面要更多讲述好男儿志在四方的故事,如此方能造就大批能在海外长期驻守的文化使者,而这正是我们目前对外工作的一项当务之急。②

三是不变革不利于叙事和文学自身。中国为史官文化先行的叙事大国,记录事件和讲述故事本来是我们的强项,但由于人们对国门之外的事情知之不多又兴趣不大,许多发生在外面的中国故事未能得到应有的讲述,我们应尽力弥补这种遗珠之憾。以瓷器和茶叶的输出为例,明清时期中国的外销瓷被认为是当时最重要的全球化商品,茶叶对西方人身心素质的提升亦有莫大之功③,然而这两个中国影响世界的故事主要还是域外的专业人士在讲述,我们这边的重量级作家至今未将目光投向此类极具价值的题材。随着"一带一路"倡议在世界各地得到更多响应,还会有更多精彩的中国故事在外面发生,我们不能再把讲述的机会让给他人。这方面我们不妨向工业革命之后的英国文学学习,在英国人的足迹逐渐遍及全球之时,英国的诗歌和小说也涌现出大量反映海外生活的作品,拜伦、雪莱、柯勒律治和骚塞等诗人的异域想象今天看来也许有点可笑,斯蒂文生、康拉德、吉卜林和毛姆等作家的东方书写也有许多地方让人无法苟同,但他们讲述的故事确实相当默契地配合了大英帝国在世界上的崛起,促进了英伦三岛人民将岛国襟怀扩大为全球视野,而这种配合与促进也使英国文学开出了新生面。我们的文学也应这样乘时代潮流而动,让"走出去"的东风为中国文学史掀开新的篇章。

本章第一部分开头提到传统并非固定不变,我们中国人相信事物总

---

① 钱锺书:《管锥编》(第二册),北京:中华书局,1979 年,第 597 页。着重号为引者所加。
② 团中央、商务部发起实施的中国青年志愿者海外服务计划,2002 年至 2014 年间共向亚非拉美 22 个国家派遣了 608 名援外青年志愿者,这一数字显然偏少。
③ 《绿色黄金》一书中提出"茶改变一切":中国茶的输入提升了 18 世纪英国人的身心素质,沸水冲泡的茶汤不仅驱除了传统的肠胃疾病,更使得人们能够抖擞精神,承受住工业革命后各行各业的繁重劳动,暴躁冲动的酒徒因此变成了温文尔雅的绅士,无所事事的家庭主妇变成了客厅中举止优雅的女主人。载艾瑞丝·麦克法兰、艾伦·麦克法兰:《绿色黄金》,杨淑玲、沈桂凤译,汕头:汕头大学出版社,2006 年,第 63—113 页。

在变化之中,似此叙事传统没有理由不应时而变,"君子见机而作,不俟终日"(《周易·系辞下》)说的就是这一道理。不过本章主张的变不是针对整个叙事传统,我们所要"祛魅"的只是埋头向内的叙事习惯,当然还有造成此习惯的故土难离情结。中国当前的发展正在深刻改变国人既有的生活模式,国门内外的两个世界正在融合为一个难分彼此的整体,钱锺书归纳的对外排斥心理——"'故都'之外,虽有世界,非其世界"行将失去其存在的根基。主张"究天人之际,通古今之变"的司马迁说"(天运)三十岁一小变,百年中变,五百载大变"(《史记·天官书》),如果把他所说的"天运"理解为形势,那么当前中国遭遇的"三千年未有之变局"便是特大之变,讲好这一变局中的中国故事乃是当代故事讲述人义不容辞的使命。

第四章
论西方叙事传统

传统的一大意义在于其形成于过去却不断作用于当下，为了讲好目前的中国故事，我们需要回过头来认真观察自己的叙事传统，从中汲取有益的经验与智慧。不过转过身来并不一定就能看得明白，就像人类学家认为不能只研究一个民族的神话一样，要想真正懂得中国的叙事传统，还要侧过身去打量同在寰宇之内其他民族的叙事传统，将其作为借鉴或参照，此即王国维所云"欲完全知此土之哲学，势不可不研究彼土之哲学"[①]。自19世纪末期以来，受"列强进化，多赖稗官；大陆竞争，亦由说部"观点的影响，国人对域外尤其是西方的叙事作品兴趣甚浓，研究西方叙事理论者亦不在少数，然而西方叙事传统却似乎一直未引起应有的关注。万变不离其宗，要弄清楚西方人讲故事方式的其来所自，应当像认知叙事学所主张的那样展开"谱系调查"——认真梳理和厘清西方叙事传统中那些"被忘却的内在关联性"，使"已经模糊了的或不被承认的宗代关系"复归清晰[②]，由此才可能达致真正意义上的中西比较。笔者不揣谫陋，愿以本章为这一探索的引玉之砖。

---

① 王国维：《奏定经学科大学文学科大学章程书后》，载王国维：《王国维文学美学论著集》，太原：北岳文艺出版社，1987年，第56页。

② "谱系是一种调查方式，试图发掘被忘却的内在关联性，重新建立已经模糊了的或不被承认的宗代关系，揭示可能被视为各不相同、互不相关的各种体制建构、信念系统、话语或分析方式之间的关系。"戴维·赫尔曼：《叙事理论的历史（上）：早期发展的谱系》，马海良译，载James Phelan, Peter J. Rabinowitz主编：《当代叙事理论指南》，申丹、马海良、宁一中等译，北京：北京大学出版社，2007年，第5页。

第一节　良好的开端

叙事传统即世代传承、相沿成习的故事讲述方式。①"世代传承"这一表述中隐藏了一个时间箭头，其指向是永无止息、代复一代的未来，但对叙事传统的研究则须反其道而行之，亦即朝着时间长河的源头方向往上追溯。这种追溯当然不是没有止境的，任何传统都有其上游或曰高原部分，处于发端位置的叙事不可避免地会被后人视为自己的开端，奉为操作的典范和圭臬。古希腊罗马时代的神话、史诗、戏剧、传奇和历史著作等，属于无可置疑的西方叙事正源。在这个正源之后是长达千年的中世纪，这一时期流传广泛并产生过重要影响的口头与书面作品，尤其是与早期希伯来—基督教文化相关的故事讲述，在信仰基督教的西方人心目中也处在上游位置。

我们今天所说的"西方"是个宽泛模糊、弹性较大的地域概念，因为西方通过工业革命获得的强势地位，使得当今许多不属于西方的地区也在政治和经济上"西方化"了，然而当初西方叙事传统赖以生成的那个空间范围却是非常明确的。卡尔·雅斯贝尔斯发现，孔子、老子、墨子、释迦牟尼、犹太诸先知、苏格拉底、柏拉图和亚里士多德等人的活动范围都未超出北纬25°—35°区间，北半球上这个由东亚、北非绵亘至西南欧洲的温暖狭长地带上，人类各大文明几乎是在同一时间段内趋于成熟："以公元前500年为中心，约在前800年至前200年之间，人类精神的基础同时独立地奠定于中国、印度、波斯、巴勒斯坦和希腊。今天，人类仍然依托于这些基础。"②值得注意的是，华夏文明和西方文明之源——希腊文明分别处在这个狭长地带的东西两端，两端之间的其他文明如埃及文明、巴比伦文明和印度文明等，不但相互之间靠得较近，它们与希腊文明之间还有较多互动、互渗乃至融合③，而华夏文明由于有一道高高的"世界屋脊"青藏高

---

① 傅修延：《论叙事传统》，《中国比较文学》2018年第2期，第1页。
② 卡尔·雅斯贝尔斯：《智慧之路》，柯锦华、范进译，北京：中国国际广播出版社，1988年，第69页。
③ 目前有种说法是希腊文明并非原创，而是巴比伦文明与埃及文明在地中海上的遇合。

原挡在自己的西边,我们的古人在航海时代到来之前与西边的邻居甚少交往,这种相对封闭的地理格局导致古代中国保持了更多的独立性、封闭性和稳定性。以这种时空眼光来看中西叙事传统,便会发现我们这边的起源相对单纯,西方的源头则汇聚了八方来水。以西方叙事传统中最为古老的希腊神话为例,其中许多故事与邻近地区的神话脱不了干系:一些西亚、埃及的神祇改名换姓后进入了希腊的神谱,有些美丽的传说甚至要归因于语言转译之后发生的讹变。①

待在上游位置有个得天独厚的好处,这就是经常获得处于下游者的抬头仰望。古人不见今时月,今人想象中的古代月亮却总是比实际的更圆更亮,这种对传统的崇奉并非全无道理:人类之所以能平安走过险象环生的发展道路,避开一个又一个有可能导致覆灭的陷阱,主要就是靠踏着前人的足迹前行。走在最前面的开拓者不仅为后人指引了方向,他们采用的手段和方法也常常被视作典范,一些叙事形式的代代相传很大程度上要归因于此。不过,西方古典时期的叙事之所以对后世有巨大深远的影响,不仅是因为其位居叙事传统的开端,本章认为至少还有以下三方面的原因值得认真探寻。

其一,希腊神话为后人提供了一个蕴藏量相当可观的故事宝库。"神话"在希腊语中的本义为"咕哝",后来衍变为"传统故事",也就是"老故事"的代称②,后世故事讲述人在这个宝库中永无休止的刨掘,显示出西方叙事长河的源头来水极其充沛。口口相传的古老故事能够保留至今,与距其较近的希腊史诗、戏剧、传奇和历史著述(还包括反映人物故事的雕塑和陶石器皿等)从中取材和及时记录有关,否则它们也会像大多数其

---

① 如恩斯特·卡西尔便认为奥维德《变形记》中菲玻斯追逐达佛涅的神话,其实不过是梵语中对日出现象描述的变形。"谁是达佛涅?要想回答这个问题,我们必须求助词源学,也就是说,我们必须研究这个词的历史。'达佛涅'(Daphne)一词的词根可以追溯到梵文中的 Ahanâ 一词,这个词在梵文中的意思是'黎明时分的红色曙光',一当我们了解了这一点,整个问题也就一目了然了。菲玻斯和达佛涅的故事无非是描叙了人们每天都可以观察到的现象罢了:晨曦出现在东方的天际,太阳神继而升起,追赶他的新娘,随着炽烈的阳光的爱抚,红色的曙光渐渐逝去,最后死在或消失在大地之母的胸怀之中。"恩斯特·卡西尔:《语言与神话》,于晓等译,北京:生活·读书·新知三联书店,1988年,第32页。

② "'神话'源于希腊语的 mythos,其词根是 mu,意为'咕哝',即用嘴发出声音之意。"戴维·利明、埃德温·贝尔德:《神话学》,李培莱、何其敏、金泽译,上海:上海人民出版社,1990年,第105页。"在古希腊,'神话'这个词的精确含义正是如此:一个传统故事。"罗伯特·斯科尔斯、詹姆斯·费伦、罗伯特·凯洛格:《叙事的本质》,于雷译,南京:南京大学出版社,2015年,第10页。

他民族的神话那样成为绝响。不排除已湮灭的那些神话中或有可与其媲美者,但希腊神话还有一个更加难得的好运,这就是对其模仿与借鉴从罗马时代就已开始,奥维德在这方面厥功甚伟,集人物故事之大成的《变形记》使作者获得了"最伟大的人物贩子"这样的称号①。希腊、希腊化与罗马时代合在一起超过千年,希腊神话在这漫长的时间段内被人不断转述,久而久之它自身也被后人赋予某种"神圣克里斯玛特质"②,这种特质本来属于神话故事中那些开辟鸿蒙的神祇和兴利除害的英雄。古老的事物——包括希腊神话这样的"老故事",受人崇敬的深层心理原因在于人们相信它们与某种终极的、决定秩序的超凡力量存在关联。人们在讲述和聆听那些伟大而神奇的故事时,会感到自己也与往昔的伟大与神奇接通了联系,这或许就是后人不厌其烦地重复那些古老故事的根本原因。希腊神话不仅是后人仰之弥高的宝库和圣殿,它在某种意义上又是种子库——库中贮存的许多故事因其得天独厚的纯真而成为携带重要遗传信息的"故事之母"。这就是罗伯特·格雷夫斯所说的:"有一个故事而且只有一个故事,真正值得你仔细讲述。"③恩斯特·卡西尔在谈到看似与神话无关的抒情诗时说:"抒情诗不仅植根于神话动机,以之为其起源,而且在其最高级最纯粹的产品中也还与神话保持着联系。在最伟大的抒情诗人如荷尔德林或济慈身上,神话洞见力再一次以其充分的强度和客观化力量迸发出来。"④还应看到,后世各叙事门类对希腊神话层出不穷、不厌其烦的重新讲述,也在一定程度上倒逼了讲述方式的演进与翻新。

其二,荷马史诗、希腊戏剧等使西方叙事从一开始就站上了一个较高的艺术起点。希腊神话诉诸听觉传播,荷马史诗则既是口头叙事的巅峰,同时又代表口头叙事向书面叙事的过渡——作为吟唱诗人中最为优秀的人物,荷马在遵循程式化表演传统的基础上,将剪裁、处理故事的个体天

---

① 罗伯特·斯科尔斯、詹姆斯·费伦、罗伯特·凯洛格:《叙事的本质》,于雷译,南京:南京大学出版社,2015年,第84页。

② 傅铿:《传统、克里斯玛和理性化——译序》,载爱德华·希尔斯:《论传统》,傅铿、吕乐译,上海:上海人民出版社,2014年,第4页。

③ "There is one story and one story only/That will prove worth your telling." Robert Graves, "To Juan at the Winter Solstics", *Poems 1938—1945*, London: Cassell, 1945.

④ 恩斯特·卡西尔:《语言与神话》,于晓等译,北京:生活·读书·新知三联书店,1988年,第114页。

赋发挥到极致,这是史诗得以承传和被文字记录的一个重要原因。荷马并非按部就班地对《伊利亚特》的故事作平铺直叙,而是别出心裁地从特洛伊战争的第十年开始讲述,此时故事动力的发条已被拧至最紧:希腊联军兵临特洛伊城下,久攻不下导致军心浮动与将帅异心,主人公阿喀琉斯身上积蓄了层层传递而来的全部动力,同时也体现了暂时阻遏这动力爆发的矛盾——希腊方面复仇愿望的实现或破灭,取决于他能否捐弃与主帅的前嫌。讲述开始后不久,阿喀琉斯好友的死亡冲决了阻遏其提枪上阵的壅塞,于是故事动力如长江破夔门一泻千里,诗人的讲述也乘流而下一气呵成,酣畅淋漓地交代英雄出阵、两雄决斗、赫克托耳败阵被杀及葬礼等一系列事件。对于这之前的事件,作者都用倒叙等手段抽空交代。叙事学就学科而言到20世纪中期才呱呱坠地,把"故事"(story)与"话语"(discourse)分开被认为是经典叙事学的一大贡献,然而荷马在"话语"层面上实施的巧妙操控,让人觉得他早就懂得"故事"与"话语"之间的区别。

无独有偶,希腊悲剧诗人索福克勒斯被人称为"戏剧艺术的荷马",他的《俄狄浦斯王》也选择在故事高潮前那一刻拉开帷幕:弑父娶母的俄狄浦斯犯下大罪而不自知,一味地要按神谕追查杀死前王(实际上是其生父)的凶手,追查的结果是见证人一个个上场道出实情,故事内幕的连续呈现让人目不暇接。索福克勒斯同样是把故事中动力最强的那部分放在明处(舞台上)叙述,剧情的展开因而毫不拖泥带水。如此扣人心弦的舞台呈现即便在后世也不多见,这部作品和《伊利亚特》一样说明早期希腊叙事达到了怎样的高度。除了神话、史诗和戏剧之外,古希腊罗马时代的叙事诗、寓言和史传中还涌现出一批高水平的作品,它们在故事讲述、人物塑造和语言运用上均有许多可圈可点之处。人类文明从总体上说当然是在不断进步,但中西艺术史上的许多事实却在告诉我们,今人在许多门类上还在沐前人余晖——如西方人至今仍崇拜古典雕塑,我们这边的书法家还在毕恭毕敬地临摹晋唐碑帖,似此荷马等人的榜样与示范意义无论如何估价也不为过。

其三,古希腊罗马时代的故事讲述为后世叙事奠定了形式上的基础。西方学者在表述上通常比较委婉,老资格的叙事学家罗伯特·斯科尔斯等人论及于此时却使用了相当肯定的口吻:"在罗马没落之前的西方叙事当中,所谓的基本叙事形式(在基本风格这个意义层面上)几乎全都被运用过。"①"罗马没落之前的西方叙事"如前所述长达 15 个世纪,故事讲述人因此有机会探索叙事的多种可能性,米歇尔·福柯说历史上一些作家"不仅生产自己的作品,而且生产构成其他文本的可能性和规则"②,此言有助于我们更深刻地认识早期故事讲述人的筚路蓝缕之功。所谓"叙事形式"(narrative forms),也就是讲故事的方法。人们一般只注意作家的产品,福柯却指出一些作家生产的"构成其他文本的可能性和规则"可能更值得注意,因为这些新的"可能性和规则"亦即新的方法,有可能打破旧的格局而生产出无数新的文本。有的叙事作品本身在文学史上地位卑微,沿袭其方法却有可能写出不朽之作,这就是说叙事形式有时比叙事本身更为重要,开拓者的方法论贡献应该写进叙事艺术史。前面提到希腊神话是个内蕴丰富的故事宝库,这里要指出包括神话在内的古希腊罗马文学还是个储藏叙事利器的武库,后世故事讲述人的常备工具大多取用于此,当然他们也会在操作中对其作改造和完善。过去由于种种原因,人们一般只注意到古希腊罗马文学是个宝库,对其武库功能视而不见,为弥补这一不足,本文下一节将对此展开专门讨论。

第二节 几种有代表性的叙事形式与倾向

如前所述,要对西方叙事传统作谱系调查,关键是找到能显示"被忘却的内在关联性"的抓手,这样才能使"已经模糊了的或不被承认的宗代关系"重新浮出水面。西方故事从古到今内容各异,其叙事形式及倾向却存在一定程度的连续性和稳定性,这也就是说"家族相似性"不止表现在故事讲述人的外貌体格上,他们的讲述方式后面也有看不见的手在暗中把控。无论是中国还是西方,在传统问题上最有发言权的还是本土学者,罗伯特·斯科尔斯、詹姆斯·费伦和罗伯特·凯洛格等三位叙事学家在《叙事的本质》一书中对西方叙事的形式渊源作过初步梳理,本节以其研

---

① 罗伯特·斯科尔斯、詹姆斯·费伦、罗伯特·凯洛格:《叙事的本质》,于雷译,南京:南京大学出版社,2015 年,第 85 页。着重号为引者所加。

② 福柯:《作者是什么?》,逢真译,载朱立元、李钧主编:《二十世纪西方文论选》(下卷),北京:高等教育出版社,2002 年,第 193 页。

究为出发点,对几种有代表性的形式与倾向展开进一步的探讨。

一、虚构化倾向

虚构是叙事发育的先决条件,叙事逐渐形成为一门艺术,故事讲述人到后来拥有各自的职业,成为吟唱诗人、说书人、作家和诗人等,都和所讲述故事中虚构成分的增长有关。① 西方小说、传奇之名如 fiction,romance 和 novel 等,皆有"虚构"和"新奇"的意涵在内。神话毫无疑问是出于虚构,但神话的讲述者未必意识到自己是在虚构②,因此应从稍后的叙事中寻找虚构萌发的痕迹。两相比较,《奥德赛》讲述的故事要比《伊利亚特》多一些奇幻色彩——例如俄底修斯在斯克里亚岛上对人讲述自己十年来在海上的漂泊经历,包括遭遇各种神怪以及看到战友的亡灵并与其交谈等,这类讲述被看成"荷马史诗当中最魔幻、最奇异和最浪漫的部分。它是一位旅行者的传说,一则路上叙事或旅途叙事,并且它是由第一人称讲述……在所有国家,旅行者传说是出了名的不可信,而这种不可信又与告别故土之旅的远近成正比,就如同古代地图越是接近边缘便越是不可信赖"③。在《奥德赛》的"后传"——《泰列格尼》(Telegony,另一部希腊史诗)中,英雄后代的行为变得更加不可思议:故事中"忒勒戈诺斯(奥德修斯与喀耳刻所生之子)杀死奥德修斯,最终娶珀涅罗珀为妻,而忒勒玛科斯则迎娶喀耳刻为妻"④。这两个事件说的是俄底修斯的一个儿子不但弑父,还娶了父亲留在故乡的妻子,另一个儿子娶的是自己同父异母兄弟的母亲,如此煞费苦心的"对称化谋篇",只能说是出于作者的主观设计。

---

① 笔者对叙事中虚构性因素增长的原因有详论,参见傅修延:《讲故事的奥秘——文学叙述论》,南昌:百花洲文艺出版社,1993年,第6—16页。

② 由于认识水平的低下,神话故事的讲述人实际上不大分得清真实与虚构,有时他们自以为是在进行真实的叙述,在我们看来却是不折不扣的虚构。远古的世界天幕低垂,神人莫辨,人们不但讲述着神话故事,他们自己就生活在神话世界里。先民们把神话当作部落的历史来讲述,他们坚信神与神的故事的存在,因此他们迷茫的眼睛在日月星辰、山川林泽中都看到了神的身影。神话时代的思维方式对后世的影响深远博大,人类虚构的天赋也许就萌发于此。既然对神话故事的叙述可以虚构,对非神话故事的叙述也就难免会带有虚构,从讲述神话中发展起来的虚构事件的能力,迟早要被运用于讲述神话之外的事件。

③ 罗伯特·斯科尔斯、詹姆斯·费伦、罗伯特·凯洛格:《叙事的本质》,于雷译,南京:南京大学出版社,2015年,第76页。

④ 同上书,第68页。该史诗已失传。

希腊史诗中若隐若现的虚构化倾向，在希腊传奇中发展为一种明显的趋势。传奇（romance）本义为罗曼语诸方言的叙事，后来在法语中衍变成长篇小说的代称，在英语中则通指非现实的虚构叙事。除史诗外，一些史家"脱史入稗"的做法，也让希腊传奇的作者们学到了如何在讲述故事时添油加醋：在书写了"第一则西方爱情故事"的《居鲁士的教育》中，色诺芬为历史上一位真实人物编造了身世——"乌托邦小说正是肇始于此，历史小说亦然。"①早期传奇的残本中或有以历史人物为原型的叙事片段，但其中的哲学关注已为动人的情爱描写所取代，稍晚形成的传奇则大多遵循一种高度程式化的浪漫模式："一对年轻恋人相爱，天各一方，种种灾难置他们于极度危险之中，他们的爱情无法修成正果，但在叙事的结尾处依然守住贞洁，毫发未损，继而终成眷属。"②毋庸讳言，这种模式决定了作者在追求自己的诗性正义时，必然要跳出历史和现实的羁绊。源于古希腊的传奇在中世纪和文艺复兴的叙事中都留下了自己的印痕，斯科尔斯等甚至认为18世纪英国小说中也有其遗风余韵："《汤姆·琼斯》的情节实质上就是一种希腊传奇的情节。"③

二、流浪汉叙事

《奥德赛》以主人公的漂泊作为全篇的结构，这一安排成为后世流浪汉叙事的前奏曲。罗马史诗《埃涅阿斯纪》就情节发展而言仍属荷马史诗的"后传"，只不过立场由希腊方面转到了特洛伊阵营，作品至少有一半以上篇幅是写埃涅阿斯等人的海上旅程。责任与爱情冲突的主题首次在这部文人史诗中出现，维吉尔热衷于让人物服从自己的历史使命，这使其无法像荷马那样展开人物与命运的激烈冲突，因而也就失去了通过行动来表现英雄性格的机会，称这部作品为"包裹在史诗外衣下的传奇"④并不冤枉。罗马传奇《塞坦瑞肯》的作者裴特洛纽斯被认为是"流浪汉叙事的首位创作者"⑤，如果说俄底修斯的第一人称自述在《奥德赛》中属于异

---

① 罗伯特·斯科尔斯、詹姆斯·费伦、罗伯特·凯洛格：《叙事的本质》，于雷译，南京：南京大学出版社，2015年，第68页。
② 同上书，第71页。
③ 同上书，第70页。
④ 同上书，第73页。
⑤ 同上书，第77页。

数,那么在这部传奇的存世残卷中,主人公从头至尾都在用第一人称口吻,滔滔不绝地诉说自己在罗马帝国内四处游逛的经历。这种以个人流浪为线索讲述故事的方式,既可以串联起一系列相对独立的事件,形成内容丰富的长篇连续性叙事,又有利于展开光怪陆离的社会画卷,表现社会各阶层的人物,因而备受古往今来故事讲述人的青睐。流浪汉叙事这一名称容易让人想起西班牙的流浪汉小说,后者从形式上看影响了西方许多名篇,《堂吉诃德》《吉尔·布拉斯》《汤姆·琼斯》《鲁滨孙漂流记》《雾都孤儿》《约翰·克利斯朵夫》《哈克贝利·费恩历险记》《麦田守望者》等均在这张名单上。然而从流浪汉叙事这个更为开阔的视角,则会发现此类讲述故事的方式源起于西方古典时期,并可看到小说之外的叙事门类中也有其余波在荡漾(比如拜伦的长诗《恰尔德·哈·洛尔德游记》和美国电影《阿甘正传》等)。不难看出,流浪汉叙事的内涵较为宽泛,既有的流浪汉小说研究过于强调"流浪汉"(picaresque)一词的底层人物属性(西班牙语中 picaro 为违法者、无赖或恶棍),本章采用的"流浪汉"概念则不管人物是恶汉还是好汉,只关注其行动是否具有流浪性质。顺便说说,国内一些研究认为钱锺书《围城》的叙事框架也借鉴了流浪汉小说,其立论依据显然不是方鸿渐等人的身份,而是其漂泊不定的人生经历。

流浪汉叙事在西方蔚为大观,个中原因值得认真思考。西方人从古到今讲述了无数故事,其中相当一部分都可看成是俄底修斯漂流故事的异文,换言之这些故事全都涉及异域和远方,人物也因此被赋予外出闯荡以及与形形色色陌生人打交道的经历。为什么西方人那么喜欢讲述与冒险、寻宝和秘境相关的故事?为什么许多西方故事的主人公都像鲁滨孙和霍尔顿那样不肯安安静静地待在一个地方,内心深处总会涌起离开的冲动?[①] 此类问题或可用西方人历史上的经济活动方式来回答。和我们这个守着土地庄稼过日子的农耕民族不同,西方人对外部世界的好奇与

---

① "但是我的倒霉的命运却以一种不可抗拒的力量逼着我不肯回头。尽管有几次我的理性和比较冷静的头脑曾经向我大声疾呼,要我回家,我却没有办法这样做。这种力量,我实在叫不出它的名字;但是这种神秘而有力的天数经常逼着我们自寻绝路,使我们明明看见眼前是绝路,还是要冲上去。"笛福:《鲁滨孙飘流记》,徐霞村译,人民文学出版社,1959年,第11页。与此同调,J. D. 塞林格《麦田里的守望者》的主人公霍尔顿满脑子想的也是"离开"。"我流连不去的真正目的,是想跟学校悄悄告别。我是说过去我也离开过一些学校,一些地方,可我在离开的时候自己竟不知道。我痛恨这类事情。我不在乎是悲伤的离别还是不痛快的离别,只要是离开一个地方,我总希望离开的时候自己心中有数。"塞林格:《麦田里的守望者》,施咸荣译,南宁:漓江出版社,1983年,第5页。

向往渗透在血液之中,因为他们过去赖以为生的主要是动物性资源,与此有关的游牧、狩猎和海洋活动需要在更为广阔的空间内进行,自由行动因此成为其渗透到骨髓里的天性。此外,前文说到中国以西的各文明中心相互间靠得较近,这意味着他们到达异域并不像我们想象的那么困难,远方对他们来说也不是真正的遥不可及;相比之下,洲际旅行对位于东亚的古代中国人来说却是难于上青天。或许是由于这些原因,易于出行的西方人从未把广袤的陆地与浩瀚的海洋看成是不可逾越的障碍,遭遇陌生人和陌生的风景属于他们生活中的常态。有什么样的生活就会有什么样的故事,尽管"旅行者传说"如前所引是"出了名的不可信",但人们还是喜欢这样的"路上叙事"或曰"旅途叙事",由此可以理解流浪汉叙事何以会在西方社会中大行其道。

三、向内转倾向

流浪汉叙事最初都是第一人称自述,讲述自己在外部世界的闯荡经历,很容易连带出"我"对自己所作所为的内心反应,流浪汉叙事因此在某种意义上成了心理描写的孵化器。罗马作家阿普列尤斯的《金驴记》(亦名《变形记》),从表现形式上看已与后来的小说无异,它和《塞坦瑞肯》一道被视为流浪汉叙事的鼻祖,但其串联事件的自传体结构更为显豁和自觉。值得注意的是,《金驴记》中不仅有外向性的社会描写,作者采用的第一人称叙事还直指人物的内心:"如果说《塞坦瑞肯》是趋于社会导向的流浪汉文学,那么《金驴记》则是趋于心理导向的忏悔文学。"[①]把第一人称叙事与心理描写相结合的还有圣·奥古斯丁的《忏悔录》,作者最早将长篇自传体叙事用于忏悔文学,其中对人物内心的描写远远多于对外部世界的观察,以至于人们这样形容奥古斯丁的影响:"若没有一个叫作奥古斯丁的人,我们便不可能拥有一个名为弗洛伊德的人。"[②] 20 世纪 80 年代,有文章提到新时期文学的"向内转"[③],站在世界文学的高度看,这种"向内转"至晚在古罗马作家笔下就已出现。如果把讲故事行为简单化,

---

① 罗伯特·斯科尔斯、詹姆斯·费伦、罗伯特·凯洛格:《叙事的本质》,于雷译,南京:南京大学出版社,2015 年,第 81 页。
② 同上书,第 83 页。
③ 鲁枢元:《论新时期文学的"向内转"》,《文艺报》1986 年 10 月 18 日。

可以说在"讲什么"的问题上，故事讲述人基本上只有"向外"（outward）和"向内"（inward）两种选择——要么将外聚焦（external focus）对准人物的所作所为，要么用内聚焦（internal focus）反映其所思所想。在这个意义上观察流浪汉叙事，可以发现主人公的心路历程（inward journey）构成其外界历程的极佳补充。

心理描写虽说在流浪汉叙事中得到发育，究其原始还要追溯到比《奥德赛》更早的《伊利亚特》。荷马在反映阿喀琉斯等人的内心纠结时，经常使用"我的内心（thumos）为何与我如此争辩"之类的表述，心理历史学家朱利安·杰恩斯（他把荷马史诗当成研究人类心智成长的历史文献）认为这里的 thumos 并不完全指人的内心，希腊人当时还分辨不出灵肉之间的界限。① 但是不管如何，荷马毕竟塑造出了叙事史上第一个陷于两难处境中的人物，千年之后的哈姆雷特成为这类人物中的典型，莎士比亚能写出脍炙人口的"to be or not be"，要感谢荷马为其身后的长篇独白播下了最初的种子。"阿喀琉斯的愤怒是我的主题"这句开场白，显示荷马从一开始就关注人物内心的焦灼，两难处境中的人物不但在行动上左支右绌，在说与不说上也是莫衷一是：说出来固然可以释放内心压力，然而许多话又"不足为外人道也"——独白就是在这种情况下成了叙事的必然选择。还要看到，在神话和后神话时代，独白者往往是以冥冥中的神道为"受述者"（narratee），欧里庇得斯悲剧的女主人公经常对着天空发火，因此那段时期的独白并不完全是自己对自己说话。

叙事从操作上说主要是摹写人物的行动与言辞，与言辞有关的独白能够发展成一种重要的表现手段，阿波罗尼奥斯的《阿尔戈》（或译《阿耳戈船英雄记》）功不可没，因为这部希腊史诗开创了以长篇独白来塑造人物的叙事传统。女主人公美狄亚有一段长达 30 行的自言自语，翻来覆去说的都是对自己决绝行动的种种顾虑，这番自抒胸臆的诉说让一位心理复杂、敢说敢为的女性形象跃然纸上。史诗中可称为独白的严格地说仅此一处，但这一处却翻开了西方叙事史上的重要一页："将独白本身推至中心地位，通过思想而非行动来突出人物塑造，并最终导致独白技法本身

---

① Julian Jaynes, *The Origin of Consciousness in the Breakdown of the Bicameral Mind*, New York: Houghton Mifflin Company, 1990, pp. 69－70. 参见傅修延：《从二分心智人到自作主宰者——关于叙事作品中的人物内心声音》，《文艺理论研究》2018 年第 3 期，第 25 页。

的程式化,而这一程式化传统的肇始者正是阿波罗尼奥斯。"①将《阿尔戈》与之前欧里庇得斯的悲剧《美狄亚》对读,可以看出两者在用言辞表现人物上一脉相承,但若从继往开来意义上讲,阿波罗尼奥斯的叙事贡献还应获得更高一些的评价。斯科尔斯等人认为他把独白"推至中心地位"的做法,在罗马诗人那里得到承传和借鉴:"尽管他无疑从希腊悲剧家身上汲取了营养,但作为一位叙事艺术家,他远未被赋予应有的赞誉。维吉尔向阿波罗尼奥斯习得了这一技法,而奥维德则可能对他们二人均有所借鉴。"②

依笔者浅见,维吉尔远不只是简单地向阿波罗尼奥斯"习得了这一技法",《阿尔戈》中的那段独白由"她说"引出,风格略同于欧里庇得斯悲剧人物在舞台上的台词。而在《埃涅阿斯纪》对狄多女王的叙述中,独白已开始由口语向书面语转化,叙述者使用的"她在心中思忖""她从胸中呼号"等引导语③,显示作者想要表现的是内在的心理进程,而不只是絮絮叨叨的自说自话——要知道心理活动中有许多东西是无法形诸语言的。由此可以看到独白实际上有两个层次,一是字面意义上的独白,即无人在场时的自说自话(thinking aloud);二是真正的内心独白,即通过一定修辞形式呈现的人物内心活动。维吉尔开创了第二个层次的独白,这对叙事的"向内转"来说是一种强力推动。奥维德在维吉尔的基础上又有所提高,《变形记》中的密耳拉是一位为不伦之恋折磨的复杂女性,她胸中一腔激情亟待喷薄而出,然而道德约束又使其无法把所爱对象的名字说出口。为了投射出这一人物欲说还休、谵妄迷乱的内心世界,作者动用了包括人称变换、文字游戏和隐喻影射在内的许多修辞手段。④ 不言而喻,如此深度的心理描写,只有在表现形式日益丰富的书面叙事中才有可能做到。爱情是文学永恒的主题,爱情叙事中最引人注目的,是那些受爱火煎熬又无法向人倾诉的女性人物,西方叙事在其发轫之初,就拥有了美狄亚、狄多和密耳拉这些"爱而不得其所爱,又不能忘其所爱"的形象,应当感谢独

---

① 罗伯特·斯科尔斯、詹姆斯·费伦、罗伯特·凯洛格:《叙事的本质》,于雷译,南京:南京大学出版社,2015年,第191页。
② 同上。
③ Robert Scholes, James Phelan & Robert Kellogg, *The Nature of Narrative*, New York: Oxford University Press, 2006, pp.339—341.
④ 奥维德:《变形记》,杨周翰译,北京:人民文学出版社,1984年,第232—237页。

白的创新为表现这些人物的内心提供了利器。

四、讽刺与反讽

对流浪汉叙事与心理叙事的关系需要作点补充——外出游逛引发的内心激荡，不会局限于对自身所作所为的反思，还应包括对自己所见所闻的感触和评判。不管是在真实世界还是在虚构世界中，故事的讲述者都是有特定情感、道德和价值倾向的主体，在讲述经历了什么的同时，其态度、立场和观点也会或多或少地有所流露。我们身边那些从外地观光归来的亲友，不可能只说所见所闻而不谈印象观感，不管其印象观感是正面还是负面，讲述者的钦羡向往或鄙夷不屑都会溢于言表。"流浪汉小说的主要关注点是社会性和讽刺性的"①，这一断语的依据是流浪汉叙事的两个标本——《塞坦瑞肯》和《金驴记》都有社会讽刺性质。讽刺与流浪汉叙事同行并不奇怪，罗马帝国幅员辽阔、交通发达（所谓"条条大道通罗马"），但各地发展并不平衡，旅行者尤其是来自帝国中心的人不可能对边远地区的社会状况没有微词，《塞坦瑞肯》的主人公便看不惯旅途中的许多事物。《金驴记》由于其奇妙构思为后世众多变形故事所仿效，中国作家莫言的长篇小说《生死疲劳》亦在此列，作者的揶揄语气或许更容易为读者所觉察。与莫言笔下的西门闹转生为动物一样，阿普列尤斯的人物误服魔药后变为驴子，这一"陌生化"视角使其对世事炎凉和人间百态做出了更为深刻的观察，"我"的声音因而听上去带有一种劝诫和警世意味。

罗马文学中的讽刺作品甚多，其中卢西安的《真实历史》（或译《真实故事》）独树一帜。书中讲述的太空旅行和登月故事使其获得"科幻小说之父"的桂冠，然而仔细阅读这部互文意味浓厚的作品，便会发现作者醉翁之意不在酒，小说是以戏仿手段来抨击此前那些过分夸张的幻想故事②，"他通过在《真实故事》中运用第一人称游历性叙述者，发展出仿游

---

① 罗伯特·斯科尔斯、詹姆斯·费伦、罗伯特·凯洛格：《叙事的本质》，于雷译，南京：南京大学出版社，2015年，第77页。
② "《真实历史》则更广为人知，它可以被视为讽刺了安东尼·第欧根尼的《修黎之北的漫游》。"亚当·罗伯茨：《科幻小说史》，马小悟译，北京：北京大学出版社，2010年，第38页。"修黎"（Thule）在希腊语中指最北的岛屿（冰岛或斯堪的纳维亚半岛），当时人相信通过这里可以登上月球。

历体(mock journey)形式,其着眼点在于知识与讽刺,而不在于摹仿或虚构"①。用"仿游历体"来讽刺游历体,可谓以其人之道还治其人之身,后来的塞万提斯就是用仿骑士小说体的《堂吉诃德》来嘲笑当时流行甚广的骑士小说,导致这种文类彻底退出历史舞台(拜伦甚至说塞万提斯把西班牙的骑士制度"笑掉了")。戏仿式讽刺之所以有这种摧枯拉朽之力,关键在于其运用的手段甚为夸张,能将戏仿对象的弊病和本质暴露无遗。《真实历史》中船员在横渡大西洋时被飓风刮上太空,连续上升七天后抵达空中之岛——月球,在那里卷入了月球子民与太阳子民之间的战争,回到地球后又被鲸鱼咽入肚内达两年之久。他们还看到有人以掏空的南瓜为船,以及水手躺在水面上以自己直立的阳具为桅帆,用手中的睾丸来调整航行的方向,等等。这些荒诞不经的画面,显示流浪汉叙事向炫奇方向发展不会有多少前途。

讽刺文学被罗马人看作是自己对西方叙事传统的贡献,由于罗马文化在很多方面复制了希腊文化,这一点令其颇为自豪。然而讽刺传统的开创之功还是要归于希腊喜剧诗人阿里斯托芬,《阿卡奈人》等作品的夸张、滑稽和戏谑风格,让研究者认为"阿里斯托芬的喜剧所引起的主要是讽刺的笑"②。希腊喜剧有新旧之分,旧喜剧(早期喜剧)因阿里斯托芬而成为讽刺的代名词。如但丁的《神曲》直译应为《神圣的喜剧》(*Divina Commedia*,"神圣的"一词为后人所加),作者为何要称自己这部作品为"喜剧",最合理的解释是其中充满对当时政治现实的讽刺与批判。《神曲·地狱篇》中,当时还在位的教皇被作者倒插在地狱的火窟里,双脚还在不停地抖动,诸如此类的情节让人想起但丁崇拜的希腊旧喜剧。西方文学史上,以"喜剧"为名的还有巴尔扎克的系列长篇小说《人间喜剧》与高尔斯华绥的同类作品《现代喜剧》,这两部大型"喜剧"的共同点都是针砭现实。自19世纪上半叶以来,以批判现实为主旨的小说成为西方叙事的主流,狄更斯的《艰难时世》、马克·吐温的《镀金时代》和果戈理的《死魂灵》等均有明显的讽刺。这些故事讲述人都明白一个道理:讽刺是文学家手中最为有力的批判武器,笑声能把一切社会不公和道德伪善打回原

---

① 罗伯特·斯科尔斯、詹姆斯·费伦、罗伯特·凯洛格:《叙事的本质》,于雷译,南京:南京大学出版社,2015年,第81页。
② 陈瘦竹、沈蔚德:《论悲剧与喜剧》,上海:上海文艺出版社,1983年,第73页。

形,令其在众目睽睽之下无处藏匿。

　　与讽刺有联系但又有很大不同的是反讽(irony)。反讽说白了就是说反话,说反话意在让人听出自己的弦外之音。《红楼梦》第三回贾宝玉登场亮相,叙述者对其的评价为"天下无能第一,古今不肖无双",这是作者有意用不可靠叙述来"误导"读者,因为他相信读者会在随后的阅读中悟出作者的态度与叙述者并不一致。口头叙事中,叙述者与作者的差别不易察觉,但《伊利亚特》的某些章节已让人暗生疑窦,如第 19 卷中阿伽门农把自己当初强抢阿喀琉斯女俘的糊涂行为归罪于神①,人们很难相信荷马本人同意这种说法。《奥德赛》中俄底修斯打开话匣子说出自己几近魔幻的经历,这种"旅行者传说"风格的自述在荷马史诗中可谓绝无仅有(也许获救的俄底修斯那晚喝多了),读者仿佛能从字里行间看到作者的讥诮神情。到了文人创作的史诗、传奇和小说中,讲述自己身心体验的人物成了所谓人物叙述者(character-narrator),他们虽为作者创造出来的人物,其态度、立场和观点却不一定与作者相同。以前面提到的美狄亚、狄多和密耳拉为例,不管这些女性人物在言辞和行动上表现得如何激烈,躲在幕后的作者永远保持着冷静,就像詹姆斯·乔伊斯《青年艺术家画像》的主人公斯蒂芬·迪达勒斯所言:"(他们表现得)正如造物的上帝一样,存在于他创造的作品之中、之后、之外或之上,隐而不现,修炼得成为乌有,对一切持冷漠的态度,兀自在那儿修剪自己的指甲而已。"②

　　古希腊罗马叙事只展示了作者和叙述者之间的距离,随着时间的推进,人们发现叙事中还有一些更为复杂微妙的距离关系,巧妙地控制这类距离,可以将书面叙事的艺术水平提升到更高的阶段。距离控制和不可靠叙述作为相互关联的理论概念,首次出现在韦恩·布斯的《小说修辞学》(*The Rhetoric of Fiction*)中,作者认为远近不等的距离存在于真实的作者、隐含的作者、叙述者、人物和读者之间,当作者选择了一个不完全代表自己的声音来讲述故事时,所发送的信息就会出现作者有意为之的

---

① "其实,我(即阿伽门农)并没有什么过错——/错在宙斯、命运和穿走迷雾的复仇女神,/他们用粗蛮的痴狂抓住我的心灵,在那天的/集会上,使我,用我的权威,夺走了阿喀琉斯的战礼。/然而,我有什么办法? 神使这一切变成现实。/狂迷是宙斯的长女,致命的狂妄使我们全部/变得昏昏沉沉。"Homer, *The Iliad*, Samuel Butler trans., New York: Barnes & Noble, 2008, p.312.

② 詹姆斯·乔伊斯:《青年艺术家画像》,朱世达译,上海:上海译文出版社,2011 年,第 270 页。

含混(ambiguity)①,令叙述平添几分饶有深意的反讽色彩。距离控制和不可靠叙述如今已成为西方后经典叙事学的热门话题,安斯加·F.纽宁如此评论:"自从韦恩·布斯首次提出'不可靠叙述者'以来,这个概念一直被看作文本分析中不可或缺的基本范畴之一。"②按照布斯的见解,由于叙事艺术的进步,小说中的叙述者变得越来越不可信,因此现代人需要提高阅读本领,以便穿透种种不可靠的叙述,聆听到隐藏在文本中的真正声音。以马克·吐温的《哈克贝利·费恩历险记》为例,故事中的叙述者是帮助黑奴吉姆逃跑的流浪儿哈克,他觉得自己做的是一件十恶不赦的事情,因此总是责怪自己"太没良心""太不要脸","早晚要下地狱",小说一直在用这种"下地狱就下地狱吧"的口气在说话,有经验的读者听起来却句句是反讽,他们能够听出隐藏在不可靠叙述后面的真正声音,那是隐含的作者在提醒读者别把哈克的话当真——哈克越是觉得自己该下地狱,就越发显得他是一个真正有良心的好孩子。叙述者和隐含的作者发出的不同声音造成了含混,这便是布斯所说的"叙述者声称要自然而然地变邪恶,而作者却在他身后默不作声地赞扬他的美德"③。

第三节 发展、创新与继承

以上讨论只涉及西方叙事的源头,虽然古希腊罗马时期的故事讲述人为几乎所有的叙事形式提供了具体范例,后来人在这方面也不是无所作为。传统的形成并非一蹴而就,需要在漫长时光中汇细流以成长河,积跬步以至千里。如果以前述福柯所说的"生产构成其他文本的可能性和规则"为观察点,可以看出后来人的继承大致有这样三类:一是在前人的话语范围内另辟蹊径,此为差异化发展;二是跳出前人窠臼别开生面,此为突破式创新;三是将前人辟出的小径踩踏成大道,此为推进式继承。以

---

① 威廉·燕卜荪:《复义七型》,载赵毅衡编选:《"新批评"文集》,北京:中国社会科学出版社,1988年,第307页。
② 安斯加·F.纽宁:《重构"不可靠叙述"概念:认知方法与修辞方法的综合》,马海良译,载James Phelan, Peter J. Rabinowitz主编:《当代叙事理论指南》,申丹、马海良、宁一中等译,北京:北京大学出版社,2007年,第81页。
③ W.C.布斯:《小说修辞学》,华明等译,北京:北京大学出版社,1987年,第179页。

下逐一讨论这三类不同情况。

一、差异化发展

可能性和规则的生产远比人们想象的复杂,由于话题所限,这里只想指出一点,即许多"可能性和规则"本身又具有潜在的生产性,也就是说它们为日后差异化的发展留出了余地。福柯在提到马克思和弗洛伊德等人的创造时说,这些"话语方式实践中的创始者"不但为后续的"相似"提供了平台,而且还为引入与自己不同的"差异"("非自己的因素")清出了空间,"然而这些因素仍然处于他们创造的话语范围之内",如语言学奠基者索绪尔"使一种根本不同于他自己的结构分析的生成语法成为可能",生物学奠基者古维尔"使一种与他自己的体系截然相反的进化理论成为可能"。①

按照这样的标准,福柯自己将安·拉德克利夫与马克思、弗洛伊德相提并论的做法就需要重新考虑。安·拉德克利夫是第一位使哥特式小说成为流行读物的英国作家,她(包括她的同道)也确实使得哥特式叙事成为一种习惯和可能,但我们还是无法称其为"话语方式实践中的创始者",因为她所做的只是发现了前人留下的空白,或者说找到了后人迟早要找到的差异。根据福柯的理论,此前的流浪汉叙事实际上是在向后续的"差异"发出召唤:如果说流浪汉叙事主要讲述大范围空间中的行动,那么哥特式小说涉及的便是小范围空间中的行动,后者在一定意义上可以说是前者的倒影模拟。这种逆向思维的发生原因不难揣摩:远方和异域固然有许多新奇事物令人神往,近在咫尺的古堡旧宅内也可能藏着某种秘境、异物和怪人,讲述近处的神秘故事同样可以激起人们的兴趣。哥特式小说中并没有涌现出流芳百世之作,文学史家对其总的评价不高,但哥特式叙事作为一种讲故事的方法,却屡屡为19世纪以来的非哥特式小说所运用,许多传世之作中都有向安·拉德克利夫致敬的地方。② 那么,为什么最初见于廉价小说的叙事形式会受到后世那么多名家青睐?这是因为包括讲故事在内的所有运动都会受惯性支配,人们

---

① 福柯:《作者是什么?》,逄真译,载朱立元、李钧主编:《二十世纪西方文论选》(下卷),北京:高等教育出版社,2002年,第193页。

② 例证参见本书第42页的相关论述。

一旦习惯了某种路径,便会对其产生难以自拔的依赖,惯性力量导致"路径依赖"(path-dependence)不断自我强化,一些讲述习惯就是这样逐步发展成叙事传统。流浪汉叙事中,作者让人物不辞辛苦地到处奔走,为的是尽可能多地展示远方的陌生人和陌生的风景,读者对这种叙事形式的阅读期待正在于此。相比之下,哥特式叙事中的人物则是在封闭或狭小空间里开展距离极短的"旅行",他们小心翼翼地爬上阁楼、穿过走廊或钻入地窖,为的是去执行某项使命、发现某个秘密或防范某种危险,这种不无冒险意味的探寻,令其身边的人物与环境也变得陌生和异样起来,这样的叙述同样能使读者的好奇心获得极大的满足。

把哥特式叙事看作流浪汉叙事的倒影模拟,有利于我们认识到所谓差异实际上是某种同中之异。按照产生这两种叙事形式的内在逻辑进一步思考,便会发现在长距离行动、短距离行动之外,还应该有一种零距离行动存在。马塞尔·普鲁斯特的独特贡献,表现在别人笔下的人物都在程度不同地运动,他却在自己的代表作中创造出一个大部分时间都不运动的人物。这一别出心裁的安排,缘于普鲁斯特本人自幼体质孱弱,室外空气容易引发其挥之不去的哮喘,因此其故事主人公也不得不长期幽居于病室。行动的静止不等于思想的静止,躺在病床上的人物貌似无所事事,其脑海中却有纷至沓来的往事在一幕幕闪现,这使得作者享有讲述其内心活动的极大自由——他可以随心所欲地讲述主人公看过、听过、嗅过、尝过、触摸过的一切,于是就有了《追忆逝水年华》中那种天马行空、不拘一格的意识流叙事。意识流叙事作为一种叙事形式,其出现意味着西方文学向内转倾向的进一步强化,前面我们提到流浪汉的心路历程是其外界历程的补充,在这里内心描写已上升到主演的地位,行动反倒成了配角。被称为意识流作家的还有弗吉尼亚·伍尔夫和威廉·福克纳等,但《追忆逝水年华》的写作时间最早,分量也比同类作品更重,因此意识流叙事的奠基之作非其莫属。

差异化发展也表现在人称与视角的突破性运用上。第一人称和第三人称或许在人类的早期沟通中就已出现,当人类某位灵长类祖先对着同伴拍拍自己的胸脯,这可能是表示"我"干了什么;当他努努嘴角让同伴注意另一位群体成员的行动,这或许是在传递"他"干了什么的信息。人称和视角有密切的关联,如使用第一人称的叙述往往采用内聚焦,前面讨论流浪汉叙事时对此已有涉及。但这又不是绝对的,国人熟悉的《红高粱》

(小说)采用第一人称,故事发生时"我"远未出世,"我父亲这个土匪种"也还只是个孩子,因此小说中的视角只能是外聚焦。莫言懂得用"我"来讲故事的好处:叙述者"我"虽然不可能真正进入故事中那个世界,但叙述过程中不断出现的"我",让人觉得故事中发生的一切"我"都亲睹亲闻,这就大大拉近了读者与故事的距离。有"我"就会有"你",杰拉德·普林斯说:"在很多不以'你'称呼的叙事中,'你'可能是被不留任何痕迹地去除了,只剩下叙事本身。"① 从理论上说,"我""你""他"都可以用来指代故事中的人物,但由于"你"在一般情况下都是指说话对象,这一称呼会让读者觉得叙述者说的是自己而不是故事中的人物,或许就是为了避免这种误会,我们很少看到采用第二人称的叙述。法国新小说派作家以形式创新见长,米歇尔·布托的《变》通篇都是用"你"来称呼小说主人公,这一做法引来不少好奇的询问,许多人记住他的名字也是因为这个原因。伊塔洛·卡尔维诺的《国王在听》在"你"的运用上似乎更为成功,作者认为写小说是为了改变人的素质②,因此小说中的"你"既是故事中那个被歌声唤醒心灵的国王,同时也指向正在阅读这部小说的每一个"你"。③ 至于视角的运用,现在的人也不满足于内聚焦与外聚焦这样的大体划分,曼弗雷德·雅安将计算机术语"窗口"引入对视角的分类,整合成一个名为"聚焦之窗"(windows of focalization)的复杂概念,于是就有了"严格聚焦"(strict focalization)、"环绕聚焦"(ambient focalization)、"弱聚焦"(weak focalization)与"零聚焦"(zero focalization)这样四种聚焦类型。④ 视角理论比较复杂,笔者在《"聚焦"的焦虑》一文中有详细阐述,此处不赘。⑤

---

① "如果说在任何叙事中都至少有一个叙述者,那么也至少有一个受述者,这一受述者可以明确地以'你'称之,也可以不以'你'称之。在很多不以'你'称呼的叙事中,'你'可能是被不留任何痕迹地去除了,只剩下叙事本身。"杰拉德·普林斯:《叙事学:叙事的形式与功能》,徐强译,北京:中国人民大学出版社,2013年,第18页。
② 伊塔洛·卡尔维诺:《美洲豹阳光下》,魏怡译,南京:译林出版社,2015年,前言,第4—5页。
③ 傅修延:《"你"听到了什么——〈国王在听〉的听觉书写与"语音独一性"的启示》,《天津社会科学》2017年第4期,第111页。
④ Manfred Jahn, "Windows of Focalization: Deconstructing and Reconstructing a Narratological Concept", *Style*, 30.2(1996).
⑤ 傅修延:《"聚焦"的焦虑——关于"focalization"的汉译及其折射的问题》,载周启超主编:《外国文论与比较诗学》(第1辑),北京:知识产权出版社,2014年,第165—182页。

二、突破式创新

如果说差异化发展是发现并利用了前人生产的可能,那么突破式创新便是不折不扣地生产出新的可能。这种创新在后来的叙事中犹如凤毛麟角,因为以前无数的故事讲述人应当有意无意地尝试过各种可能,所以前引斯科尔斯等人之语会说罗马没落前,"叙事的基本形式……几乎全都被运用过"。不过这里的"几乎"二字还是留下了一点余地,我们不妨来看后人是怎样做到百尺竿头更进一步的。

新的可能只会在新的条件下出现。当人类的社会形态和科技水平发展到某个新阶段时,才会有某种前无古人的叙事形式应运而生,这一方面是因为既有的形式不能完全满足各方面的需求,另一方面也是因为时代为新形式的登场提供了条件。以流浪汉叙事与哥特式叙事为例,前者初兴于交通超前发达的罗马帝国,后者得名于西方城乡常见的哥特式建筑,它们都说明物质生产是精神生产的前提。中世纪之后古腾堡印刷术的推广和夜间照明的普及,尤其是使用机器之后造成的闲暇时光增多,使得西方人有机会进行长时间的阅读,这种情况无疑会促进长篇小说创作和消费的繁荣。18世纪初孟德斯鸠的《波斯人信札》红极一时,导致巴黎书商在大街上看见文人模样的过客便拉住索稿。这样的市场需求到19世纪更趋旺盛,由此催生了规模宏大、篇幅惊人的超长式叙事,其代表作品便是巴尔扎克那部包括九十多篇小说、涉及两千多个人物的《人间喜剧》。《人间喜剧》分为"风俗研究""哲学研究"与"分析研究"三大部分,光是"风俗研究"便有一个极富雄心的写作计划,作者宣称:"无论是哪种生存环境、人情世态、男人或女人的性格、生活方式、职业行当、社会圈子和地区,无论儿童、老人或成人,无论是政治、司法或是战争,在这里都不会被遗忘。"[1]《人间喜剧》之名反映了巴尔扎克想把人间故事一网打尽的壮志豪情:他要在但丁描写来世图景的"神圣喜剧"(《神曲》)之后,奉献出一部反映现世生活的"人间喜剧"!

人类自开口讲述故事以来,一直是以自己的想象来向真实世界发出挑战,要想在叙事中构建起一个在气势和规模上、在丰富性和复杂性上堪

---

[1] 巴尔扎克:《致韩斯卡夫人(1834年10月26日)》,黄晋凯译,载巴尔扎克:《巴尔扎克论文艺》,艾珉、黄晋凯选编,袁树仁等译,北京:人民文学出版社,2003年,第527页。

与大千世界分庭抗礼的虚构世界（fictional world），需要作者付出毕生的辛劳。除了巴尔扎克之外，尝试过超长式叙事的还有爱弥儿·左拉与约翰·高尔斯华绥等人。前者的《卢贡-马卡尔家族史》包括 20 部长篇小说，后者则有描写福尔赛家族的两个长篇小说三部曲——《福尔赛世家》与《现代喜剧》。需要说明，所谓超长式叙事，指的是用数部乃至数十部作品的篇幅来讲述一系列相互之间有人物与事件关联的故事，这些故事数量虽多，却都发生在同一个虚构世界之中。有的作家如瓦尔特·司各特也有卷帙浩繁的创作成果，但司各特如巴尔扎克所言，"没有想到要将他的全部作品联系起来，构成一部包罗万象的历史"①，也就是说其笔下的故事分别发生于不同的虚构的世界。将司各特的 30 部小说与《人间喜剧》相比，前者就像是一本由 30 幅独立画页组成的画册，而后者则是一幅用 90 多张"互联"的画页拼合起来的铺天盖地的画卷，所以雨果会在《巴尔扎克葬词》中说"他的所有作品只构成一部巨著"②。

　　虚构世界与真实世界同属"可能的世界"（possible world）这个大家庭③，所不同的是，虚构世界属于人类想象的产物，而真实世界则是一个已经实现了的"可能的世界"。然而实现了某种可能，便意味着失去了实现其他可能的可能，在无法亲历的其他"可能的世界"面前，生活在现实当中的人们只能望洋兴叹。就此意义而言，叙事作品中虚构世界比真实世界更具优越性，故事讲述人可以随心所欲地在这个想象世界里"实现"一切可能，这或许就是人类要讲故事的根本原因所在。《人间喜剧》问世之时，资本主义社会不过刚刚揭开自己帷幕的一角，巴尔扎克那时就想写尽财富法则支配下的众生百态，用自己笔下每一个故事来反映金钱社会中每一种人生可能。然而人生几何，超长式叙事的局限在于没有人能够永远把故事讲下去（《人间喜剧》中的《长寿药水》表明巴尔扎克或许想过只

----

① 巴尔扎克：《〈人间喜剧〉前言（1842）》，丁世中译，载巴尔扎克：《巴尔扎克论文艺》，艾珉、黄晋凯选编，袁树仁等译，北京：人民文学出版社，2003 年，第 258 页。
② 维克多·雨果：《巴尔扎克葬词》，载维克多·雨果：《雨果散文选》，郑克鲁译，天津：百花文艺出版社，1995 年，第 176 页。
③ Thomas G. Pavel. *Fictional Worlds*, Cambridge, Massachusetts：Harvard University Press，1986，pp. 61—72. 赵毅衡如此概括"可能的世界"理论进入文艺研究的过程："刘易斯的《论世界的复数性》出版于 1986 年，而符号学家艾科 1979 年的名著《读者的角色》提出把可能世界理论应用于文学艺术。中国最早在艺术学中应用可能世界理论的是 1991 年傅修延的论文。"赵毅衡：《论艺术中的"准不可能"世界》，《文艺研究》2018 年第 9 期，第 5 页。

有长寿者才能进行超长式叙事),或许是由于认识到这一点,《人间喜剧》之后很少有人再尝试撰写类似形式的小说。① 我国古代早有《说林》《内储说》《外储说》(为便于行文,以下将《内储说》《外储说》合称为《储说》)和《吕氏春秋》之类包罗万象的"故事库",它们体现出一种"备天地万物古今之事"的叙事雄心②,然而"天地万物古今之事"是一个无穷大的数字,吕不韦聚众人之力尚且只能获其一鳞半爪,遑论凭一己之力单打独斗的个人,是故先秦之后投入此类"故事库"建设的人并不是很多,今人能看到的《说海》《稗海》之类其实并未达到很大规模。

话又说回来,单个的故事讲述人不能将超长式叙事进行到"底",不等于说这种叙事形式就此退出历史舞台。巴尔扎克致力于生产海量篇幅的叙事作品,这一破天荒式的创举昭示了许多新的可能,一旦条件成熟,其中一些便会通过新的方式实现。例如,互联网上方兴未艾的接龙式小说,实际上就是用多人接力形式开展的超长式叙事,从理论上说这种叙事可以无止境地延续下去。如果说计算机网络可以使故事讲述人变为复数,那么时下突飞猛进的人工智能技术还能把人赶走,让不知疲倦的机器来展开无止境的讲述,迄今为止世界上最长的几部小说都是计算机按程序自动生产出来的。当然这种篇幅为天文数字的作品要找到读者也不容易,阅读工作今后也将会越来越多地被机器取代。就实用意义而言,超长式叙事真正可以一展所长的地方,是生产那些动辄数十乃至上百集的电视连续剧。西方许多人可以说是在这些电视连续剧的陪伴下长大和变老,其中最著名的当推10季236集的美剧《老友记》,其首轮播映时间从1994年一直持续到2004年。人类寿命总体而言是在不断延长,在一个

---

① 当然也有例外,日本作家中里介山41卷的《大菩萨岭》就被称为世界上最长的历史小说,从1913年至1941年在报纸上连载,但小说并未最终完成。笔者曾如此解释超长式叙事难以完成的原因:"叙述像是一束强光,照亮着'虚构的世界'的某些部分,无论叙述有多长(文本篇幅多大),它照亮的都只能是部分而不可能是全体……叙述照亮的部分越多,阴影部分也出现越多;前者是叙述正面展示的结果,后者是叙述中的暗示和读者想象、推理的结果。至于为什么照亮这部分而不照亮那部分,取决于作者认为哪一部分更有意义,毕竟这个世界中也有令人乏味的部分,还是让它们隐没在阴暗处更好。"载傅修延:《讲故事的奥秘——文学叙述论》,南昌:百花洲文艺出版社,1993年,第31页。

② 韩非子的《说林》《储说》和吕不韦主持编撰的《吕氏春秋》分别收录故事71、214和283个。以《储说》为例,214个故事按不同题旨归并成33个"故事群",这些"故事群"又按不同方法归并成7个"故事族",这7个"故事族"最后共同归入总的"故事库"。详见傅修延:《先秦叙事研究:关于中国叙事传统的形成》,北京:东方出版社,1999年,第259—279页。"备天地万物古今之事"为司马迁评《吕氏春秋》语。

闲暇时间不断增多的老龄化社会中,超长式叙事的出现应属一种必然。

可以称为创造性生产的还有科幻类叙事与生态中心叙事。科幻类叙事有别于奇幻类叙事的地方,在于故事讲述人的幻想不能违背科学规律和逻辑自洽的原则,否则便成了前述卢西安嘲讽过的胡思乱想之作。按照这一定义,科幻类叙事实际上是一种以科学为基础的超前式叙事——不管科幻小说中的事物在当时读者看来是多么离奇,它们或迟或早都会从虚构的世界来到真实的世界。这方面最为典型的是儒勒·凡尔纳的小说,作者善于运用科学规律对一些发展趋势作大胆预测,因此他的叙述与其说是幻想,不如说是预言——其笔下事物有许多变为20世纪的现实,潜水艇、气球和无线电的发明者都声称凡尔纳的小说给了他们最初的灵感。科幻小说在17世纪、18世纪甚至更早之前已有萌芽,但那时自然科学的基础尚不完备,只有在诞生了三大发现——细胞学说、生物进化论、能量守恒和转化定律的19世纪,科幻类叙事才算真正插上了飞翔的翅膀。玛丽·雪莱的《弗兰肯斯坦》被大多数人当作科幻作品的起点,主要是因为它开启了人类不经过上帝而自行造人这一惊世骇俗的思路,于是后世科幻作家纷纷寻觅造人的各种可能,好莱坞至今仍沿此思路源源不断推出新的大片。如果说雪莱夫人拥有造人的发明专利,那么时间机器的知识产权便属于《时间机器》的作者赫尔伯特·乔治·威尔斯,有了这种机器,人物的流浪就不再只守着空间这一维度。科幻文学最大的魅力在于"他异性"(alterity),没有什么比"前往过去"或"回到未来"更能满足人的好奇心,令人惊叹的是,威尔斯的想象竟然早于爱因斯坦对这一可能性的肯定,要知道20世纪之前的空间理论对时间旅行是嗤之以鼻的。

还要提到,玛丽·雪莱能写出《弗兰肯斯坦》并非偶然,浪漫主义运动带来的是想象力的大爆发,那时的诗人几乎个个都是讲述奇异故事的高手。拜伦的《黑暗》描绘太阳熄灭后的人类未来,雪莱的《麦布女王》写到太阳系之旅,济慈的《明亮的星》亦有从太空俯瞰地球的场景。① 此外玛丽·雪莱、托马斯·坎贝尔和托马斯·胡德三人都有以"最后的人"为题的作品,"最后的人"即地球上最后灭绝的人,直到今天人们仍认为这一末

---

① 傅修延:《济慈诗歌与诗论的现代价值》,北京:北京大学出版社,2014年,第170—171页。

日想象最能体现科幻类叙事的特质。① 然而"最后的人"之后还有"未来的人",21 世纪以来人工智能、机器人和基因工程的迅猛发展,又为科幻作家想象一种不受生物规律支配的新型人类打开了更大的脑洞。"未来的人"究竟是一种怎样的存在,是像小说《别让我走》中描述的那样靠克隆人提供的器官来延长生命,还是像电影《未来战士》的主人公那样以人体与机臂相搭配,或是像电影《黑客帝国》中那样完全脱离肉身成为一种电脑程序? 不管是器官移植、人机混合还是电子模拟,"未来的人"反正不会原封不动地继承自己这副由智人进化而来的躯壳。还要提到的是,《别让我走》的作者石黑一雄获得 2017 年的诺贝尔文学奖,这件事说明科幻类叙事中也能涌现出一流的文学作品。

生态中心叙事也是特定社会阶段的产物。18 世纪的工业革命虽然带来了物质财富的大量增加,随之而来的环境污染却是一场始料未及的深重灾难。时至今日,人们已认识到地球无力支撑工业文明的继续推进,如果不开创出一种新的文明形态,人类将无法延续自己的生存。从这个意义上说,生态中心叙事也是一种面向未来叙事,故事讲述人是在为生态文明时代的到来而鸣锣开道,为人类与万物和谐共处而摇旗呐喊——所谓生态中心叙事就是从以人类为中心的叙事,转向以包括人类在内的整个生态系统为中心的叙事。人类再伟大也只是地球上的一个物种,任何物种都是生态系统的一部分,其扩张都必须是有限制的,否则便会影响到整个系统的平衡——失衡的结果将是包括所有个体在内的整体毁灭。② 最能体现这一思想的是《寂静的春天》,蕾切尔·卡森用这一书名向西方社会发出警报:DDT 等杀虫剂的使用导致鸟类和昆虫大量死亡,将来的春天恐怕不会再有鸟鸣虫吟! 于无声处听惊雷,《寂静的春天》以其振聋发聩般的呐喊惊醒了亿万受污染戕害而不自知的人们,引发了 20 世纪 60 年代以来轰轰烈烈的环保运动,作者也因此荣膺"环保先驱"的称号。不过人和自然的关系只是生态中心叙事的话题之一,故事讲述人一旦放弃人类中心主义的视角,便会发现在人的故事之外,天地万物之间还

---

① 科幻类叙事都对人类未来持悲观态度,公认最短并最有代表性的一则科幻类叙事是:"地球最后一个人坐在房间里,这时响起了敲门声……"

② "没有一个个体能够获救,除非全体都得救。"Devall, Sessions, *Deep Ecology: Living as if Nature Mattered*, Salt Lake City: Peregrine Smith Books, 1985, p.67.

有更多的故事需要讲述,这种情况就像是地球人在自己所属的太阳系之外发现了更为浩瀚的银河系,那里面的"可能的世界"多如恒河沙数。

对工业革命的不满最早出现在英国的湖畔派诗人(Lake Poets)笔下,这或许是因为不期而至的机器轰鸣破坏了湖区亘古如斯的声音风景(soundscape),不过浪漫主义诗人的自然观都有浓淡不等的泛神论色彩,最具代表性的生态作家应为住在大洋彼岸另一个湖旁边的梭罗。他的《瓦尔登湖》是一部非虚构作品(nonfiction),其中不但阐述了作者的环境理念与生态关怀,更重要的是讲述了一个回归自然的真实故事。回归自然虽有卢梭和华兹华斯等人倡导在先,但梭罗不只是投入大自然的怀抱,他还不断消弭自己与湖光山色、花鸟虫鱼之间的界限,试图进入一种"人湖合一"的超验境界。与《瓦尔登湖》旨趣相近的是奥尔多·利奥波德的《沙乡年鉴》,作者雄辩地指出人与环境也有伦理关系,这一观点使其戴上"生态伦理之父"的桂冠。受时代风气影响,当前以自然事物为主角的各类叙事作品正大行其道,反映动物生活的电影和电视纪录片等尤其受到欢迎,英国BBC公司近年推出的《水塘故事》甚至以无生命的水为故事主角。德里达在《我所是的动物》中说对动物的他者化书写使人类获得中心地位[①],现在看来许多故事讲述人正放低身段试图让其他生灵与人类平起平坐,玛格丽特·阿特伍德《羚羊与秧鸡》中"雪人"的身份便介于人类与动物之间。不过,就像人提着自己的头发并不能离开地球一样,只要讲故事的还是高居食物链顶端并仍在役使万物的人类,对人类之外故事的讲述就不可能完全摆脱人类中心主义的影响,就此而言真正的生态中心叙事还没有开始。

三、推进式继承

现实生活中常有这样的事情发生:一条僻静的小径经过众人长年累月的踩踏,最终变成车水马龙的道路。与前述差异化发展和突破式创新相比,推进式继承对传统的依赖程度最为严重,因为它除了拓宽路径之外并无特别的创新或发现。但就叙事传统的发扬光大而言,这种继承做出的贡献最大,因为筚路蓝缕者毕竟数量极少,绝大多数故事讲述人都是唯

---

① Jacques Derrida: "The animal that therefore I am", David Wills trans., *Critical Inquiry*, 28.2(2002), pp. 369—418.

前人马首是瞻,然而正是千军万马的赓续或曰跟进,才把狭窄的小径踩踏成宽阔的通衢。还要看到,先行者不一定都写出过伟大的作品,而赓续者当中则有可能涌现出伟大的故事讲述人,他们往往是在推进之中创作出自己的传世之作,对于叙事艺术的薪尽火传,这些后人仰之弥高的作品起到了极好的示范作用。所以除了专门的研究者之外,一般人首先想起的都是巅峰之作而非开创之作。例如说到英国的复仇悲剧、浪漫喜剧和历史剧,人们脑海里会立即浮现《哈姆雷特》《仲夏夜之梦》与《亨利四世》等剧作,其实为这些戏剧类型奠定基础的是以克里斯托夫·马洛为代表的"大学才子",莎士比亚可以说是踏着他们的肩头登上戏剧艺术的顶峰。莎士比亚不但善于形式继承,他笔下的故事基本上也都是别人讲述过的,不过他那种点铁成金、夺胎换骨的叙事功力还是前无古人的。我们这边"描摹世态,见其炎凉"的人情小说①,其首创者固然是中国第一部文人独立创作的《金瓶梅》,但多数人还是会把两个世纪之后的《红楼梦》当成这一类别的巅峰。莎士比亚和曹雪芹的叙事实践,再雄辩不过地展示了推进式继承的作用。

　　推进式继承涉及许多具体手段,我们先来看强化。倘若用诺思罗普·弗莱的"向后站"方法来观察整个西方叙事史②,便会发现贯穿其中的一根红线是虚构化倾向的不断增强。如前所述,虚构化倾向最早见于俄底修斯那番"旅行者传说"风格的倾诉,旅行者不可自抑地向人述说自己的经历,是因为远方异域的见闻激活了他的想象与表达。与此相似,地理大发现以来西方人在自然考察、科学研究和宇宙探寻等方面取得的进步,极大地刺激和丰富了故事讲述人的叙事思维,于是就像希腊神话中被打开的潘多拉之盒一样,无数"可能的世界"从后人笔头与镜头下翩翩而出。笔者曾以可能性和虚构化程度为标尺,将叙事作品中虚构的世界划分为摹本世界、部分虚构的世界、全然虚构的世界、神奇的世界、荒诞的世界与悖谬的世界等,其中虚构化程度最高(亦即可能性最低)的悖谬的世界在西方叙事中出现得最晚。③ 换句话说,在20世纪之前,这种世界在

---

① 又称"世情书""世情小说"。鲁迅:《中国小说史略》,载鲁迅:《鲁迅全集》(第九卷),北京:人民文学出版社,1981年,第179页。
② 诺思罗普·弗莱:《批评的解剖》,陈慧、袁宪军、吴伟仁译,天津:百花文艺出版社,2006年,第198—199页。
③ 傅修延:《叙述的挑战——通往"不可能的世界"》,《文艺研究》1991年第4期,第63页。

人们心目中还属于"不可能的世界",彼时人类的想象力还未强大到能够攫获如此缺乏逻辑的世界图景。巴尔扎克的虚构能力在19世纪作家中算得上出类拔萃,但若将其挑战生命规律的《驴皮记》《长寿药水》(收入《人间喜剧》的"哲学研究")与20世纪F. S.菲茨杰拉德的同类作品《本杰明的奇幻旅程》(又名《返老还童》)对读,我们又会有一种小巫见大巫之感——前者虽属奇幻尚可理解,后者的"逆生长"描写则大大超越了普通人的想象。菲茨杰拉德总体而言仍属写实派,但他偶尔也会写出一些让人觉得匪夷所思的故事,如他的《一颗像丽兹饭店那么大的钻石》以蒙大拿山区一个不为世人所知的城堡为故事背景,这部短篇小说从标题上看就有语不惊人死不休的意味。

菲茨杰拉德虚构的秘境固然是虚无缥缈的,但英国浪漫主义诗人济慈早就有言在先:"想象力以为是美而攫取的一定也是真的——不管它以前存在过没有。"①经过一代又一代人的叙事接力,一些既有魅力又有潜力的想象世界会变得羽翼丰满栩栩如生,在人们心目中成为俨然实体般的存在。以仙那度(Xanadu)为例,这个名字本是我们这边元上都(在内蒙古自治区锡林郭勒盟境内)的蒙语音译,《马可·波罗游记》中的诗意描摹开启了西方人对这个地方的向往,柯勒律治吸食鸦片后写出的《忽必烈汗》更使其上升为神秘东方的文学象征,从那以后仙那度便在西方各类故事中频频现身,不少叙事作品以其为招徕手段,电影《公民凯恩》的主角甚至住在一个叫作"仙那度"的豪华宫殿里。詹姆斯·希尔顿在《消失的地平线》中夐夐独造的香格里拉,也被人们以各种方式复制到现实生活之中,今天无论是东方还是西方都有以这两处为名的观光地和酒店。② 与此类似,未来世界、侏罗纪公园之类也出现在儿童和成人都喜欢的游乐场所,这些都拜趋之如鹜的后续叙事所赐。后续叙事还带来了许多虚构人物和生灵的增强版,自从影视业加盟叙事大军以来,我们看到人猿泰山、吸血鬼、狼孩、超人、鲁滨孙和福尔摩斯等形象在不断升级换代,编导眼中这些

---

① 济慈:《一八一七年十一月二十二日致本杰明·贝莱》,载济慈:《济慈书信集》,傅修延译,北京:东方出版社,2002年,第51页。

② 还有一个著名例子是伦敦贝克街221号B的福尔摩斯博物馆,柯南·道尔当初为福尔摩斯设计这个真实的地址是为了增进这个虚构人物的可信度,但在1990年人们真的按小说中的具体描写"复原"了屋内的布置摆设。许多人相信子虚乌有的福尔摩斯真的曾住在那里,每天都有写给大侦探的信投递到贝克街221号B。

形象都属"现象级 IP(Intellectual Property)",也就说他们身上还有进一步填充想象材料的余地。以上只涉及虚构化倾向的增强,在向内转倾向和讽刺与反讽的运用等方面,我们也看到不断强化、深化乃至极化的叙事演进。

　　模拟是推进式继承的又一常用手段。之所以用模拟而不用模仿,是因为模仿有重复、照做之义,而模拟可以是程度有限的效仿。如罗马神话完全是对希腊神话的模仿,两者基本上只有神名之别,后人一般不会有罗马人那种全盘照搬的勇气。首先来看名称模拟。这种模拟要么是完全袭用既有名称,如卡夫卡的《变形记》、屠格涅夫的《浮士德》、萨特的《特洛伊妇女》与奥维德、歌德和欧里庇得斯的作品同名;要么是在既有名称的基础上稍作变化,如卢梭的《新爱洛漪斯》、普伦茨多夫的《少年维特之新烦恼》和凯勒的《乡村的罗密欧与朱丽叶》(《人间喜剧》和《现代喜剧》亦属此类)。如此命名意在显示自己的讲述与既有的叙事之间存在某种相似,雷同本是文学的大忌,故事讲述人没有哪个不想标新立异,上述作家之所以反其道而行之,是因为"编新不如述旧,刻古终胜雕今"(《红楼梦》第十七回贾宝玉语)——经典作品或流行故事多已深入人心,与其搭上关系有利于读者理解自己的叙述意图。再来看文体模拟。这种模拟与叙事形态的发育关系极大,早期小说从表达方式说就是脱胎于传奇,《堂吉诃德》如前所述更是对骑士传奇的有意模拟,而其形式又成了后世小说家的效仿对象。为叙事文体提供营养的还有北欧的萨迦(saga),研究者注意到它与西欧传奇的混血,为民间叙事传统的延续注入了活力[①];更值得一提的是,萨迦的家族叙事模式受到 19 世纪以来许多作家青睐,如高尔斯华绥的 *The Forsyte Saga*(《福尔赛世家》)直接以"saga"(此处译为"世家")为题,作者对此的解释是现代有产者与古代英雄都有相同的占有欲。[②] 21

---

① "'古代萨迦'似乎与许多经过翻译的法国传奇('骑士萨迦')通过融合而衍生出所谓'奇幻萨迦'('lying sagas')这样的杂合品。'奇幻萨迦'的创作到了现代时期仍得以继续,与之并存的还有极其丰富的民间故事传统,以及被称为'韵文'('rhymes')的通俗化歌谣体叙事诗。"载罗伯特·斯科尔斯、詹姆斯·费伦、罗伯特·凯洛格:《叙事的本质》,于雷译,南京:南京大学出版社,2015 年,第 46 页。

② "也许有人会对'世家'这两个字提出异议,认为世家、史乘之类记载的都是英雄事迹,而这些篇章里却很少看到有什么英雄气概。可是这两个字用在这里原带有一定的讽刺意味;而且,归根结底,这个长故事虽则写的是穿大礼服、宽裙子,金边股票时代的人,里面并不缺乏龙争虎斗的主要气氛。那些旧史乘上面的人物,固然是一个个都身躯伟岸、杀人成性,像童话和传奇里流传下来的那样,但是单拿占有欲来说,肯定也是福尔赛之流。"约翰·高尔斯华绥:《福尔赛世家·原序》,载约翰·高尔斯华绥:《福尔赛世家》(第一部),周煦良译,上海:上海译文出版社,1978 年,第 1 页。

世纪观众熟知的电视连续剧《唐顿庄园》与《权力的游戏》,也有缘自萨迦的遗传因子。

值得注意的是还有结构模拟。这种模拟既高明又复杂,因而需要多说几句。故事虽然各有不同,但作者可以让不同故事的叙述呈现出相似的结构。T.S.艾略特自称《荒原》在结构上模拟了寻找圣杯的亚瑟王传奇,不过长诗中介入叙述的古代故事太多,两者的相似常常受到干扰。詹姆斯·乔伊斯的《尤利西斯》和《荒原》同时(1922年)问世,但它与《奥德赛》的同构要明显得多:小说十八章各写一个小时内发生的事件,每章分别影射俄底修斯(尤利西斯是其拉丁名)十年漂泊中的某些经历。故事中其实没有名叫尤利西斯的人物,主人公布鲁姆乃是都柏林一家报纸的广告推销商,这位现代的俄底修斯和古代英雄一样走在回家的路上,只不过这位怯懦的犹太人全然没有古代英雄的刚强,他的妻子莫莉也不像珀涅罗珀那样坚贞。两个故事本来毫无相像之处,但作者有意在叙述上造成两者的平行,结果一个卑微的现代故事与庄严的史诗发生了对应,这种同构会把读者弄糊涂。同样的困惑发生在读威廉·福克纳作品的时候。《押沙龙,押沙龙!》顾名思义可看出模拟《圣经·旧约》中大卫王父子的故事,《喧哗与骚动》从章节标题也可看出与《圣经·新约》耶稣的遭遇平行。① 与乔伊斯的做法一样,福克纳也采用了倒影模拟的手段。《圣经》里押沙龙故事中,子叛父而遭诛,父闻之老泪纵横;《押沙龙,押沙龙!》中,无辜的儿子被亲生父亲借刀杀害。新约中耶稣受难被害,仍不失其爱心与庄严,最后完成复活;《喧哗与骚动》中,耶稣的子孙们也在受苦受难甚至死亡,但这是因为他们失去了爱心相互仇恨,当然也就不能达到精神上的复活。

推进式继承用得最多的手段是综合,综合指广采前人之长,运用中并无一定之规。对于后世的故事讲述人来说,叙事传统意味着前人留下了一个庞大的工具箱,他们在选择讲述方法时可以从中随意取用,在本章看来这种取用往往是多种工具同时拿来,因为没有哪部叙事作品能靠一种方法完成。讨论科幻类叙事时我们曾提到《弗兰肯斯坦》,此处需要补充的是,这部作品也被人看作是生态中心叙事的发端之作,因为小说叙述主人公肆无忌惮地打破自然法则,利用死尸、屠宰场的鲜肉甚至其他

---

① 《喧哗与骚动》的四章都用日期作标题,而这些日期都与基督受难的四个主要日子对应。

动物的部件来创造新的物种，这是对人类中心主义的严厉批判。后来的科幻类叙事亦大量卷入生态内容，以电影《星际穿越》为代表的许多太空题材作品，讲述的都是人类如何因生态系统被自己破坏而被迫离开地球家园，它们皆为科幻类叙事与生态中心叙事珠联璧合的产物。如前所述，流浪汉叙事因为处在叙事长河的上游而具有深远影响，后人在继承中往往以其为主并辅之以其他手段，形成"一主多从"般的搭配。歌德《威廉·迈斯特的漫游时代》被认为是成长小说的范本，实际上在笛福《摩尔·弗兰德斯》、狄更斯《大卫·科波菲尔》和罗曼·罗兰《约翰·克利斯朵夫》等带有传记意味的小说（此类叙事作品不胜枚举）中，人物的个性也是在其与外部世界的接触中逐渐形成，外出漫游成为人物精神发育的重要前提，也就是说传记型、成长型叙事被纳入了流浪汉叙事的讲述框架。

  这些当然不是全部，综合手段的运用包括无数排列组合，讨论这些组合可能需要不止一本书的篇幅，因而此处只能再说一点，这就是天才的故事讲述人不但能找到适合自己故事的最佳组合，他们对这些手段的运用还常常是不拘一格甚至是随心所欲的。在读《简·爱》的前半部时，读者或许会以为后面的讲述仍将维持波澜不惊的女性叙事套路，没想到勃朗特中途会从传统武库中抽出哥特式叙事这件利器，先让读者为"阁楼上的疯女人"紧张了一把，再往后又用男女主人公的隔空应答（两人当时相距36小时以上的马车车程）给故事涂上了几分神秘色彩①，加入这样的"作料"显然是考虑到了当时读者的胃口。《哈利·波特》沿袭了成长小说的叙事框架，但由于J.K.罗琳将霍格沃茨学校设置为故事的发生地，读者看到的是一幅幅哥特式小说中的场景——魔法、秘境和怪物等占据了读者的主要印象，改编为电影后这种印象变得更为强烈。讲述故事不等于只交代故事中的事件和行动，作者还常常通过有形无形的叙述者发表看法。亨利·菲尔丁是英国现代小说的主要奠基人，但《汤姆·琼斯》中羼入大量议论的做法显然不够成功，所以后人研究这部小说时多半只注意其叙事。然而不能据此断定"叙事＋议论"没有前途，韦恩·布斯在《小说修辞学》第七章"可靠议论的运用"中举出大量例子，证明恰当的评说可以

---

① 夏洛蒂·勃朗特：《简·爱》，祝庆英译，上海：上海译文出版社，1980年，第589页。

与事件的"讲述"或"呈现"相得益彰。① 不过貌似离题的长篇大论不一定就不受欢迎,《悲惨世界》第二部以"珂赛特"为名,雨果在其开篇(第一卷)中用了六十多页篇幅对滑铁卢战役大发议论,直到该卷结束才冒出来一个与珂赛特故事相关的人物②,宏大叙事在这里为底层叙事提供了极富信息量的背景烘托。《战争与和平》对各大战役的书写也不完全是文学叙事,严肃的历史叙事与抽象的哲学讨论不时在读者毫无准备的情况下大段展开,托尔斯泰还经常让叙述者从地面上升到空中,用全知全能的上帝视角来俯瞰故事进程。小说最后竟然出现两个总结:"第一个总结"的前四章全为议论,第五至第十六章才是对故事结局的具体交代;"第二个总结"(共十二章)简直就是一部哲学论著,讨论的对象为历史运动、自由意志与引发各民族冲突的内在力量。③ 尽管这部小说有如此之多的篇幅不像小说,但就此诟病托翁的批评家并不算太多,这说明"运用之妙,存乎一心",大多数读者还是认可其匠心独运的讲故事方式。

结　语

以上挂一漏万的爬梳剔抉,为的是说明西方叙事传统的生命力及其对后世的深远影响。叙事像生命本身一样既复杂又简单,从外表看每个生命体和每个故事都有自己独特的形貌,但若深入其内部,观察其基本的结构形式,又会发现它们实际上非常简单。结构主义叙事学致力于证明变幻莫测的叙事是一架万花筒,里面起作用的只是一小撮彩色碎片,这样的共时研究固然总结出了不少叙事规则,但本章觉得从历时角度去寻求解释仍有必要,因为前人如何讲故事一定会影响到后人——不管是赓续传统还是另辟蹊径,人们在考虑如何讲故事时总免不了会有某种"影响的焦虑"。

从历时的角度看问题,意味着站在过去的立场上看后来,这与通常的

---

① W. C. 布斯:《小说修辞学》,华明等译,北京:北京大学出版社,1987年,第189—235页。
② 这个人物就是残酷虐待珂赛特的德纳第,当时他在滑铁卢战场的尸体堆中搜寻财物。雨果:《悲惨世界》(二),李丹译,北京:人民文学出版社,1959年,第432页。
③ 列夫·托尔斯泰:《战争与和平》(4),董秋斯译,北京:人民文学出版社,1958年,第1901—2047页。

做法正好相反,因为今人往往是站在后来乃至今天的立场上观察以往。以古观今并不是厚古薄今,而是客观地看待前人对后人的影响——传统实际上是无法拒绝的,因为我们本身就是传统的延续。研究传统的专家爱德华·希尔斯甚至认为,人们的所作所为和所思所想都是对前人的"近似重复",①这话当然不能理解为"太阳之下再无新事",但应承认今人以为前无古人的许多讲述,归根结底还是对前人讲述的"近似重复",所以我们的古人会有"恨不奋身千载上,趁古人未说吾先说"这样的惊人之语。②需要指出,这里的"重复"主要是就形式而言,本章的聚焦点一直在"怎样说"而不在"说什么"。每个时代的生活都有其迥异于前代的内容,但每个时代对生活的表达仍然会受传统习惯的影响,本章之所以更多从形式角度讨论叙事传统,其因盖出于此。文学史上当然不乏形式上的革故鼎新,这类变革要想成功仍须获得传统支持。如浪漫主义对传统的反抗最为激烈,但它一方面主张挣脱古典主义的形式桎梏,另一方面又从中世纪民间传统中汲取了不少养料。我们这边的格律诗自新文化运动以来遭受到剧烈冲击,但新诗今天仍在为形式问题所困扰,而格律诗却因中老年人的不断加入而拥有一个至为庞大的生产和消费人群。

  本章讨论了不少叙事形式,如果读者要问其中哪种最为重要,回答应该是流浪汉叙事。这不只是因为荷马史诗中这种形式就已初露端倪,还在于它赋予西方叙事传统某种显性的、具有统辖意味的遗传特征,更具体地说许多形式和倾向由其派生或促成。首先,传播远方异域的奇闻轶事容易沦为信口开河("旅行者传说是出了名的不可信"),这对虚构化倾向影响甚大;其次,人物在叙述自己的冒险经历时,不免会带出内心的一系列反应,叙事的向内转闸门就是由此开启;最后,由于文化差异,旅行者会用自己的价值尺度去评价异地见闻,这又导致了讽刺和批判倾向的发生。流浪汉叙事不只是在西方叙事传统的上游部分发力,它一直都在为这条奔腾不息的长河推波助澜,为此做证的不但有中世纪那些四处游侠和寻找圣物的骑士传奇,还有16世纪拉伯雷的《巨人传》、17世纪无名氏的

---

  ① "任何特定时期的人们……生活在来自过去的事物之中,他们的所作所为、所思所想,除去其个体特性差异之外,都是对他们出生前人们就一直在做,一直在想的事情的近似重复。"爱德华·希尔斯:《论传统》,傅铿、吕乐译,上海:上海人民出版社,2014年,第37页。参见傅修延:《论叙事传统》,《中国比较文学》2018年第2期,第4页。

  ② 洪亮吉:《北江诗话》,陈迩冬校点,北京:人民文学出版社,1983年,第90页。

《小癞子》、18世纪笛福的《鲁滨孙漂流记》、19世纪马克·吐温的《哈克贝利·费恩历险记》和20世纪凯鲁亚克的《在路上》,这些作品的人物全都在风尘仆仆地到处闯荡,如今方兴未艾的太空遨游小说和电影也在这个序列之中。前人凭体力、畜力、水力和风力所进行的旅行,似乎不可与今人以化学燃料为动力的宇宙飞行同日而语,但从本质上说,徒步行走、策马驰骋、扬帆远航和星际穿越都是空间中的移动,今人不过是将"流浪"的范围扩大到了地球之外而已。今天身着宇航服的太空流浪汉看到的路途风景固然更为神奇诡谲,但其主要行动仍然不外乎奔向远方和返回家园,这与伊阿宋等人外出寻找金羊毛以及俄底修斯回家没有根本不同。

讲述方式关乎经济活动方式。前面我们对此已有讨论,这里要补充的是,西方人历史上属于海洋与游牧民族,为了生存和发展他们需要在草原、大海与港湾之间穿行,其讲述的故事因而更多涉及旅途奔波、远方异域以及萍水相逢的陌生人。相比之下,农耕文化导致国人较为留恋身边的土地家园与"熟人社会",流浪汉叙事因此在我们这边难以形成很大的气候。不仅如此,长期侍弄庄稼培育了农耕文化中的保守性和防御性,留恋土地家园归根结底还是为了安全,而猎户、牧人和海员则习惯了旅途生活,对远方和自由的追求对他们来说是骨子里的东西,甚至可以说他们只有在流浪中才会感受到安全和自由。笔者对中西叙事传统的区别有专文论述,此处不赘。[①] 对流浪汉叙事有了如上认识,我们会对西方人讲故事的方式多一些理解。以一个细节为例,好莱坞电影中动辄出现的长时间汽车追逐,让我们国内的观众(包括笔者本人)感到不大适应。然而编导们如此处理是受了无形之手的支配,古往今来西方故事中的主角大多都在运动之中,汽车时代的电影因而也不能缺少车辆飞奔的镜头。电影按西方叙事学家的推测将会是"叙事艺术的主要推动力"[②],用镜头来讲故

---

① 傅修延:《一时代有一时代之叙事——关于中国叙事传统的形成与变革》,《文学评论》2018年第2期,第61页。

② "有一个技术性的变化……对叙事传统所产生的影响在其深刻性上不亚于文学的诞生。这便是电影的发明。""尽管知识性散文与新闻书写无疑还会在相当长的时间里得以幸存,但叙事艺术的主要推动力则很可能会从书本转向电影,这正如很久以前从口头诗人转向书本作家的情形。"载罗伯特·斯科尔斯、詹姆斯·费伦、罗伯特·凯洛格:《叙事的本质》,于雷译,南京:南京大学出版社,2015年,第292、294页。

事同样会受既有叙事形式的影响,诸如此类的现象只有从叙事传统角度作解释才更具有说服力。

最后要说的是,本章第二节虽指出西方学者对自己的叙事传统更有发言权,但这不等于说局外人的研究就一定是拾人牙慧,因为人们一般对异质文化更为敏感,这种敏感主要针对两种文化的不同之处——浦安迪对中国叙事传统的研究就曾给笔者带来不少启迪。[①] 农耕文化与海洋文化的不同,使得习惯了"一动不如一静"的我们更容易觉察西方叙事的"好动"一面,而西方文化中人却可能因司空见惯而对此有所忽略。中西叙事传统尽管存在着诸多差异,就对后世的影响而言它们又呈现出某种一致性。笔者研究中国叙事传统时有过这样的总结:"先秦叙事处于中国叙事史上的拓荒阶段,它播下的许多种子为后世叙事提供了丰富的生长点,它建立的一系列范型亦获得绵延不绝的发扬光大。从发生学角度看,开疆拓宇时期出现的一些具体形态,常常会成为后人模仿的对象,其中初露端倪之物亦有机会发展壮大,由嫩芽长成参天大树。"[②] 现在看来将这段话的主语改为西方早期叙事亦无不可。本章这方面讨论只是迈开了笨拙的第一步,真正意义上的"谱系调查"尚有待于来者。

---

① 浦安迪这方面的研究见其《中国叙事学》(作者用汉语撰写,北京大学出版社 1996 年版)和《明代小说四大奇书》(沈亨寿译,生活·读书·新知三联书店 2006 年版)等。

② 傅修延:《先秦叙事研究:关于中国叙事传统的形成》,北京:东方出版社,1999 年,第 316 页。

第五章
叙事

越来越多的学人已经注意到,当代叙事学研究正在发生最为"惊人的变形":从结构主义的单数形式(narratology)裂变为跨学科的复数形式(narratologies)。① "叙事"一词已然成为一个热力四射的词语,"凭借其普遍性和重要性赢得了广泛的口碑并成为人们研究的对象"②,"叙事转向"就是对此研究范式的形象描述。"叙事"在人文社会科学中的立体性渗透与全方位扩张,令美国叙事学者詹姆斯·费伦惊呼,"叙事帝国主义"的时代已经悄然来临。③ 然而值得注意的是,无论学界将叙事学理解成关于叙事现象的学问,还是以叙事现象为研究核心的学科,其注意力大都集中在叙事学之"学"上,而对"叙事"这个更为基础的概念则关注不够。由是之故,本章试图运用比较文学的研究方法,主要从"叙事为何""所叙何事"以及"如何叙事"等三个方面对中西叙事概念进行比较考察,以期对正在进行的中西叙事传统比较研究有所推进。

---

① 戴卫·赫尔曼主编:《新叙事学》,马海良译,北京:北京大学出版社,2002年,第1页。
② 罗伯特·斯科尔斯、詹姆斯·费伦、罗伯特·凯洛格:《叙事的本质》,于雷译,南京:南京大学出版社,2015年,第298页。
③ Phelan, James. "Who's Here? Thoughts on Narrative Identity and Narrative Imperialism", *Narrative*, 13, 3(2005).

第一节 "记录"与"编制"

现代汉语中的"叙事"是个动宾词组,意思是"叙述事件"。然追溯其词源,人们会发现"叙述事件"既非其源初语义,更非其唯一语义。"叙事"由"叙"与"事"两个词素组成。《说文解字》将"叙"释为"次弟",有讲求顺序之义,《尚书·舜典》记云:"纳于百揆,百揆时叙"①,孔颖达对此的正义是"百官于是得其次叙";《周礼·天官冢宰第一》有语"掌官叙以治叙",其中"治叙"郑玄注为"次序官中",林尹进一步解释为"按次序次第也"②。《左传》也有"履端于始,序则不愆"的说法,由此可见,"叙"之本义其实为"序",二者语义互通,指的是官员按官阶爵禄进行的位置安排,体现着上古先辈对等级秩序的内在追求。我们今天所熟知的"叙述"之义则相对晚出,较早见于《国语·晋语三》:"纪言以叙之,述意以导之,明曜以昭之。"③

"事"在先秦典籍中的主要语义有三:其一是用作动词,作"侍奉""服侍"解,如《左传》"滕人恃晋而不事宋"之句;其二是作为名词,释为"事情",如《诗经·召南·采蘩》:"于以用之?公侯之事";第三义稍显复杂,需要多加说明。《说文解字》将"事"释为"职",与"史"同部。谭帆认为"事"的初义是"职官"④,如《战国策·赵策》:"赵太后新用事,秦急攻之",由此引申为"职责""职守",至今"尽人事,听天命""不能视事"一类的说法,还影影绰绰地保留了"事"的"职责"意涵。段玉裁在《说文解字注》中则将"职"解释为"记微","事"就又有了"记录"之义。至于所记内容,《字汇》已明确指出为君王的日常言语行动⑤,具有鲜明的事件性质,与"左史记言,右史记事"的史官所记一般无二。

---

① 冀昀主编:《尚书》,北京:线装书局,2007年,第9页。
② 林尹注译:《周礼今注今译》,北京:书目文献出版社,1985年,第27页。
③ 左丘明:《国语》,鲍思陶点校,济南:齐鲁书社,2005年,第154页。
④ 谭帆:《"叙事"语义源流考——兼论中国古代小说的叙事传统》,《文学遗产》2018年第3期,第83页。
⑤ 梅膺祚《字汇》云:"世务大曰政,小曰事。纲纪法度为政,动作云为曰事",哈佛燕京图书馆《字汇》珍藏本,第83页。

作为词组出现的"叙事"一词最早见于《周礼·春官宗伯第三》:"冯相氏掌十有二岁、十有二月、十有二辰、十日、二十有八星之位,辨其叙事,以会天位。"又云:"内史掌王之八枋之法,以诏王治……掌叙事之法,受讷访以诏王听治。""叙事"在此是指在岁序、星宿或职官之间建立秩序,以使天道的运行或君王的德政得以彰明。虽然"叙事"此义更多属于政治与行政范畴,与作为"叙述事件"的语义尚有较远差距,"然而从实质上看,最初的'叙事'与现在的'叙事'之间距离并不遥远。发生在朝廷官府之中的那种'依序而行之'的'叙事',其主要表现应为天子、大臣、诸侯周围的奏事与论事"①。事实上,"事"与"史"关联紧密,许慎《说文解字》就将"史"释为"记事者",与"事"位列同部,结合"动作云为曰事"的说法,基本可以得出这样一个结论:中国文化传统中的"叙事",是一种具有强烈伦理意味的、以人物言语、行动为主要对象的记录行为;在天道及人际建立秩序,借此规范人与人之间的关系,是古人进行叙事活动的原初目的,也正是这一目的,成就了中国叙事传统极为鲜明的伦理色彩;记录君王(公卿)的言语及行为,是"叙事"的主要内容,这一范式的合理延伸,便是以人物为中心的纪传体成为后世历史叙事的基本通则。

"叙事"的基本含义一经确立,历史地看,其意涵变迁大致朝着三个方面演进。其一,记事并非简单易为之事,因为"岁远则同异难密,事积则起讫易疏"②。史官的职责既然是记事,人们自然需要对史官的业务水平加以考评,看他是否有足够的水平胜任这项严肃又重要的工作,因此"叙事"成为衡量史官记事能力的标尺。譬如说,班彪尽管对司马迁《史记》中的若干史实处理颇有微词,却也不得不承认他"善述序事理,辩而不华,质而不野,文质相称,盖良史之才也"③。刘知几干脆明言:"夫国史之美者,以叙事为工。"④

其二,事件并非只要叙述出来就万事大吉,那种一味迎合读者的猎奇心理而罔顾真实情理的叙事,完全有可能沦为"讹滥之本源,述远之巨蠹"⑤,如此一来,标准问题便自然而然地提上了议事日程。古人认为,为

---

① 傅修延:《先秦叙事研究:关于中国叙事传统的形成》,北京:东方出版社,1999年,第12页。
② 刘勰著,范文澜注:《文心雕龙注》(上),北京:人民文学出版社,1958年,第286页。
③ 同上书,第294页。
④ 刘知几著,姚松、朱恒夫译注:《史通全译》,贵阳:贵州人民出版社,1997年,第326页。
⑤ 刘勰著,范文澜注:《文心雕龙注》(上),北京:人民文学出版社,1958年,第287页。

保证"叙事"的品质,还须从写作态度、材料择取及语言修辞等方面制定系列衡量标准,是为"叙事"的第二意涵。

就写作态度而言,就是要求史家不屈从于外界压力,秉持不虚美、不隐恶的"实录"精神,忠于事实,直书无隐;"事核"是"实录"精神在材料择取上的具体化,它要求史家对搜集到的材料进行仔细甄别,务求有稽可证,做到"信而有证者从之,乖异传疑者不录"①;在语言修辞上则主张"尚简"与"用晦"。"尚简"的关键,在于以儒家经典的"省文寡事"为法,以精省的文字叙述有限的事件,努力收取文约意丰的表达效果,"至于悠悠饰词,皆不之取"②。因为史实作为实存之事,有如日月光华,自生熠熠光辉,其辉煌断非饰词矫说所能遮蔽。更何况杂芜成分一旦过多,反而会制造混乱,从而冲击叙事的伦理效果。李方叔在《师友谈记》里就曾批评《汉书》"虽称良史善叙事,至于案牍之文,卑陋之事,悉皆载之,失其《春秋》之旨远矣"!至于"用晦",讲究的是微言大义,"褒见一字,贵逾轩冕;贬在片言,诛深斧钺"③,通过精选措辞,含蓄而又谨严地传达史家对人物、事件的态度与评价。

其三,在不断的发展演进中,"叙事"还获得越来越清晰的文类(体)含义。曹丕《典论·论文》注意到,像"诗""赋"这样一类的文体往往关涉语言的风格与效果,而"铭""诔"之类的体裁则更多与叙事关系紧密④,刘勰《文心雕龙》"诔碑""哀吊"诸篇,均有"序(叙)事如传"之语,很是重视人物与事件的叙述性,从中也不难辨析史传规范的痕迹。真德秀《文章正宗·纲目》不但将"叙事"与"辞命""议论""诗赋"并列,视其为文章纲目的一种类型,而且还清晰呈现了其形成路径:《左传》《史记》创立的"记事""纪传"精神,在后世"碑""诔""铭"等文体里得以继承与延续,也为"记""序""传""志"等文体所发扬吸纳⑤。最终,人们的认知被基本稳固下来,"叙事"成为具有文类区分功能的称谓。

西文 narrative(叙事)一词源自拉丁文 narrare,因此先天自带"讲述/

---

① 马端临:《文献通考序》,载雷敢选注:《中国历史要籍序论文选注》,长沙:岳麓书社,1982年,第203页。
② 刘知几著,姚松、朱恒夫译注:《史通全译》,贵阳:贵州人民出版社,1997年,第242页。
③ 刘勰著,范文澜注:《文心雕龙注》(上),北京:人民文学出版社,1958年,第284页。
④ 此所谓"铭诔尚实,诗赋欲丽"。
⑤ 郑奠、谭全基编:《古汉语修辞学资料汇编》,北京:商务印书馆,1980年,第205页。

"告诉"的语义基因。现今汉语学界一般将 narrative 与 narration 都翻译为"叙事",然而细究起来,二词之间还是存有细微的语义差异:narrative 强调的是叙事作为"故事"(story)或"作品"(works)的层面,narration 则偏于作为讲述"行动"(action)的意义层面。在实际应用中,除非有特别的必要,人们往往可不加区分地使用"叙事"这个概念,其意义的差异性也就遭遇悄然遮蔽。据考证,narrare 又来自另一拉丁文形容词 gnarus,意谓"博学的"(knowing)与"有技能的"(skilled)。[①] 也就是说,西人很早即意识到,讲故事是一种需要广博学识与技巧训练参与其间的艺术,只有经由这种高超技艺制作出来的成果才可称为"叙事"(narrative)。这种"制作"意识可以直溯到古希腊时期。希腊人认为,艺术与创造本是两码事,前者不过是按规则进行的制作而已,认识并掌握规则才能更懂"制作"。[②] 制作意识早在荷马史诗中已现端倪,在亚里士多德《诗学》里得到进一步明确。众所周知,《伊利亚特》并未全景记录特洛伊十年战事,而仅仅叙述了战争最后一年中数十天里发生的事件,核心事件又是通过阿喀琉斯这个卓越的英雄来关合,属于典型的"以人运事"。饶是如此,我们读到的英雄事迹也只是"经过详尽发挥的单个情节片段,而英雄的出生与死亡则均未包括在行动的时间跨度之内"[③]的有限内容。也就是说,《伊利亚特》不过是从阿喀琉斯丰富多彩的人生中,有意截取了两个愤怒的片段加以组合的结果。

亚里士多德认为,悲剧是对一个有一定长度的行动的摹仿(又称模仿),情节而非人物才是悲剧的目的所在,情节的本质是各种事件的组合方式。悲剧既要讲究匀称均衡的形式美感(如完整、有长度等),又要追求震撼人心的净化效果,这两种效果归根到底都是通过对事件的排列组合"制造"出来的。就拿《俄狄浦斯王》来说,该剧的突出成就一方面表现为从事件的高潮部分径直入手,然后快速推进事件进程,巧妙揭示出俄狄浦斯的身世真相,避免过多的因果交代而造成情节的拖沓,另一方面则表现

---

① 参见 Charlton T. Lewis and Charles Short eds., *A Latin Dictionary*, New York: Oxford University Press, 1958, pp. 819, 1186—1187.

② 符·塔达基维奇:《西方美学概念史》,褚朔维译,北京:学苑出版社,1990 年,第 333—334 页。

③ 罗伯特·斯科尔斯、詹姆斯·费伦、罗伯特·凯洛格:《叙事的本质》,于雷译,南京:南京大学出版社,2015 年,第 220 页。

为无论是舞台上的俄狄浦斯还是台下观众,其心理情绪总是随主角身份的不断"突转"与"发现"而起伏波动:老王拉伊俄斯死于数人而非一人之手的传言令台上台下长长地舒了一口气,预言家忒瑞西阿斯的断语则又重新绷紧了人们暂时松弛的神经;人们才因波吕玻斯的去世而暗自庆幸俄狄浦斯侥幸躲过了命运的劫数,不料报信人的一语真相马上就给了他们残酷的一击。在亚里士多德看来,悲剧震撼人心的舞台效果与陶冶力量,就源于这种"突转"与"发现"的情节处理。①

新古典主义者作为古希腊罗马文艺的忠实拥趸,对"制作"观念的继承从高度推崇"三一律"中可见一斑。抛开背后潜藏的意识形态因素不论,"三一律"的制定其实与其倡议者的下列认知有关:剧情时间跨度倘若太大,失之单调冗长不说,还容易引发观众对剧情真实性效果的怀疑;地点变换太多,则又容易造成目眩神迷的后果,此二者都不利于维持观感的真实性。在他们看来,戏剧的真实必须以内在时空条件的稳定为前提。也正是在这个问题上,"三一律"才遭到司汤达与雨果的猛烈抨击。② 时空的稳定化要求,决定了剧作家只能在行动规模上进行小型化与有限化处理,而要做到小型化与有限化(同时又满足亚里士多德提倡的有机化要求),他们就只能将事件经片段化处理之后,再进行恰当的选择与安排。《伪君子》中的恶棍达尔杜弗之所以迟至第三幕才粉墨登场,其实并非自然时序的结果,而是因为莫里哀有意用足两幕的篇幅来呈现奥尔贡家中的矛盾冲突,通过渲染奥尔贡母子对于骗子的痴迷程度来为伪君子的出场做足铺垫。该剧结尾国王明察秋毫一节,倘若置于剧首则毫无意义,这与《熙德》末尾处以国王的主婚来破解罗狄克与施曼娜的婚姻难题异曲同工。需要指出的是,出于"政治正确"而将排困纾难的决定权强行赋予君王,与《美狄亚》的"机械降神"一样,的确暴露了生硬的斧凿痕迹,然而也正是在这种斧凿的裂隙中,人们才更容易察觉人为编造的蛛丝马迹。

"小说由于缺乏其自身的形式,因此一直以来都是从先于它的文学形式中汲取营养。"③ 关于小说的"制作"性质,亨利·詹姆斯说得很明白:小

---

① 亚里士多德:《诗学》,陈中梅译注,北京:商务印书馆,1996年,第64页。
② 参见司汤达:《拉辛与莎士比亚》,王道乾译,上海:上海人民出版社,2006年,第16页;雨果:《雨果论文学》,柳鸣九译,上海:上海译文出版社,2011年,第79页。
③ 罗伯特·斯科尔斯、詹姆斯·费伦、罗伯特·凯洛格:《叙事的本质》,于雷译,南京:南京大学出版社,2015年,第221页。

说不过是"一种牵强的、人为的文学体裁,一种出自慧心巧思的产物"①。爱·摩·福斯特也曾一语道破小说与戏剧在情节上的姻亲关系,前者只是"从戏剧借来的、从舞台空间限制借来的一种崇拜物"②而已,意在表明小说的"制作"观念与戏剧的承启关系。詹姆斯强调叙述的客观化效果,抵制"无所不知"的叙述者,倡导以"一个可以观看和感觉一切事物的'意识中心'"来展示生活,修辞叙事学的重要内容之——"视角"理论即受其启发并发展而来。③ 福斯特关于情节因果关系的比喻固然透彻④,但其理论兴趣实则更在"人物"一端⑤,"扁形"与"浑圆"人物概念的广为人知便是明证。二者的理论侧重决定了他们无法对小说叙事的"制作"问题做更为深入的探究,这一重任历史性地交由俄国形式主义者来加以完成。

俄国形式主义者对"制作"认知的推进主要表现在以下三个方面。首先是更为自觉的科学意识。他们立足文本,拒绝接受长期以来支配俄国文学批评的心理学与社会学方法,以基于实证的分析来揭示"文学性"的内在生成机制,把象征主义、哲学主观主义等构筑起来的神秘面纱撕碎殆尽。用托多罗夫的话来说,就是"形式主义者试图用技术术语来叙述作品的制作,而抛弃一切神秘主义"⑥。其次是扩充了"制作"的材质考察范围。18世纪以来小说崛起成为文学的主流样式,以至于人们对叙事的考察也往往以小说为依据。罗兰·巴特指出叙事无处不在,罗伯特·斯科尔斯宣称小说不是西方叙事传统的唯一代表,⑦已是20世纪60年代的事情。然而俄国形式主义者早在20年代就在进行"制作"的材质多样化考察。如果说什克洛夫斯基的小说研究尚属"笔头"叙事研究,那么普罗普的民间神奇故事研究、尤里·梯尼亚诺夫与鲍里斯·艾亨鲍姆的电影修

---

① 亨利·詹姆斯:《小说的艺术》,朱雯、乔佖、朱乃长等译,上海:上海译文出版社,2001年,第22页。
② 卢伯克、福斯特、缪尔:《小说美学经典三种》,方土人、罗婉华译,上海:上海文艺出版社,1990年,第280页。
③ W. C. 布斯:《小说修辞学》,华明等译,北京:北京大学出版社,1987年,第27页。
④ 即"国王死了,后来王后由于悲伤也死了",见卢伯克、福斯特、缪尔:《小说美学经典三种》,方土人、罗婉华译,上海:上海文艺出版社,1990年,第271页。
⑤ 在福斯特的《小说面面观》里,关于"人物"部分的论述篇幅最长,最为周详。
⑥ 茨维坦·托多罗夫编选:《俄苏形式主义文论选》,北京:中国社会科学出版社,1989年,第7页。
⑦ 罗伯特·斯科尔斯、詹姆斯·费伦、罗伯特·凯洛格:《叙事的本质》,于雷译,南京:南京大学出版社,2015年,第7页。

辞研究则无疑将触角延伸至"口头"与"镜头"叙事领域。即便是"笔头"叙事研究，艾亨鲍姆也还声称可以往书信、回忆录以及札记等纵深进行开掘。最后，俄国形式主义者关于"制作"认知的突出贡献在于运用拆解、分类与合并等手段彻底暴露叙事的"制作"底牌。在托马舍夫斯基那里，"主题"研究实际上就是一种由大框架到小部件的拆分研究，人们只要先把"情节"这个大的框架分离开来，然后再逐个"拆卸"，直至找到其最小的零件（即"细节"）为止。通过考察"细节"的组合样式，就可反向破解"主题"的构造之谜。普罗普的研究同样始于"拆解"。与托马舍夫斯基不同的是，他的"拆解"对象不是单部作品，而是由100个俄国民间故事组成的故事群。"拆解"的重心不在情节而在角色，并且多了一道归类的"工序"。普罗普发现，俄国民间故事中的人物数量繁多，身份属性亦各不相同，但很多角色在事件序列中的位置与功能却总是恒定的。这些民间故事表面看起来千差万别，但细究起来实则是角色按其功能进行的有限组合。它们不是实体性存在，却是故事情节的"骨骼"，是其赖于衍生的基础。[①] 作为后起之秀的法国结构主义者受惠于普罗普开创性工作的启迪（如罗兰·巴特就将考察从角色功能延伸到事件功能上来[②]），始终对归类组合与功能探究情有独钟，最终将叙事研究发展成一门专门的学问。

近年来，叙事研究高度繁荣，"叙事转向"成为继"语言学转向"之后引人注目的新趋势。由于"叙事对事实及经验加以把握的方式恰恰是其他解释和分析模式——如统计、描述、概括，以及通过抽象概念进行的推理——所无法做到的"[③]，具有理解与解释世界、认识与重塑人类自身的独特优势，"叙事"由此又获得了几与"言说""表达""书写"等量齐观的语义。譬如有人宣称，2004年美国总统大选民主党候选人约翰·克里不敌共和党候选人乔治·布什，原因就在于前者的"叙事"能力不济，未能向选民清晰表达其革新美国的愿景，最终导致功亏一篑；《叙事的本质》的作者

---

① 弗·雅·普罗普：《故事形态学》，贾放译，北京：中华书局，2006年，第189页。
② 罗兰·巴特曾根据关联情节的强弱程度将事件分为"核心"与"催化"两种主要的功能类型，并对其加以详细解释。见张寅德编选：《叙述学研究》，北京：中国社会科学出版社，1989年，第13—17页。
③ 罗伯特·斯科尔斯、詹姆斯·费伦、罗伯特·凯洛格：《叙事的本质》，于雷译，南京：南京大学出版社，2015年，第298页。

之一罗伯特·斯科尔斯则干脆把他对叙事理论的历史描述称为"一则叙事"[①];还有人甚至从这些含义中发现了"叙事"的经济学价值;等等。从以上例子不难看出,"叙事"的概念含义正从其"编造"或"制作"的既有认知中不断扩张,四散溢出。

第二节 "慕史"与"崇虚"

在中国文化传统里,历史具有无比尊崇的特殊地位,究其原因主要有三。其一,是国人有意通过人事的记录来探究天道与人道的内在规律,此即司马迁所说的"究天人之际";其二是通过历史兴衰事件,人们可以获取社会人生的经验教训,此所谓"通古今之变",或者如唐高祖所言,历史可以"裁成义类,惩恶劝善,多识前古,贻鉴将来";其三是因为历史本身就是民族繁衍、文明传承的记录。

中国的文学叙事深受史传传统的影响,是个无可争辩的事实。史传传统的核心要义概而言之大致有三:首先是目的层面旨在为后人提供天理人情、得失借鉴的伦理指引,司马迁所谓"究天人之际,通古今之变"即为此理;其次是在择事态度上对"实录"精神的高度服膺;最后是叙述层面上的全知叙述者的深度介入模式。仅以"实录"精神而论,班固将其释为"其文直,其事核,不虚美,不隐恶"。"事核"强调材料的真实可信,这与史家对真实性的孜孜以求密不可分。这就要求史家不能以个人好恶为转移,必须做到"不虚美""不隐恶"。由于史传传统强大而持久的影响力,历史叙事中的人与事对文学叙事形成了强烈的"向心凝聚"效应,后者往往表现出主动向其攀附靠拢的态势,具有鲜明的"慕史"倾向。

"慕史"最显著的表征是以人带事,以人运事,表现出对史传体制的鲜明沿袭。众所周知,中国的历史叙述主要有编年体、国别体及纪传体三种样式,此中尤其是《史记》开创的以人物为中心来组织事件的"纪传体"影响最为深远,成为后世官修史书的定则,"使百代而下,史官不能易其

---

① 罗伯特·斯科尔斯、詹姆斯·费伦、罗伯特·凯洛格:《叙事的本质》,于雷译,南京:南京大学出版社,2015年,第298页。

法"①。这一体式不但为后世史家奉为圭臬,也赢得了文学叙事的瞩目致敬,乃至"传体"几乎成为人物叙事的别名。在人物与事件的关系上,西方从亚里士多德开始就有一种影响深远的认知,即事件重于人物,人物是第二位的。在《诗学》中,亚氏指出:"悲剧摹仿的不是人,而是行动和生活。人的幸福与不幸均体现在行动之中;生活的目的是某种行动,而不是品质;……人物不是为了表现性格才行动,而是为了行动才需要性格的配合。由此可见,事件,即情节是悲剧的目的,……没有行动即没有悲剧,但没有性格,悲剧却可能依然成立。"②虽然随着"扁平(圆形)人物"理论与"典型"理论的兴起,后世西方对人物重要性的认识大有加强,但事件重于人物的观念仍然不绝如缕,结构主义者那里就分明回荡着这种观念的历史余音。比方说,美国文论家乔纳森·卡勒曾经指出,作为小说的重要成分,结构主义者对人物关注最少,而且处理得最不成功。③ 米克·巴尔则认为,或许正是因为文学是人写的,是写人的,是写给人看的,熟视无睹与习焉不察才造成了对人物的忽视,或许是因为叙事中的人物不过是纸上的血肉,是"模仿、想象与虚构的创造物",乃至于研究者对构建具有逻辑性的人物理论缺乏兴趣。④

中国的情况则正好相反。钱穆就曾指出:"历史讲人事,人事该以人为主,事为副。非有人生,何来人事?中国人一向看清楚这一点。西方人看法便和我们不同,似乎把事为主,人为副,倒过来了。"⑤他还说:"历史记载人事,人不同,斯事不同。人为主,事为副,未有不得其人而能得于其事者。事之不完善,胥由人之不完善来,惟事之不完善,须历久始见,中国史学重人不重事,可贵乃在此。"⑥在史传传统人物优先观念的强烈浸染下,中国文学叙事以人物来实现对事件的剪裁观念几成集体无意识,特别注重围绕人物塑造来择取事件,一旦人物完成其历史使命而退场,其后续事件就往往以加速度的方式趋向结束。《三国演义》中诸葛亮的初次亮相

---

① 韩兆琦编注:《史记选注汇评》,郑州:中州古籍出版社,1990年,第15页。
② 亚里士多德:《诗学》,陈中梅译注,北京:商务印书馆,1996年,第64页。
③ 乔纳森·卡勒:《结构主义诗学》,盛宁译,北京:中国社会科学出版社,1991年,第340页。
④ 米克·巴尔:《叙述学:叙事理论导论》,谭君强译,北京:中国社会科学出版社,1995年,第91页。
⑤ 钱穆:《国史新论》,北京:生活·读书·新知三联书店,2001年,第298页。
⑥ 钱穆:《现代中国学术论衡》,北京:生活·读书·新知三联书店,2001年,第113—114页。

出现在第三十六回"玄德用计袭樊城 元直走马荐诸葛",此时天下豪杰群雄逐鹿,各路英雄均已闪亮出场,随后小说以多达六十八回的篇幅集中叙述了诸葛亮鞠躬尽瘁、死而后已的丰功伟绩:隆中对、火烧新野、舌战群儒、草船借箭、借东风、三气周瑜、七擒孟获、六出祁山、空城计等,脍炙人口的故事以集群的方式纷至沓来,令人目不暇接。秋风五丈原诸葛亮"出师未捷身先死"之后,蜀、吴败亡的故事进程显著加快,小说仅以十六回的篇幅便完成了三分归晋、河山一统的宏大叙述。无独有偶,《红楼梦》里一旦林黛玉魂归离恨天,宝黛结合无望而呈事实性完结之后,烈火烹油般的荣宁二府便"忽喇喇似大厦倾",迅速走上破落的不归之路,各种人事的败亡接踵而至。

"慕史"特征也表现在事件材料的"踵事增华"处理上。所谓"踵事增华",即以历史事件的基本走向为骨架,构成罗兰·巴特称之为"核心"的事件,在此基础上雕琢人物,打磨细节,通过增添"催化"成分敷衍成篇,构筑起更为完整丰满的故事世界。仍以《三国演义》为例。"舌战群儒"是《三国演义》中的著名场面,然于陈寿《三国志·蜀书·诸葛亮传》中并无明确记载,见录其中的只有孔明面见孙权时的说辞,这番说辞被罗贯中化用在《三国演义》里。面对论敌的各种攻击,"舌战群儒"时的诸葛亮义正词严,侃侃而谈,有理有据,显示了英雄的滔滔辩才与卓越识见。较之史籍的严肃叙述,这个著名场面不仅极大增强了读者身临其境的现场感,而且把英雄鲜活生动的生命质感带给了读者,为英雄叙事的历史背景增添了盎然诗意。同样,宋江等人"横行齐魏""转略十郡"以及招降后征讨方腊的史实,也为《水浒传》众英雄纵横驰骋的传奇故事铸就了坚实基础。中国文学似这般以"平话""演义""春秋"为题的作品数量巨大,与"讲史"艺术有着千丝万缕的联系,其叙事与史实的紧密关联程度自不待言。

有时,历史事件为文学叙事提供的不是"骨架"而是"框架"。"三国""水浒"英雄故事的"骨架"得益于真实历史事件的强力支撑,"框架"则是历史事件为文学叙事圈定基本边界,划分基本范围。在边界范围之内,人们的想象力有权超越常规,天马行空地自由驰骋。《西游记》"八十一难"正邪相争的奇幻想象统摄在玄奘法师天竺取经的历史之内,《封神演义》里仙妖斗法的无限精彩限定在武王伐纣的远古史事之中。这种依托历史"框架"的做法并不是小说的专利,在戏剧甚至诗歌中也随处可见。譬如说,《汉宫秋》中汉元帝与王昭君的情爱相思无论多么缠绵悱恻,但它一定植根于"昭君和亲"的基本史实;《精忠旗》里的"阴曹审奸"大快人心,奸臣秦桧得到应有的惩罚,同样是依托历史事件而进行想象性安排的结果;至于《长恨歌》写唐玄宗在杨贵妃死后的相思寻觅,更是在相关史实框架限定内的抒情性发挥。

如果说依托史事"骨架"是为了"录远而欲详其迹",那么作为"踵事增华"合理延伸的,便是各式"传闻而欲伟其事"的虚构续写。这里面又主要有两种情况。一种是对前述"骨架"式故事"接着讲",不断敷衍成新的篇章,"既有"故事就此变成"新叙"故事的"前传"。如《水浒后传》承接《水浒传》结尾,讲述李俊、阮小七、燕青等幸存者秉承忠义,矢志扶宋,最终海外建国的故事;《说岳全传》后半部分叙岳飞之子岳雷统领大军直捣黄龙得胜而还的故事,都是典型例子。逻辑地讲,这种不断延续的"接着讲",史实性成分在不断的接续叙述中被不断稀释,真实性含量不断降低,最终性质与虚构其实没有本质区别。对"接着讲"的偏好,最终成就了中国文学叙事历史悠久的"续书"传统。

另一种情形是将虚构故事附丽于某个历史人物身上,利用"俗皆爱奇"的阅读心理以及读者对历史人物的熟稔程度,为虚构事件披上一件真实性的"迷彩"外衣。当然,从尊重基本史实到"穿凿傍说,旧史所无,我书则传",再到依傍某个历史人物进行纯然的自由虚构,中间自然要经历漫长的历史过程。譬如说东汉赵晔的《吴越春秋》以及袁康、吴平的《越绝书》都曾叙述越王勾践伐吴的故事,其中无论是事件的神奇性质还是人物的言语对话,"尤近小说家言"的成分不在少数,总体说来与前述"踵事增华"的做法无甚差别。然而到了明代话本小说那里,作者们已然不满在历史事件背后再去进行细枝末节的修补,也不愿戴着既有事件的镣铐去"增华"起舞,而是展开虚构的翅膀,让故事挣脱历史事件的束缚自由驰骋。换句话说,人物还是那个历史人物,事件则非那些历史事件。历史人物在此情况下只是为拉近读者认知距离而制作的符号标签。仅以冯梦龙的"三言"为例,其中涉及的就有庄子、晏子、赵飞燕、杨贵妃、赵匡胤、王安石、柳永、苏轼及黄庭坚等众多历史人物,然其所叙之事与宏大严肃的史实基本无涉,而是虚构了若干为闾里市民所喜闻乐见的市井内容,以满足这一时期不断增长的市民阶层的娱乐需求。

讨论西方叙事传统的"崇虚"特征必须阐明一个前提,即重视虚构并不意味着对历史叙述的排斥,否则我们难以解释希罗多德、修昔底德以及塔西佗等人共同铸就的辉煌的历史叙事传统。众所周知，西方叙事文学的源头可以追溯到荷马史诗那里，无论是以经验性记录为主导的历史叙事，还是以想象性为主导的虚构叙事均可溯及此处。按照斯科尔斯的考察，像荷马史诗这样的作品，绝非某种单一纯粹的文体，而是一种具有原始综合性质的文学杂糅，"在其背后存在着形形色色的叙事形式，如宗教神话、准历史传奇和虚构性民间传说，它们已经融合成一种传统叙事，即神话、历史和虚构的混合体"①。因此，要挖掘"崇虚"特征，首先应该从史诗的"混合体"内部入手进行梳理剔抉。

斯科尔斯认为，在如荷马史诗这类史诗综合体内部，后来渐渐发生了裂变，分化出"经验性叙事"与"虚构性叙事"两种主要类型。前者忠于现实，后者则着眼于美与善等伦理层面，传奇与教寓型叙事是其主要载体。这些文体的创作者"所关注的并非外部世界而是读者，他希冀带给他们欢乐或教诲，赋予他们所想或所需之物"②。换言之，如果前文说华夏民族的"慕史"是出于求"真"求"信"，让历史事件的光芒照亮后世前行的道路，具此岸色彩；那么西方叙事的"崇虚"则更多表达的是对理想、对于美善事物的追求，具彼岸意味，二者各有其伦理侧重。

古希腊的先民早就注意到，人类的某些生产并不付诸现实，而是创造"幻境"，创造出非现实的画面、虚构物。③ 柏拉图作为阐明文艺即虚构的第一人，其实仍然是这一历史传统的承继者。他之所以对文艺持否定态度和否定情绪，根源于他捍卫"本真"的伦理立场。柏拉图从解释创作的"迷狂"现象出发，认为诗人的灵感来源在于神灵附体，诗人如果"不失去平常理智而陷入迷狂，就没有能力创造，就不能作诗或代神说话"④。文艺作品就是诗人处于心智迷乱的、非理性状态的产物，与作为本质的真实"隔了两层"。亚里士多德从柏拉图那里继承了"摹仿"说观念，他在《诗学》中的下述论断广为人知："诗人职责不在于描述已经发生的事，而在于描述可能发生的事，即根据可然或必然的原则可能发生的事。历史学家和诗人的区别不在于是用格律文写作，而在于前者记述已经发生的事，后

---

① 罗伯特·斯科尔斯、詹姆斯·费伦、罗伯特·凯洛格：《叙事的本质》，于雷译，南京：南京大学出版社，2015年，第10页。
② 同上书，第12页。
③ 符·塔达基维奇：《西方美学概念史》，褚朔维译，北京：学苑出版社，1990年，第131页。
④ 伍蠡甫等编：《西方文论选》（上卷），上海：上海译文出版社，1988年，第18页。

者描述可能发生的事。所以,诗是一种比历史更富哲学性、更严肃的艺术,因为诗倾向于表现带普遍性的事,而历史却倾向于记载具体事件。"[1]与柏拉图相比,亚里士多德显然认为,诗因为表现了事件的普遍性或者必然走向,因而比某个具体事件更为真实。但是这种真实本质上只是一种逻辑真实而非生活真实。从"情节"即"制作"的言说中即可推断"叙事"即虚构的结论:如果"情节"的本质是"制作",那么它就是一种人为的工艺;既然"制作"具有人为的痕迹,那就很难说以"情节"为核心的叙事艺术可以等同实体生活。其实"摹仿"一词已经再明白不过地说明了这个道理。

"摹仿说"内在镶嵌着一个前提,即一个可以用来与虚构世界进行比对的目标——真实生活。它既是虚构艺术摹仿的对象,也是衡量摹仿成功与否的标准。这样一来,尽可能贴近真实生活的原始样貌成为"摹仿"的最高标准,"再现论"就此成为"摹仿说"的直接延伸。再现论的极致非"镜子说"莫属。柏拉图首先用镜中之像来喻指文艺的虚幻性:"如果你愿意拿一面镜子到处照的话,……你就能制造出太阳和天空中的一切,很快地制造出大地和你自己,以及别的动物、用具、植物和所有刚才我们谈到的那些东西。"[2]文艺复兴的巨匠达·芬奇的"镜子说"同样广为人知:"画家应该研究普遍的自然,就眼睛所看到的东西多加思索,要运用组成每一事物的类型的那些优美的部分。用这种办法,他的心就会像一面镜子真实地反映面前的一切,就会变成好像是第二自然。"[3]然而正如艾布拉姆斯所说的那样,"镜子唯一的功用是反映一个完美无缺的、绝对准确的形象,因此,当荷马和埃斯库罗斯等诗人背离了事物的真相时,我们便别无选择,只能说他们在说谎"[4]。镜子之物为虚幻之象,其真实程度尚且不足为凭,因而将对此虚幻之象的偏离判为"谎言"就更加不足为奇。

柏拉图与达·芬奇用"镜子"来比喻的是外在的具体物象,至法国现实主义文学奠基人司汤达那里,"镜子"则开始喻指一种客观的创作态度:"优秀的剧作犹如一面照路的镜子,既映出蓝色的天空,也映出路上的泥塘,读者不应责备镜子上面的泥塘,而应责备护路的人,不该让水停滞在

---

[1] 亚里士多德:《诗学》,陈中梅译注,北京:商务印书馆,1996年,第81页。
[2] 柏拉图:《理想国》,郭斌和、张竹明译,北京:商务印书馆,1986年,第389页。
[3] 伍蠡甫等编:《西方文论选》(上卷),上海:上海译文出版社,1979年,第183页。
[4] M. H. 艾布拉姆斯:《镜与灯:浪漫主义文论及批评传统》,郦稚牛、张照进、童庆生译,北京:北京大学出版社,1989年,第46页。

路上,弄得泥泞难行。"①司汤达在此强调的是戏剧作品对于生活原貌的忠实记录,标志着"镜子说"的重点由强调艺术对客观世界的契合,向着强调作者创作态度的客观化转移,是"镜子说"的意义重心的一次转移。19世纪不少现实主义作家也是从这个层面突显反映论的,尽管他们未必都明确使用了"镜子"概念,但其精神实质实则如出一辙。比方说,巴尔扎克在其《〈人间喜剧〉前言》就曾说过:"只要严格摹写现实,一个作家可以成为或多或少忠实的、或多或少成功的、耐心的或勇敢的描绘人类典型的画家。"②到了自然主义文学家左拉那里,他直接宣称作家与实验医学家毫无二致,"不过纯然考察眼前的现象,他应该是现象的摄影师,他的观察应当精确地表达自然,他倾听自然的声音,他记下自然所倾诉的一切"③。

  革命导师列宁在其著名论文《列夫·托尔斯泰是俄国革命的镜子》当中,也用"镜子"来盛赞托尔斯泰对资产阶级革命前夜俄国民众思想和情绪的精确描绘。列宁指出:"托尔斯泰是有独创精神的,因为,他的全部观点,总的看来,恰好表现出我国的革命即农民的资产阶级革命的特点。从这一观点来看,托尔斯泰观点中的矛盾确实是这样一面镜子,它反映了农民在我国革命中应起的历史作用所处的那些矛盾情况。"④列宁在此已经把"镜子说"提高到艺术典型性的高度,将托尔斯泰作品与揭示俄国革命前夜的普遍规律相联系。总之,从"摹仿说"到"镜子说",西方文论从理论上揭示了叙事的虚构实质。

---

① 伍蠡甫:《西方文论选》(下卷),上海:上海译文出版社,1979年,第145页。
② 伍蠡甫主编:《西方古今文论选》,上海:复旦大学出版社,1984年,第188页。
③ 朱雯等编选:《文学中的自然主义》,上海:上海文艺出版社,1992年,第130页。
④ 梅·所罗门编:《马克思主义与艺术》,王以铸、杜章智、林凡等译,北京:文化艺术出版社,1989年,第175—176页。黑体和着重号为原书所加。

第六章
表述

"высказывание"在中译本《巴赫金全集》(第6卷、第7卷)中统一译作"表述",并在巴赫金行为哲学、话语创作美学、形式观、超语言学、符号学、言语体裁、复调、狂欢等理论中经常出现,被认为是"巴赫金的中心概念,并支撑起了超语言学的理论大厦"[①]。

从词源上来讲,俄语词"высказывание"(名词),来源于动词"высказывать(ся) / высказать(ся)",这个动词的意思是"说出、表示出(思想、观点、意见、感受等)"。来源于"высказывать(ся) /высказать(ся)"的动名词"высказывание",除了具有和"высказывать(ся) / высказать(ся)"相同的意思之外,还有以下含义:(1)言论、意见、主张;(2)命题、话语、短语。在"высказывание"(名词)和"высказывать(ся) / высказать(ся)"(动词)中,共同的词干(词根)都是"сказа",即"说",前缀"вы-"是"出"的意思,名词中的"-ние",动词中的"-ть(ся)"则是后缀,无特别意义。因此,"высказывание"(表述)一词的关键部分是"сказ"(说),而它本身就是斯拉夫语所特有的。

在《巴赫金全集》中,巴赫金经常使用三个词:"слово""высказывание""текст"。其中,他最感兴趣的是"слово","слово"的含义丰富,依次为:(1)词;(2)语言、话语;(3)谈话;(4)吩咐、诺言等;(5)发言、讲话;(6)论。具体翻译成什么要根据具体的语境来定。在《巴赫金全集》中,这个词一

---

① 钱中文:《理论是可以常青的——论巴赫金的意义》,载巴赫金:《巴赫金全集》(第一卷),晓河、贾泽林、张杰等译,石家庄:河北教育出版社,2009年,序言,第33页。

般译成"话语"(英译 discourse)。"текст"(相当于英文中的"text")的含义,相对而言要更简单明确,即"文本""正文""课文"之意。当阐发与语言学关系较为密切的问题时,巴赫金喜欢用"высказывание",英语将"высказывание"译为"utterance"(说法、表达),法语译为"énonce"(陈述、叙述、表述),而中文版《巴赫金全集》(第6卷、第7卷)中统一译为"表述"。

基于上述《巴赫金全集》中不同理论中表述的阐述以及对表述(высказывание)的词源学考辨,笔者认为从形式上讲,表述是一个完整的行为整体,代表了完结了的思想整体。这个整体中包括表述主体、听者、语境、语言形式等因素,它是单个物质的综合体,具有独特的风格、建构、布局等结构特征。完整的表述具有一定的界限,而它的界限以言语主体的更替为判断标准。从内容上讲,表述是一个行为过程,代表了言语行为的过程,出现在言语活动中,它既体现出言语主体独特的思想意识,也体现出言语主体的价值立场,还反映了一定的社会评价行为。从实质上讲,表述出现在言语交际中,用来组织旨在引起反应的各种交际。它的个别现实性不是自然的现实性,而是历史现象的现实性,表述具有历史意义和社会意义。从价值上讲,表述活动既是一种认识活动,也是一种实践活动。表述既体现了巴赫金针对一个现象采用多种角度,使用变通的、多样的写作方式,又体现了这个术语与不同事物相关联而具有复杂的边缘性特质;表述也反映了巴赫金这位边缘学者不同时期的哲学思考。

第一节 综述

本章所研究的对象表述(высказывание)作为巴赫金思想体系中经常出现的一个术语,已经有相关研究,对表述的研究依附于上述宏观视域中,或是把它当作某理论中的一个概念,或者是归属于某理论,很少单独提出,所以国是外表述的研究发展比较缓慢。

一、国外对巴赫金表述研究的侧重点

(一)表述与符号。有学者指出:"巴赫金对符号与表述之间关系的理

解,是关于符号的一般性学说中最有胆识的思想。"①这一思想在巴赫金最初的著作中就已经出现,源生于对交际交流层面的凸显。尽管巴赫金在表述结构上得出的具体结论,对一些语言学家和文学家产生了一定的影响,然而,这一学说在整体上还是远远超越了自己的时代而没有得到回应。伊凡诺夫将巴赫金的表述与符号放在语境中进行考察,认为对话衔接了表述与符号,运用符号,通过语境来达到表述的效果。符号与表述之间的区别在于对表述的理解问题。即符号应当被辨认,表述则是语义性的东西,应当被理解。理解的过程中,最重要的是理解他人的表述,而理解他人的表述就意味着在关系上被定位于"他",就要为"他"找到相应语境中的位置。任何理解都是对话性的,理解与表述相对立,犹如对话中的对白与对白之间的对立。因此,为了进一步研究表述,有必要与研究符号的符号学一起创建"研究表述的语义学理论"。伊凡诺夫提出表述与符号的关系,是以把表述与符号作为语言内部的混合体为前提的,他的研究对语言内部的符号与表述之间的关系有一定的启发性,但忽视了符号与表述的外部特征。

（二）表述与言语。有学者认为:"只有在言语中,才发生着令巴赫金感兴趣的一个表述内部那些单个含义始源相更替的过程。"②巴赫金比较关注表述从言语中得以建构的那个立场,而这个立场只是整个表述过程中的一个静态因素。在表述中运动、变化着的是陈述的角度。陈述角度的变化不是混乱无序的,而是具有类型学的特征。言语间的相互作用是生成者的存在,是行动中的语言,这语言是被人格化的,而单个含义之间相互交替的过程,只有在表述内部的言语中才能进行。也有学者认为巴赫金在对胡塞尔现象学批判、修正和继续发展中找到了他"言语行为理论"的出发点,并把言语行为作为每个意义生成的逻辑本体论基础,认为巴赫金在《长篇小说中的话语》中,将现象学进行了语言学转向,即胡塞尔

---

① 维亚切·符·伊凡诺夫:《巴赫金关于符号、表述与对话的思想对于当代符号学的意义》,周启超译,载周启超编选:《俄罗斯学者论巴赫金》,南京:南京大学出版社,2014年,第64页。
② 柳德米拉·戈戈吉什维里:《巴赫金的语言哲学与价值相对主义问题》(节选),萧净宇、周启超译,载周启超编选:《俄罗斯学者论巴赫金》,南京:南京大学出版社,2014年,第223页。

以"代现"①为基础的解释策略被巴赫金的对话性的言语行为理论的解释策略所代替。巴赫金认为话语的意指是言谈的基石,而语言表述的意义对人类来说,则是意指性的意义。意向性不再被单纯地理解为意识的指向性,而是指与一个事物的语言上的关联性。胡塞尔描述性地解释了意向性,巴赫金则是进行了规范性的解释。巴赫金研究的不是客观事实的"代现",而是表述。在表述中,人与世界的客观指涉性关系与阐释评价性关系成为内在关系。也有学者认为巴赫金的话语指的是本维尼斯特在论述话语时想说的意思,即有个人承担的言语活动;或用巴赫金自己的话来说,意指关系和逻辑关系要想成为对话关系,就必须使自己具体化,即进入另一个存在领域:成为话语、成为陈述,并获得一个作者,即陈述主体……因此,巴赫金的对话指的既是作为主体性的写作,也是作为交流性的写作,或者更应该说,是作为互文性的写作。陈述内容的主体既体现了陈述行为的主体所要表达的思想,又体现了陈述行为主体对象的思想。②

(三)表述与文本。有学者提出了表述与文本、表述的主体与客体的关系。她认为巴赫金的文本就是表述,对话性则是与另一些文本进行"文本—表述"的表述。巴赫金将文本变身,是通过语言、符号材料本身的次要性、技术性而来的,文本的整个语言层可以看作是材料和工具。③ 也有学者认为巴赫金将艺术创作作为一种专有的表述方式来考察,文本则包括在巴赫金的艺术模型中,巴赫金的话语模型把文本与表述的主体放在了交际事件的统一层面。巴赫金的表述模型包括三个成分:主体、客体与接受者,这三个成分是交际事件的三个方面,表述的客体对象在含义方面取决于主体。这样,艺术作品被巴赫金置于其他的表述类型系列之中来

---

① 代现(法语 représentation,英语 representation)是胡塞尔现象学中的术语,是与"立义"概念基本同义。代现形式就意味着立义形式,它可以是感知的,也可以是想象性的或符号性的。除去质性以外,意识行为的全部内涵都属于代现范畴,它包括立义形式、立义质料、被立义的内容(感性材料)。代现构成所有行为中的必然表象基础,也就是说,通过代现,客体才得以构成,在这个意义上,代现是客体化行为的必然特征,是胡塞尔试图从含义行为的意向性本质中提炼的理想化产物。见倪梁康:《胡塞尔现象学概念通释》(增补版),北京:商务印书馆,2016年,第447页。

② 朱莉娅·克里斯蒂娃:《符号学:符义分析探索集》,史忠义等译,上海:复旦大学出版社,2015年,第57—65页。

③ 纳塔莉亚·鲍涅茨卡娅:《巴赫金著作中的艺术作品之文本问题》,周启超译,周启超编选:《俄罗斯学者论巴赫金》,南京:南京大学出版社,2014年,第250—258页。

考量,因为它拥有广义上的文本,这广义上的文本是由任意连贯的符号合成的。①

(四)对巴赫金表述理论发展过程及其构成要素的探讨。托多罗夫对巴赫金的陈述理论②有专门的论述。他提出在巴赫金早期的文章《生活言语和诗歌中的言语》中,就确定了一种"陈述理论"的设想,巴赫金在20世纪20年代末和50年代末的文章中两次提出过他的"陈述理论"。托多罗夫在《生活言语和诗歌中的言语》中认为,语言学命题仅构成陈述的一部分,还有另外一部分,是口头不能表达的,与叙述内容有关的。在巴赫金之前,人们并没有忽视这样一种语言环境的存在,只是把它看作是陈述之外的东西,而巴赫金则认为语言是陈述的组成部分。托多罗夫认为陈述和句子的区别在于陈述必须要在特定环境中产生,而且是社会性的,而句子不需要语言环境。社会性有双重来源,即话语是对某人的,以及对话本身就是一个社会实体。也就是说,至少有一个微型社会,有两个人,一个是发话人,一个是受话人。陈述具有暗指的部分,而暗指的部分就是对话人之间的共同视野,它由时空、语义和价值构成。任何陈述文与其先行陈述有着密不可分的关系,由此便产生了对话关系。在巴赫金陈述理论发展的第二个阶段中,巴赫金参考的范围是转换语言学,研究的对象是话语,巴赫金把话语看作是超出其他东西、与段落相等的东西。托多罗夫认为任何陈述文都既来自语言,可以反复,又来自陈述行为活动的语言环境。③ 陈述中应该重视语言、发话人、对象和其他陈述。陈述的完结表现在人们谈论的对象、从陈述本身提出来的发话人的推论语调、陈述的总体形式三个方面。与之前有关表述的研究相比,托多罗夫关于陈述理论的提出和研究有一定的进步性,他肯定了巴赫金理论体系中陈述理论的存在,并对陈述的发展概况进行概括,对陈述的要素、陈述的完结性等进行分析,同时将巴赫金的表述理论与本维尼斯特进行比较,为表述理论的研究提供了可行性的依据,但托多罗夫的研究还是将表述放在语言学的视野中,没有继续深入下去。

---

① 瓦·秋帕:《审美话语之建筑般的构造》,周启超译,周启超编选:《俄罗斯学者论巴赫金》,南京:南京大学出版社,2014年,第282—294页。

② 托多罗夫在《巴赫金、对话理论及其他》中将"表述"翻译为"陈述"。

③ 托多罗夫:《巴赫金、对话理论及其他》,蒋子华、张萍译,天津:百花文艺出版社,2001年,第231—243页。

二、中国学界对表述研究的切入点

（一）翻译方面的偏差。翻译方面的偏差主要出现在最初巴赫金引入中国时的 20 世纪八九十年代。由于当时中国文艺理论发展缓慢，对西方的理论是在译介的基础上进行，大部分学者将俄文"высказывание"译作"言谈"，并将它归入对话领域。学者们认为言语行为指言谈中完成的言语之间的交相反应，是语言实际真实性的表现，言语行为不是由语言规范构成，语言规范是一种抽象的系统，而言语行为不是；言语行为也不同于导致语言系统实现自己的心理—生理行为，言语行为在实际应用中产生，真正起作用的是言谈（высказывание）。巴赫金的言谈与索绪尔的言语虽然都是指称言语行为（Speech-Act），但是，巴赫金的言谈与言谈本身存在的社会性、历史语境相联系，并强调具体语境中的言谈充满了相互矛盾的"杂语"，具有易变性与倾向性。[①] 也有学者对"высказывание"（言谈）的法语与英语解释进行了概括，认为："высказывание"在法语里的对应词是"énonce"，有叙述、陈述、表述之义；有时也用"la parole"（言语），这种情况只见于巴赫金针对索绪尔《普通语言学教程》中的"言语"。"言谈"对应的英语词是"utterance"（说法、表达），它是巴赫金语言学、诗学中一个重要的理论问题，言谈整体中的内容题材、风格和结构三个因素之间不可分割，但每个言谈，即作为言语体裁的言谈都具有自己的个性。巴赫金把作为言语体裁的言谈置于言语交际过程中才是他语言学、诗学研究的巨大成果。[②] 因此，巴赫金赋予言谈的意义不能用普通语言学术语的言谈来概括。有学者认为巴赫金采用"высказывание"是受当时学术氛围的影响，这个术语被许多语言学研究者使用并赋予不同的含义。但有一点是相同的，即"высказывание"是无主体的表述，代表了某个完结了的思想的语言表述，它与句子紧密关联，而且在完整性上，也像"речь"一样，没有明确的界限。纵观巴赫金整个思想的发展过程，"высказывание""текст""слово"三者不同，"высказывание"突出"话语"在语言学上的属性，"текст"强调话语的文化本质，"слово"统摄全局，是巴赫金对话主义的核心。巴赫金

---

① 赵一凡：《话语理论的诞生》，《读书》1993 年第 8 期，第 113 页。
② 晓河：《巴赫金的"言谈"理论及其在语言学、诗学中的地位》，《外国文学研究》1996 年第 1 期，第 10—15 页。

以"слово"存在的内在对话性特征,揭示了个人行为的实现方式,进而延伸到整个道德存在形态之间的平等对话。① 面对"высказывание"在翻译过程中"命名混乱"的原因,有学者指出主要是接受渠道的问题,"从俄苏渠道接受的学者如彭克巽、凌继尧、晓河、钱中文等,他们直接翻译俄文版,而从欧美渠道接受者如赵一凡、胡壮麟等,采用英译本,也有学者如刘康以英为主,以俄为辅的策略。"②

（二）从超语言学角度切入。从语言学角度介入表述,主要是将表述放在超语言理论体系中研究。钱中文在《巴赫金全集》(第1版、第2版)的序言《理论是可以常青的——论巴赫金的意义》中将《巴赫金全集》中出现的"высказывание"翻译为"表述",并认为表述是超语言学使用的基本概念。这样翻译主要有三个原因:"其一,此词从动词'высказываться'衍化而来,采用表述,保持了词源所有的表达、表示意思的原有意义;其二,在《巴赫金全集》中,常有在一个句子里'слово'与'ысказывание'并用的情况,在翻译上对两者的意义不能不作区别,而这里的'слово'在超语言学意义上只能译作'话语',因而'высказывание'显然不能同时译作话语;其三,与'высказывание'相对应,常有'самовысказывание'出现,后者显然只能译作'自我表述',而不能译为'自我话语'。"③ 有学者沿着钱中文的思路,认为超语言学与严格意义上的语言学的根本区别在于:词和句子是语言学的基本单位,言谈(высказывание)是超语言学中言语交际的基本单位,属于超语言学理论的范畴,与语言学中的"высказывание"(话语、语句)所指称的对象不同。语言学中的"высказывание"(话语、语句)与句子有着某种关系,它被纳入一个抽象、封闭的语言体系中并与生活分离。而巴赫金的言谈存在于语言与生活中,沟通着语言与生活。④ 有学者认为言谈属于言语交际的领域,不是语言学的单位,巴赫金的言谈理论充满了社会—历史的、意识形态的内容,是一种关于活的语言的理论。言谈作为

---

① 凌建侯:《试析巴赫金的对话主义及其核心概念"话语"(слово)》,《中国俄语教学》1999年第1期,第55—57页。
② 曾军:《接受的复调:中国巴赫金接受史研究》,桂林:广西师范大学出版社,2004年,第132—133页。
③ 钱中文:《理论是可以常青的——论巴赫金的意义》,载巴赫金:《巴赫金全集》(第一卷),晓河、贾泽林、张杰等译,石家庄:河北教育出版社,2009年,序言,第33页。
④ 王加兴:《巴赫金言谈理论阐析》,《南京大学学报(哲学·人文科学·社会科学版)》1998年第4期,第50—55页。

交际中的话语,具有社会性、对话性、指向性、不可重复性、不可再生产性、独特性、互文性,重要的是它还带有价值的判断。① 也有学者认为巴赫金建立了自己独特的超语言学理论,在这一理论体系中,表述是核心,表述作为言语的基本单位,是人类交流、沟通、社会交往的基本元素,可以说,巴赫金的语言理论是围绕表述建立的。② 还有学者认为在巴赫金那里,话语、表述、言谈、言语可以同时使用,都代表同一个意思并都具有内在对话性,都作为言语交际的单位使用,任何表述都有对话性,不同表述之间的对话关系属于超语言学。而巴赫金在阐述表述的完成性、更替性、针对性和应答性特点的基础上,将他人对话及对他人话语的回应提高到了一个极为重要的层面上来。③ 还有的学者将巴赫金的言谈理论与他的文化人类学思想相联系,认为巴赫金的文化人类学是以言谈为中心构建起来的文化模式,这种文化模式围绕语言模式展开,语言模式包括语言的结构性、组织性。④

(三)从体裁诗学、哲学角度分析。持这种观点的学者将表述放在言语体裁理论中分析,认为20世纪50年代的话语体裁在很大程度上突破了社会学—符号学时期体裁的社会学研究视角,而转向了表述或话语领域。其最大的特点不是围绕话题内容或情节材料来定义体裁,而是从话语布局结构即典型的表述形式角度重新定义体裁。言语是行动中的语言,它包含语言的所有规律,但另外还拥有表述的存在形式,言语总是构成表述,表述是语言在人类交际活动中的实现和具体化。作为语言成分的词和句子与表述之间的差异在于不同的价值立场和不同的事件性的存在方式。表述和表述形式(言语体裁)实际上超越了语言形式和个人独特表述,而成为言语主体进行思想交流的渠道,在巴赫金看来,忽略了他人以及表述的存在正是传统修辞学所犯的错误。因此,话语的讨论一定要从我与他人这两个话语主体的关系出发。话语主体的转换显示了巴赫金言语体裁理论的面貌。⑤ 还有学者认为言语体裁虽然与表述相关,但它

---

① 宁一中:《论巴赫金的言谈理论》,《外语教学与研究》2000年第3期,第169—175页。
② 沈华柱:《对话的妙悟:巴赫金语言哲学思想研究》,上海:上海三联书店,2005年,第24页。
③ 萧净宇:《超越语言学——巴赫金语言哲学研究》,上海:上海人民出版社,2007年,第78页。
④ 刘康:《对话的喧声——巴赫金的文化转型理论》,北京:北京大学出版社,2011年,第56页。
⑤ 梅兰:《巴赫金哲学美学和文学思想研究》,武汉:华中科技大学出版社,2005年,第149—151页。

不是个人的,而是代表一种相对稳定的表述类型。这里最关键的是表述,只有理解表述,才能理解言语体裁。① 另外,还有学者从文本角度切入,认为巴赫金将话语文本看作是一种有声的、超语言的表述,这种表述使主体之间通过互动、交锋形成事件。②

与上述对表述与言谈、语言、体裁、文本等关系的阐发相比,正面系统梳理巴赫金表述诗学的文章相对较少,主要有杨东平的硕士论文《巴赫金表述理论初探》(浙江大学,2008)、王孝勇《挣脱语言的枷锁?从 Mikhail Bakhtin 论"表述"谈起》(2009)、陈明亮《巴赫金表述理论及其对语篇研究的特别价值》(2013)。《巴赫金表述理论初探》在国内最先提出"表述理论",但还是将表述局限在超语言学的视域中,每章的阐述比较简单,视野不够开阔,并且对巴赫金理论的界定,表述理论的结构方式,表述与言语、语言、话语的关系等问题没有提及。相比较而言,王孝勇在《挣脱语言的枷锁?从 Mikhail Bakhtin 论"表述"谈起》中已经意识到表述不仅仅是巴赫金超语言学的范畴和概念。他认为巴赫金表述理论的依据是建立在巴赫金对索绪尔符号学理论批判的基础上的,并进一步探讨了巴赫金如何以对话主义建构表述的理论基础。陈明亮的《巴赫金表述理论及其对语篇研究的特别价值》虽也将表述理论视为巴赫金超语言学的组成部分,但他提出表述理论是相对独立的。他将表述理论又称为语篇理论,属于应用语言学范畴。表述的存在是为话语在社会交流中如何生成意义而建构起来的。他也质疑了巴赫金在使用"表述"和"话语"中出现的混用现象。认为这种做法既没有分析清楚巴赫金超语言学的内部结构,也忽视了巴赫金超语言学的针对性。③ 另外,他认为巴赫金的表述理论离不开体裁,所有体裁形式的共同之处与不同体裁的特殊之处正是表述理论的独特之处。该文关注的是表述在社会交际中的各种表现形式以及表述的意义生成问题,这种研究比之前的研究有一定的进步性;然而,对表述理论的实质、表述理论的类型还需再深入拓展。

从上述对理论诗学研究的角度和范围来看,不管将表述(высказывание)

---

① 程正民:《巴赫金的体裁诗学》,《清华大学学报(哲学社会科学版)》2009 年第 2 期,第 68—74 页。
② 周启超:《试论巴赫金的"文本理论"》,《江西社会科学》2009 年第 8 期,第 121—126 页。
③ 陈明亮:《巴赫金表述理论及其对语篇研究的特别价值》,《赤峰学院学报(汉文哲学社会科学版)》2013 年第 2 期,第 125—128 页。

翻译成什么,学者们基本上将表述局限在语言学、超语言学范围之内,只关注到表述与语言、话语之间的关系,忽视了表述的独特性。国内外关于巴赫金表述诗学的研究情况,既有相似又有不同之处。相似之处表现在:国内外对表述的研究都比较孤立,研究范围基本是将表述定位在了一个要素,并局限在巴赫金某一理论的要素或范畴,这样就没有从整体、系统、宏观上对表述诗学进行把握。不同之处在于研究表述的侧重点不同。国外更加注重表述的哲学层面,国内则侧重阐述表述在超语言学领域中的各种功能,国内的研究更加注重表述诗学在语言学方面的实践操作。其实,巴赫金辨析的表述,处在众多学科的边缘上,它贯通行为哲学、话语创作美学、超语言学、符号学、言语体裁、复调思想、狂欢思想等多个领域,并与它内部的各要素相结合,具有独立的建构形式、布局形式、表述主体和边界。

第二节　表述的发展过程

表述的发展过程以巴赫金思想发展为脉络和基础,经过了提出(生活话语)——发展(语言哲学)——实践(小说话语)——完善(言语体裁)——拓展(文本、人文社会科学)的过程,在这个过程中,通过表述与符号、话语、言语行为等要素的关系,显示了表述与巴赫金各个理论之间的关联。

谈到表述的发展过程,托多罗夫认为:"巴赫金曾两次提出过他的陈述理论,首先是20世纪20年代末,其次是50年代末的一些文章里,也就是三十年之后。"[①]托多罗夫的分类是以《马克思主义与语言哲学——语言科学中的社会学方法基本问题》和《言语体裁问题》《〈言语体裁问题〉相关笔记存稿》中对表述的专门论述为参照的,他虽然具体提出巴赫金的陈述理论,但阐述得不够全面。其实,从《话语创作美学方法论问题》开始,巴赫金就在他的论著中或隐或现地提到表述,表述作为生活话语中一个单个具体的有生命、有意义的要素开始逐步发展完善起来。表述的发展

---

① 托多罗夫:《巴赫金、对话理论及其他》,蒋子华、张萍译,天津:百花文艺出版社,2001年,第231页。

过程是一个由内向外再到兼顾内外的综合发展过程,可以说,表述诗学的建构过程,体现了巴赫金对形而上学哲学一元论的批判、对形式主义封闭自足的系统理论的批判、对抽象主义唯理论的批判,体现了巴赫金构建一个全新的、多元的、开放的理论体系的实践过程。

一、提出

20世纪20年代,俄罗斯学界对科学思维非常推崇,并殚精竭虑地想要尽快建立一个艺术哲学,这种情况容易导致研究对象模糊、研究概念混淆等现象。巴赫金提出:"在文化领域中,创建一门既要科学又要保存其对象的复杂性、完整性和特殊性是件极其困难的事。"[①]这时的形式主义方法论试图建立一门单独的艺术学科,他们对普通美学采取否定的态度,并拒绝它的指导,这种做法既不能系统地理解审美,也不能理解它与认识和伦理的不同,更不能理解他们与文化整体的关系,容易导致艺术上的形而上学观。对持这种想法的俄罗斯诗学来说,他们把诗学的任务理解得过于简单了,这样使他们对研究对象的认识非常肤浅和片面。诗学也被束缚在语言学的范围之内,或者干脆成为语言的一个分支,也由此出现了把材料的形式视为艺术形式的观点,被巴赫金称为材料美学。材料美学认为艺术形式不过是具体体验着自然科学及语言学规定性和规律性的那种材料的结合而已。材料美学观点下的审美活动的材料是从自然科学角度和纯语言学角度理解的材料,他们承认创作体现着价值,但将涉及社会关系、伦理、宗教价值的创作,看作是简单的隐喻。"因为事实上属于艺术家的只有材料:物理学、数学上的空间、质料,声学中的声音,语言学里的词语,因之艺术家的审美立场只能是对此种确定的材料而发的。"[②]

巴赫金对材料美学持批判态度,认为材料美学可以当作研究艺术创作的一种技巧,而对整个的艺术创作、艺术的审美特征和意义,材料美学把握不了。因此,把材料美学视为一个独立的、普通的、美学的观点是错误的。因为形式虽然属于并依附于材料,但从另一个方面讲,形式从价值角度超越了作为经过组织的材料的作品,超越了作为实物的作品。而要

---

① 巴赫金:《话语创作美学方法论问题》,晓河译,载巴赫金:《巴赫金全集》(第一卷),晓河、贾泽林、张杰等译,石家庄:河北教育出版社,2009年,第316页。

② 同上书,第320页。

达到这样的性质,只有话语才能做到,即材料的性质就是话语的性质。这样,材料在审美客体中才有意义。能进入审美客体的不是语言学形式,而是它的价值意义。要理解艺术创作特征对艺术、科学、宗教的意义,语言学必须借助美学、认识论和其他哲学学科的指导才能完成。在艺术创作中,材料、话语是通过单个表述的形式出现的,因为单个的表述"总是处在包含价值含义的文化语境中(科学的、艺术的、政治的及其他的语境),或者处在个人生活的某一境况中。只有在这些语境中,单个的表述才有生命力,才有意义"①。单个的表述是形式整体中的一个要素,而形式主义提出的奇异化只不过是孤立功能上不够明确的一种表述而已,作品之所以能成为一个表述的整体,在于话语活动时能感到自己是一个完整统一的活动。也就是说,表述是在巴赫金批判形式主义材料美学只注重部分,忽视整体错误观点的基础上提出来的,巴赫金将表述作为文化语境整体中的一部分,认为只有存在一定的语境中,表述才有生命力和价值。部分必须存在于整体中,部分依赖整体,在整体中部分才有存在的价值。

二、发展期

在此之后,以萨库林为代表的一些形式主义者将形式与内容分离、艺术学与社会学分离。他们认为艺术在成为社会因素并受其他因素影响时,应当从属于社会学及其规律,艺术个别因素应该被孤立起来观察,这样就形成两种错误的观点:一种是只限于研究作品本身,一种是只限于研究创作者或观察者。这两种观点都是在部分中寻找整体,并以抽象出来的部分代替整体,歪曲了艺术本质上的整体性。巴赫金将艺术看作是一种特殊的形式,这种形式通过固定的作品体现了创作者与观察者的关系。艺术作品只在创作者和观察者的相互作用中才具有艺术性,要研究话语的社会本质,必须深入平常生活言语中,这样才能理解以话语为材料的特殊的审美交往形式。

表述诗学的发展期是在马克思主义语言哲学指导下进行的,主要涉及表述内部的组成、表述与意识形态、表述与符号、表述与话语、表述与言语交际、言语行为的关系,表述内部的一些构成因素如语调、具体表述、表

---

① 巴赫金:《话语创作美学方法论问题》,晓河译,载巴赫金:《巴赫金全集》(第一卷),晓河、贾泽林、张杰等译,石家庄:河北教育出版社,2009年,第352页。

述客体、表述形式也随之提出,从而确立定了表述内部的完整性以及表述的社会性。"表述依靠共同参与者同属的一个存在的生活片段所固有的真实的物质属性,并使这个物质的共同性获得意识形态的表现和意识形态的进一步发展。"①

巴赫金认为内部符号问题是语言哲学的重要问题之一,内部符号由话语、内部言语构成。完整的表述是内部言语的单位,并且在完整的表述中,表述的整体形式才能在其他表述整体的背景中被感觉和理解。巴赫金也提出言语行为的表述是社会的,表述在两个社会组织的人群中构建起来,因此,在一定的社会语境中表述才能实现,才会有价值。在言语活动中,表述既是言语行为的产品,也是言语交际的一个因素,表述存在于言语之间的相互作用中。因此,表述超越了语言学的范围,对表述要有更多的了解,只能通过深入研究表述诗学。

三、实践期

20世纪三四十年代,巴赫金通过表述与话语的关系,成功地将表述的特质运用到长篇小说的分析中,他把长篇小说定义为一种艺术体裁,长篇小说的话语是诗意的话语。他认为长篇小说所运用的语言是"思想内容的语言,是作为世界观的语言,甚至是作为具体意见的语言。它在一切思想领域里能保证达到起码的相互了解"②。而说话主体的每一次表述都参与统一语言,呈现一种向心的力量和倾向,也参与社会和历史的杂语现象,呈现出四散的分解式的力量。因此,长篇小说中表述生存和形成的真正环境是对话化了的杂语环境。表述诗学的实践主要在超语言学视域下进行,表述通过话语表达一定的思想,实现一定的价值与意义,而话语的内在对话性与外在杂语性特质使表述具有对话的特质,表述也是对话的继续,表述的对话不仅表现在言语主体、说者之间,也表现在完整表述之间。这一时期的实践主要突出表述的对话性,表述仍没有独立出来。

---

① 巴赫金:《生活话语与艺术话语——论社会学诗学问题》,吴晓都译,载巴赫金:《巴赫金全集》(第二卷),李辉凡、张捷、张杰等译,石家庄:河北教育出版社,2009年,第83页。
② 巴赫金:《长篇小说的话语》,白春仁译,载巴赫金:《巴赫金全集》(第三卷),白春仁、晓河译,石家庄:河北教育出版社,2009年,第48页。

四、深入完善期

20世纪50年代关于言语体裁的论述是对表述诗学的完善。巴赫金认为语言存在于人类活动的所有领域中,语言的使用是在参与者具体的表述中实现的,而参与者的具体表述则存在于人类活动的每一个领域中。而以往的研究中,人们主要关注的是文学艺术的特殊性,并着眼于在文学范围内表述与话语之间细微的差别,而对表述及其他类型不同但有着共同的语言特性的表述却关注得不够。"表述及其类型的问题,从普通语言学角度几乎被人完全忽略了。"[①]即使是专门从事语言研究的传统语言学派的研究也没有对表述的普通语言学特征做出正确的界定。针对这些问题,巴赫金先在《言语体裁问题》中对表述的本质、类型、结构特征、边界、表述的建构等进行了分析,之后在《〈言语体裁问题〉相关笔记存稿》中,对之前的阐述作了补充,并对表述与超语言学的关系、表述的含义、表述的理解等问题进行了深入分析。这时的表述突破了语言、话语,走向言语领域。

五、拓展期

20世纪六七十年代,随着巴赫金研究视野的改变,他将表述诗学的研究领域拓展到文本与人文社会科学领域。他提出表述总是创造着某种绝对新的、不可重复的、有价值的东西。人文科学领域中,不同含义的整体存在着不同的表述,完整表述的背后存在着潜在的表述。这样,在同一个层面出现了多个表述链,而在人文科学层面则存在着多个不同的表述层,它们之间是相互联系、相互对话的。

从上述的梳理可以发现,表述诗学的形成过程说明了巴赫金晚期的思想是对他早期思想的进一步阐释和发展,巴赫金在与形式主义、马克思主义、语言哲学对话的基础上构建自己的表述诗学体系,晚期则运用自己的理论来实践,并进一步发展充实到人文科学领域中,晚期更注重的是在实践中论证自己的理论。

---

① 巴赫金:《言语体裁问题》,晓河译,载巴赫金:《巴赫金全集》(第四卷),白春仁、晓河、潘月琴等译,石家庄:河北教育出版社,2009年,第139页。

第三节　表述的内外结构

　　表述的建构是在巴赫金整体性思想指导下形成的，巴赫金的整体思想主要表现在部分与整体、形式与内容、内部与外部的关系中，这三者之间的关系也体现了巴赫金与俄国形式主义的不同。巴赫金认为建构形式是"审美个人的心灵与肉体价值的依存形式，是自然界（作为审美个人环境）的形式，是事件（表现为个人生活、社会、历史等方面）的形式"①。表述的建构是由完整表述构成的表述整体，主要表现为表述内部的完整性与表述外部的复杂性两方面。表述内部形式完整性主要体现在具体表述与语言形式、情态、语调的关系中。表述外部的复杂性主要在读者解读过程中形成的表述含义、表述序列、表述链中。

　　形式和建构问题始终是巴赫金所有理论中所关心的问题，巴赫金表述诗学中的形式问题从内部和外部两个层面讨论，他将表述艺术形式的所有成分概括为："(1)作为表述内容的主人公或事件的价值等级；(2)主人公与作者的接近程度；(3)听众及其与作者和主人公这两方面的相互关系"②。完整的表述必须以"内部和外部之间的二元论，以及内部的明显第一性为前提。因为任何一个客观化行为（表现）都是从内到外的。它的源泉来自内部"③。

　　巴赫金批判形式主义材料美学轻视内容时，认为："内容是审美客体必不可少的结构因素，与之相对的是艺术形式。离开这一相关性，艺术形式就没有任何含义。"④也就是说形式如果离开与内容的关联，它就不可能获得审美意义，也不可能实现自己的基本功能，而巴赫金特别强调的内容指的是人对客观世界及其关联性的认识与伦理判断。他认为经典传统

---

　　① 巴赫金：《话语创作美学方法论问题》，晓河译，载巴赫金：《巴赫金全集》（第一卷），晓河、贾泽林、张杰等译，石家庄：河北教育出版社，2009年，第328页。
　　② 巴赫金：《生活话语与艺术话语——论社会学诗学问题》，吴晓都译，载巴赫金：《巴赫金全集》（第二卷），李辉凡、张捷、张杰等译，石家庄：河北教育出版社，2009年，第103页。
　　③ 巴赫金：《马克思主义与语言哲学——语言科学中的社会学方法基本问题》，华昶译，载巴赫金：《巴赫金全集》（第二卷），李辉凡、张捷、张杰等译，石家庄：河北教育出版社，2009年，第425页。
　　④ 巴赫金：《话语创作美学方法论问题》，晓河译，载巴赫金：《巴赫金全集》（第一卷），晓河、贾泽林、张杰等译，石家庄：河北教育出版社，2009年，第340页。

术语中的"形式从外部包容内容，把内容外化"亦即"形式体现内容，内容包括形式"这种观点是正确的。因为审美上有意义的形式是对认识和行为世界所采取的本质态度的表现，而这个态度是艺术家位于事件之外采取的一种本质立场。只有艺术家位于事件之外，他才能发挥积极性，从外部融合、完成事件。通过直觉实现融合和完成的审美形式，从外部加之于内容身上，这样审美形式便把内容纳入了一个新的价值层面中。因此，内容和形式是相互渗透、不可分割的。但从审美分析角度来说，它们从属于不同的价值层面，需要分开并综合起来分析。就内部而言，巴赫金注重表述内在结构以及内部形式的完整。内在结构主要包括具体的表述、情态、语调、语言形式，它们之间的关系体现了表述内部结构的完整性。

表述整体是指向特定的受话人，即不同时代的读者与公众，只有整体表述结束时，表述才会有含义，受话人才能理解。表述的整体不可忽略的还有表述的非语言情景。而非语言情景包括："(1)说话人共同的说话视野；(2)两者对情景的共同的知识和理解；(3)他们对这个情景的共同评价"[①]。非语言情景作为表述意义必要的组成部分进入话语。完整表述及其相互关系只有进入对话领域中，才能被理解，才会产生含义。因此，包括与真、善、美等价值相关联的表述整体含义是建立在对言语整体的应答、评价的基础上而得以实现的。

表述的内部由表述自身的建构和布局构成，表述的外部由社会生活的其他领域构成，因此，作为言语行为产品的表述，受内部影响的同时，也被表述的外部因素决定着。表述的外在的因素将表述看作是与整个社会行为发生联系的行为产品，是一种独特的存在。这样，内在的东西原来也是外在的，反之亦然。表述外部是一个复杂的有机体，它是在完整表述的基础上形成的，通过读者、听者、第三参与者的解读实现，包括内容上的话题、主题、含义以及形式上外在的表述序列与表述链。

表述与其他的表述紧密相连，它们之间构成了一种对话关系，而这种对话关系是非语言因素从内部渗透形成的表述。言语的每一要素都要从可重复的语言层面和不可重复的表述层面两个层面来看，语言通过表述的媒介，参与到不可重复的历史中和未完成的语境整体中。因此，不存在

[①] 巴赫金:《生活话语与艺术话语——论社会学诗学问题》，吴晓都译，载巴赫金:《巴赫金全集》(第二卷)，李辉凡、张捷、张杰等译，石家庄:河北教育出版社，2009年，第82页。

孤立的表述,表述与先于它的表述或后于它的表述都只是复杂表述链上的一个环节,脱离了复杂表述链,任何一个表述都无法被研究。因此,任何一个表述都不能称为第一个表述或最后一个表述,表述链中的表述也不能用简单的语言学范畴来界定。本维尼斯特也指出:"一个语言形式组成一个特定的结构,(1)这是一个包括各部分的整体性的单位;(2)这些部分的形式配置遵循着某些恒定的原则;(3)使形式具有某种结构特征的,是那些组成部分履行着一个功能;(4)最后,这些组成部分是某一层次上的单位,这样,每一个特定层次上的单位就成了更高一个层次上的次单位。"①

在完整的表述后,表述层纵向形成了表述序列,表述序列体现了表述整体的连贯性。横向上,一个表述与其他相关表述形成了表述群,表述群之间并列组合的关系体现了表述的多样性与复杂性。

第四节　表述在巴赫金理论体系中的地位：衔接各理论的桥梁

巴赫金的表述诗学不是单一的哲学理论和语言学理论的组成要素,而是与他的行为哲学、话语创作美学、形式观、超语言学、符号学、体裁诗学、复调思想、狂欢思想等理论并列,并从中提炼出来的理论体系。表述诗学是在"表述"基础上建构的,"表述"即言语行为的产品,它综合认识活动和社会实践存在于说话者之间,可以表达某种观点。它不代表一个固定的立场,而是一种体现着价值上各种差异的言语行为的活动过程。

巴赫金通过与康德/新康德主义、胡塞尔现象学、马克思主义、形式主义、洪堡特、索绪尔、福斯勒学派的对话与回应形成了表述诗学理论体系,因此,表述诗学的形成是一个发展的过程,它经过了提出(生活话语)——发展(语言哲学)——实践(小说话语)——完善(言语体裁)——拓展(文本、人文社会科学)的过程,在这个过程中,它与符号、话语、言语行为等要素关系密切,由内部符号与外部符号构成,沟通着话语与意义,实现着个

---

① 埃米尔·本维尼斯特:《普通语言学问题》(选译本),王东亮等译,北京:生活·读书·新知三联书店,2008年,第9页。

人的言语行为。

　　建构形式与布局形式的整体性是表述诗学的独特之处。表述诗学的建构是在巴赫金与形式主义对话的基础上形成的,强调了表述的社会性、交流性与开放性。生活话语使表述具有诗性特征,社会评价是表述内容和形式的中介,表述诗学以内部的完整性和外部的复杂性建立其结构核心,表述的内在结构与形式均应保持完整性。内在结构的完整性主要通过整体性来实现,表现为具体的表述与语言形式,具体的表述与情态、语调之间的关系;表述外部是一个复杂的有机体,它是在具体完整的表述基础上形成的,通过读者、听者、第三参与者的解读实现,包括内容上的话题、主题、含义以及形式上外在的表述序列与表述链。表述诗学的建构形式决定着布局形式的选择,布局形式是话语材料的配置手法,带有目的性和从属性质,布局形式存在于不同的门类之间,因建构任务相同而具有类似性,但布局中话语的材料特征充分发挥了布局自身的作用。体裁是重要的布局形式,也是类型固定的完整表述形式,它建构着表述整体的稳定类型。表述与体裁的关系体现在对表述风格、言语体裁、言语意图的选择中。表述诗学的实质在于突破表述边界,在言语交际中与其他表述进行交往,形成对话,实现"表述参与对话,并引起对话"的功能。表述超越语言学的局限,具有参与功能,参与事件的形成与价值的实现。

　　总之,表述诗学是由表述这个关键词发展成的独立、完整的诗学体系。表述诗学的完善以巴赫金具有对话性质的复调思想的形成为标志,表述被赋予思想的开放性和理解的多义性,从而不断建构着时代语境中永无止境的狂欢模式。巴赫金的表述诗学在推动哲学主体研究的发展、语言学的发展和文学艺术理论的深化等方面皆有重要意义。巴赫金辨析的表述,处在众多学科的边缘上,它贯通行为哲学、话语创作美学、超语言学、符号学、言语体裁、复调思想、狂欢思想等多个领域。表述综合了认识活动与实践活动,可以表达某种观点,而这种观点的表达过程不是一个固定的立场,而是一个行为过程,是一种体现着价值上各种差异的言语行为活动。因此,有学者提出:"论述巴赫金话语理论时,实际上还是在论述其言谈理论/表述诗学,这里面很有文章。"[1]

----

[1]　王加兴编选:《中国学者论巴赫金》,南京:南京大学出版社,2014年,第22页。

第七章
重复

重复是人类与生俱来的一种能力，与人类的生存与发展、与社会的变迁进步相伴相随。人类在重复中习得知识和经验，并且又在重复中将之代代相传。从语言的发生和发展层面而言，重复也是最主要的方式之一，从最初的重复习得确定音、形、意的结合，到以具体的词、句、段来描述事物和讲述故事，逐步发掘出重复的不同叙事功能，推动了人类的文明进程和艺术创造。

第一节　重复与人类语言的伴生关系

人类与动物最根本的区别，是人能自如地运用工具和语言的发明，重复在这两个方面都发挥着不可或缺的作用。重复是一种发明手段，也是一种习得过程，还是一种传承方式。人类对于劳动工具的发明创造以及灵活使用，正是基于重复的尝试和操练，继而在熟练掌握技术之后代代相传，同时再发明、再创造，推陈出新，这种不断重复的习得和传承过程，推动了人类社会的技术革命和社会发展，人类的语言发展亦遵循这一习得和传承的规律，在重复中生成，在重复中发展，并在重复中传承。

一、重复在人类语言中的必然存在

"叙述是人类与生俱来的一种行为或本领"[①],初民为了生存,需要与自己的同伴进行信息交换,了解哪里可以遮风避雨,哪里可以获取食物,哪里存在危险,等等,指手画脚和咿咿呀呀的单纯发音无法满足他们描述事物和讲述事件的需求,因此他们发明了有声的语言,确定了共同认可的有意义的词汇以表达更为丰富的信息,进行更为详细的交流。随着交际的日渐频繁,他们把单个或者语音转换为连续的语音组合,确定这些声音信息所指定的语义,"就是某人用特定语言符号序列意欲表达以及该语言符号所能分有的东西"[②]。也就是说人类在日常交流中,是通过自我和他人的重复对一些词汇的所指达成群体认同,这也许就是人类与动物的根本性区别。

人类最早的语言相当一部分来自人对自然之声的模仿,其中包括各种自然之声,也包括生灵万物制造的动静。我们的祖先在大自然中感知到各种声音信息,通过反复辨识和记忆这些声音信息以关联到相关之物、相关之事、相关之人,同时通过反复尝试发出不同的声音来进行模仿,目的是将某种音和意联结起来,继而在交流的过程中又不断地自我重复和彼此重复,从而达成一种"共谋",在他们生活的群体之中确立大家认同的某种发音与其能指意义的对应关系,即确定某种语音的语义。人类在交换信息的过程中会有意或无意地有不同程度的重复,从而达到一种信息的共享或者是交换。这种语音的创造是一种重复,也是一种习得,开启了以声音语言逐步替代肢体语言的进程,推动了人类文明向前发展。

二、重复的描述功能

从人类无意识的发音,到群体确定越来越多的语音的语义,重复练习的这一过程对于个体自身而言是一种对于信息的习得,对于他者而言是一种交流。所以重复不仅是人类语言和交流发生之初的必然存在,也会一直伴随着人类语言的进一步使用和发展,重复因此具备了最为根本的叙事功能,即传递信息和承前启后。

---

① 傅修延:《讲故事的奥秘——文学叙述论》,南昌:百花洲文艺出版社,1993年,第6页。
② E. D. 赫施:《解释的有效性》,王才勇译,北京:生活·读书·新知三联书店,1991年,第41页。

人类发明不同语音的能指意义的起源首先是要给物品命名,而最容易命名的是那些能够发出声音的,因为人类的模仿发音会更容易受到群体的理解和认同。所以那些在远古时期就创造出来的声音词汇是对感知到的各种声音的重复,是具有描述性的。尽管我们无从得知人类始祖最初发明的是哪些声音词汇,但是任何语言里都包含着大量的拟声词,当我们在使用这些词汇的时候是很容易在脑子里关联出图景和声音的,如"哗哗"的流水声、"轰隆隆"的打雷声、"叽叽喳喳"的鸟鸣声、"丁零哐啷"的碰撞声等。英文中也不乏实例,如各种动物的叫声:woo(狗)、quack(鸭)、oink(猪)、meow(猫)等,物品的撞击声是 bang,时钟的滴答声是 tick,等等,还有一些如 Dodo(渡渡鸟)这类以声音命名的词汇等。

  为什么这样的发音能够直接激发人脑中对相应之物的想象呢?那是因为"'听'是一种更具艺术潜质的感知方式——听觉不像视觉那样能够'直击'对象,所获得的信息量与视觉也无法相比,但正是这种'间接'与'不足',给人们的想象提供了更多的空间"①。那些带有"音效"的词汇是人类通过听觉感知后的伟大发明,这些词汇是对原始声音的一种"间接"重复,而模仿发出的声音又必然与原始音有或多或少的不同,或者与其他一些音有不同程度的相近或相似,也就是其"不足"之处。所以在使用这些带有"音效"的词汇交流的过程中,人类会本能地将其音效进行关联想象,这些词汇的所指范围也就能够得到进一步的扩展。尤其是那些在音和形上本就具有重复形式的词汇,更能够突出视听效果,既形象又生动,还能够发挥一定的叙事功能,拓展人类的想象空间。例如,"叽叽喳喳"一词不再是仅用于再现群鸟叫声的形容词,其描述性功能可以拓展为展现一群小女孩活泼可爱的热闹场景,同时也可以发挥叙事功能,用于联系事件表现引起不悦的吵闹,等等。再如,在英文中有关水声的表述,bubble是直描式地展示着冒着泡的沸水,当我们重复发出爆破音"b"时,那股小小的气流突破双唇之时正如沸水中水泡爆裂的此起彼伏。而 murmur 和 gurgle 之类的词汇通过所指的拓展也可用来描述水声。前者所含双唇浊鼻音"m"与"ur"搭配,重复组合后的发音如有余音在口鼻腔中回荡,能让人联想到山林间潺潺的溪流似在嘟嘟哝哝,又似在窃窃私语;而后者爆破浊辅音"g"音的重复和不同搭配发出的声音在短时间内对声带形成了两

---

① 傅修延:《中国叙事学》,北京:北京大学出版社,2015 年,第 242 页。

次冲击,能激发人将哗哗的流水声和少女咯咯的欢笑声联系到一起,尤其是"g"音与"l"音的组合对声带刺激具有延时性,所以也能让人体会到笑得有点上气不接下气的感受。从修辞意义上说,这是一种拟人修辞,他们使水声具有了生命力和情感,也使词汇具有了更为丰富的描述性的功能,能够在不同的语境中进行辅助叙事。

三、重复的结构功能

重复发生在字的音和形之上可以激发叙事意义,随着人类语言的发展,重复在词和句的结构上也能发挥出更为强大的叙事功能。"叙事是人类组织个体与社会经验的普遍方式,我们在叙事中获得对现实世界与事物的感知,也使现实世界与事物的意义得到体现。"[①]语言文字是人类一种特殊形式的叙事,是记录和传播自身感知经验及其社会意义的载体。

不同民族使用的文字不同,也各有其自身的内在规律和特点,这些也都是人类在语言的发明创造和交流使用过程中不断重复的经验总结,其字词句的结构也都有其内在的含义。例如,中国汉字是象形文字,本身就具有表意功能,所以字词的结构是具有意象关联的。汉字的博大精深是其他任何一种语言无法企及的,重复被大量运用于字词的结构形式之中,例如,"月、朋""人、从、众""火、炎、焱、燚"这类单字重复的结构不胜枚举,其能指有相通之处,其所指在不同的词和句中又可以不断演绎,展现不同的叙事意义。再如三只羊、三头牛、三匹马分别组成的"羴""犇""骉"三字,牛羊成群的画面感非常强烈,这种重复构字的结构既影响着其能指,亦关联着其所指。最为可甚者莫过于"木"字,"木、林、森"是常用字,其重复结构具有鲜明的视觉效果,如"森林"一词即以木成林,结构上凸显的形象性是毋庸置疑的,而更为神奇的是六个木和八个木也都能成字(如图7.1),虽非常用字,但从其结构便可知道两者都包含繁茂之意。

图 7.1 yàn 字与 shā 字的重叠结构图

---

① 周志高:《虚构世界研究》,南昌:江西人民出版社,2015年,第21页。

既然汉字构字法中的重复结构与其能指和所指都有关联,那么词汇和句子的重复同样也具有一定的结构叙事功能。例如,李清照在《声声慢》中所写"寻寻觅觅,冷冷清清,凄凄惨惨戚戚"从形、音、意都充分运用了重复结构,七个字在词形上都运用了叠音重复,让人明显感觉到百转千回、寻而不得的无奈与苦痛;而在语意上,"寻"与"觅","冷"与"清","凄""惨"与"戚"又分别在能指上有所重复,在所指上有所相近,这种重复尽显满目凄凉之景,满怀悲伤之情;再加上"觅""凄""戚"三字都以"i"音结尾,更加深了此愁思绵绵无期的哀音,好不凄凉!

西方语言作为表音文字,不像汉字那样方便作为个体,更难以承载叙事功能,但是根据各自的词法和句法也可以充分发挥重复在句子或篇章中独特的结构叙事功效。例如,"I saw a saw saw a saw."(我看见一把锯子锯了一把锯子。)在这个英语句子中,整体结构除却第一个词"I"之外,后面的六个词是呈中心对称的结构,有循环往复之观,可以让人联想到使用锯子来回拉动时的重复动作,而在词形上又重复了四个"saw",但词性不同,在句子中的成分也不同。第一个 saw 是动词 see(看见)的过去式,作谓语;第三个 saw 是动词(锯),作宾补;第二个和第四个都是名词"锯子",分别作前两个 saw 的宾语。虽然这是一个不够严谨的句子,但是这种重复结构不仅能够帮学习者加深对于词汇意义和用法的理解,还能够增强阅读的画面感和朗读的节奏感。再如:"A friend in need is a friend indeed."(患难之交才是真朋友。)"No pains, no gains."(不劳无获。)这种部分单词重复和部分音节的重复,让句子结构更为简洁,句意更为明确,同时还兼具节奏感,被广泛地运用于英语的俚语之中。这种音与形的重复还被大量运用于英语的排比结构(parallelism)之中,发挥着独特的叙事功能。例如,林肯在《葛底斯堡演讲》中最后那句话:"That we here highly resolve that these dead shall not have died in vain — that this nation, under God, shall have a new birth of freedom — and that government of the people, by the people, for the people, shall not perish from the earth."其中的重复结构"of the people, by the people, for the people"道出了人民内心深处最真切的渴望,这种重复无疑能够起到强调与突出的叙事语意。丘吉尔在《我们将战斗到底》的演讲中更是将这种重复结构用到了极致。

We shall go on to the end, we shall fight in France, we shall fight on the seas and oceans, we shall fight with growing confidence and growing strength in the air, we shall defend our Island, whatever the cost may be.

We shall fight on the beaches, we shall fight on the landing grounds, we shall fight in the fields and in the streets, we shall fight in the hills; we shall never surrender, and even if, which I do not for a moment believe, this Island or a large part of it were subjugated and starving…

大量重复的单词和排比结构的使用将全文推至高潮，也点燃了士兵们心中的希望之火，表明了丘吉尔将和他的士兵、和他的人民一起，不惜一切代价将战争进行到底的战斗意志和决心，重复的巧妙运用使这段演讲气势磅礴、鼓舞人心。

在人类语言发展的漫长过程中，从我们的祖先确立语言的音、形、意的能指关系开始，到不断丰富语言文字的所指范围和使用技巧，重复就是一种必不可少的手段和过程，是一个语言知识和使用技巧习得的过程。既然重复的存在成为我们语言构成和运用过程中的一种必然，那么我们在描述现象、讲述故事、阐释问题、表达情感等过程中，也都需要各种形式的重复，我们可以使之成为一种修辞艺术，成为一种叙事谋略，发挥出独特的叙事功能。

第二节　文学中的重复及其叙事功能

重复伴随着人类语言的发生和发展，从最初本能的反复尝试到有意识的灵活运用，重复日渐成为人类使用语言的一种叙事技巧。远古人类在岩洞里围坐火堆旁度过漫漫长夜之时，他们的反复比画可以让大家知道有食物的方向，或者反复模拟猛兽的声音能够让大家明白危险的所在，这就是重复在语言中最为原初的使用技巧和叙事功能。重复不仅具有描述性，还具有情感的表现力，换而言之，重复可以用来强调或者突显信息发出者叙述的重点或核心，也可以传递出一定的情感信息。重复的叙事功能在人类语言的使用和发展过程中日渐丰富,尤其是在文学文本中,更是被创作者们发挥到了极致。

文学创作是人类思想发展到高级阶段的产物,也是一种语言的艺术,不仅记录着人类历史的变迁和社会的发展,还承载着人类文明的进步。从某种程度上说,文学创作也是人类社会的一种重复,文学叙述是人类以一种特殊的方式讲述着自己的故事,既有对已有人和事的记忆,也有对未有物与事之虚构。"文学叙述只会发生在人类之间,则是因为人类具有虚构和接受虚构这一非凡的天赋。"[①]文学叙述中除了有基于人类历史上真实存在的人和确实发生过的事进行的艺术创作,也还有很多并非真实存在过的形象(包括除了人之外的各种形态的生灵等)或发生过的事,简而言之,即虚构的成分,但也都是根据人类在现实生活中的各种经验进行的想象,文学叙述基于我们生存的这个实现了的可能世界创造了若干个未知的可能世界,尽管存在各种虚构,但或多或少都含有对于我们这个真实世界的重复部分,因此人类具备接受和理解它们的能力。在文学作品中,不仅可以有字、词、句等语言层面的各种形式的重复,也可在内容、情节、结构,抑或是主题之上进行不同程度的重复设计,从而发挥重复的各种叙事功能。

一、辅助人物形象塑造

从语言层面看,语言文字的重复除却用于强调和突出重点外,还能够在塑造人物形象方面发挥独特的作用。重复在人类最初的语言交流中已经得到广泛的使用,不仅具有描述性,还具有表现力,对人物言行举止的重复性描述或者展现,能够激发读者在脑海中逐步清晰地勾勒出人物形象,古今中外的文学作品中有大量成功的案例。

运用重复来展现人物形象最为夸张的例子莫过于《镜花缘》第二十三回"说酸话酒保咬文,讲迂谈腐儒嚼字"之中的老腐儒。林之洋等人游访至淑士国,城中各处所挂"阔绰"之匾额与书馆穷酸生童形成了鲜明对比,让林之洋"不觉好笑"。待到他们去酒楼喝酒时,先是遇到一位"儒巾素服""戴着眼镜""拿着折扇"的酒保上前打躬赔笑,满嘴通文,惹得"猴急"的林之洋不耐烦。怎奈酒保不但不改,反而继续赔笑道:"请教先生:酒要

---

① 傅修延:《讲故事的奥秘——文学叙述论》,南昌:百花洲文艺出版社,1993年,第9页。

一壶乎,两壶乎?菜要一碟乎,两碟乎?"①这满嘴的"甚么'乎'不'乎'的"激得林之洋几乎拍案而起挥拳头。这里仅用了几个重复的"乎"字已经让一个穷酸书生的形象跃然纸上,再加上他的穿着打扮与身份严重不协调,更让人忍俊不禁。更精彩的重复叙述紧接而至,酒保呈上一壶醋来,林之洋喝了一口后忙喊酒保说拿错了,这时旁边的一位"身穿儒服,面戴眼镜"的"斯文"老儒连连摇手,慌忙"之乎者也"一番制止,"唐、多二人听见这几个虚字,不觉浑身发麻,暗暗笑个不了。"林之洋忙"请教"何故,只听得老儒道:

> 先生听者,今以酒醋论之,酒价贱之,醋价贵之。因何贱之?为甚贵之?其所分之,在其味之。酒味淡之,故而贱之;醋味厚之,所以贵之。人皆买之,谁不知之。他今错之,必无心之。先生得之,乐何如之!第既饮之,不该言之。不独言之,而谓误之。他若闻之,岂无语之?苟如语之,价必增之。先生增之,乃自讨之;你自增之,谁来管之。但你饮之,即我饮之;饮既类之,增应同之。向你讨之,必我讨之;你既增之,我安免之?苟亦增之,岂非累之?既要累之,你替与之。你不与之,他肯安之?既不肯之,必寻我之。我纵辩之,他岂听之?他不听之,势必闹之。倘闹急之,我惟跑之;跑之,跑之,看你怎么了之!②

这里一口气重复了54个"之"字,无论是在真实生活中,还是在文学世界里,都可算是最高纪录了。老儒不厌其烦地用"之"字句细陈了一番因果关系和厉害关联,无非是想劝诫林之洋等人喝醋是占了便宜,莫要声张,否则不但自己得补钱,还会累及他人。这通"酸文"看似啰唆冗赘,但老儒自己的逻辑却是一环扣一环的,极有夫子"循循善诱"的味道,将之与前述酒保相比,这种夸张的重复字句更生动地展现了这类迂腐老儒夸夸其谈、极尽卖弄之能事的穷酸相,简直就是酸到骨子里了。所以也就无怪乎大家为何对鲁迅笔下孔乙己那句"不多不多!多乎哉?不多也"印象深刻了。这些迂腐儒生的形象并非"无中生有"的发明创造,而是将中国古代某一特殊时期特殊人群的集体特征汇聚于一身,他们言谈间的"之乎者

---

① 李汝珍:《镜花缘》,北京:华夏出版社,2013年,第111页。
② 同上书,第112页。

也"不仅仅是几个字或词句组合的重复,更揭示出中国古代封建社会统治以及八股文对人思想和言行的禁锢,所以读者在讥笑之余对他们并不陌生。西方文学中也有此类经典形象,塞万提斯笔下的堂吉诃德也被描绘得淋漓尽致,《堂吉诃德》这部作品从故事情节到人物形象,也都满载着对于一个时代和一类人的重复,这种重复的叙事不仅能够辅助塑造堂吉诃德的形象,还能够形成特殊的反讽效果。

二、便于内心情感传递

语言的重复不仅能够展现鲜活的人物形象,还能够呈现丰富的感情世界。重复的字词和句子不仅在视觉上能够起到吸引注意力的功效,在韵律节奏较强的文本中还能够起到突显的作用,这种突出和强调能够将读者的注意力更加集中在其词句的内涵意义上,因此以重复的手法作为一种承载内心情感的方式不失为一种极其便捷有效的途径。

通过重复来表达情感在诗歌中的运用最为广泛,除却韵律和节奏多有重复技巧使用之外,诗歌中所用字词的重复也能传递出作者内心深处的情感。例如,英国诗人罗伯特·彭斯(Robert Burns)的名篇 *A Red, Red Rose*(《一朵红红的玫瑰》)中开篇那句"O my luve's like a red, red rose"(哦,我的爱人像朵红红的玫瑰花),作者将自己的心上人比作六月里盛开的玫瑰花,此处两个 red 的使用,一方面展示出诗人心中爱人那可爱阳光的气息,一方面让读者感受到诗人对女孩浓浓的爱意扑面而来。

如果说诗歌中的连续重复能够直接展现出作者或者人物最真挚热烈的情感,那么其他文学形式中出现的间隔重复则更长于表现人物内心情感和心理的变化。例如,以"冰山原则"著称的海明威一向惜墨如金,但他在短篇小说《雨中的猫》中却运用了大量的重复性词句。故事情节非常简单,以猫的出现——猫的消失——猫的再现为线索展开故事,但是海明威却不惜笔墨,重复使用了 16 个"want"和 7 个"like"来描摹一位深受父权社会限制和压抑的美国太太内心世界的变化。海明威首先用了两个"want"来表达孤寂无聊的美国太太看到雨中的猫时那一丝兴奋,一丝突破压抑与沉闷的希望和冲动。寻猫未果后,继而通过 3 个"want"将沉闷再次带回给这位美国太太,她的梦想随着猫的消失破灭了,孤闷的心境愈演愈烈,紧接着的 8 个"want"是女主人公心中积蓄已久的呐喊,正当她要突破之时,坐在一旁对她的一切视而不见、听而不闻的丈夫一声"shut up"扑灭了她所有的希望。此时,海明威仍旧重复了两个"want",表现的是女性心中的无奈与痛苦。"海明威站在女性的角度,用16个'want'向我们展现了她们内心的渴望,揭示了她们在父权文化统治下的遭遇和痛苦。"①在这篇小说中,海明威还重复使用了7个"like"来展现这位美国太太对男性的态度,比起身边冷漠的却掌握话语权的丈夫,美国太太开始更"喜欢"那位支持她并帮助她寻找猫的旅馆老板,但是当她清醒地认识到"这位老板只是在利用自己的职能去维护男人们在父权文化体系中的权威和尊严……并不会去真正关心和满足她的需求"时,她再也"喜欢"不起来了,她内心的所有希望都被扑灭了。通过间隔重复这些动词,鲜活地展现了这位美国太太的心理变化,让读者寻味那海面之下的八分之七②的冰山。

三、重复的跨文本叙事功能

无论是在日常的语际交流,还是在文学创作中,字词的重复都是一种显在的叙事技巧,是在表层结构上发挥叙事功能。而对于深层结构而言,重复也能够在内容、情节、主题等方方面面发挥独特的叙事功能,这种重复有来自作者对自我的重复,也有来自对他人的重复,还有来自对真实生活的重复。

我们之所以可以提炼出一个作家的系列作品的风格,或者主要的创作主题,正是因为这个作家有着不断深层次的自我重复。在一个作家创作的众多文本中,可能会出现相同的叙事结构,或者共同的故事主题等,这些都是一种自我的重复,从而形成单个作家独特的艺术风格。如奥斯汀的六部小说都是以婚姻为主题,萨克雷的作品开启了地域小说的篇章,莫言的小说集中展现山东高密一带的人文风貌,等等。所以当我们读他们的作品时,能够从他们创作的背景和整体的创作风格来进行深层次的赏析。

我们在给不同时期的文学流派断代时,也是因为那个时代的作家们的创作有着不同程度的深层次的重复,所以可以分门别类,其中既有自我

---

① 易丽君、徐定喜:《从〈雨中的猫〉管窥海明威的女性意识》,《江西科技师范学院学报》2009年第4期,第93页。
② "八分之七"是海明威的说法。

的重复，也有对别人文本的不同方面的重复，即一种跨文本的重复，或者是我们通常所言的"互文性"。相关的例子在古今中外的文学作品中比比皆是，如英国浪漫主义时期的新老两代诗人，他们的诗歌主题、情感、意义都有着或多或少的重复。再如，中国的汤显祖被称为"东方的莎士比亚"，并不仅仅是因为汤显祖和莎士比亚的创作有着惊人的巧合的相似性，同时也因为他们的作品中都重复了人类内心深处对于爱的渴望，以及突破重围和重压的迫切需求。

从远古人类围坐在火堆旁讲故事开始，人类就开启了想象的大门，开始运用"虚构"这一天赋在文学世界里构筑了一个又一个的可能世界，通过重复这一叙事技巧塑造了形形色色鲜活的人物，描绘了丰富的内心世界，构筑了巧妙的叙事结构，开创了精彩的叙事风格。浩如星海的文学作品重复着人类的故事，有我们的过去和现在，也有我们的未来。

第三节 重复与克里斯玛特质的形成

人类的语言起源于生存的需要，我们的祖先通过重复习得确立了音与意的能指，从简单地指代事物和现象，发展到叙述整体的事件和表达内心的需求，不断丰富着语言的所指范围和意义。这一切是在日渐频繁的交流过程中从个体到群体获得认同的一个过程，是一个从重复演练到记忆的过程。个体的重复是自己知识的习得过程，但是当个体的习得获得了群体的认同，并开始在群体间不断地重复，这就形成了一种集体记忆，而且具有了延续性和拓展性。人类的历史就是这样一代一代薪火相传，人类的文明也是这样不断向前发展。

一、克里斯玛特质的重复价值

人类社会已经历了几千年的发展，在这个漫长的历程中，重复在方方面面都是必不可少的手段和过程，但是又并非所有的一切都能够重复，或者有必要重复，只有那些对人类社会的整体进步具有普遍意义的重复才能够代代相传。

毋庸置疑，人类通过不断地重复性习得建立的基础性语言体系和积累的大量操作技术，是人类集体智慧的结晶，是作为人类社会发展的基本要素而有必要薪火相传的。而其他一些物质或理念，须得具备克里斯玛特质，才具有不断重复的价值和意义。爱德华·希尔斯在马克斯·韦伯将"克里斯玛"这一基督教术语沿用到世俗领域之后，进一步拓展了其能指范围，他认为："社会中的一系列行动模式、角色、制度、象征符号、思想观念和客观物质，由于人们相信它们与'终极的''决定秩序的'超凡力量相关联，同样具有令人敬畏、使人依从的神圣克里斯玛特质。"①也就是说，当人们相信一些客观物质或思想理念，或者一些人的言行举止，甚至直接是人，具备了某种非常人常态的"终极的"超凡力量，并且能够在一定范围或者领域里起到"决定秩序的"作用，那么这样的人、物、行为或者思想等就具备了克里斯玛特质，是应该发挥标识作用的，是有被重复和传承价值的。

需要提醒的是，此处所论重复并不等于复制，复制是与原始物或原初概念的一比一的对应，而重复大多数情况下只是在核心要素方面有对应关系，而这些核心要素，即克里斯玛特质，往往能够形成一定形式的传统，然后被传承下去。

二、有形之物的重复

毋庸置疑，有形的实在之物是比较容易重复和传承的，对它们的重复更接近于复制。比如世界各国都有自己的标志性建筑、有代表性的实在之物等，它们是一个国家或民族发展到不同阶段的见证和记忆，它们的克里斯玛特质会体现在各种不同的领域里，起到"终极的"决定性作用，成为一个国家或民族在某些领域里的象征或标识，更为重要的是给后代们提供各种学习和参考的价值。他们传承的不仅是有形的物质，其中还蕴含着已获得一代代人认同的精神价值，所以是需要世世代代珍视并传承下去的。

尽管有不少此类有形之物经过岁月的洗礼遭到了破坏，甚至有些被摧毁殆尽，但是经由后人依据史料记载和先辈们的记忆可以进行复原或修复，他们的克里斯玛特质的"终极的""决定秩序的"意义仍然能够再次发光，这种重复是人类历史和文化的延续的一部分。当然，令人遗憾的是还有一些具有克里斯玛特质的有形之物可能永远无法重复，但他们可以

---

① 爱德华·希尔斯：《论传统》，傅铿、吕乐译，上海：上海人民出版社，2014年，第4页。

转换成某种有特殊意义的、具有克里斯玛特质的无形之物留存在我们的记忆里，至少是在很长一段时期内能够继续被延续和传承下去。例如巴黎圣母院，在人类历史和社会发展进程中，有着太多的闪光点，她是巴黎这座融文化和艺术为一体的城市的原点和起点，她是留存至今的早期哥特式建筑最重要的代表作，她是雨果的代表作《巴黎圣母院》的故事发生地，她有太多令人神往之处。但是令人扼腕痛惜的是，2019年的一场大火将她烧得面目全非，尽管她是否还有机会被修复仍是一个未知数，但是我们会在建筑史、艺术史之类的教科书里了解她的壮美，会在文学世界里感悟她的神秘，会在人们的记忆里感受她的美好。她的克里斯玛特质不仅在她的有形之体上获得了世代重复，而且也早已随着她承载的风雨转化为一种具有克里斯玛特质的精神伴随着人类社会的发展，并在人们的脑海里不断地重复和延续。

同样是被一场大火吞噬的圆明园却是另一番命运。无论是在中国的造园艺术史上，还是整个世界园林建筑史上，圆明园都不愧为瑰宝级别的，再加上里面曾经珍藏的世代收藏的无价之宝，这座曾被称为"万园之园"的皇家园林堪称当时世界上最大的博物馆。但也许正是因为她的这些克里斯玛特质引起了西方列强的垂涎，一番劫掠再加上三天三夜的大火，给我们留下的只有断壁颓垣。无论是从有形的实体，还是无形的精神来说，圆明园都不可复制，也不可能重复。然而，如今满目疮痍的圆明园遗址却被赋予了新的克里斯玛特质，她提醒着世人，尤其是中华儿女，这里曾经是中华文明无比辉煌的象征，但也是中华民族近代屈辱的标记，这段历史绝不能够重复。

三、无形之物的重复

诚然，具有克里斯玛特质的有形之物可以通过复制、修复、转化等方式重复，从而世代相传。那么无形之物，如技艺、艺术、思想、理念等，只要他们也具备了克里斯玛特质，也就是被赋予了继承和延续的价值和意义，他们就会形成传统，会成为经典，会成为范式，虽有可能历经沉浮，但是会在人类社会世代延续的同时以各种方式不断重复，薪火相传。

我们不妨仍以文学为例，西方文学艺术的源头是"摹仿论"，既然是摹仿（即模仿），那么必然会有不同之处，尤其是其史诗传统源自口头文学，经由吟唱诗人传承。但是令人称奇的是，这些史诗最初没有书面文本，都是口耳相传,尽管因吟唱诗人个体的不同会演绎出不同的叙事文本,即使是同一人在前后两次的吟唱中也会有很多的不同之处,但是却表现出了一致的文体风格。对于这一点,研究英雄体诗歌口头创作的权威专家弥尔曼·帕里(Milman Parry)进行了大量实证研究,他发现有大量固定饰语被认为是荷马风格的特征,而且被继阿波罗尼奥斯以后的文学史诗作家所效仿。帕里把这些固定的饰语称为"程式"(formulas),即"在相同的格律条件下得以反复运用的一组词,以表达某个恒定的核心理念"[1]。实际上,这里所谓的"程式"就是某种克里斯玛特质的体现,这些反复运用的词汇已经形成了一种恒定的理念,能够在不同的文本中"决定"其文体特征。

对于一些具有克里斯玛特质的核心元素和理念的重复,能够维系主体结构的固化,形成一种传统,并能够被口耳相传。"吟唱诗人完全依赖其传统。他所学会的情节及对其进行详尽阐发的各种片段,甚至他用以组织诗句的短语,都是传统性的,广义地说,就是'程式化'的。他既非创作,也非记忆某一固定文本。每次表演均是一次独立的创造之举……当诗歌终了,它也就不存在了。"[2]所以荷马史诗虽然经过不同的人进行吟唱会产生不同的文本形式,但是其具有克里斯玛特质的核心部分被不断重复,在"程式化"的框架内演绎,不会影响它作为一种文学传统传承下去。

相对固定的"程式化"的重复在已经延续了几个世纪的《格萨尔王传》说唱艺术中更容易得到证实。《格萨尔王传》被誉为东方的"荷马史诗",是世界上现存的唯一的活史诗,无论时代怎样发展,技术如何进步,《格萨尔王传》千百年来仍然延续着由说唱艺人以口耳相传的方式传承下来的传统。至今仍有上百位民间艺人在中国的青海、西藏、四川、内蒙古等地区传唱,虽然相传这些艺人为"梦传神授",可以连唱三天三夜,不眠不休,但是我们在惊叹这种艺术的神奇之时也不难发现,这种传唱是采用"一曲多变"的专用曲调进行演唱,唱中还会穿插说白,其核心部分,也就是"程式化"的部分是叙述伟大英雄格萨尔王一生的丰功伟绩,以及表达人民对

---

[1] 罗伯特·斯科尔斯、詹姆斯·费伦、罗伯特·凯洛格:《叙事的本质》,于雷译,南京:南京大学出版社,2015年,第16—19页。

[2] 同上书,第20—21页。

他的感激与爱戴之情。正是因为格萨尔王个人的英雄事迹具有克里斯玛特质，才能够让说唱艺人滔滔不绝地重复叙述他的丰功伟绩，也正是说唱艺人采用的专用曲调具有了克里斯玛特质，才能够让这种说唱艺术更具神秘色彩，不同时代、不同地域的说唱艺人的演唱能够表现出惊人的重复性。这些具有克里斯玛特质的核心要素不断被重复，就形成了一种相对固定的结构和框架，成为一种固化的集体记忆，并作为一种传统代代相传。

四、重复助力经典的形成

人类从口头文化发展到书面文化阶段是一个质的飞跃，如果说口头文化具有不确定性，或者说口耳相传的文学或者文化传统中重复的克里斯玛特质具有抽象性，那么书面文化中的这些具有克里斯玛特质的人或事则是被白纸黑字记录下来的，是有证可查的，可以是一种"互文"性的重复，也可以是核心要素的重复。

核心要素是文本的灵魂所在，以不同的形式对它们进行重复，在传统文化和文艺的传承和发展中最大的贡献是推动了各种"经典"和"范式"的形成，如中国的唐诗、宋词、元曲、明清小说，西方的戏剧、散文、十四行诗等，其中经典比比皆是。当它们在内容上，或在形式上，抑或是两个方面同时具备的个性化特征获得了群体的认同，也就成为具有克里斯玛特质的时代"典范"。在时间的历史长河中，无论是在生活，还是艺术的领域里，人们对它们进行着不同形式的重复和演绎，促使它们成为一代又一代的"经典"。

对于有形的存在之物的重复尚且不可全然复制，对于经典艺术作品则更加不可能。人们重复的经典之作实际上是在重复其具有克里斯玛特质的一些核心要素，更多的只是局部的借用或者参照，比如将个性鲜明的人物形象作为原型、套用经典中精巧的故事结构、借用独具一格的叙事风格等。换而言之，就是一些经典之中的具有克里斯玛特质的核心要素成为各种不同形式的"范式"，成为当代或后代人们仿照和参考的范本。

无论是有形的，还是无形的，当它在某个领域里得到集体认同时，便具备了具有"终结的""决定秩序的"克里斯玛特质，这种特质使其具备被重复的价值，人们会对由核心要素组成的各种范式进行不同程度的重复，在不断的重复过程中，使经典更进一步增强了传世价值。换而言之，经典是在重复中被继承和发扬。

第四节 重复在疏离中的发展

从人类语言的发生和发展层面来看,重复自始至终是相伴相随的,这也决定了重复在本质上不同于复制,也不会一成不变,是会在变化中发展的。重复发生于个体行为,但是只有发展到集体的重复,它才具备传承的价值和意义。然而,集体的重复又会不断地给它赋予新的内容和意义,很有可能使它逐渐疏离最初的具有克里斯玛特质的核心要素,当新增加的内容在某些方面也具备了克里斯玛特质,在新的领域里决定秩序时,也就意味着超越了原初的核心要素,使疏离的距离原来越远,那么新的核心要素就会形成。所以重复是在从个体到集体的聚合过程中生成的,但同时又会在逐步的疏离中获得新生,从而不断向前发展。

一、个体重复造成的疏离

从人类知识习得的方面看,个体理解吸收的差异会降低内容重复的比例。婴儿学习语言之初,对家人声音的无意识模仿是一个比较机械的重复过程。随着年龄的增长和学习能力的增强,人类在习得知识的过程中的主动性和能动性也会越来越强,个体的差异必然造成对所学知识重复的比例波动,与原初的核心要素产生疏离。但从另一方面而言,也正是这种疏离带来了新的挑战与契机,推动人类对于知识进行更深入、更全面的追求与探索。

与人类最初确定音与意的关系的不同之处在于,原始人类是通过不断自我重复和彼此重复达成一致意见,从而对词汇的能指形成共谋共识,而婴孩只能是被动地接受成人给他们指定的词汇的能指和所指意义,其中就可能存在理解的差异,或者意义的流失,也就是说他们真正重复这些知识和经验的内容会比他们父母期望的比例少。换而言之,在婴孩将声音与所指相结合后转换为最基础的知识的习得过程中,可能缩减重复的分量。海伦·凯勒在她的《假如给我三天光明》一书中就回忆过这样的片段,当苏利文老师尝试着教她一些代表身边物品的词汇的时候,她按照学习类似布娃娃(doll)这个单词的习得方式,根本无法理解杯子和水这两个词汇的能指意义区别何在,所以再次感觉到暴躁不安。也就是说,孩子并不一定能够完全理解和接受成人给他们发出的各种学习指令。

当孩子发育到具备一定自主学习和思考能力的时期,他们对于长辈们知识的重复会产生更大的差异性。中国古代蒙学教育的一个重要手段就是通过反复记诵来感悟其内涵,也就是所谓的"读书百遍,其义自见"。孩子们可以通过反复临摹字帖重复字词的书写,但是摇头晃脑地反复记诵是否真能刺激孩子们对于字词句的感悟呢?即使是有教书先生讲解,中国古代文字趋简从晦的风格也一定会造成孩子们对于诗书理解的偏差。更何况语言文字是在不断发展的,英语的发展有古英语时期、中世纪英语时期、现代英语时期,汉语也经历了从文言文到白话文、从繁体字到简体字的演化阶段。在这些进程中,个体的学习理解和消化吸收必定会有很大的差异,重复前辈的比例会越来越少。再加上语言使用的范围越来越广泛,使用的语境越来越灵活,而且一时代有一时代之语言,也就是说字词句的所指意义会不断丰富,甚至其能指意义会发生转变,所以我们习得的知识会慢慢更新。

二、重复在文化传承中的疏离

但是不同的人讲述同一个故事是会有差异的,哪怕是同一个人在不同时期讲述同一个故事也是有可能会有变化的,尤其是口耳相传的故事,不同的述本与原文本之间会有各种程度的距离。例如,中国儒家始祖孔圣人开创的儒学,是由其弟子记录孔子的口授而成,这种对口头教诲的记录毫无疑问会有很大的差异性,韩非子就曾指出"儒分为八"的现象:"故孔、墨之后,儒分为八,墨离为三,取舍相反不同,而皆自谓真孔、墨。孔、墨不可复生,将谁使定后世之学乎?"(《韩非子·显学》)尽管如此,孔子之教的前提是性善论,构建的是完整的"道德"思想体系,主张的是"仁礼"之德行标准,所以这些核心要素在其众弟子的理解和记录中是相通的,所以孔子儒学核心中具有的克里斯玛特质是在他众弟子的重复之中聚合而成。随着时代的变迁和文化的发展,尽管儒家思想对于中国乃至世界的影响都很深远,但是其核心要义的变化是与时俱进的。诚如我们当下的社会主义核心价值观,虽有儒家传统思想融入,但更多的是具有我们当下的中国特色。

我们继承了中华民族的传统美德,但也增加了时代特色,这也印证了不同时代的人的讲述会有很大的差异性。而从文字叙述来看,中国是一个史官文化先行的国度,而且是世界上唯一一个没有中断过历史的文明古国。我们的史传传统对于文化的影响是根深蒂固的,我们惯常以史为鉴,所以我们的文化传承性较之其他文化的国家都要持久和深远。史传可以视为我们文学的源头之一,"史传是史官对历史上发生过的真实事件的一种叙述"①,史官虽是记录"真实事件",但是他笔下的文字实际上是他们自己对于历史真实事件的一种解读,是一种"纪实型叙述",也可以视为一种对历史事件的重复,所以我们的文化中有太多来自对历史经验的重复。诚如赵毅衡所说:"纪实型叙述,并不是对事实的叙述:无法要求叙述的必定是'事实',只能要求叙述的内容'有关事实';反过来,虚构型叙述,讲述则'无关事实',说出来的却不一定不是事实。"②既然史传是一种"有关事实"的叙述,作为中国叙事文学最为重要的源头之一,它的这一品质深刻影响了后世对于叙事文学的理解,培育了一种重事实轻虚构的倾向,所以中国叙事文学中重复的因子已然成为一种传统,并且代代相传。其重复的是一些"有关事实",所以在不同的讲述中会有一些变化是完全不可避免的。

三、重复在经典和范式中的疏离

从文学艺术的发展方面看,传统是在经典和范式的不断生成与疏离中发展。文学艺术是人类生活的一面镜子,它可以记录人类的历史,展示当下,也可以想象未来。前文已述,在各种重复中,传统在集体的认同和记忆中聚合而生,每个民族都有自己的文化传统,在继承和发扬的过程中又促成了经典的诞生,而经典之中具有克里斯玛特质的核心要素构成的范式又被重复模仿。与此同时,这些范式在被重复的过程中面临着不断衍生出来的挑战和冲击,有一些甚至是颠覆性的。

我们在口传文学的阶段,口传艺人依赖的是在重复的过程中形成的"程式化"框架,但是个人的复述会带来不同的变化。"在吟唱诗人实际演绎一则叙事之前,此诗歌并不存在,而只是以吟唱诗人传统这一抽象工具,潜在于无数其他诗歌当中……只有当吟唱诗人本人或某个听众在一

---

① 倪爱珍:《史传与中国文学叙事传统》,北京:中国社会科学出版社,2015年,第34页。
② 赵毅衡:《广义叙述学》,成都:四川大学出版社,2013年,第65页。

次表演过程中发现传统之外的某样新东西,该诗歌方能影响传统,并继而在那些听众的记忆中产生些许永恒性。"①这也就是说,在吟唱诗人演绎"程式化"框架之时,是有可能因为个人的创举而影响传统,从而突破以往的"程式"。这种挑战在书面文字的时代发生的可能性更大,程度也更深,甚至是颠覆性的。例如,中国新文化运动时期的文学创作有很多就是对既有叙述"范式"的创新,其中不乏针对经典之作的挑战甚至是颠覆。如鲁迅的《故事新编》,无论是从内容还是形式上,对中国古代的典籍、人物、故事结构、话语方式等各种叙事范式都以一种戏拟的方式提出了挑战,产生了极大的影响。

尽管经典中的各种范式经历了岁月的洗礼和不断重复的考验,但是随着时代的变化,对其评判的标准也有可能发生变化。他们可能会疏离原初的集体认同,曾经的经典也有可能并不适合新的时代,但是他们在新的时代语境下会被赋予新的价值和意义,因为"本文本身在根本上不会要求读者必须把作者意指的含义视为典范性的理想。解释活动中每一种规范性构想都含有一种判断,这种判断不是由本文的特点,而是由解释者所投入的目标所决定"②。阅读实际上就是在做一种解释活动,如果读者的判断标准或者投入的目标与原文本一致,那么他会很容易接受在一定时段内经过集体认同的这种范式,也就是说他能够把原作中"作者意指的含义视为典范性的理想";而当读者的审美或者价值观与原作者不同或者甚至相反的时候,他所投入的目标会最终决定自己的解释。例如,中国古代的才子佳人和花好月圆是常用的理想写作范式,但随着时代的变化,人们对于爱情的理解和追求有所不同,借用文学文本展露的情感也更为丰富。我们不仅有《西厢记》《牡丹亭》《梁山伯与祝英台》等经典佳作,还有如《搜神记》中《紫玉》《王道平》的人鬼恋,《世说新语》中《韩寿偷香》的暗中通情,唐传奇中《莺莺传》《李娃传》等以女性情感为主导的故事等,这些无疑是对传统理想的爱情叙事范式进行了突破和创新,演绎出各色青年男女的真情实感。在民间故事《梁山伯与祝英台》的叙事范式之下,也演绎出了各种形式的爱情故事。直至今天,爱情仍然是时代的主题之一,只是我

---

① 罗伯特·斯科尔斯、詹姆斯·费伦、罗伯特·凯洛格:《叙事的本质》,于雷译,南京:南京大学出版社,2015年,第20—21页。

② E. D. 赫施:《解释的有效性》,王才勇译,北京:生活·读书·新知三联书店,1991年,第37页。

们现在更多地聚焦于现实生活中的各种爱情主题和困境。在这些对于传统范式的不断重复过程中,因为融入了不同的时代精神和价值评判标准,其变化与日俱增,原初的克里斯玛特质主要是对于追求爱情的突围,演绎到现在已经发展为对于爱情的维护。毫无疑问,不同时代的作家或者读者,会受到当时社会发展和变化的影响,人们的审美和价值评判标准也会不同,读者对于经典和范式的解读亦会有所不同,所以对一些经典的叙事范式的重复造成的疏离距离可能越来越远。

随着科技的进步和人类社会的不断发展,曾经那些具有克里斯玛特质的核心要素可能在重复的过程中遭受到不同程度的冲击,有一些也可能会出现与本体的疏离。当达到一定距离时,它们也就有可能失去曾经被不断重复的克里斯玛特质,不再能够在某一个领域里起到"决定秩序的"作用。换而言之,它们曾经拥有的"终极的"力量在新的时代可能终结,取而代之的可能是被赋予了新的时代特征的、另外的具有克里斯玛特质的核心要素,也就是一种范式的转换。重复也在这种疏离的过程中向前演进。

结　语

重复在人类语言的发生和发展、习得和叙述的进程中,都发挥着重要的叙事功能。重复在个体习得知识和集体形成共同记忆的漫长过程中,是一种行之有效的手段。与此同时,它又反过来成为人类进行各种形式的叙述时所使用的一种具有多种叙事功能的工具,可以更为准确地描述物品,可以更为形象地塑造人物,可以更为生动地传递感情,可以更为灵巧地构筑结构,等等。我们有对生活的重复,有对历史的重复,也有对艺术的重复。重复与创造相伴相随,在不断重复的过程中,那些具有克里斯玛特征的核心要素在不同的领域里开始显现出"决定秩序的"力量,我们从而形成了各自的传统,拥有了各种形式的经典,并继续在重复的过程中薪火相传。但是重复并非一成不变,无论在个体还是集体的重复过程中,或多或少都会与原初之物有所差异,会对核心要素造成不同程度的疏离,当疏离达到一定距离的时候,原初的一些克里斯玛特质在某些领域就有可能丧失"终极的"地位,从而让位于新的范式,于是新的重复又将开始。重复终是在聚合中生成,在疏离中发展。

第八章
不可靠叙述

"不可靠叙述"(unreliable narration)是中西方叙事理论研究中的一个重要概念。尽管不可靠叙述现象的出现由来已久,而对其进行系统的理论探讨却是20世纪后期的事。1961年,韦恩·布斯在《小说修辞学》中首次提出"不可靠叙述"这一概念,划分出可靠和不可靠叙述这对新的叙述类型,并对不可靠叙述者进行了较为系统的阐述。及至20世纪90年代末,西方文论界越来越关注文学作品中的不可靠叙述现象。近年来,这一话题在国内叙事研究界也日渐受到重视。对于不可靠叙述的理论探讨,也逐渐成为国内外叙事学研究领域中的一个重要问题。恰如安斯加·F.纽宁所言,"不可靠叙述成为当代叙事理论中的一个中心问题"[①]。

第一节 西方的不可靠叙述观:修辞、认知与综合

无论是概念的命名还是理论的构建,布斯的《小说修辞学》都可谓是不可靠叙述研究的奠基之作。布斯在《小说修辞学》中对于不可靠叙述的论述已然成为此后该问题探讨的逻辑起点。"不可靠叙述者"的研究在不可靠叙述理论中占有极为重要的分量。或许也正因如此,当前的不可靠

---

① 安斯加·F.纽宁:《重构"不可靠叙述"概念:认知方法与修辞方法的综合》,马海良译,载James Phelan, Peter J. Rabinowitz主编:《当代叙事理论指南》,申丹、马海良、宁一中等译,北京:北京大学出版社,2007年,第82页。

叙述研究几乎还囿于对不可靠叙述者的研究。"当叙述者的讲述或行动与作品的思想规范（即隐含作者的思想规范）相一致时，我将这类叙述者称为可靠的叙述者，反之则称为不可靠的叙述者。"①布斯这一界定对不可靠叙述理论产生了深远影响。"布斯的区分已经被广为接受，从而形成两个重要的阐释惯例：第一，人们往往把这种区别与同故事叙述相关联……第二，布斯的区分假定存在一种等同，或确切地说，是叙述者与人物之间的一种连续，因此，批评家希望以人物的功能来解释叙述者的功能，反之亦然。"②的确，布斯的理论阐发和文本分析实践让人们意识到：文学作品中同故事叙述的运用，与该作品不可靠叙述效果的生成之间有着密切关系。以色列叙事理论家什洛米斯·里蒙-凯南（Shlomith Rimmon-Kenan）也将叙述者亲身卷入事件视为不可靠叙述产生的重要根源。③

其实，布斯还导致了另一种重要的阐释习惯，即将不可靠叙述和不可靠叙述者（主要是同故事叙述者）等同起来。由于将视界仅仅锁定在叙述者身上，不可靠叙述的理论阐释力度也深受限制。然而，不可靠叙述不同于不可靠叙述者的概念。一方面，不可靠叙述者与不可靠叙述二者无法等同。不可靠叙述往往通过不可靠叙述者来呈现，然而，文本中的隐含作者、叙述者、人物都可能成为主体，其他主体也会造成叙述可靠与否的问题。另一方面，并非只有同故事叙述才会产生不可靠叙述。许多文本中的超故事或异故事叙述者的叙述依然极不可靠。具体而言，叙述者的不可靠叙述产生反讽式评论，从而构成叙述话语的双声效果。

由于将视界仅仅锁定在叙述者身上，布斯对于不可靠叙述的理论阐释力度也深受限制。这种情况在其另一本重要著作《反讽的修辞》（*A Rhetoric of Irony*）中有所改观。在此，布斯已不再限于对叙述者可靠性的探讨，而是将研究范围拓展到整个动态的文本运行系统，它既包含作者在创作观念上对叙述不可靠性的有意为之，也包含文本内在不一致所呈现出来的不可靠叙述，而且他还从文学传统的角度关注到读者阅读期待

---

① W. C. Booth, *The Rhetoric of Fiction*, Chicago: University of Chicago Press, 1983, p. 158.
② James Phelan, *Narrative as Rhetoric*, Columbus: Ohio State University Press, 1996, p. 110.
③ Shlomith Rimmon-Kenan, *Narrative Fiction: Contemporary Poetics*, London and New York: Routledge, 2005, p. 103.

与文本相龃龉时产生的不可靠叙述读解。尽管这里的读者仍然还只是处于文学传统中的"假定读者",但我们毕竟可以感受到布斯试图突破《小说修辞学》的局限,从更为宏阔的角度建构不可靠叙述理论的可贵努力。

这种研究思路的影响至今仍非常明显,叙事学界通常将"不可靠性"仅仅用于叙述者。诚然,"不可靠叙述者"的研究在不可靠叙述理论中占有极为重要的分量,然而也仅仅是其中的一个部分。"叙述的不可靠性不同于不可靠叙述者的概念。"①文本中隐含作者、叙述者、人物都可形成叙述主体,不可靠叙述往往通过不可靠叙述者呈现,然而,其他叙述主体也会造成可靠与否的问题,有学者就提到人物—叙述的不可靠性。②无论在第一人称还是在第三人称叙述中,人物的眼光均可导致叙述话语的不可靠,《三国演义》、《水浒传》、康拉德的《黑暗的心》等文本均存在此种"不可靠叙述"。此外,隐含作者对整个文本的安排也会凸显叙述的不可靠性,比如芥川龙之介的《竹林中》,文本由七位不同的叙述者对同一事件的讲述共同组成,每一位叙述者在自己的逻辑内都是统一的,但他们所传达的信息却相互冲突,由此引发文本叙述的不可靠性,而这恰好是隐含作者整体安排的结果。可见,除了叙述者的不可靠叙述,人物—叙述的不可靠性、隐含作者—叙述的不可靠性都应该是不可靠叙述研究的题中应有之义。

布斯在《小说修辞学》中首倡不可靠叙述研究,同时也开创了对不可靠叙述的修辞性研究路径。瑞甘(Riggan)与莫妮卡·弗雷德尼克(Monika Fludemik)基本处于布斯的修辞学框架下,对不可靠叙述的类型做出了较为细致的划分。瑞甘拓展了布斯的概念,并且发展了叙述不可靠性的模式。其类型学划分包括四种不可靠叙述者:流浪汉、小丑、疯子和儿童。这种基于社会身份的分类有其优势,至少含蓄地承认了不可靠叙述是一种紧密联结着价值系统和读者社会标准的现象。莫妮卡·弗雷德尼克则提出了不可靠性的三重模式。根据她的分析,叙述者的不可靠性可以由以下三种情况导致:叙述者报道的事实不准确、第一人称叙述者

---

① Gregory Currie, "Unreliability Refigured: Narrative in Literature and Film", *The Journal of Aesthetics and Art Criticism*, 53.1(1995), p.19.

② Dan Shen, "Unreliability and Characterrization", *Style*, 23(1988), pp.300—311.

缺乏客观性,以及叙述者价值规范的不可靠。①格里高利·库瑞(Gregory Currie)在修辞路径上对布斯的理论有所发展:一方面,他依然坚守隐含作者的价值规范的权威性——"在叙事中,如果不诉诸隐含作者的概念,不可靠性将毫无意义"②;另一方面,库瑞突破了布斯将不可靠叙述等同于不可靠叙述者的理论限定,明确提出"叙述者的不可靠性只是不可靠性的一种方式"③,进一步拓展了不可靠叙述的研究空间。

詹姆斯·费伦是当今修辞派的主要代表人物。他借鉴认知派的某些观点,批判地继承布斯的思想,从以下几方面丰富了不可靠叙述理论:第一,对经典方法中认定人物功能和叙述者功能密合无间的看法提出疑问,指出"标准方法中存在一个严重局限,它未能见出同故事叙述的一个重要特点:即使是现实主义作品中的同故事叙述,也无法要求甚至不可能要求人物兼叙述者的双重角色之间保持完全一致"④。第二,拓展了布斯对不可靠叙述类型的划分,将不可靠性从事实/事件轴和价值/判断轴扩展到知识/感知轴,费伦提出:"依据不可靠性轴的提法,可以进一步对不可靠性的类型进行区分:在事实/事件轴上产生的不可靠报道,在价值/判断轴上产生的不可靠评价和在知识/感知轴上产生的不可靠读解。"⑤在此基础上,费伦注意到三个轴之间可能出现的对照和对立,强调这种分类并非固定不变,从而打破了通常将可靠与不可靠视为二元对立的看法,"使我们认识到叙述者处于介于可靠性与不可靠性之间的一个广阔空间"⑥。第三,费伦注重对叙事动态进程的研究,认为叙事在时间维度上的运动对于读者的阐释经验有至关重要的影响,因此他比布斯更为关注叙述者的不可靠程度在叙事进程中的变化。这种对不可靠叙述的动态观察有利于更好地把握这一叙事策略的主题意义和修辞效果。第四,费伦加强了对现实读者阅读活动的观照。布斯对读者的探讨始终带有理想化色彩,缺

---

① Greta Olson, "Reconsidering Unreliability: Fallible and Untrustworthy Narrators", *Narrative*, 11.1(2003), p.100.
② Gregory Currie, "Unreliability Refigured: Narrative in Literature and Film", *The Journal of Aesthetics and Art Criticism*, 53.1(1995), p.20.
③ Ibid., p.27.
④ David Herman, *Narratologies: New Perspectives on Narrative Analysis*, Columbus:Ohio State University Press, 1999, p.92.
⑤ Ibid.
⑥ Ibid., p.96.

乏对个体读者阅读的关注,这也是其广受诟病的原因所在。费伦吸纳了伦理批评的理论资源,"将形式和技巧问题与作者的读者以及现实中的读者之间的回应联系起来"①,提出"伦理取位"的研究方法。在叙事研究中,修辞方法关注作者、叙述者与读者之间的关系。虚构或非虚构文本中的人物叙述对这种关系产生的作用,会对读者施加相应的情感和伦理影响。人物的可靠叙述与不可靠叙述、不充分叙述均不存在二元对立关系,将这三种叙述类型及其亚类型排列在一个从非常可靠到很不可靠的谱段之上,则既能够对人物叙述予以清晰的描述,又能为内容更为广泛的叙事研究提供理论支撑。② 虽然,费伦在诸多方面发展了不可靠叙述理论,但他还是在同故事叙述模式中进行探讨,从而在某种程度上削弱了其理论的概括力。

"在每一种理论之内,无论或显或隐,总是存在着来自另一个理论角度的反对之声。一个理论家的思想是被别的理论家的思想引发的,他们两人相对的竞技场就是理论之间的实际空间,这一空间完整地构成批评的语境。"③随着 20 世纪中后期认知科学的勃兴,作为一个跨学科的新兴领域,认知叙事学也在 20 世纪 70 年代萌芽,到 90 年代进入蓬勃发展时期,成为叙事学从经典向后经典转向的一股重要推动力,也成为不可靠叙述理论研究路径由修辞型向认知型转向的重要理论背景和方法论依据。"认知叙事学关注作品的阐释和接受过程,它将注意力从经典叙事学的文本研究转向文本与读者之间的关系研究,即在文本线索的作用下,对读者认知过程和阐释心理过程的研究。"④

塔玛·雅克比(Tamar Yacobi)首创的认知研究方法成为当前不可靠叙述理论研究中另一主要研究路径,认知转向也就成为不可靠叙述理论研究中一次重要的范式转换。1981 年,塔玛·雅克比在《论交流中的虚构叙事可靠性问题》一文中,首次对修辞派不可靠叙述理论进行诘难。该

---

① David Herman, *Narratologies: New Perspectives on Narrative Analysis*, Columbus: Ohio State University Press, 1999, p. 89.
② 詹姆斯·费伦:《可靠、不可靠与不充分叙述——一种修辞诗学》,王浩编译,《思想战线》2016 年第 2 期,第 87 页。
③ 华莱士·马丁:《当代叙事学》,伍晓明译,北京:北京大学出版社,1990 年,第 4 页。
④ 张万敏:《认知叙事学研究:以鲍特鲁西和迪克森的"心理叙事学"为例》,北京:中国社会科学出版社,2012 年,第 4 页。

文一反布斯所树立的隐含作者的权威,从读者阅读的角度来看不可靠性,明确提出,面对文本中难以解释的细节或种种不一致之处,读者有权拥有广泛的调解和综合解决策略。[1]也就是说,雅克比并不将不可靠性看作是文本自身的特征,而是视为读者理解的产物。实际上,将不可靠叙述的裁决权交给读者并非雅克比首创。里蒙-凯南在《叙事虚构作品》中已经提出:"可靠叙述者的标志在于,他对故事所进行的描述、评论总是被读者视为对虚构的真实世界所作的权威描写。不可靠叙述者的标志则恰恰与此相反,即他对故事所作的描述、评论使读者有理由产生怀疑。"[2]同样是强调读者在不可靠叙述判断中的作用,里蒙-凯南与雅克比却有着很大的不同:雅克比认为不可靠性外在于文本,是读者理解的产物;里蒙-凯南则将不可靠性置于文本之内,需要读者进行识别。里蒙-凯南注重读者对于文本叙述中不可靠性标志的识别,她提出不可靠叙述的主要根源在于:叙述者的知识有限,叙述者自身卷入到事件中,以及叙述者的价值体系存在问题。[3] 可见,虽然里蒙-凯南强调读者的判断,但她的看法显然更接近于布斯的修辞学路径。

雅克比以布斯的反对者姿态出现举起了认知派的大旗,纽宁夫妇则以颇具创见的理论表述推动了认知研究方法走向深入。安斯加·纽宁是不可靠叙述理论研究认知派的领军人物,也是当今德国最杰出的认知叙事学代表人物之一,《不可靠,相对什么而言?——不可靠叙述的认知研究前提及假设》《不可靠叙述概念再定义及其文类视野》等认知叙事学力作,有力地推动了不可靠叙述理论研究范式的认知转向。认知派从隐含作者的批判入手开始建构自己的不可靠叙述观。可见,不可靠叙述研究修辞方法与认知方法的分歧主要在于:判断不可靠叙述究竟是以隐含作者的观念为标准,还是以读者的规范为参照。

安斯加·纽宁受雅克比的影响,聚焦于读者的阐释框架,断言:"与其将不可靠性视为叙述者的性格特征,不如将不可靠性看作读者的一种阐

---

[1] Tamar Yacobi, "Fictional Reliability as a Communicative Problem", *Poetics Today*, 2 (1981), p. 114.

[2] Shlomith Rimmon-Kenan, *Narrative Fiction: Contemporary Poetics*, Florence, KY, USA: Routledge, 1983, p. 100.

[3] Ibid.

释策略。"①薇拉·纽宁(Vera Nünning)也认为:"对于读者来说,给定文本的意义不能完全由文本自身决定,那么在一个既定的阅读过程中所建构的价值规范体系就得依靠读者及其自身的知识、态度和规范。""因而,将叙述者区分为可靠的或不可靠的是依靠读者对于价值和规范系统的双重感受。"②安斯加·纽宁吸收了乔纳森·卡勒的"归化"思想,在《不可靠叙述概念再定义及其文类视野》一文中,与布斯就不可靠叙述的定义进行争论。故此,他从认知角度重新界定了不可靠叙述:"我认为,对于不可靠叙述的认识可以通过戏剧反讽或意识差异来加以解释。当出现不可靠叙述时,叙述者的意图及价值规范与读者规范之间的差异会产生戏剧反讽。就读者而言,叙述者的不可靠性就表现为叙述者话语的内部矛盾或叙述者与读者的看法之间的冲突。"③在此,安斯加·纽宁将读者的规范作为叙述不可靠性恒定的标准。尽管他一再提及文本的规范与读者规范之间的交互作用,然而,他既然已经将文本的规范视为读者决定的产物,那么文本规范充其量也只是读者规范的另一种表现形式。

从双方的论述中,我们可以见出,修辞方法与认知方法的分歧主要在于判断不可靠叙述究竟是以隐含作者的观念为标准,还是以读者的规范为参照。认知派发现了隐含作者在不可靠叙述判断中的尴尬境遇,从批判隐含作者这一概念入手开始建构自己的不可靠叙述观。安斯加·纽宁采用"总体结构"(the structural whole)来替代"隐含作者"。在安斯加·纽宁看来,总体结构并非存在于作品之内,而是由读者建构。面对同一作品,不同读者很可能会建构出大相径庭的作品"总体结构"。认知派由此将叙述可靠与否的判断权交给了读者,肯定了读者在不可靠叙述判断中的作用,"将'认知注意力'转移到读者在辨析不可靠叙述时所发挥的作用

---

① Ansgar Nünning,"Reconceptualizing Unreliable Narration", in James Phelan and Peter J. Rabinowitz ed., *A Companion to Narrative Theory*, Oxford: Blackwell, p.95.

② Vera Nünning, "Unreliable Narration and the Historical Variability of Values and Norm: the Vicar of Wakefield as a Test Case of a Culutral-Historical Narratology", *Style*, 38.2(2004), pp.236—252.

③ Ansgar Nünning, "Unreliable Compared to What?: Towards a Cognitive Theory of Unreliable Narration Prolegomena and Hypotheses", in Walter Grunzweig and Andreas Solbach ed., *Grenzuberscherithungen Narratologie im Kontext*, Tubingen: Gunther Narr Vertag,1999,p.58.

之上,为叙述行为的研究开辟了新的视角"①。既然隐含作者是读者的构建,那么不同的读者自然可以推导出不同的隐含作者,这样,隐含作者的规范在他们那里被读者规范所取代。安斯加·纽宁明确将不可靠性界定为一种读者的"阅读假设"(reading-hypothesis)。②

雅克比和安斯加·纽宁都认为自己的模式优于布斯创立的修辞模式,因为它不仅可操作性强,而且能说明读者对同一文本的不同解读。不少西方学者也认为以雅克比和安斯加·纽宁为代表的认知方法优于修辞方法,前者应取代后者。其实,认知派理论也存在一定问题。一方面,他们将文本的不可靠叙述归结于文本接受而非文本现象,而另一方面,又试图通过列举出能标示出不可靠性的文本符号来证明叙述者的不可靠。他们对于文本符号的列举旨在证明相对于历史文化语境中的读者(与布斯的"假想的读者"相对),叙述者看上去是不可靠的。然而,问题在于,如果将对不可靠性功能的探测视为个体读者回应的特征,那么稳定的文本符号又如何能存在,从而标示不可靠现象?尽管认知派理论仍有不少值得商榷之处,然而,认知方法的确可以清晰地展示出不同读者的不同阐释框架,说明同一文本为何会出现多种不同甚至截然相对的阐释。这恰好是修辞派没有予以关注的。由于过分倚重读者的阐释框架,叙述的可靠性问题就会由于不同读者的不同阐释框架而摇摆不定,从而陷入相对主义。此外,如果一味肯定读者规范的权威性,就很有可能会歪曲甚至完全背离作者或作品的价值规范。值得注意的是,他们在理论阐述中有时将不可靠叙述与文学的虚构性相混同,这样实际上就取消了不可靠叙述讨论的价值。

近来不少学者试图调和这两种研究方法,甚至有学者提出应该将二者结合,采用"认知—修辞"的综合性方法。格雷塔·奥尔森(Greta Olson)在《重新审视不可靠性:错误的和不可信的叙述者》一文中,提出安斯加·纽宁与布斯的模式具有相当的一致性,因而将二者进行综合有着合理的理论立足点。这种一致性表现为二者的模式都包含同样的三重结

---

① Per Krogh Hansen,"Reconsidering the Unreliable Narrator",*Semiotica*,165(2007),p. 228.
② 塔玛·雅克比:《作者的修辞、叙述者的(不)可靠性,相异的解读:托尔斯泰的〈克莱采奏鸣曲〉》,马海良译,载 James Phelan, Peter J. Rabinowitz 主编:《当代叙事理论指南》,申丹、马海良、宁一中等译,北京:北京大学出版社,2007年,第109页。

构:(1)能识别不一致的读者;(2)人格化的叙述者的感知和表达;(3)隐含作者(或文本符号)。① 奥尔森的这种理解显然是有偏误的:第一,两个模式中读者的内涵不同,布斯的读者是"假定的读者",接近于"隐含的读者",与隐含作者相对;安斯加·纽宁的读者则指现实读者,即"有血有肉的读者"。第二,对于不可靠叙述的衡量标准的认识迥异,布斯衡量不可靠叙述的标准是"隐含作者"的规范,即隐含作者通过文本传达出来的伦理、信念、情感、艺术等各方面的标准;而安斯加·纽宁的"隐含作者"只是由读者建构,读者的阐释框架才是判定叙述可靠与否的标准。奥尔森试图将二者综合起来的努力显然没有获得预期的效果,但他所提出的将"不可靠的"概念区分为"错误的"与"不可信的"倒是颇能给人以启示。兰瑟很早就提出,应该区分不可靠叙述者(unreliable narrator)与不可信叙述者(untrustworthy narrator)。他认为,对于前者,读者有理由怀疑其讲故事的方式,而后者的评论与通常所想的健全判断不一致。②这种研究思路被费伦很好地整合进了他就叙述不可靠性提出的"三轴线说"。2006年11月,南丹麦大学举办了题为"叙事、认知和语言"的国际学术会议,佩尔·克洛格·汉森(Per Krogh Hansen)提交的《不可靠叙述:在作者意图和认知策略之间》一文是综合研究法的另一次努力。汉森认为在虚构作品中不可靠叙述的研究不能不考虑读者的认知能力,如果过分倚重以隐含作者为主的参考框架,那么不可靠叙述现象所具有的意义将大为削弱。同时,他又提出作者意图也是无法完全忽略的。他试图以认知路径为基础,强调应结合修辞派中某些研究思路进行研究。然而,在具体论述中,他基本还是处于认知派的理论框架中。作为认知派理论的代表,安斯加·纽宁"主要是为了在解释读者和批评家如何直觉地将叙述者划入不可靠叙述之列的复杂问题上引发重新思考和进一步论争",也尝试着提出"把认知方法与修辞方法综合起来"。③他首先对修辞方法和认知方法的

---

① Greta Olson, "Reconsidering Unreliability: Fallible and Untrustworthy Narrators", *Narrative*, 11.1(2003), p.93.

② S. S. Lanser, *The Narrative Act: Point of View in Prose Fiction*, Princeton, New Jersey: Princeton University Press, 1981, pp.170—171.

③ 安斯加·F.纽宁:《重构"不可靠叙述"概念:认知方法与修辞方法的综合》,马海良译,载James Phelan, Peter J. Rabinowitz主编:《当代叙事理论指南》,申丹、马海良、宁一中等译,北京:北京大学出版社,2007年,第100页。

片面性分别加以了批评:修辞方法聚焦于叙述者和隐含作者之间的关系,无法解释不可靠叙述在读者身上产生的"语用效果";另一方面,认知方法仅仅考虑读者的阐释框架,忽略了作者的作用。在他看来,这种"综合"方法所关心的问题是:有何文本和语境因素向读者暗示叙述者可能不可靠?隐含作者如何在叙述者的话语和文本里留下线索,从而引导读者辨认出不可靠叙述者?这实际上又回到了修辞学路径上。

有学者指出,修辞派和认知派"涉及两种难以调和的阅读位置,对'不可靠叙述'的界定互为冲突","由于两者相互之间的排他性,不仅认知(建构)方法难以取代修辞方法,而且任何综合两者的努力也注定徒劳无力"。[①] "认知—修辞"的综合性方法是否可行尚待探讨,然而,对二者进行综合的思路是值得借鉴的。费伦和纽宁这两位"掌门人"在不断的交流对话中,相互吸取对方理论所长,并纳入自己的研究框架中,这一点从他们最近的研究成果可以看出来。费伦和玛汀在对《人约黄昏后》的文本解读中,充分展现出修辞派对于现实读者阅读的关注。他们提出"伦理取位"的方法,"该术语既指叙事技巧和结构决定读者对于叙事所处位置的方式,也指个体读者将不可避免地从某一特定位置进行阅读。由此,我们指出,文本通过向作者的读者发送信息,收到预期的某种具体的伦理回应,而读者个体的伦理回应则有赖于那些预期目标与读者自身的特定价值以及信念之间的互动关系"[②]。在对依施古罗的叙事高潮的分析中,费伦和玛汀并不追求意见的一致,而是呈现出他们各自的伦理回应。安斯加·纽宁也在试图调和自己的激进立场,更多显示出对修辞路径的认同,在2005年发表于《叙事理论指南》的一篇文章中,安斯加·纽宁在对修辞方法和认知方法进行审视之后提出了综合性的"认知—修辞方法"。颇值得玩味的是,他对于综合方法的阐述基本遵循了修辞派的研究路径。薇拉·纽宁也表达了对曾经激进的读者立场的反思:"当读者评价与通行的世界观相矛盾的叙述者时,文本的总体结构似乎也产生极为重要的作用。当我们感到叙述者的感知与文本的价值观一致时,我们认为叙述者是可靠的。他或她关于世界的阐释是可信的,即便这种阐释与读者的世界观

[①] 申丹:《何为"不可靠叙述"?》,《外国文学评论》2006年第4期,第133页。
[②] David Herman, *Narratologies: New Perspectives on Narrative Analysis*, Columbus: Ohio State University Press, 1999, p.88.

和价值观不一致。"①

那么,二者能否综合?如果可以,在何种基础上综合?布鲁诺·泽维克(Bruno Zerweck)做出了可贵的探索。2001年,他发表了题为《不可靠叙述的历史演变:虚构叙事中的不可靠性和文化话语》一文,颇具创造性地提出了不可靠叙述研究的第二次转向——历史文化转向。"文学是文化整体不可分割的一部分,不能脱离文化的完整语境去研究文学。不可把文学同其他文化割裂开来,也不可把文学直接地(越过文化)与社会、经济等其他因素联系起来。这些因素作用于文化的整体,而且只有通过文化并与文化一起再作用于文学。文学过程是文化过程不可割裂的一部分。"②泽维克首先肯定了以安斯加·纽宁为代表的认知转向对于不可靠叙述理论的创造性发展:"这样一种认知转向代表了不可靠叙述理论的首次范式转换。认知派研究对叙述不可靠性整个概念进行了根本性再思考。叙述不可靠性问题的研究不再依赖于隐含作者和以文本为中心进行分析的机制,它可以在框架理论和读者认知策略的语境下被再定义。"③他接着也对其不足进行了评析,提出了历史文化转向的问题,"叙述不可靠性的文化依存感,对于理解不可靠叙述的不同方式和功能非常重要","叙述不可靠性的阐述很大程度上有赖于,诸如价值、规范、真实世界的模式、文学能力和惯例等情境性历史因素的混合,甚至有赖于何为文学的文化阐释。我们不能将这些因素与他们的历史背景分离出来,恰如《威克菲尔德牧师》中所展示的,他们决定着叙事的归化"。④

社会历史文化意识派突出强调了社会历史文化因素对于叙述可靠与否的影响。引入社会历史文化这一维度去观照不可靠叙述无疑有着十分重要的意义。一方面,考察文本产生以及阅读语境的社会历史文化因素,有助于读者尽可能准确地建立文本中隐含作者的价值规范。我们不能直接将现实中的作者和文本中的作者等同起来,但是,现实作者的价值规范

---

① Vera Nünning, "Unreliable Narration and the Historical Variability of Values and Norm: the Vicar of Wakefield as a Test Case of a Cultural-Historical Narratology", *Style*, 38.2(2004), p.247.

② 巴赫金:《文本 对话与人文》,白春仁、晓河、周启超等译,石家庄:河北教育出版社,1998年,第403页。

③ Bruno Zerweck, "Historicizing Unreliable Narration: Unreliability and Cultural Discourse in Narrative Fiction", *Style*, 35.1(2001), p.151.

④ Ibid., pp.151—178.

显然会有意无意地渗透进文本当中,既可能是正面的影响,也可能是负面的渗入,这些都可以通过对于文本生成时的社会历史文化因素的考察得到一个较为客观的解答。另一方面,对于社会历史文化语境的强调,既注重对于现实读者感受的重视,又避免了现实读者文本理解的个体性偏差。其实,我们对于文本的理解,所形成的共识往往大于差异,而这种共识(文本叙述可靠与否)的形成也只有进入具体的社会历史文化语境中才能得到解答。此外,修辞派和认知派都过于执着对单个文本可靠与否的解读,尽管他们能在细腻的分析中各出新见,却不能从宏观的角度看待不可靠叙述研究中存在的一系列问题,比如不可靠叙述与文学传统的关系、不可靠叙述现象的历史流变等。即便是对于单个文本,这种就具体文本可靠与否的探讨只是一种共时性研究,无法以历时的眼光动态把握文本叙述可靠性的演变。比如,为什么《螺丝在拧紧》中的女家庭教师井始被认为是可靠的叙述者,而现在几乎都将其视为不可靠叙述者?文本意义实际上是面向效果历史开放,因此,对于在文本接受中每一阶段社会历史文化语境的考察,可以见出文本叙述可靠性转变的因由。历史文化意识派试图构建一种充满动态感、历史感的不可靠叙述观,但也只是一些理论设想,并未呈现出清晰的可操作性的理论架构。

修辞派与认知派的共同趋向是对历史文化动态发展的关注。薇拉·纽宁强调:"价值观规范的历史变迁对不可靠叙述的判定有着突出影响。"①价值规范的历史变化成为影响不可靠叙述评判的重要因素,这是毋庸置疑的。只有将作品创作时期的意义和价值构成中的历史变化考虑进来,不可靠叙述研究才更有意义和更为有效。

第二节 国内的不可靠叙述研究:引进、拓展与深化

随着叙事学研究不断走向深入,不可靠叙述也日渐引起国内学界的重视。经典叙事学对以人称为主的各种叙述类型考察细致,由于尽量回

---

① Vera Nünning, "Unreliable Narration and the Historical Variability of Values and Norm: the Vicar of Wakefield as a Test Case of a Culutural-Historical Narratology", *Style*, 38.2(2004), p.238.

避价值观问题,更兼较少关注读者、文化语境等文本外因素,因而总体而言,不可靠叙述未受到学界重视。"由于政治文化氛围的不同和文学评论发展道路的相异,国内的叙事学研究相对于西方学界呈现出反走向,经典叙事学研究经久不衰,后经典叙事学研究却迟迟未得到足够的重视。有关译著和论著往往局限于20世纪80年代中以前的西方经典叙事学,在很大程度上忽略了90年代以来西方的后经典叙事学。"① 20世纪90年代,国内更多关注话语、故事、叙述者等经典叙事学的研究范畴,这一时期甚至没有出版国外叙事学研究的最新译著。

赵毅衡较早关注到不可靠叙述,在其专著《苦恼的叙述者——中国小说的叙述形式与中国文化》《当说者被说的时候:比较叙述学导论》和《广义叙述学》中都设置了专章进行讨论。赵毅衡总体上认同布斯的不可靠叙述观:"叙述的可靠性主要衡量标志,是叙述者与隐指作者的距离,也就是叙述者的价值观与隐指作者所体现的全文价值观之间的差距。"②但他也在细致的考察中修正了布斯的某些观念,主要表现为:第一,他提出:"像布斯这样把叙述的不可靠性完全归因于叙述者兼人物的性格上的缺点是不合适的。"③在此,他颇具眼光地指出了布斯将不可靠叙述归咎于不可靠叙述者的局限性。第二,他所提出的"不可靠叙述产生于主体各组成部分之间的特殊关系"也很有见地:"只有当我们试图把一个文本的主体各成分总结成一个合一的主体意识时,这种冲突才会发生。这时我们会发现有的叙述者是'可靠的',有的则'不可靠'。"④第三,他指出:"叙述者表明的意义导向完全不能作为释义依据,叙述文本字面义与确切义(隐指作者体现的意义)明显相反。这样就出现了文本诱导而生的不可靠叙述,即反讽叙述。此类叙述以炫耀不可靠取得某些意义效果。此种明指的不可靠性并不依赖于读者对叙述文本价值判断的总结,不随释读而转移,这是一种'内在的'不可靠叙述。"⑤尽管他在此的提法还不甚确切,但

---

① 申丹:《叙事学研究在中国与西方》,《外国文学研究》2005年第4期,第113页。
② 赵毅衡:《当说者被说的时候:比较叙述学导论》,北京:中国人民大学出版社,1998年,第54页。
③ 同上。
④ 赵毅衡:《苦恼的叙述者——中国小说的叙述形式与中国文化》,北京:北京十月文艺出版社,1994年,第68页。
⑤ 同上书,第69—70页。

毕竟对读者阐释在不可靠叙述理论中的积极作用给予了某种肯定。赵毅衡在修辞研究的总体框架下与布斯进行对话，推进了不可靠叙述理论走向深入。

徐岱也较早意识到叙述的不可靠性问题，他指出："在所有各种划分中，区别'可靠叙述者'与'不可靠叙述者'显得比其他的划分更为重要……能否有效地介入到文本之中去对作品做出完整的把握与理解，在很大程度上取决于接受主体能否准确地判别故事中的这位叙述者同其背后的叙事主体的关系……，也即确定他究竟是不是'可靠叙述者'。"① 显然，他的方法更接近认知派研究模式。胡亚敏也是在阅读理论的整体框架下看待不可靠叙述。"有些作品的叙述者却并非完全可靠，他们或言辞偏颇，或口是心非，若读者信以为真，就会受骗上当。这类叙述者属于不可靠的叙述者，在阅读中尤其要注意分辨。"② 理论的不断深入总是呈现在具体的文本分析中。在一系列将不可靠叙述理论运用于文本分析的文章中，有一部分仅仅是套用经典、后经典的理论模式，使作品成为理论的注解。当然也有相当一些文本分析在具体的理论运用中，让文本呈现出前人未发现的艺术价值。刘俐俐的《多重不可靠叙述的艺术魅力——〈竹林中〉的文本分析》一文就颇见功力。作者在具体分析中渗透了不可靠叙述在经典与后经典中不同内涵的比较，最终跳出文本，进入语境式的研究，从而很好地展现出《竹林中》的艺术价值形成机制。③

2002年，北京大学出版社翻译出版了"新叙事理论译丛"，这是国外后经典叙事理论成果的首次集中呈现。关注文本的历史文化语境、具有开阔视野的后经典叙事学，迅速引起了国内学界关注。2004年12月9日，"全国首届叙事学学术研讨会"在福建漳州召开，与会代表们就经典叙事学与后经典叙事学之间的关系，以及如何推进后经典叙事学在国内的发展等问题展开了热烈探讨。随着国内叙事学研究从经典向后经典转化这一整体语境的变化，由于既关涉文本表征，也涉及文本的交流特性，不可靠叙述成为一个极富生命力的概念，成为国内叙事学研究的一个中心论题。对于不可靠叙述国外最新研究成果的译介也日趋增多。

---

① 徐岱：《小说叙事学》，北京：中国社会科学出版社，1992年，第109页。
② 胡亚敏：《叙事学》，武汉：华中师范大学出版社，2004年，第213—214页。
③ 刘俐俐：《外国经典短篇小说文本分析》，北京：北京大学出版社，2004年，第108—116页。

2013年,赵毅衡的《广义叙述学》出版,作为符号学丛书之一种,它在符号学背景下探讨不可靠叙述,提出纪实性叙述的可靠性问题、全局不可靠以及局部不可靠的问题。他认为,叙述可靠性是读者读出文本意义过程的关键一步。为此,他引入"解释社群"理论来讨论读者问题,"解释社群理论"之所以比较合理,是因为它摆脱了作者意向,也摆脱了"文本意义"的绝对地位,更摆脱了完全依靠个人解释的无政府主义式的相对主义。① 赵毅衡认为,在纪实性叙述中,例如在一个无能或无德的新闻记者写的报道中,叙述者或隐含作者两者,至多会体现出"缺乏观察力",但也不可能不可靠。在他看来,尽管无能的作者会导致作品不可信,无德的作者写出的文本不可取,但隐含作者和叙述者都不可能发生冲突,叙述是可靠的,因为叙述的意义价值与意图是一致的。全局不可靠则是整个符号文本不可靠,再现文本往往是违反读者理解的根本原则。全局性不可靠,无法用文本各部分对比来判断,而必须靠接受者的认知决定其不可靠性。认知的标准,是文化训练给"解释社群"的一套价值规约,由此可以把全局性不可靠分成几种:叙述者非常人;各部分互相冲突,似乎都不可靠,却找不到纠正点;文本中最后出现不可靠,但是纠正无力。局部不可靠性指的是在文本整体的可靠性中个别词语、个别段落、文本的个别地方与隐含作者价值观不一致,具体表现为以下三方面:一是评论不可靠;二是文本各部分意义价值互相冲突,但只要某个部分可靠,就能成为纠正点;三是局部不可靠,是最后得到强力纠正的不可靠。②

在各类报纸杂志上也出现了一批关于不可靠叙述研究的文章,大都是在布斯修辞模式之下进行探讨,当然,也有部分学者对不可靠叙述进行了深入的研究。早在1988年,申丹就提出了人物—叙述的不可靠性问题。③ 随着后经典叙事理论的引入,国内对不可靠叙述的理论探讨基本与国外同步。西方叙事学家们最为关注的"修辞派"与"认知派"研究方法是否可以综合,不可靠叙述理论应朝着何种方向推进等问题,也引起了国内学者的关注和讨论。陈俊松在《再论"不可靠叙述"》一文中指出,摒除强调作者的修辞学派和强调读者的认知学派的片面性,对这两种研究路径

---

① 赵毅衡:《广义叙述学》,成都:四川大学出版社,2013年,第231页。
② 详见赵毅衡:《广义叙述学》,成都:四川大学出版社,2013年,第235—241页。
③ Dan Shen, "Unreliability and Characterization", *Style*, 23(1988), pp. 300—311.

进行综合是不可靠叙述理论发展的方向,他尤其认可费伦的做法:"费伦后来提出的'不可靠叙述'中'叙述者''隐含作者/文本'和'读者'三方组成结构模式比较接近修辞派和认知派的综合,不失为今后继续努力的一个方向。"①关于这两种研究方法是否能综合,申丹的观点代表了另一种声音。2006年,申丹在《外国文学评论》第4期发表的《何为"不可靠叙述"?》一文中系统阐述了不可靠叙述这一概念的内涵,以及西方在这一问题上的"修辞方法"和"认知(建构)方法"之争。她认为二者"涉及两种难以调和的阅读位置,对'不可靠叙述'的界定互为冲突";"由于两者相互之间的排他性,不仅认知(建构)方法难以取代修辞方法,而且任何综合两者的努力也注定徒劳无功"。申丹是从二者理论出发点的不可调和,否定了综合两派理论的可能,但她仍然肯定了这两种研究方法在某一具体的文学文本分析中共存所具有的批评价值:"在分析作品时,若能同时采用这两种方法,就能对不可靠叙述这一作者创造的叙事策略和其产生的各种语用效果达到较为全面的了解。"②申丹的这篇文章通过厘清"不可靠叙述"的各种内涵和实际价值,为更好地把握与运用这一概念提供了理论参照。尚必武的《对修辞方法的挑战与整合——"不可靠叙述"研究的认知方法述评》一文也认为两种方法难以整合:"综合的结果使得一种方法压倒了另一种方法,最终导致整合的努力归于失败。"但该文也提出两种方法之间具有互补性——"可以进一步从文本内外两个方面更好地把握和理解不可靠叙述"③。

谭君强也就不可靠叙述理论发表了多篇文章。他指出:"不能将这一基于二元对立基础上的区分简单化与绝对化","在可靠与不可靠叙述者两级之间,存在着一条变化的轴线,存在着两者之间动态变化的关系"。④诚然,可靠叙述与不可靠叙述这一对建立在二元对立基础上的概念,被赋予了明晰的特点,有利于人们从相互对立的不同层面对叙述者加以思考,而且在对作品叙述者进行总体把握时,也可使读者对作品所显现出来的涉及价值、道德判断、伦理、习俗、事实等方面做出较为合理的评价。然

---

① 陈俊松:《再论"不可靠叙述"》,《天津外国语学院学报》2010年第1期,第59—60页。
② 申丹:《何为"不可靠叙述"?》,《外国文学评论》2006年第4期,第141页。
③ 尚必武:《对修辞方法的挑战与整合——"不可靠叙述"研究的认知方法述评》,《国外文学》2010年第1期,第18页。
④ 谭君强:《论叙事作品中叙述者的可靠与不可靠性》,《思想战线》2005年第6期,第97页。

而,以往人们往往过多强调二者的对立和不可调和性,谭君强则跳出了仅仅关注可靠性与不可靠性的二元对立思维模式,强调不可靠叙述探讨中的动态因素,富有启发性。在此基础上,他还提出了可靠与不可靠之间的可逆性的命题①,认为应关注现实读者的伦理诉求,这些看法都极具后经典色彩。

谭光辉从中国古代的言意关系出发,考察不可靠叙述研究,认为不可靠叙述的主要问题是对隐含作者和叙述者的双重人格化理解偏误。叙述者是叙述框架的叙述功能面的比喻,隐含作者是该框架的人格功能面的比喻,不可靠叙述的根源是叙述框架的叙述功能与人格功能之间的差异,该差异由作者、读者、文本程式等共同赋予。"言"与"意"的关系严格地按文化程式的规约展开,是非文学性叙述;"意"总是试图突破"言"的文化程式束缚,从而使"言"显得不可靠,就是文学叙述永远的追求。在这个意义上,一切文学化的叙述都是不可靠叙述。② 文一茗从叙述主体与接受主体的构建方式来审视叙述学中对不可靠叙述的理解。认为不可靠性作为一种叙述策略,其本身意义的呈现,以及对不可靠叙述的判断和全面理解,都离不开受述者的介入及其针对叙述主体所展开的种种形式的对话;而这种对话实质是受述者的阐释策略,它在信息两端双方的互动过程中呈现出来。作为信息重构者的阐释主体和信息发出者的叙述主体,这二者之间的互动,使"不可靠"本身显得有意义。③陈志华在其专著《不可靠叙述研究》中,从内涵分析、类型研究、形成机制、艺术效果和伦理效果等方面,对不可靠叙述展开系统性研究,提出了"五维度叙事伦理分析法"这一契合于不可靠叙述文本的批评方法,将不可靠叙述研究推向深入。

20世纪以来,中外文学作品中出现大量的不可靠叙述。经过半个多世纪的理论阐释和论争,不可靠叙述理论得到了长足发展。纵观不可靠叙述现象生成的社会历史文化背景和不可靠叙述理论的发展,我们发现,不可靠叙述已经具有了作为文学观念的独立品格。既有的研究已经关注到了不可靠叙述与整个文学活动之间的关系,尤其是与读者阅读的关系。

---

① 谭君强:《叙述者可靠与不可靠性的可逆性:以鲁迅小说〈伤逝〉为例》,《名作欣赏》2006年第15期,第27页。

② 谭光辉:《从言意关系看什么是不可靠叙述——论叙述框架的叙述功能与人格功能的关系》,《福建论坛(人文社会科学版)》2015年第10期,第104页。

③ 文一茗:《不可靠叙述的符号研究》,《符号与传媒》2011年第4期,第62页。

安斯加·纽宁就说道:"与其说不可靠叙述是叙述者的一种性格特征,还不如说它是读者的一种阐释策略";"判定一个叙述者可靠与否,最为关键的是关注作品自身所呈现出来的作家设定的结构与规范,以及读者的知识背景、心理状况及其所秉持的价值规范"。①

　　不可靠叙述的生成不仅仅具有叙事技巧革新的意义,对于传统的文学观念也构成了挑战。叙事策略只是从作家创作和文本分析的角度展开探讨,文学观念则涵盖了叙事策略,它既作用于作者、文本及文本所生成和接受的世界,也作用于不同历史文化语境下的读者。不可靠叙述经常是作者有意为之,成为一种重要的创作观念,进而渗透在文本当中,通过各种叙事策略呈现出来。大量不可靠叙述文本蜂拥而出,白痴叙述、天真叙述、含混叙述等叙述形式共同构筑了中外文学的不可靠叙述景观。

---

　　① Ansgar Nünning, "Deconstructing and Reconceptualizing the 'Implied Author': The Resurrection of an Anthropomorphized Passepartout or the Obituary of a Critical Phantom?", *Anglistik*, Organ des Verbandes Deutscher Anglisten, 8 (1997), p. 115.

第九章
叙述结构

汉语里的"结构"一词的出现,在中国古代最早见于汉代王延寿《鲁灵光殿赋》:"于是详察其栋宇,观其结构。"灵光殿的建筑结构总体上是"三间四表,八维九隅。万楹丛倚,磊砢相扶"。东晋葛洪《抱朴子·勖学》中也用到"结构"一词:"文梓干云而不可名台榭者,未加班输之结构也。"这里的结构一词也是指建筑的构架。与汉语的结构相对应的词,在英文里写作 structure。"据美国专家考斯调查,结构概念自古有之。拉丁文里,这个词原先写作 structum,意思是指经过聚拢和整理,构成某种有组织的稳定统一体。"① structum 是拉丁文"struere"的过去分词。在文学艺术中,结构是指艺术作品中各部分之间的关系模式。叙事学的研究离不开"结构"这一关键词,对于叙述结构的讨论自经典叙事学到后经典叙事学从未中断。在叙事学兴起前,中外的文艺理论家都有对结构的某种形态的表述,尽管他们未曾明确用"结构"一词,因为我们认识或分析一部叙事作品几乎都绕不开作品"结构",透过结构可以对作品的内部构造做一番分析。对于叙事学的关键词"结构",本章将从四个层面进行一个全方位的把握。一是在结构主义浪潮中去理解"结构",这是理论层面的把握,在一种理论的全球化视野中理解"结构"相关理论的世界之旅。二是回顾结构主义在中国的接受历程,简要回顾中国学者是如何参与到结构主义思潮之中的。三是探讨中国传统叙述结构——从"缀事"到"章回"。这是从

---

① 赵一凡、张中载、李德恩主编:《西方文论关键词》(第一卷),北京:外语教学与研究出版社,2017年,第252页。

中国叙事传统出发,重心放在中国传统文学、文化中的"结构",将中国人把握事件、理解世界的结构方式进行一次宏观的梳理。四是简要梳理西方传统叙事的主要结构形态——从"线性结构"到"心理结构"。通过这三个层面的"结构"梳理,我们可以比较直观地理解中西叙事传统比较视域下的"结构"这一关键词。

第一节 在结构主义浪潮中理解"结构"

理解结构还需要回到20世纪席卷人文学科的结构主义大潮中去。在20世纪中期,几乎所有的人文社会科学都在谈论结构。"结构"一词被赋予了异常丰富的内涵。结构主义在20世纪中期是如此辉煌,它是一场国际性的思想盛宴,也是一次多学科的思想共谋。从欧洲到北美洲,从亚洲到非洲,包括瑞士、俄国、捷克斯洛伐克、法国、德国、美国、英国、埃及等国家的学者都参与了这场思想盛宴,中国学者也在80年代开始提供自己的思想贡献。结构主义这一学术思潮走的是一条国际路线。同时,结构主义走的还是一条跨学科的路线。语言学、人类学、文学、哲学、心理学在这场跨学科的思想盛宴中不断贡献新的思想,甚至经济学、社会学、历史学等都深受影响。

当我们回顾这场思想盛宴时,结构主义被视为一场革故鼎新的学术运动,对于所有的人文学科,它都是一笔重要的精神财富。弗朗索瓦·多斯在其《结构主义史》的中文版前言中引用三位著名思想家的话对结构主义进行总结:"米歇尔·福柯认为结构主义不是一种新方法,而是被唤醒的杂乱无章的现代思想意识;雅克·德里达把结构主义界定为观点的探险;罗兰·巴特把结构主义视为从符号意识向范式意识的转换。"[①]。结构主义能够有如此广泛而又深远的影响,是因为它不仅仅提供了各式理论工具,还革新了人文学科的理论思维方式。经历这场思想的洗礼,人文学科的"科学性"大大增强,几乎所有人文学科都实现了从传统向现代的升级,结构主义打破了许多传统的学科疆界。人文社会科学的诸多学科

[①] 弗朗索瓦·多斯:《结构主义史》,季广茂译,北京:金城出版社,2012年,"中文版前言"第2页。

在学术话语体系、理论思维方式等方面都被赋予了科学特性。

要厘清世界性的"结构主义"之旅，还得从索绪尔说起。索绪尔是瑞士的语言学家，他在日内瓦大学讲授语言学。他的《普通语言学教程》是日内瓦的两位教授夏尔-巴利和阿尔贝·赛谢哈耶根据他1907年至1911年间的授课记录搜集、分析和整理而成，于1915年出版。索绪尔在他的讲义中对语言的能指—所指、共识性与历时性做了明确的区分，这种区分所用的方法正是后来被其他学科广泛使用的结构分析方法。这部著作后来被视为"结构主义的红宝书"。但该著产生国际影响是在1928年于海牙召开的第一次国际语言学大会上。在这次大会上，夏尔-巴利和阿尔贝·赛谢哈耶在会上传播索绪尔的分析方法。与会的雅各布森、卡尔塞夫斯基、特鲁别茨科伊等人深受启发。在这次会议上，雅各布森首次用了"结构主义"一词。在这期间，不得不提到被视为结构主义先声的俄国形式主义和捷克布拉格学派。1915年，在雅各布森的召集下，莫斯科语言小组成立了，他们积极推动诗歌语言学的发展。1917年，雅各布森参与缔造了圣彼得堡诗歌语言研究协会，包括埃亨鲍姆、波利瓦诺夫、雅克宾斯基、什克洛夫斯基都参与到诗歌形式的研究中，诗歌形式主义取得斐然成绩。从俄国形式主义到布拉格学派，雅各布森是一个关键人物。他对于结构人类学的发展也影响甚大。列维-斯特劳斯的结构人类学深受雅各布森的启发。列维-斯特劳斯1939年来到纽约，在那里他与雅各布森有着友好合作。1948年，他以《血族关系的基本结构》及补充性论文《南比夸拉印第安人的社会生活与家庭生活》完成索邦大学的博士论文答辩，并获博士学位。《血族关系的基本结构》于1949年出版。列维-斯特劳斯借助结构语言学的模型，突破传统从道德禁令、种族中心论考察乱伦禁忌。他把血族关系视为一个任意的再现系统，他的研究改变了过去对乱伦禁忌的自然生物属性考察，将乱伦禁忌转变为文化关系的参照物，在文化秩序和社会关联中重新审视乱伦禁忌。列维-斯特劳斯在《结构人类学》一书中对俄狄浦斯神话的分析给了文学的结构研究无穷的启发意义。他把神话分解成非线性系列，就像管弦乐谱一样重新编号排列，发现了神话结构的要素组合关系。这对于文学结构主义有着重要的启发意义。

要使结构主义方法渗入古典人文学科的核心，绝非易事，尽管俄国形式主义已经对文学的内部构造进行了先期探讨：托马舍夫对"主题"和"情节分布"的讨论、什克洛夫斯基对"材料—情节"的讨论、普罗普对故事功能分类的讨论。他们在文学内在结构规律和内在叙述机制上做出了回答：在托马舍夫看来，作品是主题和情节的综合；在什克洛夫斯基看来，作品是材料和情节的综合；在普罗普看来，作品是由众多的角色功能体组成的。在结构语言学和结构人类学取得突破之际，文学的结构主义依然保持着传统的稳定。20世纪60年代前，在文学领域中，即使偶尔提及逻辑或科学，都是不合时宜的。"作为高中和大学课程中的一个特权学科，文学是被作为文学史来讲授的。文学系统过度稳定，使得它在1955年……之前，不可能真正革新自己的思维方式。"①

真正为文学结构主义大张旗鼓宣传的是罗兰·巴特、托多罗夫、格雷马斯和布雷蒙等人的研究。罗兰·巴特在其《零度写作》（1953）中希望有一种写作能够"摆脱一切限制"，他的"零度写作""为确认独立于语言和语体的形式现实的存在"②，零度写作避开现实，摆脱历史情境中的语言结构，与工具性、装饰性的写作相对，朝向语言和写作本身。他对文本结构的思考体现在他发表于1966年的《叙事作品结构分析导论》，他借助语言学的构造进行叙述结构的理论创建。他将叙事作品切分成无数的信息碎片，把叙事信息按照功能分类划分为核心与催化事件，将叙事作品分为行为层、叙述层，叙事作品的整个系统被罗兰·巴特一步步重新组合，从而成为叙述结构。他在区分功能和迹象的基础上把功能分为催化功能和核心功能。他认为每个叙述单位的重要性不是均等的，有的单位是叙事作品的真正铰链，可以称为核心功能；有的是用来填实铰链功能之间的叙述空隙，称为催化功能。催化不变的功能是交际性功能，这一交际性功能使叙述者与叙述接受者之间保持接触。功能是罗兰·巴特进行叙事作品结构分析三个描述层次中的最基本的层次。他的《神话》（1957）就曾经使用功能进行现代神话的话语分析。他在此沿用功能是为了明确叙事作品分析的最基本的单位，以此来确定叙述作品最小的叙述单位。他在自由式摔跤、拳击、摄影、表演、电影人物等"现代神话"中提取出具有功能特性的符号信息，以此方式分析文化意指现象，因此就用功能来称呼叙事作品里具有意义的最小的单位。在这里我们可以看出罗兰·巴特的功能概念与普罗普在《故事形态学》中提出的"功能"存在很大的不同，普罗普的功能

---

① 弗朗索瓦·多斯：《结构主义史》，季广茂译，北京：金城出版社，2012年，第79页。
② 同上书，第91页。

概念是属于客观形态描述系列上的,而罗兰·巴特则是用功能概念来做逻辑价值判断的奠基石。

托多罗夫1963年来到法国索邦大学,很幸运地认识了热拉尔·热奈特。对叙述结构的研究,热奈特比托多罗夫早一些。热奈特从语言结构的分析中吸取灵感,认为叙事作品可以看成是句子的扩充。他在《论叙事文话语》中提出:"一切叙事文,哪怕是像《追忆似水年华》那样庞大而繁复,都是连贯一个或若干个事件的语言产物。也许,我们有理由把叙事文看作是随心所欲地无限地发挥某一个动词形式,从语法意义上讲,即一个动词的扩充。"①托多罗夫继承热奈特的结构分析路径,他的《从〈十日谈〉看叙事作品语法》一文中,如同分析语言的结构规律一样,将叙事作品的语法结构归纳为两大类:第一类描述平衡或不平衡的状态,另一类描写从一种状态向另一种状态转变。格雷马斯对于叙述结构进行了系统的探讨,尽管其理论有些晦涩。他的分析思路在于,他将叙事作品看成是叙述者表达的叙述流程的组合,叙述流程由各种具有情态功能的行动元组成,也就是行动元在叙述流程中具有特定的分布。叙事作品所拥有的语法结构,需要在话语中充实作品内容。从总体来看,他把叙事作品看成是一系列叙事信息的组合,这些叙事信息包括行动元、角色、主题、形象等,这些叙事信息填充了叙述结构,构成了完整的叙事作品。

布雷蒙对叙事逻辑进行探索的时候也借用了"功能"这个概念,他把功能看作是叙事作品的基本单位,即故事原子。同时,他把功能与行动和事件联系起来。他采用"功能组合"的办法解读作品:一个功能以将要采取的行动或将要发生的事件为形式表示可能发生变化,一个功能以进行中的行动或事件为形式使这种潜在的变化可能变为现实,一个功能以取得结果为形式结束变化过程。这三种功能经过组合便形成了他对叙事可能之逻辑的分析:改善过程/没有改善过程,恶化过程/没有恶化过程。

菲利普·阿蒙在《人物的符号学模式》中提出:"人物可以被规定为某种双重分节的词素,由归结为非连续所指(人物的'意义'和'价值')的非连续能指(一定数量的标志)表现出来的游移词素;因此,它也可以被视为类比、对立、等级和安排(它的分布)的关系群。"②读者在阅读作品的过程

---

① 张寅德编选:《叙述学研究》,北京:中国社会科学出版社,1989年,第193页。
② 同上书,第315页。

中,不断地获得人物的"非连续性能指",并凭借阅读记忆不断地对于这些能指进行组合,从而获得对于人物的形象及评价。读完作品,人物的符号关系群也随之建立起来,人物形象也随之丰满。

尽管结构主义很快转向了解构主义,经典叙事学也向后经典叙事学发展,但是对于文学结构的讨论从未终止。例如,热奈特对叙述者的深入研究也涉及叙述结构分析,他在《叙事话语》中对"故事内叙述者""故事外叙述者"和"亚故事叙述者"的分类,运用了结构主义的观点和方法分析《追忆似水年华》,这种故事话语的分类实际上构成了叙事作品的内在结构关系。[①] 这也就是说叙述层实际上构成叙事的结构关系。只不过这种结构关系是由叙述者与故事的关系来判断。新叙事学在90年代的"小规模复兴",在结构的探讨方面也颇有建树。道勒齐尔和卡法勒诺斯等人探讨"功能多价""功能等同"等,其研究思路沿用了结构主义叙事学的路子。"功能等同"和"功能多价"所指的是事件与功能之间可能存在的多重关系,而非单一的对应关系,一个事件既可以有单一的意义指向,也可以有多重意义指向,也就是功能多价问题。卡法勒诺斯在其研究中强调了功能多价的内在不稳定性,把阐释行为意义的工作交给感知者。这实际上是对行动的主观感受和心理意义阐释借助功能进行研究,这正反映了叙事学进入20世纪90年代以来对经典问题、范畴、概念的重新思考。

第二节 结构主义在中国的接受

20世纪80年代,罗兰·巴特、雅克·拉康、米歇尔·福柯相继去世,西方的结构主义退潮。但结构主义的中国之旅才刚刚开始。罗兰·巴特在1971年曾经到过中国,但他此行并未让结构主义在中国生根发芽。直到改革开放之后,中国的知识分子才开始参与这场世界性的思想盛宴,接力结构主义的国际旅程。在文学领域,结构主义叙事学得到中国学者的

[①] 热拉尔·热奈特:《叙事话语 新叙事话语》,王文融译,北京:中国社会科学出版社,1990年,第175页。热奈特的《叙事话语》共五章,收录于《辞格Ⅲ》(发表于1972年)《辞格Ⅲ》近四分之三的篇幅是《叙事话语》,集中分析普鲁斯特的《追忆似水年华》。在《叙事话语》中,热奈特根据叙述者的叙述层和叙述者与故事的关系做出了四种类型划分:故事外—异故事、故事外—同故事、故事内—异故事、故事内—同故事。

积极响应。

在经历80年代介绍、吸收结构主义叙事学理论成果的基础上,中国学者逐渐在中国传统叙事研究的基础上发出文学结构的中国声音。傅修延在《讲故事的奥秘——文学叙述论》(1993)中首次提出"章法结构"。他认为章法结构是作者在谋篇布局时需要考虑的问题。我们可以从叙事时间的变化中,形成判断叙述章法的若干范畴:剪裁、疏密、节奏等;从叙述空间的变化中,形成判断叙述章法的范畴有:次序、线索、衔接等。叙述章法的整体结构是由剪裁、疏密、节奏、次序、线索、衔接六个方面协同一气而体现出来的浑然一体的内部结构。傅修延根据人物与核心事件的关系总结了几种最基本的结构形态:向心式(一个轴心,叙述围绕轴心运动)、往复式(两个或两个以上的轴心,叙述在不同轴心间往复来去,最终归为一个核心)、转移式(多轴心,叙述由甲而乙而丙而丁,不断向新的轴心移动)。在种种章法结构中,一种理想的叙述章法是"蟠蛇章法"。对于中国叙事传统中的结构,杨义在《中国叙事学》(1997)一书中对结构所包含的中国文化内涵进行了阐释。他认为,结构中蕴含着"道"与"技"的命题,中国的文学结构与中国文化关联紧密,具有"顺序""联结""对比"及"势能"等要素。这为我们深刻理解中国传统叙事作品的结构形态打开了理论视野。

21世纪以来中国学者继续推动用结构主义的方法进行文学研究,当复数的叙事学兴起之时,中国学者并没有抛弃"结构"。一方面是以申丹为代表的学者,他们系统、全面地吸收西方20世纪在结构主义、英美修辞叙事等领域的理论成果,以融合性思维将西方思想系统吸收,参与到全球化的文学话语讨论之中。申丹提出"隐性进程",其实质是在结构研究方面探讨西方现代小说的一种结构方式,这是西方文学线性结构在当代西方文学中比较常见的一种结构方式。赵毅衡在其《广义叙述学》中讨论的区隔问题,实际上是沿着热奈特的思路,从人物与叙述层的角度重新探讨叙事的结构关系。他提出"一度区隔""二度区隔"的目的不仅仅是为了解决困扰经典叙事学家们的"叙述层"问题,而且是通过"区隔框架"的类型分析讨论虚构与纪实、可靠与不可靠的问题。①

---

① 在《广义叙述学》(四川大学出版社,2013年)的第一部分第五章,赵毅衡用"区隔框架"讨论虚构与纪实如何界定;在第四部分第三章,他用"区隔框架"讨论叙述框架是如何造成不可靠叙述的。

另一方面，以傅修延为代表的中国学者将重点放在结构形式的历史研究和各种传统结构方式的总结方面。傅修延在其《中国叙事学》中对圆形结构历史进行溯源，在太阳神话的考察中解释了存在于我们叙事思维中的"以圆为贵"的叙事现象。"太阳在先民视觉上的从东到西及其在夜间想象中的从西到东，合起来形成了一个完整的圆。""圆在艺术中是完美的象征，周而复始的圆周运动，或许就是这样成了一种理想的作品结构形式。"①他从初始形态的叙事中找到了叙述结构的合理解释。对于结构的这种追踪溯源式研究思路显然不同于西方叙事学的结构研究套路，就像我们传统的故事讲述喜欢从"三皇五帝"开始讲述一样，我们的结构探讨也需要从最为初始形态的叙述结构开始。张世君继承小说评点的理论思路，对中国小说戏剧评点中提出的"一线穿""间架"结构诸多结构问题进行现代阐释，她用具有中国特色的小说理论概念，与西方的时间化叙事理论形成对话。张泽兵在《谶纬叙事研究》一书提出，在谶纬思想文化对中国古代文学叙事在形式上的影响主要是"经天纬地"的事件处理方式，"经天纬地"结构是中国传统文学中特有的结构形式，经之以人事，纬之以天事，经纬纵横成为中国古典作品的一个比较独特的事件结构方式。这种经纬结构特别有利于处于宏大的事件构架，这种理论观念在魏晋南北朝时已经被刘勰、执虞等注意到，在章回小说的叙事实践中，经纬结构的叙事优势表现得很突出。

第三节　从"缀事"到"章回"

在中国早期叙事传统的形成过程中，史传叙事无疑是最为主要的叙事形式。中国早期的叙事经验的积累、叙事规律的摸索都是在史传叙事的实践中完成的。而在史传叙事中，"缀事"成为其中最为重要的事件结构处理方式。"缀事"的"缀"从"糸"，"连之以丝也"②。缀字的本义，在于用丝或绳缝合、连缀。《礼记·内则》："衣裳绽裂，纫箴请补缀"。《战国策·秦策一》所谓的"缀甲厉兵"，都是缝合、连缀的意思。在魏晋南北朝

---

① 傅修延：《中国叙事学》，北京：北京大学出版社，2015年，第28页。
② 许慎：《说文解字注》，段玉裁注，郑州：中州古籍出版社，2006年，第738页。

时期,"缀"被借用来指称事件叙述中的连缀,"缀事"成为史传叙事中事件构造的主要结构形式。刘勰在《文心雕龙》中用"缀事"来总结史传叙事的结构特征,"观夫左氏缀事,附经间出,于文为约,而氏族难明。及史迁各传,人始区分,详而易览,述者宗焉。""然纪传为式,编年缀事,文非泛论,按实而书,岁远则同异难密,事积则起讫易疏,斯固总会之为难也。"①在这里,刘勰把这种以时间作为连接之"丝"的历史叙述结构方式称为"缀事",这是中国古代人利用自己的智慧叙述庞杂历史事件的结构智慧。刘知几也时常用缀来描述事件的叙述和摆布。他在《史通》"书志":"班固缀孙卿之词以序《刑法》,探孟轲之语用裁《食货》。"②"大始中秘书丞司马彪始讨论众说,缀其所闻。"③其意也在于将事件连缀而成,既能将历史事件讲述清楚,又能把史官之意表达出来。

其实,编年缀事并非刘勰首倡,而是经过魏晋南北朝时期的史学家的实践和理论倡导才逐步得到普遍认可。北齐人魏收所著的一部纪传体断代史书《魏书·高祐崔挺列传》中曾记载:"宜依迁固,大体令事类相从,纪传区别,表志殊贯,如此修缀,事可备尽。"(《魏书》,五十七卷)这段话是秘书令高祐与秘书丞李彪共同向北魏的皇帝提出的奏章中所说的一段话,他们推崇史学编撰应该学习司马迁和班固,继承他们开创的纪、传、表、志之目。北魏秘书丞李彪曾经在奏议中论道:"近僣晋之世,有佐郎王隐,为著作虞预所毁,亡官在家。昼则樵薪供爨,夜则观文属缀,集成《晋书》,存一代之事。"(《北史·李彪传》,四十卷)从这段话我们也可以看到,当时的《晋书》的诸多版本中,李彪比较推崇王隐版本的《晋书》。王隐版本的《晋书》九十三卷,到隋代存八十六卷,今有汤球辑本十一卷。历史事件纷繁复杂,学习司马迁、班固纪、传、表、志之目的修缀方法,既能使历史事件的叙述纲举目张,又能把事件的内在逻辑联系讲述清楚,缀事之结构方法也由此受到史学家和史学理论家的推崇。

从先秦到魏晋南北朝的叙事实践来看,从《尚书》到《春秋》,再从《左传》到《史记》,人们可以大致地理出一条历史叙事中缀事结构的发展概貌。"《尚书》一变而为左氏之《春秋》,《尚书》无成法而左氏有定例,以经

---

① 刘勰著,范文澜注:《文心雕龙注》(上),北京:人民文学出版社,1958年,第285—286页。
② 齐豫生、夏于全主编:《史通》,长春:北方妇女儿童出版社,2006年,第15页。
③ 同上书,第82页。

纬也。左氏一变而为史迁之纪传，左氏依年月而迁书分类例，以搜逸也。迁书一变而为班氏之断代，迁书通变化，而班氏守绳墨，以示包括也。"①章学诚清晰地勾画出历史叙事的演进。《春秋》在《尚书》的基础上就如何安排历史事件的叙述，又前进了一大步，即在编年比例上从容安排历史事件。《左传》继承了这一宝贵的叙事体例，"踵事增华"，使得"史有诗衣"，"左氏借其（编年体）'打捞'上不少头尾完整的'故事大鱼'，并通过这种操作发展了叙事艺术。"②这种"依时序事"的叙述结构方式在面对众多更为复杂的历史事件时所暴露出来的局限，在《史记》那里得到很好的解决，成为"史家之绝唱"。"司马迁写《史记》需要一个宏大的富有立体感和生命感的结构，去包罗从轩辕黄帝到汉武帝几千年间政治、军事、制度、文化、外交以及种种人物的历史轨迹。它创立的十二本纪、十表、八书、三十世家和七十列传的结构体系，……容纳了千姿百态的历史事件、历史人物和历史制度的变迁。"③刘勰面对历史叙事高度发达的情况，用"缀事"来概括这种对历史事件的灵活叙述。"缀事"在编年体、国别体、纪传体等众多历史叙事体例中得到广泛运用，并随着历史叙事的发展不断得到提高和丰富。唐代之前的叙事在结构上以点缀的形态摆布事件，如《易》将事件挂缀在卦辞；《春秋》将事件穿插于时间，也称"事以系日"；《诗》将事件连缀在诗句中，这与汉赋对事件的处理是一致的；《礼》将事件挂在礼仪上；《史记》将事件按人来归类叙述；汉唐的注疏经传以点缀方式将事件挂在经典之下。从总体的叙述结构看，唐代之前的叙事以缀事的办法得以完成。

与史传叙事较早走向成熟不同的是小说叙事的发展迟缓。史传叙事在魏晋南北朝时已经走向成熟，无论是叙事实践还是叙事理论，此时的史传叙事都已经相当成熟。史传叙事的类型也异常丰富，在正史之外，稗官野史、方志谱牒、诰命等类型快速发展成熟。虚构叙述此时才开始起步。古代小说在稗官野史中开始了初步的叙事经验的积累。从志怪志人小说到传奇，从话本、杂剧到章回小说、笔记小说，虚构性叙事直到明清才完全摆脱史传叙事的桎梏而走向成熟。就叙述结构而言，虚构叙事的结构从

---

① 章学诚著，叶瑛校注：《文史通义校注》（上），北京：中华书局，1985年，第49页。
② 傅修延：《先秦叙事研究：关于中国叙事传统的形成》，北京：东方出版社，1999年，第221页。
③ 杨义：《中国叙事学》（图文版），北京：人民出版社，2009年，第36页。

最初的"丛残小语",几无复杂事件的构造,发展到模仿史传的志怪小说、唐传奇。虚构性叙事受到史传叙事的强大影响,大体上都在仿照史传叙事的事件结构处理方式,基本没有超越史传的"缀事"。虚构性叙事在事件的处理上一直都未发挥"虚构"的灵活性,结构始终以史传为模本,没有探索出一条适合虚构叙事的结构特点。

从话本小说到章回小说,中国虚构叙事在结构探索上走出了一条独特的路子。在话本小说和章回小说的大量叙事实践中,古代小说艺术家们终于可以在史传叙事之外自主进行艺术实践,摆脱史传的结构形式束缚,找到一条适合自身叙事传统的结构方法。随着印刷术的发展和白话文写作水平的提高,明清时期的章回小说对复杂的虚构性事件的叙述技巧日益成熟,宏观调度复杂的虚构事件,逐渐形成章回结构。这是唐代之后虚构性叙事所发展出来的一种主要结构形态,其最大优势在于宏大叙事之下的大幅度事件处理。从章回结构形成的历史渊源和文化内涵去考察一种结构形式的历史,我们会发现,它综合吸收了中国古代文史经典中的各种结构形式。其中既有"经天纬地"的宏大叙述结构形式的借用,也有诗词歌赋对结构对称性的追求。

中国传统叙述结构理论虽然散见于诗论、小说评点、戏剧评点、历史叙事理论中,但其总的特点是用直观的思维来感悟结构,象形思维左右着中国人对结构的认识。中国传统叙事从整体出发,对叙述结构给予全局性的把握。中国传统的叙述结构的理论总结是不成体系的,它随叙事作品的变化而可能有不同的说法,特别是在"评点"盛行的时代里,同一类型的结构可能有不同的认识,结构的称谓也会存在很大的差异。用自然事物的形状结构来描述叙述作品的结构成为中国传统叙述理论的一大特色。诸如"网""山""蛇"等成为常见的类比事物,这就使得结构的特性充满生命的动感,具象事物与作品相映成趣。金圣叹的"节次""过接""章法"等概念,张竹坡在评点《金瓶梅》时提出的"细针密线""草蛇灰线,伏脉千里""千里遥对章法"等,皆属如此。

第四节 从"线性结构"到"心理结构"

在西方叙事传统形成过程中,线性结构是西方小说在古典时期的主要结构形态。从荷马史诗到古希腊悲剧,从《圣经》再到流浪汉小说,在叙述结构方面都呈现出对"线性"的偏好,这与中国古代史传叙事中对"缀事"结构的偏好不同。线性结构重视所叙述事件内在的因果逻辑联系,往往以线性时间来串联事件、人物、场景等。

根据民间流传的短歌综合编写而成的荷马史诗由两部长篇史诗——《伊利亚特》和《奥德赛》组成。《伊利亚特》叙述希腊人远征特洛伊城的故事。贯穿其中的一条叙述线索是阿喀琉斯的愤怒,他两次愤怒的前因后果构成了《伊利亚特》的一种结构性特征。阿喀琉斯因为一个女俘,愤怒退出战场,导致希腊方面连连失败;因为连连战败,导致他的好友帕特罗克洛斯穿上阿喀琉斯的盔甲冲上战场,被特洛伊统帅赫克托尔杀死;好友的死又导致阿喀琉斯再次愤怒,重返战场为好友报仇,最终杀死了赫克托尔。环环相扣,因果相陈,这些事件的整体串联成一种线性关系。《奥德赛》讲述俄底修斯的10年海上历险,贯穿整部史诗的都是他的海上冒险故事。他在与惊涛骇浪和妖魔鬼怪的搏斗中,勇敢地战胜了一次次的艰难险阻。如果根据这些事件在《奥德赛》的叙述空间中勾画出一条轨迹的话,人们可以明显感觉到一种线性的流动。

在荷马史诗之外,对西方叙事影响深远的还有古希腊戏剧。古希腊戏剧是古希腊灿烂文化的重要组成部分,产生了埃斯库罗斯、索福克勒斯、欧里庇得斯、阿里斯托芬、米南德等一大批优秀的戏剧艺术家。正如亚里士多德在《诗学》中总结的:"根据我们的定义,悲剧是对于一个完整划一,且具有一定长度的行动的模仿,因为有的事物虽然可能完整,却没有足够的长度。一个完整的事物由起始、中段和结尾组成。"① 这种结构观念在此后的文艺发展中留下了深刻的印记。对西方叙事拥有较大影响的《圣经》,其叙述结构也呈现出线性结构的特点。《圣经》的事件串联方式有点类似编年体,让事件在时间之绳中一点一点累积起来。从这些事件所构成的轨迹来看,它同样呈现出线性特征。

流浪汉小说是欧洲中世纪叙事文学的典型代表。最早的流浪汉小说是《托梅斯河上的小拉撒路》(1554,中译名为《小癞子》)。小说以第一人称叙述托梅斯河上的小拉撒路,由于家庭不幸,不得不给一个瞎子引路,从此开始了流浪生涯。为了生存,小拉撒路先后换过不少主人,历尽世态

---

① 亚里士多德:《诗学》,陈中梅译注,北京:商务印书馆,1996年,第74页。

炎凉。作者通过小癞子的生活遭遇,揭露封建社会中僧侣教士的贪婪自私、道德败坏与贵族绅士的虚伪无聊和假充阔气。小癞子经过生活的磨炼,由贫苦儿童成长为老练、狡猾的骗子。他的这种成长经历具有典型性,反映出当时社会的黑暗和罪恶。《小癞子》的叙述结构特点,在主要情节、叙述时间、叙述空间方面,都呈现出单线性的变化,属于比较典型的单线性结构,大多数流浪汉小说都采取这种线性结构。

线性结构在现代小说兴起后变得比较复杂。传统单线型在现代小说创作中依然存在,双线型则演变为复调小说的一种。有的小说还采用多线性以驾驭宏大叙事,更加复杂的线性结构也得到作家们的青睐,线性结构的花样变化,构成了西方现代线性结构的众生相。单线型对于现代小说依然不可或缺,如《鲁滨孙漂流记》就是其中的典型。1719 年出版的《鲁滨孙漂流记》叙述主人公在去非洲航海的途中遇到风暴,只身一人漂流到一个无人的荒岛上,开始了一段与世隔绝的生活。他凭借坚忍的意志与不懈的努力,在荒岛上顽强地生存下来,经过 28 年 2 个月零 19 天后得以返回故乡。从结构特征上看,单线的结构特点比较明显。主人公只身一人,所以他的生活轨迹没有复杂线索的干扰,结构也就呈现出相对线性的特点,时间和空间都相对单一,在结构特点上与流浪汉小说具有较大的相似性。

双线型的结构特点在现代小说中常常出现,其中最为典型的莫过于复调中的平行结构,如陀思妥耶夫斯基的《白痴》。陀思妥耶夫斯基曾对《白痴》的结构有一个认识,认为故事和情节应在小说里齐头并进。平行结构是陀思妥耶夫斯基在进行复调表现时的一种结构方式,实则是以双线型结构来达到多声部的目的。这里需要指出的是,这种双线型结构与申丹所关注的"隐性进程/显性进程"有异曲同工之妙。2013 年申丹在《今日诗学》(*Poetics Today*)上发表了《情节发展背后的隐性进程》,在国际上首次提出和界定了"隐性进程"这一概念。申丹在其《西方文论关键词:隐性进程》一文中指出:"隐性进程"是从头到尾与情节发展并列运行的叙事暗流,两者以各种方式互为补充或者互为颠覆。情节发展和隐性进程的并列前行表达出两种不同的主题意义、两种相异的人物形象和两种互为对照的审美价值。这两种叙事运动之间存在各种互动关系:或者在相互对照中互为补充,或者截然对立、互为颠覆。① 这种"隐性进程/显性进程"更多由事件/行动在功能意义上的双重性造成,人物的时间和空间沿着单线型进行,但是人物在时空中的言行在叙事功能上则具有双重性,从而导致了"双重事件结构模式"。

利用多线性来驾驭宏大叙事,显示出西方小说在线性结构的运用上趋于成熟,其中《战争与和平》可谓其中经典。这部史诗性作品兼顾当时社会各阶层的历史风貌,无论是国内的还是国外的,无论是上层还是下层,无论乡村还是城市,都得到全面的反映,线索众多,呈现出比较明显的多线性叙述结构特征。

现代小说的叙述水平已经极大提高,作家、编剧、导演都不满足于单线性、双线性或者多线性的结构形式,而是在挑战复杂的线性结构。博尔赫斯的《小径分岔的花园》可算是其中的代表,展示了一种时间上的无限可能性,以及看似毫不相干的人和事之间的无限可能性。该小说表面看来是一部间谍题材的作品,叙述者讲述的内容是一篇关于二战历史的证言稿,但是崔朋"小径分岔的花园"故事则打破了这个故事的套层,过去的历史与二战的历史出现交叉,同时也预示了一个指向未来的、无限可能的时间。也就是说,小说在其间谍题材的套层结构中展示了时间的无限可能。如同作者在小说中所言:"他相信时间的无限连续,相信正在扩展着、正在变化着的分散、集中、平行的时间的网。这种时间的网,它的网线互相接近,交叉,隔断,或者几个世纪各不相干,包含了一切的可能性。"② 叙事作品中的这种复杂线性结构的展示,与现代物理学、宇宙学等科学所揭示的宇宙图景具有内在相通之处。相对论、量子力学、大爆炸理论等不断刷新人们对宇宙图景的传统描述,传统的时空观念不断受到挑战。这种基于科学实验的时空观带给人们极大的冲击。现代小说的结构技巧也在不断适应这种新的世界观和宇宙观。

结构分析并不是万能的,在现代小说诸多探索中,意识流小说、心理小说、印象小说对于传统的结构观均提出了挑战。结构主义分析法对于此类作品是否行之有效,是值得怀疑的。心理描写是叙事中的常见现象,

---

① 申丹:《西方文论关键词:隐性进程》,《外国文学》2019年第1期第81—96页。
② 豪·路·博尔赫斯:《博尔赫斯全集·小说卷》,王永年、林之木等译,杭州:浙江文艺出版社,1999年,第132页。

特别是在塑造人物时,心理与环境、对话、行动等一起构成了虚构世界中的多元因素。人物心理的描写自古有之。如《美狄亚》大量描写了她的内心内容:"哎呀,我受了这些痛苦,真是不幸啊! 呀呀呀! 怎样才能结束我这生命啊?"①奥古斯丁的《忏悔录》虽然都是向主忏悔、祷告的话语,但其实都可以看作是人物内心的心理描写。《埃涅阿斯纪》叙述尤诺心怀苦闷憎恨之情时,就有一长段的心理描写:"难道我就放弃我的计划,认输了吗? 难道我就不能阻止特洛亚的王子到达意大利吗? 可不是嘛,命运不批准……"②传统的心理描写只是作为人物形象、人物言行举止的一部分,心理描写并不对整部作品的结构产生颠覆性的意义。

但是,现代小说兴起,在心理描写、心理叙述上进行了深刻的尝试,于是出现了意识流小说、心理写实小说等,詹姆士、伍尔夫等作家在这种叙事方式的探索中竭心尽力。此类的心理或者意识流的叙述,已经对传统的"结构"提出了挑战。意识流小说、心理小说的兴起,得益于20世纪以来心理学所取得的巨大成就。弗洛伊德的精神分析理论将人的心理结构分为意识、前意识和潜意识;拉康提出想象界、象征界、实在界的三界理论,"它是人类现实性的三大界域,也是组成人类所有经验的三大秩序。拉康的这个界域的三分法,并非只针对纯心理界,更是针对生存或存在界的"。

意识流小说和心理小说都在刻意消解传统的"结构"。从某种意义上说,此类叙事作品是反结构的。心理活动或者意识活动是作品的主要构成要素。这种以心理活动、情感意识作为主要叙述内容的作品,往往不再按常规的叙事逻辑展开叙述,它以"心理结构"为主导,对结构主义理论形成挑战。结构主义的各种结构分析方法在意识流小说、心理写实小说面前几乎没有用武之地。心理结构的这种反美学姿态也许并不能走多远。人类的认知终究需要一定的逻辑和理性,一味地反传统未必能促进艺术的发展,也未必能得到读者的认可。在21世纪叙事艺术朝着多媒介叙事的方向发展时,如何让叙事作品拥有完整的叙述结构依然会是一个经久不衰的话题。

---

① 埃斯库罗斯等:《古希腊戏剧选》,罗念生等译,北京:人民文学出版社,2008年,第112页。
② 维吉尔:《埃涅阿斯纪》,杨周翰译,南京:译林出版社,1999年,第2页。

第五节　被"解构"的"结构"

理解解构是为了更好地理解结构。耶鲁学派是指20世纪70年代至80年代初,在美国耶鲁大学任教并活跃在文学批评领域的几位有影响的批评家,包括保尔·德·曼(Paul de Man)、哈罗德·布鲁姆(Harold Bloom)、杰弗里·哈特曼(Gerffery Hartman)和 J.希利斯·米勒(J. Hillis Miller)。耶鲁学派以他们共同的解构批评理论对美国及西方文艺理论界产生重要影响。作为德里达解构思想在文学批评领域的运用,耶鲁学派的解构策略是多样而灵活的。他们以语言—文本的解构为起点展开对阅读理论的解构,最终也解构了文学批评自身。耶鲁学派并不是一个有组织的批评派别,内部交流也并不多。米勒在接受金惠敏的访谈时就指出:"如果说一个小组的成员必须共同认定的某一统一的学说方可称为学派的话,那么在此意义上的一个耶鲁学派压根就没有出现过。"[①]确实,在耶鲁学派内部,德·曼、米勒、哈特曼和布鲁姆各人的学术背景并不相同,理论探讨的重点也各有侧重,但他们都以解构作为基本方式来展开其理论。

1.解构的起点:语言—文本的解构

解构语言的本质特性是耶鲁学派解构理论的基础。文本由语言来构成,解构语言才有利于进一步进行其他文学层面的解构。耶鲁学派立足德里达解构逻各斯中心主义和语音中心主义的思路,对语言的本质特性做出了新的思考,把修辞当作语言—文本的本质特性。

对修辞的探索最为得力的是德·曼,他认为一切文学文本的自我解构的根源都在于修辞性,是语言的修辞造就了文本的生命。德·曼在《阅读的寓言——卢梭、尼采、里尔克和普鲁斯特的比喻语言》中把修辞看作语言的本质特性,认为修辞可以把逻辑性排除在外,使语言的指称意义趋于不确定。德·曼从尼采那里获得理论支持:"语言本身就是纯粹修辞游戏和手段的产物……语言之所以是修辞学,是因为它只打算传达一个见

[①] J.希利斯·米勒、金惠敏:《永远的修辞性阅读——关于解构主义与文化研究的访谈——对话》,《外国文学评论》2001年第1期。

解,而不打算传达一种真实……各种修辞手段不是某种可以被随心所欲地从语言中增加或减去的东西;它们是语言的最真实的性质。根本就不存在仅仅在一定的特殊情况下才能被传达的本义。"①德·曼还从尼采强调一切语言的比喻性中推定稳定的结构是不存在的,文本不断处于无休止的修辞意义之中。"在文本断言自我的微不足道,断言自我的作为纯粹修辞手段的虚无的同时,文本使否定自我的语言变成了从语言上拯救自我的中心。只有当自我被置换成否定它的文本时,自我才能作为自我而持存。自我最初是作为它的经验指称语言的中心,现在它成为作为虚构、作为自我的隐喻中心的语言。原先只不过是指称的文本,现在变成了文本的文本,修辞手段的修辞手段。"②德·曼强调修辞性的目的是为打破文本语言符号与意义的确定关系,使意义消解在变动不居的修辞之中。在他看来,修辞已经不只是一种文学手法,而是具有本体意义的地位。结构主义所主张的稳定的意义指称关系荡然无存,"当人们意识到《悲剧的诞生》的历时的、连续的结构实际上是一个假象时,叙述一致性的相对脆弱就变得更不重要了"③。在《阅读的寓言——卢梭、尼采、里尔克和普鲁斯特的比喻语言》中,德·曼通过对尼采、里尔克、普鲁斯特等人的文本阅读中,既从作者的文本叙述中进行指称意义的质疑,也从文本的修辞中寻找意义的不稳定性。

米勒对文学叙事的解构从"历史"开始。他从《匹克威克外传》《鲁滨孙漂流记》《大卫·科波菲尔》等作品中注意到虚构与历史之间的反置换现象,认为小说的虚构需要借助历史的真实进行叙述的置换,用历史叙事的口吻进行虚构叙述。"把一部小说称为历史,就此一笔,它的作者就遮蔽了'虚构'一词所带来的杜撰、凭空创作与谎言的所有含义。"④这样,米勒就将小说叙事拉回虚构的语境之中。其目的是要强调小说叙事的语言、创作的不可靠性。在结构主义叙事学者那里,小说叙事的虚构问题是被悬置的,他们只研究文本内在的意义指涉、文本内在的结构性关系。米

---

① 保尔·德·曼:《阅读的寓言——卢梭、尼采、里尔克和普鲁斯特的比喻语言》,沈勇译,天津:天津人民出版社,2008年,第112页。
② 同上书,第118页。
③ 同上书,第90页。
④ J.希利斯·米勒:《重申解构主义》,郭英剑等译,北京:中国社会科学出版社,1998年,第38页。

勒对小说在叙述上存在的"历史置换"加以强调,是为其解构理论提供语言论基础。他在《重申解构主义》中说道:

> 倘若没有"具有一定历史的根基"这个设定,一部小说似乎就会土崩瓦解,变成互不关联的碎片瓦砾,或者用亨利·詹姆斯的名言,就会变成一头"庞大、散乱的怪物",成为无脊椎动物、优柔寡断之人或是美杜莎。惟有设定它就是历史,一部小说才会有开始、连续和结局,也才能形成一个首尾一致的整体,具有一种独一无二的意义或是特有的个性,就像一个有脊椎的动物一般。①

米勒的这种解构对于结构主义是致命的。从米勒的批评逻辑来看,结构主义的稳定性、规律性和科学性探索都建立在假定的"历史"之上。一旦这个假定的历史被端出来怀疑,结构主义叙事学的理论大厦就摇摇欲坠。

米勒也沿着德·曼的道路继续对修辞特性做出阐释。但他的解构态度与德·曼有些差别,并不同意德·曼那种绝对的口吻。他在《对〈阅读的寓言〉中一个段落的阅读》一文中指出:"德·曼在论断中用了'所有的'和'总是',这种绝对自信的口吻会使读者心存疑虑:'所有?''总是?'"②米勒认为,一切语言开始时就有修辞的性质,语言的修辞特性是天然的,并非人们有意而为。他进一步认为,运用语言的过程也是一个修辞的过程,语言的修辞功能赋予文本意义的多重性。这样一来,米勒不但认为修辞是语言的特性,还认为修辞也是文本的特性,文本以修辞的形式存在,对传统意义上的文本也进行了解构。

德·曼和米勒都利用修辞解构了语言的基础,进而也用修辞来解构文本。强调语言—文本的修辞特性使耶鲁学派的解构意旨得以实现,他们试图打破"所指"与"能指"的稳定结构。耶鲁学派受德里达的影响,不满意索绪尔把语言的"所指"与"能指"确定性的看法,认为修辞才是语言—文本的特性,揭示出文本语言的不确定性,反对对文本进行科学式的结构意义寻求。耶鲁学派的解构策略也同时走出了海德格尔的"语言是存在之家"的本质主义语言观。在海德格尔看来,语言一旦被写出或说

---

① J.希利斯·米勒:《重申解构主义》,郭英剑等译,北京:中国社会科学出版社,1998年,第40页。
② 同上书,第199页。

出,那就是一种存在,与其他存在有同样的性质。海德格尔实际上认为"语言"与"存在"有稳定的联系。而耶鲁学派的修辞论语言—文本观切断了这种稳定关系,认为修辞带给语言—文本的是含混、多义和不确定。

耶鲁学派把修辞当成语言—文本本质特性的观念使得他们的理论主张独辟蹊径,与其他批评派别区别开来。20世纪的西文文艺理论从语言出发产生了多个派别:有从语义展开批评理论的,如新批评;有从语法结构展开的,如结构主义;也有从语境展开的,如历史主义批评。耶鲁学派则从语言的修辞特性来展开其批评理论,这是其独到之处。他们的目的是使得文本构成由"稳定能指"转变为"漂浮的能指",这就颠覆了原有的语言观和文本观。

2. 解构的重心:阅读的解构

修辞特性造成的文本结构—意义不确定性为进一步的解构提供了基础。有了这个基础,耶鲁学派把解构的目标转向了阅读理论。既然文本的结构—意义不确定,那么传统意义上的精确式阅读也就很难进行下去,对文本进行语义分析、结构分析或者考证的方法也就很难适用。

在耶鲁学派里,解构阅读的策略是有差异的。德·曼认为文学作品的阅读由于语言的修辞本质而不可能,这种不可能是由文本的修辞性使文本具有自我解构的能力造成的,他称之为"阅读的寓言"。其实他所说的阅读的不可能只是针对文本的修辞特性本身而言,并不是要否定阅读的意义。文本阅读的不可能性(unreadability)由文本语言的欺骗性、不确定性和不可靠性造成,这就使得读者和诠释者不必按照统一标准去理解文本,更不必去探寻文本所反映的真理,而是要他们从作品的结构语义、逻辑联系中摆脱出来,采取积极的方式参与阅读,发挥阅读者自身的作用。德·曼认为:"如果在阅读了《信仰自白》之后,我们想改变我们的信仰而笃信'一神论'的话,那么在理智的法庭上我们就会被宣判犯有愚蠢之罪……人们从这一点可知,阅读的不可能性不应等闲视之。"[①]从对《信仰自白》的阅读进程分析来看,德·曼的态度比较悲观。悲观的原因一方面来自读者,他们的道德判断、伦理站位往往滑动不羁,另一方面又来自语言的修辞特性。读者介入文本,在阅读中主动"结构原来的文本"时,做

---

① 保尔·德·曼:《阅读的寓言——卢梭、尼采、里尔克和普鲁斯特的比喻语言》,沈勇译,天津:天津人民出版社,2008年,第262页。

出判断的话语指称是滑动的,最终导致阅读只不过是一种"寓言"。

布鲁姆解构阅读的思路有些不同,他针对的是传统意义的阅读理论——"影响"阅读。他在研究浪漫主义诗歌史时发现,传统的影响研究只是后辈对前辈的单向度的吸收、学习和模仿,他认为"影响"式阅读只能让后来者受到限制和束缚。在此,他提出著名的"影响即误读",认为误读才是阅读的本质特性。

诗的影响——当它涉及两位强者诗人、两位真正的诗人时——总是以对前一位诗人的误读而进行的。这种误读是一种创造性的校正,实际上必然是一种曲解。一部成果斐然的"诗的影响"的历史,亦即文艺复兴以来的西方诗歌的主要传统,乃是一部焦虑和自我拯救的漫画般的历史,是歪曲对方的历史,是反常的随心所欲修正的历史。而没有这一段历史,现代诗歌本身是不可能存在的。①

布鲁姆在《影响的焦虑——一种诗歌理论》中将误读分成了六大类型:"克里纳门"(Clinamen)真正的误读,不偏不倚到达某点;"苔瑟拉"(Tessera)接续前驱的诗歌,让碎片重合;"克诺西斯"(Kenosis),打碎前驱,放弃神性;"魔鬼化"(Daemonization)是一种个人化的逆崇高;"阿斯克西斯"(Askesis)孤独的自我净化;"阿波弗里达斯"(Apophrades)孤苦负重地向前驱敞开。即使是符合诗人意图的正解,在布鲁姆看来也是一种误读,也就是"克里纳门"。布鲁姆以一种对前人的背叛式阅读来取代原来的继承式阅读,通过误读来打破传统阅读观念,以此反对前辈的观点对后辈的支配地位。布鲁姆提出的"误读"是在寻找文本原始意义不可实现的情况下进行的意义创造,认为这在阅读中普遍存在。在此,布鲁姆的解构矛头指向了传统的权威,解构了传统的中心。阅读不必遵循传统的思想见解,读者可以有自己的发挥空间,读者的地位和作用也得到充分肯定。布鲁姆的"误读"与董仲舒在《春秋繁露》中提出的"诗无达诂"很接近。"诗无达诂"是指诗歌没有确切的训诂或解释。"诗无达诂"为汉代经学家讲经、解经和传播经典提供了理论依据。布鲁姆的"误读"则是指诗歌的创作和传承中存在种种偏离情况。这又与"一千个读者有一千个哈姆雷特"的现象有所区别,"一千个读者有一千个哈姆雷特"指

---

① 哈罗德·布鲁姆:《影响的焦虑——一种诗歌理论》,徐文博译,北京:中国人民大学出版社,2019年,第23页。

向普通读者,而布鲁姆更多指向诗歌的一代一代的创作者。

米勒对阅读的解构颇具特色。他把解构阅读视作寄生性解读,解读既是"寄主",也是"寄生物"。他提出解构主义既非虚无主义,也非形而上学,而只是作为阐释的阐释,而当作品提供的条件运用到极限时就达到了本源含义上的阐释。在具体的解构方法和技巧上,他主张分解式阅读。分解式阅读就是要把文本拆分成分散的碎片,而不再把文本当作一个完整的自在体,视作品为复杂的"迷宫"。米勒把文学批评当作一个寄生活动,批评家是寄主:"当一篇批评文章摘引某一'段落'加以引证,那么会发生什么呢?这与一首诗当中的引述、应和、引喻有区别吗?引文在主要文本的构造体内是一个异己的寄生物呢,还是包围并缠绕住引文的阐释性文字是寄生物,因而引文成了寄主?寄主养育着寄生物,使它得以生存,但同时又被它扼杀,正如人们常说的,批评扼杀文学。"[1]米勒的这种"寄生"观点曾经颇为盛行,它忽视了文学批评自身的存在价值。这种"寄生"的批评观受到弗莱的批评,弗莱反对将文学批评视为寄生于文学,而把文学当作一门独立的学科,他认为文学批评需要被纳入一个统一的知识结构之中:"批评看来非常需要有一个整合原则,即一种中心的假设,能够像生物学中的进化论一样,把自己所研究的现象都视为某个整体的一部分。"[2]弗莱在他的批评理解建构中,将文学有关的全部学术研究和鉴赏活动都纳入批评系统之中。

耶鲁学派对阅读的解构使得原有的封闭式阅读变成了开放式阅读,读者可以抛开前人的"权威"影响,把自己的情感、经历和观念带入文本的解读之中。阅读不再是对文本确定结构—意义的寻求,而是可以自由进行的个性化"误读",这也使得批评理论更加关注读者,加速了作品中心论向读者中心论的转向。

3. 解构的深化:解构批评自身

解构批评自身是耶鲁学派解构理论的最后一环,这使得耶鲁学派的解构活动得到深化。当批评自身也走向解构时,解构理论才算进行得彻

---

[1] J.希利斯·米勒:《重申解构主义》,郭英剑等译,北京:中国社会科学出版社,1998年,第95页。

[2] 诺思罗普·弗莱:《批评的解剖》,陈慧、袁宪军、吴伟仁译,天津:百花文艺出版社,2006年,第22页。

底。这一方面,哈特曼和米勒的理论值得关注。

哈特曼对文学批评的解构是从批评的性质认定上进行的。他认为创造才是批评的本质,并从批评的创造特性出发认为批评与文本没有必然的界限。他指出,所有的批评是创造性的,哈特曼赞同艾略特关于"批评的作品"的说法:"如果创造的如此大的一个部分确实是批评,那么,被称为'批评的作品'的东西很大的一个部分不就确实是创造性的了吗?如果这样的话,那么难道就不存在一般意义上的创造性批评吗?"[1]哈特曼在这里强调的是文学批评的创造性。批评的再思考已经不只是针对虚构文本的思考,更是对文本所反映的世界生活的思考。这双重性质的思考使得文学批评的创造特性并不亚于文学的创造性,因此他进一步提出批评与文本的界限问题,认为二者并不能截然分开,而是存在统一性。哈特曼肯定作为随笔作家的卢卡奇,认为柏拉图的对话实际上也是属于随笔,他肯定随笔的目的就是要肯定批评的创造性,关注批评与创作的共通之处。他试图抹平二者的界限,使批评摆脱文学创作的附庸地位,使批评文学化,让批评活动与文学创作具有同等地位。

米勒对文学批评的解构具有颠覆性。他的解构批评首先是从批评家的身份开始的。在分析雪莱的《生命的凯旋》时,米勒对寄生兼寄生物关系的批评家进行了精彩的论述:

> 这种对于寄主兼寄生物关系的永久性的再现又一次见诸目前的当代批评中。譬如,它见诸对《生命的凯旋》进行的"单义性"解读和"解构主义的"解读之间的关系,见诸阿布拉姆斯的解读和哈罗德·布鲁姆的解读之间的关系中,或者,见诸阿布拉姆斯对雪莱的解读和我在本文中提供的解读的关系中。寄主兼寄生物"不合逻辑"的关系在每一个单独存在的实体中重新建构自身,变成更大范围中的这一极或那一极,这一无情的法则既适用于批评文章所批评的文本,同样适用于批评文章本身。[2]

米勒把批评家称作"作为寄主的批评家",作为批评家的寄主最终将

---

[1] 杰弗里·哈特曼:《荒野中的批评——关于当代文学的研究》,张德兴译,天津:天津人民出版社,2008年,第216页。

[2] J.希利斯·米勒:《重申解构主义——关于当代文学的研究》,郭英剑等译,北京:中国社会科学出版社,1998年,第104页。

成为被寄生物(文本)的主人,在此,米勒实际上是在消解作家与作者的界限。其解构策略是基于他对解构批评的看法。米勒视解构主义为一种在借喻、概念和叙述之间寻找隐含意义的批评,他认为任何批评文本同诗歌作品总不是对称的关系,任何一篇文学文本内部都有矛盾之处,任一批评家的语言中也有自相矛盾的地方。这样他就从另一角度消解了批评与文本之间的界限。不仅如此,米勒还为文学批评提供了可操作的解构方案,总结出一套批评的方法。比如,他在《小说与重复》中总结小说中的重复现象,他把重复定义为"任何发生在线索之上使其直截了当的线性状态出现问题甚至引起混乱的东西:返回、打结、交叉、来来回回成波状、悬置、打断、虚构化"[①]。复杂的线性形式最终颠覆了自身。

耶鲁学派对文学诸活动的解构颇见成效。其解构理论从解构语言开始,进而对文本进行解构,解构阅读则是其重心所在,最终他们把批评活动也推上解构的手术台。"批评解构导致了根本的不连续性,并且它破坏了时间过程的直线性,进而致使一系列实际事件或特殊主体在任何时候都不可能独自获得完满的历史意义。它们都成了一个过程的组成部分。"[②]尽管耶鲁学派的批评解构重心各有不同,但其理论从总体上看又具有互补性。他们灵活而多样的解构策略把传统的理论观念完全颠覆,为文学理论的发展开辟出广阔的空间。耶鲁学派的解构理论是德里达解构主义思想在文艺理论领域的成功尝试,共同推动了解构主义思想大潮的形成。结构主义批评在他们的解构声浪中沉寂了一二十年,直到后经典叙事学在20世纪90年代的兴起才重新被人拾起。重新兴起的叙事学在不可靠叙述、修辞叙事等方面的成果都充分吸收了解构主义者的意见,在克服结构主义叙事学的诸多缺点后,再次迎来蓬勃的发展。

---

① J.希利斯·米勒:《重申解构主义》,郭英剑等译,北京:中国社会科学出版社,1998年,第143页。

② 保尔·德·曼:《阅读的寓言——卢梭、尼采、里尔克和普鲁斯特的比喻语言》,沈勇译,天津:天津人民出版社,2008年,第86页。

第十章
人物

　　人物,在中西方叙事作品和传统文论中,多指具有心理性实体和人格特征的虚拟文学形象。从发展的纵向轨迹来看,西方叙事理论中的人物观经历了从类型化到个性化,从功能化到修辞化的认识论转变。类型化的人物观念仍然可以追溯自《诗学》。亚里士多德认为情节是"某一类人"可然或必然的行动,"人物"只是"某一类人"的代表,其姓氏名称无关紧要,个性特征自然无从谈起。基于这样的认识,亚氏将情节的重要性置于性格之前。从中世纪到18世纪,人物主要是作为训诲意义上的类型(如宗教奇迹剧中的角色、《天路历程》中的"基督徒"与《老实人》中的"老实人"等)存在,"被排斥了现实和时代生活的暗示"(伊恩·瓦特语);现实主义崛起后,富于个性意义的专名大量涌现,标志着对类型化传统的有效突破。福斯特关于"扁平"人物与"圆形"人物的区分,从某种意义上说,也是由类型化与个性化的探讨延伸而来,只不过他的标准更多是从性格而非道德意义上加以区分;结构主义者出于透视功能/语法的需要,将人物的性格因素一概剔除,只在意人物作为行动者的功能性质(如普罗普等人)。在他们的知识视域里,人物只是"行动元"而非人本身。

　　中国叙事传统中的人物理论主要集中在功能意义与生成方法上。由于中国历史叙事注重兴亡规律的总结,文学叙事又强调道德伦理的教化,这两大要求都需要通过"人事"来加以解决,因此,中国的人物理论与亚里士多德的认知大异其趣,从一开始就确立起"人物优先"的原则,此中,司马迁开创的以人物为中心的"纪传体"厥功至伟。"纪传体"的核心是"以人运事",事件的选择与安排均须服务于人物的生成。李渔就说《西厢记》

"原其初心,止为一人而设"。"人物优先"的原则自然对人格性格的类型化产生影响,而性格的类型化又直接与生成方式的类型化密切相关,例如猛将须得"豹头环眼,燕颔虎须",佳人自然"沉鱼落雁,闭月羞花"。类型化性格与类型化塑造在戏剧叙事里表现得最为突出,角色身份、性格与脸谱及表演程式的关系趋于固化。这也凸显出人物的面貌叙事在中国叙事中的重要性。一方面,情节安排为人物性格服务;另一方面,中国叙事理论又注重人物的叙事功能,特别是次要人物的叙事功能。张竹坡曾用"借勺水兴洪波"的说法,来肯定次要人物的使命:他们虽然"来既无端,去亦无谓",却在情节关合方面具有无可替代的作用。他还用"点睛之笔"来肯定次要角色在评论人物品行、揭示角色心理方面的独特功用。人物的这种功能性叙事作用,在中国自史传文学起的传统叙事作品和明清评点派的论述中比比皆是。和西方人物概念有所不同的是,中国概念中的人物属于名副其实的"人+物"的综合体,"物"在叙事作品中的故事主要人物身上具有特殊的标出意义,例如《红楼梦》中贾宝玉之玉,《三国演义》中诸葛亮之扇,《西游记》中孙悟空之金箍棒,《水浒传》中李逵之斧。

第一节　西方叙事传统中的人物理论

按照《当代叙事理论指南》对"叙事理论的历史"的梳理思路,我们可以从四个方面考察西方叙事学功能性人物观:一是经典叙事学人物理论的源头——亚里士多德;二是立足于德国叙事理论的普罗普人物功能理论;三是俄国形式主义中的人物理论;四是直接受普罗普功能概念影响的法国结构主义叙事学人物理论,代表人物有格雷马斯、布雷蒙、托多罗夫等。

一、《诗学》对叙事学人物观的启发

事实上,在普罗普提出功能概念之前,人物与功能的研究就可以直接上溯到古希腊时期的大思想家亚里士多德,并集中体现在其代表著作《诗学》一书当中。申丹在《叙述学与小说文体学研究》一书中就直接指出:

"不少西方批评家认为亚里士多德是'功能性'人物观的鼻祖"①,许多西方理论家先后对亚里士多德《诗学》中的人物理论及其对形式主义和结构主义的影响进行过评介与阐述。罗兰·巴特在《叙事作品结构分析导论》一文中说过:"在亚里斯多德的诗学中,人物的概念是次要的,完全从属于行为的概念。亚里斯多德说,可能有无'性格'的故事,却不可能有无故事的性格。这一观点曾经为古典文学理论家们(如福西乌斯)所重新阐发。人物直至当时只是空具其名,只是一个行为施动者,后来,获得了坚实的心理内容,变成了个体,一个'实人',总之一个体质俱全的'生命',即使他什么也不做。"②《故事与话语:小说和电影的叙事结构》一书的作者西蒙·查特曼则有过如下表述:"形式主义学家和一些结构主义学家与亚里士多德在观念上惊人的一致。他们也认为人物是情节的产物,人物的地位是功能性的。简而言之,人物是参与者或行动者,而不是人;不应该把人物视作真人。"③

　　亚里士多德充分注意到了人物行动整一性的重要性。他的行动理论是整体观下的行动理论。而这也是对叙事学产生最大影响之处:叙事中最重要的是"行动",而行动在一个完整的叙事中得到体现,由行动联结起来的各部分都是整个叙事体系中的有机组成部分。因此,在亚里士多德和受其影响的形式主义和结构主义叙事学家眼里,人物自然成为叙事整体中的一个小组成部分。他们关注的是人物作为行动承载者对于组织整个叙述结构的作用,人物的功能性因此得以凸显。

　　亚里士多德最注重的始终是由行动构成的情节(布局)。因此,他特别强调在叙述时情节的取舍,一切都应围绕人物的行动展开。但他只注意到了人物行动的一个序列(或说主要序列),实际上,在一部作品的叙述中,可以有人物的多个序列,这些序列又构成了一个整体,这似乎也体现在中西叙事传统的差异之中。

　　西方叙事传统中,向来喜欢以一个主人公的游历构成叙事的主要行动序列,以一根粗线贯穿到底,通过这样一个主要行动序列,将各种情节、

---

①　申丹:《叙述学与小说文体学研究》,北京:北京大学出版社,1998年,第56页。
②　罗兰·巴特:《叙事作品结构分析导论》,张寅德译,载张寅德编选:《叙述学研究》,北京:中国社会科学出版社,1989年,第23—24页。
③　Seymour Chatman, *Story and Discourse—Narrative Structure in Fiction and Film*, Sage House: Cornell University Press, 1978, p.111.

场景联结在一起,注重再现广阔的现实生活和历史场景。从希腊史诗到流浪汉小说以及之后的现实主义作品,莫不是如此。而中国叙事传统中,强调"形散神不散",史传小说中的人物往往在此故事中是一个序列,表现出性格的一个方面,在彼故事中又是一个序列,表现出性格的其他方面。人物在各个故事序列中自由地来来往往,游走其中,并因此将各个故事串联成一个有序、完整的大故事,这种手法直接影响了后世小说的叙事方法。在亚里士多德的理论中,人物性格的形成和行动与布局的意义密切相关。他多次强调,应该按照可然律或必然律安排情节,强调情节应由符合情理的故事组成,而性格的形成与之密切相关,性格是在行动中附带表现出来的。或许,这也是讲究多个序列的中国叙事作品中,大多数人物较之西方叙事作品中人物性格更丰富、更复杂的原因之一吧!

正如后世西方学者们在自己的著作中阐述的那样,亚里士多德对叙事学理论的影响主要体现在三个方面:一、人物从属于行动,是情节的产物;二、人物是功能性的,是叙述的参与者;三、人物不是真实的存在。这就使我们可以充分注意到人物不同于传统人物理论的另一个重要方面——人物在叙述中的作用,注意到人物作为虚构的生灵,对展现作为虚构艺术的叙事之魅力的重要意义。

二、普罗普的人物功能理论

俄国理论家普罗普开启了将人物与"功能"直接关联的文学研究。在《故事形态学》中,普罗普将"功能"界定为"从其对于行动过程意义角度定义的角色行为"[①],并从四个方面对"功能"进行考察,概括为:一、角色的功能是故事稳定不变的因素,并不依靠谁来完成和怎样完成,故事的基本组成即由角色构成;二、神奇故事已知的功能项是有限的;三、功能项的排列顺序永远是同一的;四、所有神奇故事按其构成都是同一类型。[②] 他敏锐地发现,人物具有功能性意义,是开展结构研究的一种工具,是他借以探寻民间故事叙事规律的材料之一。

"行动"是普罗普功能定义中最重要的一个词,必须从两个视点来理解:"首先,在任何情况下定义都不应考虑作为完成者的人物,定义最常见

---

① 弗·雅·普罗普:《故事形态学》,贾放译,北京:中华书局,2006年,第18页。
② 同上书,第18—22页。

的是表达行动意义的名词。其次,行动不能越出其叙事过程中的状态被定义,应虑及该功能在行动过程中所具有的意义。"①此外,普罗普四个要点中的第一点也有利于增强对"行动"的理解,即"角色功能充当了故事稳定的不变因素,它们不依赖于由谁来完成以及怎样完成;它们构成了故事基本组成成分"②。普罗普强调行动在整体中的意义,并不关心角色的心理性特征。因此,与传统意义上"行动表现人物性格"的研究相比,普罗普对人物行动的重视与之完全不同。普罗普关注"行为"本身的叙事意义,而非"人物"的意义,这为我们提供了新的人物研究视角和路径。根据普罗普的研究,民间故事可以提炼出7种角色、31种功能,可见人物的功能特点在故事主人公和次要人物身上都有体现,他们都是叙述层面的"主人公",这正是普罗普功能研究对人物研究厥功至伟之所在。

　　普罗普在《故事形态学》中的研究方法提供了一种新的研究视角:以人物功能性作用的分析,去摸索多种叙事结构模式。因不局限于民间故事,叙事作品的广泛性决定了这种结构模式的探寻具有多样性,丰富多彩的结构模式正是叙事多种"可能世界"的体现。不同叙事作品可能提炼出一样的叙事结构,"相同"叙述结构模式内部又呈现出丰富的形态,让我们感觉作为虚构艺术的叙事的强大魅力。而反向研究,即由结构模式去探索人物的多种叙事作用,也是对叙事多种"可能世界"的探寻,人物的这种研究显然异于传统人物研究法。普罗普在《故事形态学》中的第五章"A.用于功能项之间联系的辅助成分"部分,谈到民间故事的两种衔接情况,这实际上就涉及人物在结构中的联结作用。借用罗兰·巴特文本编织的观点,可以把叙事结构形成的文本看作一张网,发挥叙事作用的人物就是这张网上的联结枢纽,将整张网有机地组织起来。普罗普《故事形态学》中论述到的人物衔接功能,就是人物结构作用的各种表现,比如通过偷听、报告、抱怨等各种行为串联起故事情节,把叙事文本这张网组织得疏而不漏。《故事形态学》中有关"缘由"的论述所涉及的"中介人物",也具有结构联结功能。通过各类叙事作品的实际探寻,我们发现人物和叙事结构的关系在表现形态上极其丰富。

---

① 弗·雅·普罗普:《故事形态学》,贾放译,北京:中华书局,2006年,第18页。
② 同上。

三、俄国形式主义的人物理论

俄国形式主义在叙事学人物观念发展史上的开拓意义极为重要,其人物理论中的不少观点已极具叙事学意味。

虽然俄国形式主义学家以关注诗学研究为多,更为注重诗歌理论探讨,最终没能跳脱出语言学的窠臼,存在一定的局限性,但这一学派中有一部分学者以极大的勇气,跳出框架,没有把自己的研究完全局限于语言学范畴,而是努力从狭义诗学转向小说诗学。托马舍夫斯基、什克洛夫斯基是其中的佼佼者。托马舍夫斯基的代表作《主题》就渗透着浓郁的叙事学意味。虽然他们中没有一个直接把人物作为研究对象或主题,但"人有人的作用"在论述中处处可见,展示了人物作为叙事参与者的重要作用。

俄国形式主义理论家极为重视事件和情节的研究,其中一大贡献是对"故事"与"情节"这两个重要概念的区分。俄国形式主义家已清楚认识到人物是情节的核心因素。托马舍夫斯基指出:"情节是通过若干有着利害关系或其他关系(如亲属关系)的人物在叙述中的出现而展开的。人物之间在每一瞬间所形成的相互关系都是一个情境(状态)。"[①]"情节的构成依靠一个情境向另一个情境的过渡来实现。这里,过渡可以通过新角色的出现(使情境复杂化)、旧角色的消失(如情敌的死)或关系的变化来完成。"[②]托马舍夫斯基还认识到人物行动在情节中的主导作用。他认为,细节可以分为动态、静态两类,而"动态细节是情节的中心动力细节",其"典型形式是主人公的行为和举动"。

什克洛夫斯基也强调人物行动在叙述中的意义。他在《散文理论》中如此评价主人公行动在小说结构中的重要作用:"《堂吉诃德》……这部伟大的长篇小说之所以是长篇小说,是因为它是由一个运动着,即变化着的主人公的行动联在一起。"[③]

俄国形式主义涉及人物理论的一个论述重点,就是主人公在作品中的主导联结作用。托马舍夫斯基明白无误地指出了主人公作为叙述向导

[①] 鲍里斯·托马舍夫斯基:《主题》,姜俊锋译,载维克托·什克洛夫斯基等:《俄国形式主义文论选》,方珊等译,北京:生活·读书·新知三联书店,1989年,第111页。
[②] 同上书,第112页。
[③] 维·什克洛夫斯基:《散文理论》,刘宗次译,南昌:百花洲文艺出版社,1994年,第447页。

的线索作用。人物在结构中的联结作用,在什克洛夫斯基和托马舍夫斯基关于"主题""情节""细节""程序"和"体裁"等的论述中有充分体现。在《故事和小说的结构》中,什克洛夫斯基论述了两种情节程序——框架程序和穿连程序,以此来阐明短篇小说(集)向长篇小说发展的观点。什克洛夫斯基充分注意到了人物在叙述中发挥的作用——在框架程序中,插入的主要方式即由人物或具有人物性质的行为者以讲故事的方式拖延时间为主,而故事就这样被嵌入一个大框架中。这种文学叙事模式受亚非民间故事(以《天方夜谭》为代表)的影响。欧洲文学中的短篇小说集,就是以这种古老的讲故事方式逐步发展起来的。在这一类故事中,人物和人物行为已经具有情节的联结作用,这是一个逐步发展的过程。关于勒萨日作品中主人公,什克洛夫斯基有一句点评:"吉尔·布拉斯完全不是人,而是一条缝合小说情节的线——这是一条苍白无力的线。"① 这一点评被经常用来作为批评功能性人物机械作用的一个例子。但事实上,什克洛夫斯基是以此为例说明具有功能性作用的人物是随着小说叙事发展而发展的。实际上,将人物这种结构上的作用巧妙地隐藏在人物丰富的性格和心理内蕴之后,是高明作家的拿手好戏。分析穿连程序时,什克洛夫斯基直接指出:"从这种构成方式来看,一种完整的情节小说形成于另一种完整的情节小说之后,它们由人物的统一联结起来。"②

  穿连办法一共有两种:一类代表是惊险小说,另一类代表为游历小说。穿连的方式,是以主人公遭遇一连串惊险变故、人物出于寻找地点等某种原因进行了一番游历为主。各种惊险奇幻的故事就是以主人公为线索串联起来。什克洛夫斯基在此也指出了行为和行为者之间的关系更具逻辑性和合理性。以游历小说(即流浪汉小说)为代表的叙事模式,直接影响了其后的西方叙事文学。

  托马舍夫斯基在《主题》"叙述体裁"部分的论述,遥相呼应什克洛夫斯基,详细地论述了短篇小说、短篇小说集和长篇小说的结构布局,其中人物在结构上的作用获得更为细致的论述。托马舍夫斯基认为,在短篇小说里"讲述"起到特别重大的作用。托马舍夫斯基关于讲述人的框架细

---

① 维克托·什克洛夫斯基:《故事和小说的结构》,方珊译,载维克托·什克洛夫斯基等:《俄国形式主义文论选》,方珊等译,北京:生活·读书·新知三联书店,1989年,第25页。
② 同上,第28页。

节的描述值得注意。他认为:"框架细节一般用来描写作者在倾听小说故事时所处的环境('医生给同伴们讲的故事''手稿的发现'等等),有时它是为讲述制作借口的细节(在讲述的环境里发生某事,它引起一个角色对某件类似事件的回忆等等)。"①这使讲述人出场、故事讲述显得合情合理,并被发展运用到长篇小说的叙事中,且这些手法变得越来越成熟。在俄国作家作品中,这种叙事模式很常见,如陀思妥耶夫斯基的系列作品、肖洛霍夫的《一个人的遭遇》等。在其他国家的叙事作品中,也不乏其例,比如《呼啸山庄》、茨威格的系列小说以及中国清代小说等。这些作品在叙事结构上的独特之处以及叙事意义,值得进一步挖掘。

四、法国结构主义的人物观

普罗普的功能理论直接影响了其后的结构主义叙事学家,成为他们研究的基础和起点。这当中,格雷玛斯、布雷蒙和托多罗夫可谓最具代表性的继承人。格雷玛斯理论中和人物关系最密切的一个术语是"行动元",它是功能中的一个成分:功能在类似句子一样的语义结构故事当中,就是以行动元构成的"叙述语句",行动元是主语,承担行动元任务的就是具有主题性质的人物。区分行动元、角色、人物是格雷玛斯给我们带来的一个启发。行动元、角色和人物在他看来是三个相互关联又有所区别的概念。行动元属于叙述结构,角色属于话语结构,而人物则是具有个性特点的角色,他/她承担着行动元的任务。我们或许可以用一个更简单的公式来表明这三者的联系与区别:行为人(行动元)+身份=角色,角色+个性特点=人物。这是对行动者、角色、人物三者区分最清晰的一种说法,这种对于"人物"概念的理解正体现了人物作为"行动元"的功能性作用——人物在叙述中的作用,但同时,对人物的研究又涉及"身份"等美学因素,并且包括具有"个性特点"的人物在叙述中是怎样生成的研究。

和格雷玛斯一样,托多罗夫把叙述结构研究当作句法和词法研究,他把整个文本都看成是一种书写的句子结构,用词类划分的方法提炼出三种最主要的成分:专有名词、形容词、动词。在托多罗夫的具体阐述中,可

---

① 鲍里斯·托马舍夫斯基:《主题》,姜俊锋译,载维克托·什克洛夫斯基等《俄国形式主义文论选》,方珊等译,北京:生活·读书·新知三联书店,1989年,第190页。

以明显地看出他受普罗普功能理论的影响,对人物的行动异常重视,而对人物作为心理实体的存在毫不在意。在他看来,作为名词的人物,只有和具有谓语性质的动词搭配,才可能产生真正的意义。对行动的重视(行动中心论),使托多罗夫完全把人物当作句法中的主语,人物只是没有任何实质内容的专有名词。人物的属性是在叙述过程中通过读者的阅读附加到人物身上的。

和格雷玛斯、托多罗夫侧重于叙述结构的语法研究不同,布雷蒙更偏重于叙述结构的逻辑性研究,他以普罗普的功能理论为基础,提出了自己的三大功能观:一、一个功能以将要采取的行动或将要发生的事件为形式表示可能发生的变化;二、一个功能以进行中的行动或事件为形式使这种潜在的变化可能变为现实;三、一个功能以取得结果为形式结束变化过程。三个功能构成一个序列。但和普罗普完全不同的是,布雷蒙改变了普罗普关于功能的线性研究,认为序列中的功能并不一定跟随前一个功能发生,相反,他提出在每一阶段,都存在行为的实现和不实现两种可能,这就增加了每种功能的可能性结果,使功能的线性图式呈现出分叉性的改变。布雷蒙为我们呈现了情节发展中的更多可能性,使叙事模式的研究不再局限于民间故事。而这种功能模式的多种可能性,也意味着人物在叙述层面上的多种可能性。布雷蒙理论对人物研究的另一大贡献在于,他喊出了"每个施动者都是自己的主人公"这一口号。这句名言使我们第一次认识到,每个人物在自己的序列中都是叙述的主人公,从而打破了人物传统研究中的主次之分。

以普罗普功能理论为代表的经典叙事学人物观,承袭了古希腊时期亚里士多德诗学理念中对行动的重视,这类研究重在通过对人物行动的功能分类,达到探寻叙述结构的目的。严格说来,形式主义和结构主义学者从来都不关注作为叙事主体的人物,甚至是对人物的有意"忽略",但这种"忽略",恰恰为我们开启了人物研究的另一扇大门。无论是布雷蒙的"每个人物都是自己序列的主人公"观点,还是格雷玛斯的"不是根据人物是什么,而是根据人物做什么"对人物的行动元模式分析,都使我们改变对传统人物概念的理解,开始关注人物在叙述中的作用,认识到人物不仅是叙事的产品,还具有帮助作家叙述的能动作用。

第二节　中国叙事传统中的人物理论

和西方叙事学人物理论比较,中国传统叙事人物理论的确没有系统的理论阐述和术语表达,但叙事学人物理论在中国实践创作中的体现在很多方面都要早于西方,人物早在史传文学时期即有出彩的叙述表现,比如以"太史公曰"为代表的人物介入式叙述和全知叙述的有机融合。小说评点派提到的各种章法、笔法、技法等很多都与人物及其行动相关,这些为我们提供了人物在叙述层面的诸多表现,评点派们常用比喻、类比、拟人手法,借用绘画等艺术来展开丰富的叙事理论阐述,在非线性的感悟与评点中见出叙事智慧。

一、史传文学中的叙事学人物观

谈史传文学人物观必须先谈先秦叙事中有关人物的理论论述,这不仅包括诸如《尚书》《左传》《战国策》等具有史传性质的叙事作品,也包括其他叙事作品。从甲骨问事、青铜铭事到《山海经》、民间歌谣以及诸子之文乃至屈原的叙事作品等,先秦叙事不仅通过《左传》等史传作品传达并确立了"以人系事、依人而述"的中国叙事思维和叙事传统,还使我们注意到中国叙事中这样一个发展过程:由"问答"方式演变过来的"记言"为主逐渐转向"记事"为主,这实际上也是纪实性叙事或历史性叙事转向文学性叙事的演变过程。这些都与人物在叙述中的演变不无相关,包括叙述者与受述者、隐含作者与隐含读者在先秦叙事中的演变,以及作为叙述对象的主体由神灵、皇帝到将领、达官显贵,再到普通百姓的演变过程,等等;人物面目也在记言艺术的发展中通过人物语言逐渐变得清晰;同时随着记事艺术的发展和人物动作性的增加,人物最终成为中国叙事的主体。此外,在诸子百家的寓言作品中,特别是在《庄子》《韩非子》中,化身为"动物"的人物叙事,体现出了最具中国意味的叙事特征——叙事的隐喻性。

（一）叙事结构和人物叙述

以《史记》为代表的纪传体叙事结构打破了国别体和编年体的限制,确定了"以人系事、依人而述"的原则。纪传体是顺应叙事发展需要的创造,也是简单叙事向更丰富的叙事发展的自然产物,史传文学从编年体到纪传体的转化，是中国叙事从"以事件为中心"向"以人物为中心"的转化，并自此确定了中国叙事"以人为纲"的叙事传统。在一定程度上，这也是中国叙事由纪实走向虚构的发端，文学由此发轫。史传文学从《尚书》《左传》《战国策》，到《史记》《汉书》，人物的叙事经历了一个不断成熟并逐步中心化的发展过程，在《史记》达到了第一个高峰，《史记》中有关人物叙事的种种，一直影响着其后的中国叙事。我们可以从以下几个方面去理解《史记》中的叙事学人物观：

1. 人物位置的功能性意义。《史记》为五体结构，每一部分及其关联都体现出了司马迁的精心安排和匠心独具，体现出了纪传体之创的伟大和意义，而这首先就体现在人物的位置安排上。在《史记》中，司马迁选择具有什么身份的人物进行叙述？这些人物在整个五体结构中又被安放在什么位置？这本身就体现出司马迁想通过《史记》结构表达的深层意蕴。

2. 人物的联结性结构作用。史传文学中，人物在叙述中发挥联结性结构作用是最常见的一种模式，可以称之为"串珠式"。所谓串珠式，就是最典型的"以人系事"结构模式，是指人物作为串联珠子的那根绳子，将和人物相关的事件像珠子一样一颗一颗串联起来。这种叙事模式基本上还是按时间顺序来叙述人物一生事迹，多少留有编年体的痕迹，史传文学中的人物单传多用此种结构方式，如《史记》《汉书》中的列传作品等。当然，司马迁在用这种看似最简单的结构模式对人物进行叙述时，往往在表层结构下隐含着深层意蕴。

人物是主干，但选择什么样的事迹来成就这串项链，却更在于作者的寓意。串珠式结构模式和西方流浪汉小说结构类似，但在流浪汉小说中，流浪汉作为人物的叙述作用常常大于人物的故事意义，是借流浪汉的所听所看，将丰富复杂的社会万象展示给读者。受西方流浪汉小说影响的自传体小说，如狄更斯的《大卫·科波菲尔》的结构则更加接近中国史传作品的叙事结构。在西方这类以第一人称叙事视角展开的自传叙述中，故事主要人物承袭了流浪汉小说中主人公的叙述作用，通过自己成长道路的叙述，把各种面貌、性格不同的人物以及各种社会现象叙述给读者，但同时，人物自身的故事意义比流浪汉小说主人公的故事意义有所增加，人物的心理性特征更加丰富和明显，人物在叙述中也完成了自己的生成。而在中国史传文学这类传记作品中，人物自身的故事意义大于叙述作用，叙述重点就在于人物自身。尤其在《史记》中，人物性格的鲜明和突出即使较之于纯虚构叙事作品中的人物也毫不逊色,不愧是史传文学中写人叙事的代表。

串珠式人物的另一种表现形式常出现在合传中,即以两个人为主干,犹如双绳索,将主要事件串联起来,如《廉颇蔺相如列传》中的廉颇和蔺相如共同作为串珠式人物,在叙述中发挥着联结作用。此外,以人物的性格特质、人物行动的主要特点或人物的命运际遇作为结构主脑是《史记》常用的结构联结方式之一。人物在结构的联结上的这种表现更为隐秘,但是却使看似散漫的叙事具备了整体结构感,这正是中国叙事思想和西方叙事思想的不同之处。纪传体这种以人物主要特征为主脑的结构联结方式,也是促成人物在叙述中生成的重要方法,通过反复地叙述人物某种特质,人物的形象自然而出。

3. 人物的对比性结构作用。这主要有四种表现形态:一为对照,二为对称,三为衬托,四为互见法。人物的对照性结构作用在合传中较为常见,即对比的人物双方或在性格特征上,或在行动上,或在结果上形成两两相对之势,作者主要想通过这种对比结构形态,传达自己的主观评价,因此对比的人物双方在评价上往往有"孰优孰劣"之分。事实上,人物的对照和衬托性结构作用常常交织在一起,被对照人物的设置,正是起衬托对方之用。似秦舞阳和荆轲之对照,正是反衬的一种叙述策略。在一定程度上,对称性的人物恰属于衬托情况中的正衬。这种情况下的对比,不仅是附传中常见的叙事模式,也多见于合传与类传。传主在性格特征和行动以及命运上的"大同小异"是构成隐在的叙事结构形态的关键点,在这点上,人物的对比性结构作用和前文所述之人物的联结性结构作用有重合点。这类作品往往以相同身份人物为主题形成联结性结构串联在一起,但同时在结构形态上还呈现出对比模式,即"同中有异",或并列或分主次,在叙述的细节上传达出作者想表达的深层寓意。

互见法作为《史记》的一种独特的叙事方法,其"本传晦之,他传发之"的人物叙述策略,构成了史传文学中比较特殊的一种对比性结构形态,此法对人物生成的价值和意义极大。

在人物的对照性结构作用中,对照和衬托、对称往往交织在一起。无论是对照、衬托还是对称,对于要突显的主要人物而言,被用来对比的传主、宾客和其他小人物,在叙述这个层面都发挥着烘托的作用,并且巧妙地将作者的主体意识以"客观"的视角传递给读者。史传文学中人物在结构上的这种对比性叙述作用,也是人物生成的重要叙述策略;它和人物的联结性结构作用一样,本质上都是人物位置的功能性作用的体现。它们通过外在的结构形态,不仅体现出作者想表达的深层意蕴,赋予中国叙事结构外在和内在的双重性特征,更是中国叙事传统在审美上的一种体现。

(二)叙事主体意识和人物叙述

史传文学中的叙事主体意识最为典型地体现为"君子曰""太史公曰"这样的介入式叙述。从先秦到两汉,史传文学叙事中的叙事主体意识不断增强,这和中国叙事从"记言"到"记事"的发展过程不无相关。同时,特别重要的一点是,叙事主体意识的增强过程,也是叙事虚构性逐渐增加的过程,是中国叙事由历史叙事逐渐走向文学叙事的过程。反之,叙事虚构性和文学性逐渐增强的过程,也是叙事主体意识逐渐增强的过程,二者的相辅相成,充分体现了中国叙事文学性发展道路上的史传开先的特点。

1. 从"君子曰"到"太史公曰"中的作者代言人。史传叙事中有一种极具中国特色的"介入式叙述":以"君子曰""太史公曰"等形式直接阐述作者观点和流露其思想感情,而"君子"等,就叙述作用角度而论,可谓是作者代言人。从"君子曰"到"太史公曰",反映了史论的进步,如果说《左传》等中的"君子曰"是叙事主体意识在史传叙事中的一种觉醒,那么《史记》之"太史公曰"就是叙事主体意识的集中和鲜明体现。

"太史公曰"是作者正面点评,较之《左传》等用假托之词"君子"发表议论,在叙事主体意识上更进一步。且这一步是跨越性的,敢以编史者身份直接发表议论,实属中国叙事首例。具体说来,"君子曰"不成体系,而"太史公曰"却为系统的史论,作为表述"一家之言"的系统史论,是一个完整的体系。从结构上来说,"君子曰"不是作者的统筹安排,没有明显的目的性;而"太史公曰"却是司马迁为作"一家之言"有意为之,在结构上也常常和正文互为补充,互相照应,甚至可视作互见法的一种叙事策略,是人物生成必不可少的补充。因此,"太史公曰"不仅仅是作为介入式叙述,发表作者的议论,抒发编史者心中丘壑,更作为整部《史记》有机整体的一部分,发挥着重要的叙述作用:第一,作为介入式叙述,体现叙事主体意识;第二,辅助人物生成,体现人物互见法的意义;第三,结构上的作用。以"曰"的形式表现叙事主体意识,既便于在正文叙述中保持不虚美、不隐恶的实录精神,又能鲜明地表达作者的历史观、价值观,是中国叙事独一无二的叙述特点。从叙述结构上看,"太史公曰"这种形式作为整篇文本的有机组合,也具有独特的意义,反映了中国传统思维的独特性:(1)和正文浑然一体,作为《史记》不可或缺的一部分,既在内容上形成司马迁"成一家之言"的系统史学观,又在结构上发挥延伸和补充的叙述作用,使《史记》的人物叙述完整而丰富。(2)全知视角和限知视角的巧妙组合,如实记录历史和表一家之言的良策。

2."寓论断于叙事"中的人物叙述者。中国叙事的作者尤其是历史叙事的作者,一方面要秉承实录精神,另一方面一直在探索表达自己观点和情感的方式,这个探索过程正是叙事主体意识从消极走向积极,从被动走向主动的由弱渐强的过程。"寓论断于叙事"是司马迁《史记》写作中的另一种叙事主体意识的主要表现手法。司马迁这种叙述方法,是以委婉的方式来传递自己的立场、观点或感情,叙事主体意识并不明显,在《史记》对人物命运和行动的客观展示中,常常隐藏着作者内在的价值和情感判断,需要读者细细揣摩。但仍有迹可寻,"寓论断于叙事中"最常用的莫过于以人物之口道出作者之言。顾炎武提及的"寓论断于叙事中"的例子中,卜式、客、鲁句践、邓公和景帝、武帝,都可谓是以人物之口言作者之声,是人物叙述作用的一种表现。这些代替作者发言的人物,可以视作戏剧化叙述中的人物叙述者。在具体文本的叙述中,"寓论断于叙事"有多种表现形式,其中有关人物叙述作用的主要表现有两处值得关注:(1)牛运震提出的问答法中的戏剧化人物叙述者的作用和价值,这主要涉及戏剧化的人物叙述者在叙述中的作用和价值;(2)问答法之外借叙事中他人之口进行评论。

问答叙事,最早出现在卜辞中,其后在先秦阶段用作记录历史的史书如《尚书》(官方行为,上层社会)中大量存在,同时也在具有文学性质的《诗经》《楚辞》《庄子》(这类叙事以民间叙事为主)①等中存在,但是无论是具有实录性质的史书,还是具有虚拟性质的文学作品,当在使用问答法进行叙事时,都具有戏剧化叙述的特征。所谓戏剧化叙述,即叙述者隐

---

① 傅修延在《先秦叙事》中论述《诗经》叙事中对记言的重视时,将三百篇记言的方式分为四类。其中独白叙述者的身份十分明显,大多具有"私人叙事"的特征,言为心声,"能读者由说话看出人来";夹白类为记行与记言合一,一般采用全知全能的观察角度;对白类中的叙述者与受述者分离,不是同一个人,甚至有时涉及的人物超过两人,从对白中看出很浓的小说与戏剧成分;最有意思的是旁白类,"真实的作者"在篇末直接走到前台,这标志着文学性叙事中主体意识的觉醒。见傅修延:《先秦叙事研究:关于中国叙事传统的形成》,北京:东方出版社,1999年,第123—124页。

退,仿佛人物直接表演,在这种叙事中,叙事主体意识是最难察觉的。作者的意图和个人意识或者说隐含的作者的想法要在文本中得到体现,往往要落到叙述者身上,而戏剧化叙事中,叙述者难以寻找,作者意图自然也难以寻找。但不是在所有的问答叙事中,叙述者都无迹可寻,恰恰相反,所谓戏剧化叙述的效果,正是因为这一问一答的对象就是戏剧化叙述者。很多充当叙述者的问答人物,代表的正是隐含作者,所问所答之间,透露的就是隐含作者想要传递给读者的信息和想法,例如《太史公自序》中太史公和壶遂的对话。随着叙事能力的增强,对话记录从简单的问答实录发展成记言,又随着记事成分的逐渐增加,从记言转变成以记事为主,最后由记事从"以事系人"发展成为纪传体式的"以人系事",并影响到后世的文学叙事,最终成为戏剧、传奇和小说等最主要的一种叙事模式。这个过程,既是中国叙事虚构性逐渐增强的过程,也是叙事主体意识逐渐增强的过程。(在很大程度上,叙事主体意识的问题和中国叙事的记言传统不无相关。)从最早的叙述者隐退,到史传中的介入式叙述,再到时时以说书人身份出来评点的话本小说,以及其后的明清小说作品等,叙事主体在中国叙事中一直以各种方式展现自己的存在,并且和客观化的全知叙述巧妙地融合在一起,不可不谓中国传统叙事的一大特点。

"寓论断于叙事中",体现了司马迁的实录精神:冷静客观的叙述之下隐藏着作者的价值判断、政治见解、思想感情等。从这个角度来说,司马迁创造"太史公曰"的论赞形式,也是希望在人物传的正文叙述中尽量保持一个史官如实记录的客观视角,至于自己的评论和判断,主要集中在文末或开头的论赞序中。所以,史传作品的叙事主体意识,自始至终和史官的职责是分不开的。一方面,史官时刻秉承实录原则,要将历史尽可能客观地呈现于世人面前;另一方面,史官毕竟有自己的政治理解和治国理念等,随着叙事能力的增强,总要在叙述中透露出自己的主体意识。

就戏剧化叙述而言,"寓论断于叙事"是更高明的人物叙述者的用法,读者如若不细心揣摩,甚至难以察觉其中的微言大义,隐含作者的身影几乎完全隐藏到叙事之中了。因此,"寓论断于叙事"和"太史公曰"两种方法,用现代叙事学的术语来说,是司马迁将作者隐退和作者出面两种叙事技巧巧妙地融合在一起的叙事智慧的体现,而叙事主体意识也通过此两种方法得到完美呈现。

二、明清评点批评中的叙事学人物观

评点是最具民族特色的文学批评样式,也是中国古代文学批评的特有形式。小说评点派大兴于明代中后期,在清代达到全盛,虽然不像西方小说理论那样从一开始就注重理论的系统性和周密性,但在具体的品评中却表达着具有深厚艺术修养的评论者对文学本体、文学创作、文学鉴赏等高超的理论见解,其诗意化的评点蕴含的是早于西方叙事理论的中国叙事思想。这当中,有不少评述即体现了人物在叙述中的功能性作用和人物生成的观念。

(一)再谈人物和叙事结构

1. 结构之无痕中的人物叙述作用。"天然"或"自然"一直是中国文学审美追求的境界之一,结构布局上的"天然"或"自然"也是小说评点家认为创作应该追求的最高境界之一,因此,他们关于小说、戏剧等叙事的评论中也始终贯穿着师法自然的结构理念。对于作者在结构布局上的巧妙用心,金圣叹、张竹坡、陈其泰等评点家们常常用"文心"二字来表述,如"才子文心""文心深细""文心之妙""颇费文心""文心之巧"等,其中人物就是常常被用来帮助作者叙述的工具,具有叙述上的种种功能作用:(1)结构的自然联结和过渡;(2)叙述动力的自然引发和结束。

2. 结构之形美中的人物叙述作用。小说评点中有很多"闲笔""闲文""旁笔""正文""正笔"的表述,这正是中国古代小说叙事中所追求的结构形式之美:讲究叙述的曲折性和起伏性,讲究叙述的韵律美和节奏感,追求叙述的不同审美意境的交互更迭。关于这点,小说评点家们总结了诸多的章法和技法,其中也见出许多人物叙述的作用,有时候叙述中人物的配置甚至是根据形式美的需要来安排的。

中国叙事结构理论在小说评点派中的分量和地位再次向我们阐述了这样一种现象:从史传叙事开始,结构意识始终是中国叙事的重要主题之一,而人物的叙述作用也在其中得到大量体现。

中国叙事结构在明清作品中呈现出复杂的态势,双线、三线或多线结构,特别是网状结构等多样化结构形态的呈现,和本章中论述到的这些叙述章法或技法不无相关,形成了"草蛇灰线"般"断而不断"的中国叙事结构原则和特色,而这也再次证明中西叙事各有自己的特色,不能简单以西方叙事结构的审美特征去检验中国叙事结构的审美特征。当然,中国明清叙事作品中的结构大义和体现出来的中国古代叙事在结构上的特点,不仅仅局限于评点派中所论及的各种章法、文法、笔法等,但这些叙事手法的运用,也从一个方面体现出了中国古代叙事不同于西方叙事的重要特征:在叙事细节上的整体结构观和通盘考虑。中国叙事作品的结构观之于西方叙事作品的结构观,打个简单的比方,好比中国南方城镇布局和中国北方城镇布局的形态不同:北方城镇方方正正,道路的南北西东清清楚楚,即便是胡同这样的非主干道路,也在布局上分得清晰明确,很多从名字上即可看出,如"东四条""西四北三条"等;而南方城镇却多曲曲折折的小巷,一般从小巷之名难以区分布局上的方向感,但却自有其美,比如"书院街""赐福巷"等。无论是"结构之无痕"还是"结构之形美"中的各种叙事策略——或许它们正是造成中国叙事结构"缀段性"特征的原因之一——恰恰使中国叙事呈现出自身丰富多彩和极高的文学价值,而人物也因此在故事层面和叙述层面都有更多精彩纷呈的表演。

(二)人物生成法中的人物叙述作用

1. 比较:"影子人物"的意义。"影"一词频繁出现在明清小说评点中有关人物对比生成的理论叙述中,"影子人物""影写法""牵线动影"等一系列表达都凸显出"影"和正主人物的形象比喻关系:如影随形,而"影"的内涵也通过人物的这种比较叙述作用得到充分体现。傅修延以"镜像人物"作为和主人公同名同形的倒影式人物的命名,并撰有《镜像人物刍议》一文[①],对此类人物在叙述中的意义做了充分的阐释。"镜像"二字已是此类人物叙述作用最具意味和形象的说明,比如甄宝玉之于贾宝玉,六耳猕猴之于孙悟空等。对于中国古代叙事中人物叙述的这种独特表现,小说评点家们自然有大量的评述和理论总结。

影子人物在叙述中的功能和意义主要有以下几点。(1)影子和正主的对比关系看起来是写同类的相似性,但实际上二者却有叙述地位的很大差别。既为影子,就有主次之分,作为次要人物的影子人物从叙述作用角度而言,是为正主而存在的,在一定程度上影子人物在小说中的性格特征等明显具有故事意义方面的描写也是为正主服务的。如借袭人和晴雯的性格描写来暗示宝钗和黛玉性格的内涵差别等。(2)影子人物由"外"

---

① 傅修延:《"镜相"人物刍议》,载智量主编:《比较文学三百篇》,上海:上海文艺出版社,1990年,第278页。

到"内",都折射出正主的人格特征;叙述者对影子人物的褒贬等各种评论,其实寄寓着对正主的评价和看法。这当中,通过不可靠叙述对"镜像人物"的否定来肯定正主的特殊写法最有趣味。(3)正主凡不便写之处,都可由影子人物那里侧笔写出。(4)影子人物是正主的代言人。(5)借影子人物来写主要人物,也是中国叙事中隐喻叙事的一种体现。

人物的比较叙述作用,在史传叙事部分的论述中已见出,明清时期的文学作品在前人基础上对人物的描写和生成有了更多艺术表现形式上的多种尝试。无论是"影子人物"还是"陪衬人物",或者其他对比性人物,这些人物在叙述过程中发挥叙述作用,帮助主要人物生成自己的人格特征,同时在这个过程中也完成了自己人格特征的生成。中国传统叙事中高明的作者都非常善于借用小人物帮助自己叙述,但同时也非常注重人物自身的故事光彩,这在人物比较法中最为明显,所以无论是用来发挥比较作用的人物,还是被比较的人物,都给读者留下了鲜明的印象。中国叙事向来以人物为重头戏,人物无论是在故事层面还是叙述层面都有丰富多彩的表现,也正是通过人物,让我们领略了中国传统叙事中各种叙述的可能性和精彩。中国叙事的系统理论自觉性的确比西方叙事要晚,但在创作上早已具备了这样的叙事理念自觉性。

2. 视角:人物叙述者的演出。"视角"虽是西方叙事学提出的学术概念,但其创作实践上的各种技巧的娴熟运用,却早在中国先秦史传叙事中就有体现,发展至明清时期,作品中各种视角转换的例子更是俯拾即是。用小说评点派的语言来表述,所谓的西方视角理论就是"从眼中看出""从耳中听出""从口中说出"的各种感官交互叙述的大演出,在注重视听说各种感官叙述的中国叙事中,人物叙述者的使用已经成为作者创作中的家常便饭,这也标志着中国叙事艺术的较早成熟和高超。

(1)"从眼中看出"之人物叙述者表演。"从……眼中看出""从……眼中望出""是……眼中事"等是中国古代叙事中人物视角最常用的几种表达方式,叙述中一旦出现这样的句子,就意味着作者的叙述已经从全知全能的视角转换成某个人物的限知视角。事实上,人物叙述者内视角的运用,早在史传文学时期即有,《史记》中已经有不少例子证明,中国叙事很早就懂得将客观叙述者全知全能的视角和人物叙述者的内视角巧妙融合在一起的技巧,而以金圣叹为代表的小说评点派也深谙这一点。从人物叙述者的眼中所看到的一切,使叙述更具有真实性,有时也是叙事断点的刻意制造,悬念效果更能引起读者的阅读好奇心。

(2)"从耳中听出"之人物叙述者表演。不以全知全能视角叙述,而代之以人物叙述者的限知视角,在小说评点家看来,是"正写"和"影写"的区别,张竹坡即提出"影写法"一说。在张竹坡影写法所举例子中,我们可以看到中国传统叙事中视角转换的一个精彩点在于:作者在借用人物叙述者这种限知视角进行叙述时,并不单单只写"看",而往往将"看"和"听"两种感觉结合在一起写。

(3)"从口中说出"之人物叙述者表演。"说"在人物叙述者的演出中也是重要的方面,记言是中国叙事的传统,在人物叙述者的运用上,小说评点家自然注意到了明清小说、戏剧等叙事作品在这方面对史传叙事的继承和发扬。通过人物叙述者的对话或单个人物叙述者的说话发挥各种叙述作用,在小说评点中多有阐述。在一定程度上,由人物叙述者之口道出他事(插叙)或过往之事(补叙)或全知全能视角难以叙明之事,实则为叙事极省法的一种手法,这种精练的叙述方法,在很大程度上体现了中国先秦叙事传统中简约之风格;在艺术效果上,借人物叙述者之口进行叙述,显然比由全知视角平铺直叙更精练且更有叙述起伏感,同时使叙述避免了分头讲述的难处。

借人物之口道出琐碎繁杂之事或道明庞大冗杂之事,既是人物充当叙述者的方法,同时也常常是解决叙事中结构难题的方法,此类充当叙述者的人物还具有结构上的叙述意义,如演说荣国府的冷子兴和带领读者三游大观园的刘姥姥等。中国古代叙事中这种充分利用人物叙述者来述说庞大场面或复杂场景的做法,显然和西方叙事中惯于以全知全能视角大段落描写环境的做法有所不同。中国古代叙事中并非不重视空间或环境的描写,恰恰相反,结构上的空间意识一直是中国叙事最为重视的方面之一,但是以叙述人口吻道出具有空间或环境性质的内容,却的确算得上是中国传统叙事的一个特点。这种叙述策略的审美意义在于,通过人物叙述者之口,给读者描绘出一个无限大的虚拟空间,而读者可以充分发挥自己的想象力,以各种细节填充这种叙述有意制造的空白,潜在作者和潜在读者之间的叙述交流得以加强。另一种具有中国特色的写景方法,借自传统戏曲艺术,名为"人身载景"法,是借人物的感受比如口、眼、耳等"说出""看到""听到"环境,从而使环境带上人物的主观感受,较之以全知全能的作者视角直接描写环境,这种以人物视角渲染环境的写法更加生动形象。

　　通过人物视角来展开叙述,造成叙述上的"陌生化",并非中国传统叙事的专利,譬如俄国大文豪托尔斯泰就同样非常善于以"陌生化"的视角展开叙述,以此使读者获得不一样的作品阅读感受,从而达到对作品意蕴的更深层理解。如小说《霍尔斯托密尔》中以马的视角观察人类世界和社会,《战争与和平》中以非军人身份的贵族皮埃尔的视角来观察战争和表达对战争所展示的复杂人性的认识。但是中国传统叙事自史传文学叙事开始即有的人物视角转换叙述方法,发展到明清小说、戏剧叙事,在表现形态和艺术效果的呈现上有着更为丰富的表现,的确又体现出了中国叙事在叙事形式和内容上的不断创新和丰富,是中国叙事技艺高超的一种展现。

　　本章论述中有关人物的比较叙述作用如影子人物等,在很大程度上也是中国隐喻叙事的一种体现,人物叙述者的表演中也常常体现出隐喻的特点,如以作者代言人身份发声等。事实上,中国传统叙事中人物的叙述作用在很多方面都体现了中国叙事隐喻和简约的传统,此为其一。其二值得我们关注的是各种感官叙事在中国传统叙事中的表现,尤其是"听""说""看"混在一起,或以听述看,或以看夹听等多种感官夹杂在一起叙述的手法,以及对听觉叙事的强调等。

结语:"人有人的作用"

　　叙事中的人物,是一个又一个"可能的世界"中的虚构生灵,有着多种多样的形态,传统人物观对人物以性格为主的心理性特征进行了持久而深入的探讨,揭示了人物在故事层面上的多种可能性;叙事学人物观则对人物在叙述中的各种功能进行探讨,揭示人物在叙述层面的多种可能性,从而展示叙事的无限丰富性。

　　在对功能性人物理论的梳理和总结中,可以形成对叙事学人物的几点基本认识:

　　第一,人物不仅是叙述的产品,也是叙述的助手和参与者,人物在叙述层面有多种功能性表现。

　　通过人物在叙述中的各种功能研究,可以发现中西叙事在叙事传统、叙事思维以及叙事手法等方面表现出来的各自特色,体现出人物研究的叙事学意义。如由串联式人物牵出大量事件和人物,展现社会现实生活图景的叙述方式,在西方叙事作品中很常见,从古希腊荷马史诗到流浪汉小说、骑士文学,再到现实主义小说,都留下了串联式人物的功能痕迹。中国叙事受史传传统影响,不仅具有"连环短篇"制之特征,并且呈现出双线、多线和网状等多种形态,表现出"形散而神不散"的独特审美特质。由穿越式人物将各个独立的叙事单元联结成庞大的叙事系统,以再现广阔的社会现实,也是西方叙事中比较常见的一种方式,如巴尔扎克之《人间喜剧》、阿瑟·柯南·道尔之福尔摩斯侦探系列、福克纳之"约克纳帕塔法世系"等;同时,西方叙事在人物正式出场之前,喜欢用大段大段的场景描写渲染气氛,有时候这种场景描写还蕴含着作者的哲学理念。中国宏大叙事作品中,作者擅长利用冷子兴这样的导介人物,将错综复杂的叙述结构以及蕴含在内的人物关系化繁为简,便于读者把握整个叙事脉络,同时避免众多人物一一出场的冗长介绍,等等。

第二,行动性是功能性人物最重要的本质属性。

普罗普人物功能理论中的核心词就是"行动",他关注"从其对于行动过程意义角度定义的角色行为"[①],并通过人物的功能分类寻找叙述结构,这使人物行动本身的叙事意义得以彰显。俄国形式主义理论家对功能性人物的论述,处处与人物行动相关,尤其体现在有关主人公行动对叙述结构的重要性论述中。结构主义叙事学家侧重对人物进行基于行动层面的语义学或语法学研究,但结构主义叙事学家对人物的这种行动理论研究,由于过于抽象化,在文本中难以付诸实践,这本身就是其人物理论的局限性所在。本章由前人理论生发开来,强调人物是叙事的基本要素,而行动性是人物的基本特性之一,行动对人物在叙述中的生成具有决定作用,并且通过人物在叙述中具有功能性质的各种行动,展示了功能性人物的丰富性。

第三,人物是叙事中虚构的生灵,不等同于现实世界中的真人,是另一个"可能的世界"中的存在,虚拟性是人物作为叙事要素的另一重要本质属性。人物的这一属性和人物的功能直接相关。

形式主义学家和一些结构主义学家认为人物是情节的产物,人物的

---

① 弗·雅·普罗普:《故事形态学》,贾放译,北京:中华书局,2006年,第18页。

地位是功能性的。简而言之,人物是参与者或行动者,而不是人;不应该把人物视作真人。罗兰·巴特总结道:"结构分析十分注意避免用心理本质的语言来给人物下定义,至今为止一直力图通过各种假设,不是把人物确定为'生灵',而是'参与者'。"[①]比如格雷马斯对行动元的分类考察,不是根据人物是什么的标准,而是根据人物做什么的标准;托多罗夫则将人物视作没有任何实质内容的专有名词。罗兰·巴特认为叙事作品中的人物是"纸上的生命",这要从两个方面进行理解。一方面,要洞悉人物虚拟性的本质,不能将人物和现实生活中真实的、活生生的人混淆,要看到现实世界中的法则对人物不具有约束力,人物可以在外形上、行动上、人格特征上以及其他方面迥异于现实生活中的真人。最重要的是,要看到人物作为叙述建构出来的"可能的世界"中的存在,既是作者叙述出来的产品,也是读者在接受叙述时"可写的人物",是各种不同的"可能的世界"的标志,为叙述而存在。另一方面,要感受人物在叙述中的巨大生命力,不能将人物视作简单、机械的叙述工具或符号,而要通过人物在叙述中的各种功能及表现形态,看到人物跃然于纸上的多姿多彩和灵动性。人物是虚构的生灵,即使脱去性格、年龄、外貌等一切心理性外衣,也能在叙述层面展现他生命的光彩。

  无论是西方的人物叙事学研究,还是中国的人物叙事学研究,都从叙述层面向我们展示了人物另一个侧面的丰富性。传统人物观在故事层面对人物心理性等特征的探讨与本章在叙述层面对人物功能的探讨实则是人物研究中相互联系的两个方面。对人物在故事层面的研究,是研究"讲什么"的问题;对人物在叙述层面的研究,是研究"怎么讲"的问题。前者已经进行了深入、持久的研究,而后者尚有许多待开发的领域。人物在叙事中既有故事层面上的作用,也有叙述层面上的作用。在某种程度上,在故事层面不够起眼的小人物们,通常在叙述中的作用要明显大于故事中的作用,其叙述层面上的丰富表现甚至超越了那些在故事中居主要地位的人物,在叙述层面这个舞台上千姿百态、大放光彩。一部优秀的叙事作品,从来都没有多余的人物——每个人物都是自己序列的主人公,每个人物都有自己的作用和价值!

---

  ① 罗兰·巴特:《叙事作品结构分析导论》,张寅德译,载张寅德编选:《叙述学研究》,北京:中国社会科学出版社,1989年,第25页。

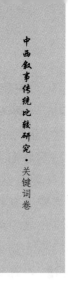

第十一章
叙事阅读

阅读是文学活动不可或缺的重要环节,文本的意义必须通过阅读活动才能得以彰显,没有阅读参与的文学活动不可想象。经由阅读活动而获得的认知理解,一方面当然受读者的知识储备、认知结构及生活境遇等因素的影响,另一方面也必定为其采用的方法论所制约,某种程度上甚至可以说,后者的影响作用可能更具决定性。考诸中西叙事阅读理论,本章认为,"聆听"与"透视"是二者在方法论上的最大差异:中国叙事阅读理论强调"聆听",认为"聆听"才是通达作者心意的必由之路;西方叙事阅读理论则强调"透视",要求以严谨科学的精神来演绎提取叙事作品的内在结构与关系类型。方法论差异的背后潜藏的是中西叙事阅读目标与阅读传统的复杂张力关系。

第一节 伦理性本位与关系性范型

且让我们从中西叙事阅读目标的差异性说起。

众所周知,儒家的道德伦理思想在中国文化传统中独领风骚,具有压倒性的力量优势,其核心是要建立以个人道德品质为基础,以道德关系为调节手段的等级秩序,而师法圣贤,体察圣人心意,进而达到与圣人心意相通的精神境界,则是达成该目标的重要途径。孔子说:"诵诗读书,与古人居;读书诵诗,与古人谋"①,一个"谋"字,便将与古人发生精神沟通的意思和盘托出;子思倡"学必由圣"之说,规定了阅读的目标走向;荀子要求阅读应该"始乎诵经,终乎读《礼》,其义则始乎为士,终乎为圣人"(《荀子·劝学》),"宗经""征圣"的意思呼之欲出。至于孟子的"以意逆志"与"知人论世"之说,更是指明了体察圣贤心意的实践路径。儒家这种伦理优先的原则直接决定了从经籍、史传到小说的文本意向性②:在经籍,是要体察圣贤幽微的情志抱负,激发读者见贤思齐之心。王符说圣人"以其心来造经典",后人亦应"以经典往合圣人心"(《潜夫论·赞学第一》);程颐主张阅读时"当观圣人所以作经之意,与圣人所以同心"(《二程集·河南程氏遗书》卷二十五);朱熹要求在阅读的"思虑隐微之间,每每加察",以吾心"合于圣贤之言"(《朱文公文集·答林伯和》),说的都是这个意思。在史传,就是要寻绎史家的讽谏意味,领会其为国家治理提供得失借鉴的良苦用心:既然"史之为务"是"申以劝诫,树之风声","不掩其瑕"的"直书其事"往往容易招致"恶名披于千载",那么,后人自当从影影绰绰的曲笔深处去一探背后的微言大义。这一点,还是刘知几说得透彻:"学者苟不能探颐索隐,致远钩深,乌足以辩其利害,明其善恶?"③至于小说,由于它本来就是自史传的母腹中化育而来,自然先天"遗传"了母体的思想烙印,只是其意向性从史传朝向统治阶级的讽谏意味,转变为朝向普通民众的教化意义罢了。不难看出,中国的叙事阅读观念认为"作者之意"有重于"览者之心",其目标重心是"通作者之意",即发现与挖掘作者(圣人、史家与小说家)的思想、抱负与情怀,通过调动读者的心理认同与价值认同,进而发挥其叙事对个人与社会的伦理教诲功能。小说评点的出现是中国叙事阅读史上的一件大事,即便如此,它对作者之意的偏好也没有根本性改变,只不过在尊重伦理意义的前提下,把作者之意的范围加以拓展,由精神之"意"更多延伸到技巧之"意"上来(如语词运用、情节照应、事件详略、纲目命名、声口描摹等方法运用及其产生的艺术效果)。

　　当然,上述认知结论的获取,存在两个必须加以说明的前提。其一可

---

① 薛安勤注译:《孔子集语译注》,长春:吉林文史出版社,1996年,第16页。
② "文本意向性"这一概念借自赵毅衡教授的《广义叙述学》。按赵毅衡之意,该概念意指任何文本都对接受者如何解释自己提出要求。参见赵毅衡:《广义叙述学》,成都:四川大学出版社,2013年,第24页。
③ 刘知几著,姚松、朱恒夫译注:《史通全译》,贵阳:贵州人民出版社,1997年,第397页。

称之为"叙事统括",即淡化经籍、史传与小说的性质区别,而将其统一视作叙事之文。它们之间的不同只在于事件比例的多少与训诲程度的高低。经籍从伦理高度规定史传叙事的意义指向,司马迁曾明确表示,写《史记》就是要"正《易传》,继《春秋》,本《诗》《书》《礼》《乐》之际"[1];刘勰也说"传者,转也。转受经旨,以授于后,实圣文之羽翮,记籍之冠冕也。"[2]说的都是史传对于经籍伦理价值的继承性。史传则以丰富的事件成分充实经籍的伦理意味,一如孔子所言,"载之空言,不如见之于行事之深切著明也"。其二可称之为"三位一体"。按朱自清先生的考证,最迟到汉代,"志""情""意"三者的含义就已趋同一[3],可谓异词而同义。尽管其中肯定存在更加精微的差别,譬如孔颖达就说"在己为情,情动为志"等,但本章无意进行更加细微的区分,而把它们看成是与主体精神追求有关的意义共同体,可以根据行文的需要裁量使用。

西方叙事学就其本质而言也是关于"阅读"的理论,它将"注意力投向阅读活动,试图说明我们如何读出文本的意义"[4]。经典叙事学家们坚信,既然人类丰富多彩的言语行为都受内在语法的控制,那么,在千姿百态的叙事作品那里,应当也有类似的支配力量(深层语法)在起作用,叙事学要做的工作就是把它揭示出来。从这个意义来说,叙事学就是受语言学成就所激励,将人类所有叙事材料视作巨型"文本"的巨型"阅读",其广泛程度仅从以下例证中即可见一斑。譬如,普罗普关于角色功能的概括,是从数量多达100个的民间故事里提炼而出[5];列维-斯特劳斯的《结构人类学》征用了巫术、宗教、艺术与神话等领域的丰富材料,空间跨度涉及亚洲、欧洲与美洲等广阔的人类活动区域;诺思罗普·弗莱的《批评的剖析》几乎把从神话、口传史诗、浪漫故事到抒情诗、戏剧、散文等文类全部考察了一遍;仅仅是在《叙事虚构作品》的第四章"本文:时间"里,里蒙-凯南提到有名有姓的作家就多达20人[6];《叙事话语 新叙事话语》虽将《追忆逝

---

[1] 司马迁:《史记》,北京:中华书局,1959年,第3296页。
[2] 刘勰:《文心雕龙注释》,周振甫注,北京:人民文学出版社,1998年,第169页。
[3] 朱自清:《朱自清说诗》,上海:上海古籍出版社,1998年,第8页。
[4] 乔纳森·卡勒:《结构主义诗学》,盛宁译,北京:中国社会科学出版社,1991年,第16页。
[5] 弗·雅·普罗普:《故事形态学》,贾放译,北京:中华书局,2006年,第22页。
[6] 里蒙-凯南:《叙事虚构作品》,姚锦清、黄虹伟、傅浩等译,北京:生活·读书·新知三联书店,1989年,第77—105页。

水年华》列为特定对象,可就是在"元故事叙事"这么一小节里,热奈特就赫然列举了14部作品以为例证①。至于韦恩·布斯,他在《小说修辞学》里对西方叙事作品所表现出来的熟稔与广博程度更是令人肃然起敬,心悦诚服。完全可以说,正是因为拥有广泛而丰富的阅读材料,西方叙事学家的理论提炼才有了可资依托的坚实基础。

西方叙事学在揭示叙事文本及活动的关系范式上用力最勤。结构主义向以关系性考察著称于世,认为事物的意义并不存于自身,只能通过考察它与其他事物的关系才能获得。经典叙事学自结构主义发展而来,自然从母腹那里带来了关系考察的天然印记。在列维-斯特劳斯看来,神话不过是一种可以分解为若干更小单位(神话素)的语言,它们的意义只有当其被相互参照着阅读时才可理解,只能在关系性比对中才能彰明。阅读的中心任务与其说是阅读情节故事,不如说是去发现、确定与分析这些单位要素间的关系。为了构建叙事的普遍语法,格雷马斯借鉴亚里士多德的逻辑学思路描述了一个抽象的符号系统(符号矩阵),作品的全部意义皆来自其四个义项间的关系交换机制。② 布勒蒙虽用"叙述逻辑"替代"叙事语法",但其追寻深层规则的愿望却与格雷马斯如出一辙。他从普罗普的功能理论那里获得启发,首先确定表层事件的功能意义,然后依因果关系与事件走向的可能性,构建起了一套既有历时考察又有共时归纳的规则系统。由此不难看出,关系考察也是布勒蒙叙事学研究的理论重心。

关系范式同样也是英美叙事理论的兴趣所在,只不过其侧重点不在于寻找放之四海而皆准的普遍语法,而在于探究叙事交流过程中的修辞关系。"修辞"一词在亚里士多德那里有"关于说服艺术"的含义,韦恩·布斯正是从这个意义上开始其研究的。一个时期以来,小说理论家片面推崇叙事的客观性效果,追求所谓"写作的零度",对作家在创作中主动表达价值取向的做法心存贬抑,布斯对此明确地予以质疑。在他看来,作家在小说中的声音从未缺席过,静默客观的"显示"未必真的比主观介入的

---

① 热拉尔·热奈特:《叙事话语 新叙事话语》,王文融译,北京:中国社会科学出版社,1990年,第161—163页。
② A.J.格雷马斯:《叙述语法的组成部分》,王国卿译,见张寅德编选:《叙述学研究》,北京:中国社会科学出版社,1989年,第98页。

"讲述"更加高明,它更有可能是后者叙事策略的组成部分,是"'讲述'所产生的一种局部效果"①,理论工作者与其遽下断语,不如去考察作者的技巧选择对读者情感认知所起的引导效果。西摩·查特曼与詹姆斯·费伦等人,将布斯的观点加以理论化与体系化处理,对关系范式的考察更为自觉。在布斯那里,研究兴趣主要还只集中在阅读效果与技巧选择的关系之上,目的不过是为了驳斥纯客观性主张的虚妄不稽;而在查特曼那里,叙事修辞已被视为一个完满的交流结构,涉及从真实作者、隐含作者到叙述者、真实读者、隐含读者及受述者的复杂流程,抽象色彩与逻辑意味均显著增强。当布斯探讨距离控制与叙事的可靠性问题时,其立足点主要还在作者(或隐含作者)一方;而在查特曼的交流结构中,已经把"读者作为叙事局面的本质特征包括进来"②;费伦则认为,把叙事修辞看成是一个交流情境固然不够,但像布斯那样将其视为作者对读者的说服艺术也有简单化的危险,费伦突出强调的,是作者与读者交流的往复性关系。他如此写道:

> 我所提倡的方法把重点从作为控制者的作者转向了在作者代理、文本现象和读者反应中间循环往复的关系,转向了我们对其中每一个因素的注意是怎样既影响了另外两种因素,同时又受到这两种因素的影响的。③

从发现深层语法到关注效果控制,再到强调作者、文本与读者的互动关系,西方叙事阅读理论的重心,存在一个由文本"内"向文本"外"、由"语法"向"语义"、由关注作为"物"的文本向关注作为"人"的读者的迁移。只要对认知叙事学等叙事学最新进展稍加留意,这一态势就更为清楚。长期以来,人们在描述叙事学的学科发展史时,往往专注于经典叙事学与后经典叙事学之间的差异和断裂,而通过引入关系范式的考察角度,或许会让我们对二者的联系产生新的理解。

---

① 戴维·赫尔曼:《叙事理论的历史(上):早期发展的谱系》,马海良译,载 James Phelan, Peter J. Rabinowitz 主编:《当代叙事理论指南》,申丹、马海良、宁一中等译,北京:北京大学出版社,2007年,第15页。
② 华莱士·马丁:《当代叙事学》,伍晓明译,北京:北京大学出版社,1990年,第154页。
③ 詹姆斯·费伦:《作为修辞的叙事技巧、读者、伦理、意识形态》,陈永国译,北京:北京大学出版社,2002年,第24页。

第二节 崇"听"传统与科学精神

考察中西叙事阅读理论的方法论差异,还须对各自的阅读文化传统有个基本了解。

如前所述,中国叙事阅读的基本目标是体察作者的心意情志,讽喻劝诫是其核心功能。值得注意的是,这种目标与功能的实现,主要通过诉诸人的听觉来进行,与"聆听"活动紧密相连。中国的叙事阅读对听觉活动情有独钟,在华夏文化语境中,阅读的听觉意味无论是深度还是广度均远超其视觉意味。"圣"字繁体作"聖",从"耳"从"口",似乎已经在指示体察圣贤心意的通道途径。《左传·襄公二十九年》记吴公子季札观乐所发议论,其时他并非在读《诗》,而是在聆听周乐的演奏,却能对"风""雅""颂"的意义娓娓道来,如数家珍。在这里,"闻听"便是"察意"。纪昀的《阅微草堂笔记》用"如是我闻"和"姑妄听之"这样的次级标题来道明其听觉来源,再将它们置于"阅微"的总名之下,"阅"中有"闻",其义豁然。可以毫不夸张地说,一部中国叙事阅读史基本就是一部叙事活动的"聆听"史。《尚书·尧典》里"诗言志,歌永言,声依永,律和声"的说法,已经尽数道明《诗》与"听"的密切关系:只要沿着声律这个外在的声响表达不断上溯,就可寻绎到情志寄托的所在。这也就是春秋时期诸侯卿大夫交接邻国时何以言必称《诗》的原因。当然"言志"也不是只有歌咏这种"清唱"的方式,还往往可以用钟鼓之声来加以"伴奏",《荀子·乐论》就说"君子以钟鼓道志"。钱锺书说《诗》以"声歌雅颂,施之于祭祀、军旅、昏媾、宴会,以收兴观群怨之效"[1],说明歌咏已经全面参与了先秦时代的社会文化生活,通过声音可以观风俗、聚人心,还不仅仅用于"言志"一途。刘勰甚至注意到《诗》中拟声词对文学描写方式的渗透,指明它们摹形状物的功能:"故灼灼状桃花之鲜,依依尽杨柳之貌,杲杲为出日之容,瀌瀌拟雨雪之状,喈喈逐黄鸟之声,喓喓学草虫之韵。"[2]"《诗》亡然后《春秋》作"[3]。史传的兴起

---

[1] 钱锺书:《谈艺录》(补订本),北京:中华书局,1984年,第38页。
[2] 刘勰:《文心雕龙注释》,周振甫注,北京:人民文学出版社,1998年,第493页。
[3] 焦循注:《孟子正义》,上海:上海书店,1986年,第337—338页。

并没有改变中国古人对听觉活动的倚重,对聆听的强调依然被保存并延续下来。这首先当然是由于《诗》、史同源的缘故。按照闻一多、刘师培等人的看法,"史"大抵可区分为"有韵之史"与"无韵之史"。前者等同于《诗》,"《诗》也是一种《春秋》","史官也就是'诗人'"。① 既然《诗》、史无分,史保留并延续了《诗》的听觉偏好也就不足为奇。现在的问题是,产生于散文出现之后的"无韵之史"是不是也同样倚重听觉呢?答案仍然是肯定的,只不过呈现的方式有所不同。在《诗》、史一体的时代,瞽瞍乐师可以赋诵甚或教诲的方式在朝堂之上表达对君王的婉讽,间接参与国家管理事务:

> 故天子听政,使公卿至于列士献诗,瞽献曲,史献书,师箴,瞍赋,矇诵,百工谏,庶人传语,近臣尽规,亲戚补察,瞽史教诲,耆艾修之,而后王斟酌焉。(《国语·周语》)

而在"无韵之史"亦即史传的时代,那个可以对面直陈的瞽史已经悄然退隐于史籍的背后,化身为纸上的血肉,以"君子曰""太史公曰"或者"赞曰"等声口面貌,使其道德教诲之声继续萦绕回荡在我们耳畔。

"史统散而小说兴"。一方面由于经济的发展与城市的繁荣,市民对耳目之娱的追求被催生激发;另一方面也由于佛教讲经内容的扩大化与活动的世俗化,至宋元时期,由"俗讲"发展而来的"说话"艺术高度繁盛,对听觉的倚重有增无减,"说话四家数,都是'说':说经、说史、说参请、说合生、说诨话,以及小说"②,均与听觉有关。此时的叙事阅读"华丽转身"为听觉消费,并且已经高度规模化与场所化了。按《东京梦华录》中的记载,此等消费故事的场所有"大小勾栏五十余座",最大的瓦子可以容纳数千人③,周密(别号:四水潜夫)《武林旧事》中标有明确区域方位的"瓦子勾栏"数量也达 20 余处④,繁荣程度不难想见。"说话"作为具有商业性质的阅读,其听觉消费过程也已经高度程式化。孙楷第曾经概括讲唱经文的节次顺序:先是"讲前赞呗",而后"诠解经题",再则"入文正说",如是

---

① 闻一多:《闻一多神话与诗》,长春:吉林人民出版社,2013年,第174—175页。
② 龚鹏程:《中国小说史论》,北京:北京大学出版社,2008年,第203页。
③ 孟元老:《东京梦华录》,李士彪注,济南:山东友谊出版社,2001年,第19页。
④ 四水潜夫辑:《武林旧事》,杭州:浙江人民出版社,1984年,第92页。

循环。① 虽然"讲经"与"说话"的内容有别,一个讲唱经文要义,一个讲述俗世故事,但是"聆听"的程式基本一致,这一点只要把它与话本小说(文本化的"说话")的组织架构相比照就十分清楚了:"讲前赞呗"乃是"入话"中诗词歌赋的前身,"诠解经题"相当于"得胜头回"中的意旨说明,"入文正说"则类似于话本的正话部分。商业化"聆听"还催生出职业化的说书艺人。精于此道者往往稔熟听众心理,长于敷衍铺陈,"一涉细故,便多增饰,状以骈骊,证以诗歌"②,还不时以生动的声口模仿来制造波澜,从而收取笑噱之效;而那些"艺之次者"则无法进入勾栏之内,只能在要闹的宽阔之处浪荡献艺,聊以果腹。

到明清章回小说那里,人声鼎沸的书场"说话"经艺术处理化为仿真式的听觉情境。在此情境中,深厚的说书传统已然固化了读者的听觉定势,阅读成为读者(听众)与叙述者(说书人)之间的听觉"合谋"。前者一方面欣欣然将自己置身于想象性的书场茶肆之中,另一方面对后者的预期召唤心领神会:一听到"列位看官",马上明白叙述者很可能要暂时中断故事进程,进行评点干预了;一遇见"有诗为证""有词为证",便对叙述者自证才情的跃跃欲试了然于心,性急的读者往往直接跳过,径直进入下文;每当"花开两朵,各表一枝"出现时,就意味着先前的故事即将岔开,接下来将要听到的是新的故事;每当情节关键处出现"欲知后事如何"时,他能做的便是暂时按捺好奇之心,而将期待的满足留待往后。这些带有鲜明书场特色的叙事套语,发挥着重要的听觉提示功能,"这种假想的听众和说书人的介入,类似我们上文提到的'太史公曰'的史文手法,形成事件的模仿和叙述者的评论双线发展的特殊修辞效果"③。

突出科学主义的指导原则,强调科学方法论的运用,是19世纪以来西方文论的一大特征,俄国形式主义者曾借此为理论武器,旗帜鲜明地表达对象征主义的反对。艾亨鲍姆宣称:"我们决心以对待事实的客观的科学方法,来反对象征主义的主观主义美学原理。由此产生了形式主义者所特有的科学实证主义新热情。"④罗曼·雅各布森干脆直接宣布俄国形

---

① 孙楷第:《俗讲、说话与白话小说》,北京:作家出版社,1956年,第44页。
② 鲁迅:《中国小说史略》,南京:译林出版社,2014年,第89页。
③ 浦安迪教授讲演:《中国叙事学》,北京:北京大学出版社,1996年,第100页。
④ J. M. 布洛克曼:《结构主义:莫斯科——布拉格——巴黎》,李幼蒸译,北京:商务印书馆,1980年,第41页。

式主义是关于"诗学科学的探索"。这种科学主义倾向在法国文论里表现得尤为突出。

法国文论中的科学主义崇拜,无疑是因自然科学日新月异的新成就而起。文学研究者在震惊与"钦羡"之余,发现从自然科学那里获取路径启示并非没有可能,因为与文学一样,"自然科学研究的主要对象自然仍然是人,而且正在向前发展的科学已经发现了大批关于人的精神和肉体的存在本质的事实材料,这些资料每日每时还在增多。"[①]换言之,对人类生活的共同关注,为文学研究移植自然科学方法提供了可能。巴尔扎克自称"从莱卜尼兹的原子论、贝丰的有机分子论、尼特海姆的生命机能力说"以及查尔·波奈的"接合说"那里,学会了如何处理典型与类型的关系[②];左拉坦承自己受实验医学启发,写《黛莱丝·拉甘》的目的就是"研究情欲、本能的冲动、神经性发作给大脑造成的损害等因素,在这两个没有理性的人身上暗中发生的作用"[③]。

在实证主义哲学的支持下,泰纳(又译丹纳)主张艺术与科学的"联姻":"能够给美提供主要的根据是科学的光荣,美能够把最高的结构建筑在真理之上是美的光荣。"[④]他认为文艺的变化之因不能如黑格尔那般寻自抽象的精神领域,而应从其赖以生存的要素中加以发掘。在《〈英国文学史〉序言》中,他将此要素归结为种族、环境与时代三个方面。考虑到之前"法国文学批评大都是直觉的,而且往往是印象主义的;……对系统的理论兴趣是很少的"[⑤],泰纳的"三要素说"摒弃了印象批评的随意性,依自然科学的分类原则建立起逻辑严密的思想体系,为文艺批评这棵古老的学术之树嫁接了科学主义新枝,结出了崭新的精神果实。从这个意义上说泰纳开启了法国文论的现代化与科学化进程亦不为过。

比较文学"法国学派"的崛起,是科学主义追求在文学研究领域取得巨大进展的又一例证。该派的研究理路之所以被称为"影响研究",皆因其特别强调跨国别作家作品之间的渊源影响关系。为保证研究结论的可

---

① 柳鸣九主编:《自然主义》,北京:中国社会科学出版社,1988年,第528—529页。
② 王秋荣编:《巴尔扎克论文学》,北京:中国社会科学出版社,1986年,第58页。
③ 柳鸣九主编:《自然主义》,北京:中国社会科学出版社,1988年,第461页。
④ 丹纳:《艺术哲学》,傅雷译,北京:人民文学出版社,1963年,第347页。
⑤ 雷纳·韦勒克:《二十世纪西方文学批评》,刘让言译,广州:花城出版社,1989年,第39—40页。

靠性,"法国学派"秉持严格的科学实证态度,将文学现象(事实)间的因果关系视作获得真理性认识的依据。为此,他们在操作实践上力求找到渊源关系的起始方、传递者与终结方,对从前者到后者的"旅行"路线进行追根溯源,广泛搜集作家的生平、日记、游记、回忆录、往来书信以及有关的评论文章等,来作为其立论的文献资料与物质证据。上述事实充分表明,结构主义叙事学的诞生,是有其浓厚的科学主义文化氛围的。

结构主义叙事学对科学主义传统的继承主要表现在以下三个方面。首先是强调对象的客观性。托多罗夫在总结俄国形式主义的特征时曾指出,形式主义者从一开始"就把作品作为考虑的中心,他们拒绝接受当时支配俄国文学批评的心理学、哲学或社会学的方法,……(认为)不能根据作家生平,也不能根据对当时社会生活的分析来解释一部作品"[1]。这段话用于评价法国结构主义叙事学同样恰如其分。其次是强调规则的普遍性。托多罗夫受奥尔特加·依迦赛"科学所关注的不是具体的事物,而是替代具体事物的符号系统"[2]一说的影响,认为文学科学的关键是去发现"情节"。当然"情节"在此不是指单部叙事作品的事件安排,而是指能够涵盖一切叙事作品的普遍结构,它潜藏于表层叙述背后却又起着普遍的支配作用,具体作品仅仅"被视作某个抽象结构的表现,仅仅是实现这个抽象结构的一种可能"[3]。由于人类认知心理的相似性,托多罗夫坚信这种普遍语法必定存在。最后是强调方法的透视性。这一特点其实由"规则的普遍性"所规定:既然普遍结构在逻辑上完全成立,那么对叙事作品进行透视分析使之显现出来自然顺理成章。至于如何显现,下文还将进一步展开论述。

第三节 听觉意味与视觉倚重

中西叙事阅读的目标与传统至此得以初步彰明,我们最后来探讨二

---

[1] 茨维坦·托多罗夫编选:《俄苏形式主义文论选》,北京:中国社会科学出版社,1989年,第7页。

[2] 托多洛夫:《叙述的结构分析》,盛宁译,见朱立元、李钧主编:《二十世纪西方文论选》(下卷),北京:高等教育出版社,2002年,第146页。

[3] 同上书,第140页。

者的实现方式,亦即方法论问题。

如前所述,中国的叙事阅读讲求聆听作者心意,借此实现伦理教化之目的,那么,我们自然要追问聆听的实现方式问题。最简明也最直接的方式当是"循声察旨",即叙述者将其立场观点以明确方式加以表达,此时无论是叙述者之"声"还是隐含作者之"旨",都极为显豁易明,于读者获取毫无困难。在史传叙事那里,叙述者多采用诸如"君子曰""太史公曰"式的"史臣"口吻来传达自己的心意态度。刘知几曾对《史记》的此类"论赞"颇有微词,说它有炫耀文采的可疑动机,与史书的简约法度很是不合。① 刘知几在此可能只记住了历史叙述"持论宜阔略"的写作要求,却忘记了发挥教诲作用原本也是史官的重要职责。既然要表达伦理道德的教训意义,何如直书评论来得直接?随着虚构成分的不断增强,后世小说里那些标示(模拟)史职身份的词语逐渐消失,渐次以"偈语""诗云""赞曰"等变体面目出现,但这丝毫不影响小说的曲终奏雅,读者很容易从叙事文的"卒章"听辨出所显之"志"。

第二种方式可以称之为"依声寻味"。长期以来,人们习惯于将声音单纯地看成意义的载体,却忽视了声音自身所携带的丰富意味,造成艺术韵致的白白流失。按赫希的说法,"意味"是"意义与人之间的联系,或一种印象、一种情境"②。它不等于意义,也难以言说,更多是指通过阅读活动感受到的、与声源主体的情绪密切相关的声响质地。罗兰·巴特将它命名为声音的"颗粒"③。意味虽然不等同于意义,却能以鲜活生动的艺术感受充实文本,使之立体丰满,具有咀嚼不尽的恒久魅力,某种程度上完全可以说,是"意味"而不是"意义"成就了叙事作品的文学性。叙事文的声调语气无疑是体察意味的重要入口,刘大櫆要求读者反复揣摩古人的神气音节,令其出入我之喉吻之间,久之方有铿锵的金石声质。④ 林纾曾以亲身经历加以佐证:"鄙人每于不适意时,闭户读之;家人虽不明诗中之意,然亦颇肃然为之动容。"⑤汉语中的语气助词属于虚词,"助"与"虚"

---

① 刘知几著,姚松、朱恒夫译注:《史通全译》,贵阳:贵州人民出版社,1997年,第140—141页。
② 引自 P. D. 却尔:《解释:文学批评的哲学》,吴启之、顾洪洁译,北京:文化艺术出版社,1991年,第21页。
③ 罗兰·巴特:《显义与晦义》,怀宇译,天津:百花文艺出版社,2005年,第275页。
④ 刘大櫆:《论文偶记》,北京:人民文学出版社,1959年,第12页。
⑤ 林纾:《春觉斋论文》,北京:人民文学出版社,1959年,第79页。

的词性命名,已然表明了国人推崇实际"意义"的态度。然而林纾注意到,"善于文者,用虚词最不轻苟",阅读时"断不能将虚词略过",就是因为某些虚词的使用,是感受人物精神气质的绝妙声响途径,此所谓"虚词详备,作者神态毕出"。① 司马迁作《史记》,一方面固然是为了"究天人之际,通古今之变,成一家之言"②,可是谁又能说,他忍辱负重的强大精神动力,不是来自父亲临终前"哉"("汝其念哉")字的那声缓慢而又沉重的绝响?正是因为对灞陵尉那一声傲慢势利的"也"字("何乃故也")刻骨铭心,李广才一直耿耿于怀,必欲杀之而后快。③ 李陵与苏武诀别前的那一声喟然长叹("已矣"④)里,包含的又岂止无奈、怅然、遗憾这么几种有限的情绪成分?同样,《醉翁亭记》通篇的21个"也"字,构筑起张弛有度的环绕"立体声声墙",使作者酒酣之余恬然自得的精神气度回荡于读者耳畔。

由于"听""说"须臾不可分离,古人对"听"的强调自然延伸至对"如何读"进行考察,"因声求气"就是这种延伸的逻辑结果。首先,由于"音节高则神气必高,音节下则神气必下,故音节为神气之迹"⑤,因此可以通过朗读声音的轻重权衡来体察作家的精神气度。曾国藩对此说得非常透彻:"《诗》、《书》、《易经》、《左传》诸经、《昭明文选》、李杜韩苏之诗、韩欧曾王之文,非高声朗诵则不能得其雄伟之概,非密咏恬吟则不能探其深远之韵。"⑥其次,要重视语速的驰骤缓急对理解产生的制约作用。姚鼐认为:"大抵文章之妙,在驰骤中有顿挫,顿挫中有驰骤。若但有驰骤,即成剽滑,非真驰骤也。更精心于古人求之,当有悟处耳。"⑦刘熙载对此颇有体会,他说:"《公》、《谷》两家,善读《春秋》本经,轻读、重读、缓读、急读,读不同而义以别矣。"⑧应予特别强调的是"涵泳"这种经朱熹、曾国藩等人提倡而声名大振的阅读方法。⑨ 按朱熹之意,"涵泳"不是某种单一的阅读

---

① 刘大櫆:《论文偶记》,北京:人民文学出版社,1959年,第9页。
② 司马迁:《史记》,北京:中华书局,1959年,第2871页。
③ 同上书,第3295页。
④ 张永雷、刘丛译注:《汉书》,北京:中华书局,2009年,第65页。
⑤ 刘大櫆:《论文偶记》,北京:人民文学出版社,1959年,第6页。
⑥ 董力选编:《曾国藩家书》,成都:四川文艺出版社,2008年,第97页。
⑦ 贾文昭编著:《桐城派文论选》,北京:中华书局,2008年,第134页。
⑧ 刘熙载:《艺概笺注》,王气中笺注,贵阳:贵州人民出版社,1986年,第9页。
⑨ 曾国藩称赞涵泳为"最为精当"之阅读方法,谕示儿子曾纪泽细加体会,参阅曾国藩咸丰八年八月三日之"与纪泽儿书"。

方式,而是一种具有高度综合性的方法原则。他强调"熟读"的重要性:"与其泛观而博取,不若熟读而精思"(《答沈叔晦》);也重视朗读的声效作用,认为读书"须要字字响亮","只是要多诵遍数,自然上口,久远不忘"(《兴学斋规》);他还要求读者立足自身,通过反复玩味来体会作家的精神意趣:"徐读而以意随之","则其不可涯者将可有以得之于指掌之间"(《读书之要》)。由"熟读""多诵"及"徐读"等字眼不难看出,"涵泳"实则与"因声求气"有着密切的关系。作为中国版的文本细读法,小说评点要求阅读与批评实现一体化,如此复杂的操作又岂能离开"涵泳"活动的参与?只不过其"涵泳"目标更多受经史叙事法则的启迪,并且表现得更为技术化,更具制作意识。金圣叹自言曾考察过《论语》一书的"制作"方式,他说:"《学而》一章,三唱'不亦';《叹觚》之篇,有四'觚'字,余者一'不'、两'哉'而已。"①金圣叹是在提醒读者注意《论语》的词语编排与运作方式,进而将这种编排方式加以逻辑延伸。在金圣叹看来,《庄子》《史记》亦不过是"以此数章,引而伸之,触类而长"的结果;《水浒传》篇幅诚然宏大,然其神理结构也不脱《庄子》《史记》一途。换言之,《论语》是某种方法论的"原型",《水浒传》不过是《论语》"制作"方式的扩大化与丰富化而已。这种看法,倒与热奈特的观点——一切鸿篇巨制皆是一个动词的扩张②——颇有异曲同工之处。

最后一种方式可称之为"因默入神"。"默"是无声的空白,此时叙述者的言说或者暂时中止,或者已经结束,读者既不高声朗诵也不密咏恬吟,其物理声音已然停歇,阅读过程至此似乎处于绝对的缄默状态。然而物理声音的消逝,才是想象性倾听的开始,正是挣脱了有形之音的束缚,读者才能彻底沉潜于心灵深处,让主体思绪自由驰骋于想象的广阔天地。"因默入神"不同于"微言大义"或史家曲笔或者戚蓼生所称的"绛树二歌",后三者大致可称"因默传神",性质属于"言在此而意在彼"。如戚蓼生《石头记序》所言:"第观其蕴于心而抒于手也,注彼而写此,目送而手挥,似谲而正,似则而淫。如《春秋》之有微词,史家之多曲笔……写闺房

---

① 金圣叹:《金圣叹全集·三·白话小说卷(上)》(修订版),陆林辑校整理,南京:凤凰出版社,2016年,第21—22页。

② 热拉尔·热奈特:《叙事话语 新叙事话语》,王文融译,北京:中国社会科学出版社,1990年,第10页。

则极其雍肃也,而艳冶已满纸矣;状阀阅则极其丰整也,而式微已盈睫矣。"①"彼在"的意义诚然没有直接道明,也处于某种沉默的状态,但它因"此在"的言说所传达引发,意义内涵比较明确,其实现途径须借助读者的辨析能力。

"因默入神"的性质属于"言已尽而意无穷",此时"意"之内涵已经高度虚化,并不具备明确的所指,它可能是某种感慨兴叹,也可能是某种思考回味,甚至兴叹、回味的行动性也是"入神"的重要构件。其实现手段也不再是通过读者的辨析力而是其想象力与领悟力。"因默入神"的这种"神游"特点,对于叙事阅读具有极大的增值功能。当白发渔樵的笑谈声消弭于江渚之上,《三国演义》回荡于读者心头的,是盖世英雄而今安在的感慨,还是浓烈的历史虚无意识?当《桃花扇·余韵》里最后的诗吟之声消散于舞台深处,听众内心涌起的是彻骨的寒意悲怆还是兴替的苍凉慨叹?《红楼梦》篇末以偈语终了,余音散尽之际,读者心中荡漾开去的是"遍披华林"的"悲凉之雾",还是纷扰世事的荒唐无稽?读者在此不必做出明确的选择判断,只需反复入神回味便可,因为耐人寻味原本就是中国文学孜孜以求的目标效果之一。

西方叙事阅读理论受科学主义传统影响,其探求叙事普遍规律的愿望在方法论上的总体特点,就是透视法则的运用。该法则对解释叙事文的意义无甚兴趣,而把总结叙事规则作为根本目的,通过采用语言学的分析模式,综合运用分类、演绎、图示等多种方法,试图建构起叙事学的理论系统,为解释作品先行"设计一台描写仪器"②。

我们先看语言学模式的采用。罗兰·巴特宣称:

> 文学科学的模式,显然是属于语言学类型的。因为语言学家不可能掌握语言的所有句子,所以他们就建立了一个假设的描写模式,从此,他们就能解释无限句子的生成过程。无论需做多大的修正,我们没有理由拒绝尝试把一方法运用到文学作品的分析中来。这些作品本身十分类似于无数的"文句",它们是通过某些转换规律而由象征的一般语言衍生出来的,而这些转换规律,又是以更为一般的方

---

① 丁锡根编著:《中国历代小说序跋集》(中),北京:人民文学出版社,1996年,第1151页。
② 兹维坦·托多罗夫:《从〈十日谈〉看叙事作品语法》,黄建民译,见张寅德编选:《叙述学研究》,北京:中国社会科学出版社,1989年,第187页。

式,由关系到描写的某种有意义的逻辑而形成的。换句话说,语言学可以把一个生成的模式给予文学,这模式适用于一切科学的原则。①

在这种认知的推动下,结构主义叙事学者通过从概念术语到结构逻辑的全面借用,来表达对语言学模式的致敬。譬如,他们用"时序"来表示原始事件与被叙事件的时间处理,用"语态"来指称人物与叙述者的角度选择,用"语式"来指称叙述者的陈述与描写方式,用"语法"来指代叙事文的内在结构,等等,希望以此来构建一套可与语言学等量齐观的描述体系。托多罗夫与热奈特甚至认为,文学作品都不过是谓语动词变化组合的结果。前者将《十日谈》中的人物视为名词,个性特点视为形容词,行动看作动词,小说中的平衡与波动是运用动词制造出来的结果②;后者干脆宣称《奥德修纪》与《追忆逝水年华》这样的鸿篇巨制就是"一个动词的扩张"——"奥德修斯回到伊塔克或马塞尔成为作家"以某种方式的延长。

对规律性与客观性的强调,使得结构主义叙事学的方法论不由自主地向自然科学靠拢,其主要类型有:

(一)演绎法。首先假定一个先验结构模式的存在,然后分析其构成特点,并以之为依托来解析具体叙事作品,是不少早期叙事学者的共同思想理路。罗兰·巴特在《S/Z》开篇写道:"据说,某些佛教徒依恃苦修,最终乃在芥子内见须弥。这恰是初期叙事分析家的意图所在:在单一的结构中,见出世间的全部故事(曾有的量,一如恒河沙数)。"③格雷马斯也认为,倘要扩大分析叙述的应用范围,必须先行设计一个具有普遍符号语言学性质的描述模式。④ 热奈特的思路与之大致相似,虽然他声称《叙事话语》一书以《追忆逝水年华》为具体对象,但"为使论述更带普遍性,……〈追忆〉在此将只是一个托词,为一种叙述诗论提供例证,添加注脚,在该

---

① 巴尔特:《文学科学化》,温晋仪译,载朱立元、李钧主编:《二十世纪西方文论选》(下卷),北京:高等教育出版社,2002年,第131页。
② 兹维坦·托多罗夫:《从〈十日谈〉看叙事作品语法》,黄建民译,载张寅德编选:《叙述学研究》,北京:中国社会科学出版社,1989年,第186页。
③ 罗兰·巴特:《S/Z》,屠友祥译,上海:上海人民出版社,2000年,第55页。
④ A.J.格雷马斯:《叙述语法的组成部分》,王国卿译,载张寅德编选:《叙述学研究》,北京:中国社会科学出版社,1989年,第95页。

诗论中它的特点将消失在'体裁规律'的先验性中。"[①]"注脚""先验"诸语云云,已经把热奈特的真实想法暴露无遗。学者们对演绎法情有独钟,一方面当然源于语言学模式的直接启迪,另一方面也是因为彻底的归纳法实施起来存在难以克服的障碍:没有谁有能力把恒河沙数般的叙事作品进行彻底的分门别类。因此绕过归纳阶段,劈头从演绎开始,反而不失为好的解决办法。

（二）分类法。分类法是结构主义叙事学最为偏爱也最为擅长的方法,仍以罗兰·巴特为例略加说明。罗兰·巴特在确立先验描述模式之后,进而将其分成三个层次:"功能"层、"行为"层与"叙述"层。"功能"层又可区分出"功能"与"迹象"两种类型,前者必须对下文有引起作用,后者则以模糊的方式加以暗示补充。由于叙事单位的"功能"不可能绝对平均,所以"功能"又有"核心"与"催化"之别,"核心"功能是事件叙述不可缺失的"铰链","催化"功能则用来填充"铰链"之间的叙述空隙,一部叙事作品就是无数的"功能"与"迹象""核心"与"催化"叠加组接起来的产物。热奈特的叙事形式分类同样令人眼花缭乱:"同叙述叙事与异叙述叙事（叙述者是或不是故事中的人物）,外叙述叙事与内叙述叙事（叙述者的叙述行为发生在故事之外或之内）,内聚焦与外聚焦,等等"[②]。甚至"米克·巴尔、杰拉尔德·普林斯以及苏珊·兰瑟等早期叙事学家都表现出对分类学的热情"[③]。结构主义叙事学家对分类法的热衷,折射出的是这样一种乐观主义心理预期:叙事规律尽管纷繁复杂,但仍然是可以通过"透视"分析获得与掌握的,既如此,何妨把它梳理得整饬有序？

（三）图示法。为使叙事法则更具逻辑概括性,西方叙事学者往往大量使用图示法(包括表格、公式等),其数量之多、运用之广、推论之抽象细致,考诸西方文学理论史亦不多见。如果说格雷马斯用纵横交错的线段来"描绘"四要素的关系,还只是在用矩阵来图示聚合模式的意义图景,那

[①] 热拉尔·热奈特:《叙事话语 新叙事话语》,王文融译,北京:中国社会科学出版社,1990年,第4页。

[②] 莫妮卡·弗卢德尼克:《叙事理论的历史(下):从结构主义到现在》,马海良译,载James Phelan, Peter J. Rabinowitz主编:《当代叙事理论指南》,申丹、马海良、宁一中等译,北京:北京大学出版社,2007年,第26页。

[③] 同上。

么他所谓的"拓扑句法"就堪比数学公式,是纯粹基于数理逻辑的推导演绎①,而且这种数学公式式的推导演绎似乎还有普泛化趋势。在这方面,后起的普林斯堪可引为格雷马斯的同好。如果说菲利普·阿蒙运用表格模式还只是意在对人物性质进行统计学归类②,以便从中提取共性,那么苏里奥关于戏剧故事中的六种功能符号就已经完全图像化③,其描述效果与今天的社交软件中的表情包相差无几,人们要做的工作,只是根据剧情来加以组合描述而已。倘若把列维-斯特劳斯仿效管弦乐谱而"绘制"的神话功能"排列图"、布勒蒙的叙述可能"逻辑图"以及查特曼的叙事交流"情境图"也一并算入,则图示法的阵营将更为壮观。说离开了图示法,经典叙事学就无法进行理论言说,可能有点夸张;但缺少了图示法,它将黯然失色却肯定会是事实。只有对建构符号学理论模式的雄心壮志有深刻洞察,我们才能对经典叙事学的图示法偏好做出更为合理的解释。

与中国叙事阅读的"重听"偏好相比,西方叙事阅读理论的视觉主义色彩更为鲜明,此中大量具有视觉意味的术语运用便是明证。只是为了描述讲述角度的选择,叙事理论的工具箱里就放置了贴有"视点""视角""视域""眼光""透视""观察角度"等标签的多把工具。饶是如此,热奈特还是觉得不满意,认为它们都不如"聚焦"一词来得贴切,因为"聚焦"更具角度的可调节性意味。④ 对于热奈特来说,视觉描述不是有无必要的问题,而是如何描述得更为精准到位的问题。由角度描述而引发,更多视觉意味的术语应运而生:根据人物所知程度派生出来"内聚焦""外聚焦"或"零聚焦",根据其观察角度进行叙述的人物称为"焦点人物""聚焦者",被观察的客体称为"被聚焦者",等等。随着新叙事媒介的涌现,这种诉诸视觉性质的术语还在源源不断地被制造出来。⑤ 有些术语虽然没有采用直接的视觉词汇,但是含有明确的视觉隐喻色彩。比如,"情节"往往被理解成按因果关系进行的事件排列,引起与被引起的秩序感让它具有明显的

---

① A.J.格雷马斯:《叙述语法的组成部分》,王国卿译,载张寅德编选:《叙述学研究》,北京:中国社会科学出版社,1989年,第113页。
② 参见菲利普·阿蒙:《人物的符号学模式》,张小鲁译,载张寅德编选:《叙述学研究》,北京:中国社会科学出版社,1989年,第320—324页。
③ 参见傅修延:《讲故事的奥秘——文学叙述论》,南昌:百花洲文艺出版社,1993年,第74页。
④ 热拉尔·热奈特:《叙事话语 新叙事话语》,王文融译,北京:中国社会科学出版社,1990年,第129页。
⑤ 参见傅修延:《从西方叙事学到中国叙事学》,《中国比较文学》2014年第4期,第246页。

视觉意味;"展示"由于最大限度地令"讲述"的痕迹消失,从而制造出一种"如在眉睫之前"的"真实"幻觉;"全景"因从远处来进行艺术处理,使人们对事件信息的整体状况更为了然,含有"尽收眼底"之义;等等。这样的术语在叙事学的术语库里还为数不少。

视觉隐喻不但体现于概念术语之中,也同样体现在叙事阅读的目标设定与方法论上。自柏拉图开启了视觉与理性的合流之途以后,伴随文艺复兴、启蒙运动以及近代科学主义对理性精神的不断鼓吹,视觉逐渐确立起对其他感觉的绝对优势,最终形成了西方文化中的视觉中心主义传统。这一传统可以从两个方面加以理解:其一是运思方式的二元对立模式,即按诸如具体与抽象、感性与理性、现象与本质、主观与客观、外在与内在这样的形而上学分类来理解世界。前一类项往往显性易变,后一类项基本隐性不变;而在价值意义上,后一类项一般重于前一类项。因此,当结构主义叙事学企图在万千叙事作品里找寻"深层语法"时,其视觉隐喻意味不言自明。只不过叙事学在意的是寻绎普遍描述模式,而回避了其价值意义的探求,也算是在遵从二元对立模式"共性"的同时,为自己保留了一丝理论"个性"。其二是言说方式上的"以视为知"观念,即认为视觉可以通过图像、符号的方式如实反映真理,知识能够借助视觉方式来获得理解,这就是知识的图像化或者可视化。图示法的视觉色彩无须多说,就分类法而言,当叙事话语的定义、构成、类型、特点被按照建筑物式的结构进行层递分解,读者因而得以更为明晰地理解其内在状况时,其视觉意味同样昭然若揭。

视觉中心主义实质上是一种本质主义,它片面强调理性的至高无上,把人类原本无限丰富的体认世界史简化为关于深度本质的探讨史,目前正遭到越来越多的批判乃至否定。偏爱语法抽取与话语分类的结构主义叙事学同样遭遇这样的挑战与质疑。结构主义叙事学意在分离出使"符号得以结合成为意义的一组潜在规则,它几乎完全忽视符号实际所'说'的东西"[1],因此,人们完全可以理直气壮地质问:"这又能怎么样?所有

---

[1] 特雷·伊格尔顿:《二十世纪西方文学理论》,伍晓明译,西安:陕西师范大学出版社,1987年,第107页。

这一切细分再细分的范畴对于理解文本有什么用呢?"①换言之,阅读意义的缺位,是结构主义叙事学无法回避的问题,也正是因为这一问题没有得到较好的解决,才导致它于20世纪80年代以来的不断式微以及后经典叙事学的兴起。考虑到结构主义叙事学的视觉主义色彩,从某种意义上可以说,它的风光不再与逐渐式微,恰是视觉中心主义地位终将动摇的理论"寓言"。今天,我们倘若要体验阅读的乐趣,就不但要重视阅读的思想启迪之功,也要强调阅读的鲜明感受之效。而要做到后一点,以"聆听"来弥补"透视"的不足,保持阅读感觉领域的"生态平衡"至关重要,或许这就是比较中西叙事阅读方法给予我们的启示。

---

① 莫妮卡·弗卢德尼克:《叙事理论的历史(下):从结构主义到现在》,马海良译,载 James Phelan, Peter J. Rabinowitz 主编:《当代叙事理论指南》,申丹、马海良、宁一中等译,北京:北京大学出版社,2007年,第27页。

第十二章
叙述声音

　　叙述声音(narrative voice)是叙事理论关键词,也是叙事学研究的重要对象。文本中的叙述声音不是实体的声音,而是一种隐喻的表达,它是文体、语气和价值观的融合,是叙事的一个成分,与叙述交流中的诸多因素存在密切联系,直接影响文本意义的生成与传达。众所周知,叙述什么与如何叙述均由作者的意识决定,叙述声音就是读者从文本中感知到的作者意识。作者的意识会在文本中留下浓淡不一、不易捉摸的迹象,可以被读者感知。与人类能听懂不同口音的表达相似,我们发现文本中的叙述声音也是凭着对关键叙述迹象的高度敏感,因为关键迹象与语义相联系,而迹象又有显隐之分。叙述声音像是发自有自我意识的主体。通过辨识文本中或隐或显的迹象,可以发现叙述声音的存在。只不过迹象后面的意识主体若隐若现,留在纸面上的只是一些无法作定性处理的蛛丝马迹。不仅如此,一些声音稍纵即逝,不等读者反应过来便又迅速隐没;一些声音"瞻之在前,忽焉在后",不知其何所而来何所而去,这些均属叙述声音的常态。①

　　在文本中,它可以是语音的文字记录,最明显的迹象无过于"仲尼曰"(《左传》)、"太史公曰"(《史记》)和"异史氏曰"(《聊斋志异》)之类的直接引语,叙述者出面或借别人名义讲话表达某种倾向或评判。或者是明确无误的间接引语,如《德伯家的苔丝》(又译《苔丝》)中说到苔丝在古代祭

---

① 傅修延、刘碧珍:《论叙述声音》,《江西师范大学学报(哲学社会科学版)》2017年第3期,第111页。

坛的遗址上被捕以及随后被处以死刑时,那句极富同情意味的"典刑明正了";又如《欧也妮·葛朗台》中欧也妮收到忘恩负义的查理给她的绝情信后,出现的"希望的大海上,连一根绳索一块板也没有剩下";等等。叙述声音还可以是更加复杂的内容,隐蔽在人物设置、谋篇布局中,比如《红楼梦》中人物的命名、小说《安娜·卡列尼娜》的拱形结构等方面。总之,作者的声音、叙述者的声音和人物的声音都与叙述声音有关。

第一节 声音与叙述声音:几种代表性的观点

叙述声音这一概念出现较晚,即便是在布斯的《小说修辞学》和巴赫金的《陀思妥耶夫斯基诗学问题》这两部影响很大的理论著作中,出现的也只是"声音"而非"叙述声音"。"声音"作为叙事学术语,首见于《小说修辞学》一书。自韦恩·布斯在该书中进行重点研究,声音开始受到人们的普遍关注。之后,许多叙事学家们也借用"声音"一词指代隐藏在话语之中的叙述迹象[1],这些迹象指向叙述主体的立场、观点和态度。"声音"从而成为重要的叙事学术语和研究对象。西方叙事学理论被译介到国内后,我国学者用"叙述声音"一词替代了"声音"。时至今日,国内叙事学界已对叙述声音一词习以为常,但部分西方学者如詹姆斯·费伦、杰拉德·普林斯等仍在使用"声音"这样的表述。

一、叙述声音即作者的声音

布斯《小说修辞学》中不但只有"声音",而且这个词前面还有"作者"这样的限定,"作者的声音"显然是"作者介入""作者操纵"或"作者的判断"的同义词[2],小说从根本上说是作者创作的产物,"作者的声音"无疑

---

[1] 罗兰·巴特:《叙事作品结构分析导论》,张寅德译,载张寅德编选:《叙述学研究》,北京:中国社会科学出版社,1989年,第13页。

[2] 布斯在《小说修辞学》第一篇分析"作者的多种声音"时提到"介入性的声音",他举菲亚美达的例子时说:"即使最高度戏剧化的叙述者所作的叙述动作,本身就是作者在一个人物延长了的'内心观察'中的呈现。当菲亚美达说'她的爱子之心占了上风'时,她给我们一种真实的蒙娜的观察,她也给了我们一种她自己对一系列事件的评价的角度。而两者都是作者的操作手段的表现。"载 W. C. 布斯:《小说修辞学》,华明等译,北京:北京大学出版社,1987年,第20页。

会通过各种修辞手段渗入文本。为了说明作者的介入问题,布斯还提出了"隐含作者"这一重要概念:作为故事世界中作者隐含的"替身","隐含作者"与"真实作者"之间存在着许多区别,前者是后者在叙述过程中创造出来的"第二自我"。① 据此而言,布斯所说的"作者的声音"实际上是文本中"隐含作者的声音"。

在《小说修辞学》序言中,布斯声明他想讨论的是作者与读者交流的艺术,他还说自己在探讨作者控制读者的手段时,已经武断地把许多重要因素,尤其是关于作者心理等问题排除在外,他只是想充分讨论修辞是否与艺术协调这一较为狭窄的问题。布斯的表态显然是谦虚的,因为他已经意识到了作者对作品的控制作用,修辞不等于单纯的技巧,"有意识构思的艺术家与只表现自己而不去考虑去影响读者的艺术家之间的区别总的来说是个重要问题"②。这一表态同时也是客观的,因为即便是在《小说修辞学》第二篇"小说中作者的声音"标题之下,他所讨论的也还是作者控制作品的具体修辞手段。顾名思义,《小说修辞学》最关心的是作者、叙述者、人物和读者的关系,在布斯看来这种关系可以通过修辞关系来体现。布斯还认为,读者永远都不难发现作者自己对阅读可能性的控制。在分析具体的修辞技巧时,布斯认识到提高议论本身的艺术性和作品整体的有机统一性是重要的问题:"有胆识和创见的小说家,不是抛弃而是扬弃议论,创造富于变化的、有效而又有趣的议论形式,是一个无法推诿的任务。"③布斯在序言中还坦率地向读者披露了自己的研究意图,他所要做的是解释而非限定,也就是说他要用优秀小说家事实上所做的事来提醒读者和作者,把他们从关于小说家们应该做什么的抽象规律的限制中解放出来。

布斯的《小说修辞学》出版于1961年,是西方现代小说理论的扛鼎之作,其中一些观点现在看来依然富有启发性。可以说,布斯在一定程度上认识到了作者的意识与所发声音的关系,他发现"作者的声音"能引导读者获得更多信息,也让故事的讲述更为有趣,被讲述的故事一定比未加工过的素材更为优美和精致。但正如布斯自己所说,他在分析"作者的声

---

① W. C. 布斯:《小说修辞学》,华明等译,北京:北京大学出版社,1987年,第80—86页。
② 同上书,"序言"第2页。
③ 同上书,"序言"第7页。

音"时还多是着眼于隐含作者、叙述者、人物与读者等之间的修辞关系,追求艺术的表达效果,而对真实作者与读者的心理、社会文化规约等问题关注不多。似此,如果我们完全把布斯的"作者的声音"当作叙述声音,显然是失之偏颇的。叙述声音当然要在文本中表露迹象,但是它并不仅仅指向叙述层,它应该还指向文本中的各个意识主体,意识这一概念比声音要复杂得多。

二、叙述声音即叙述者的声音

《叙事话语》是法国叙事学家热拉尔·热奈特运用结构主义方法分析叙事作品的一部力作,该书第五章的标题"Voix"(即英语的 voice)本义为"语音",但海峡两岸的译本都将其译为"语态"。[①]译为"语态"其实也无不可,热奈特在书中一再声明他使用的许多概念范畴均为譬喻意义上"语词的借用","并不企望以严格的统一为依据"。[②]《叙事话语》第五章主要讨论叙述话语的主体,热奈特认为在叙述的三个层次中,唯有叙述话语这一层可直接进行文本分析,他的分析基本上厘清了叙述时间、叙述层和人称(即叙述者,可能还有他的一个或多个受述者)与所讲故事之间的关系。由于"语词的借用"没有做到"以严格的统一为依据",热奈特笔下的"voix"在《叙事话语》的不同章节中被赋予不同的内涵,或者说在不同情况下指向声音的不同侧面,这就给读者特别是只能阅读译文的读者带来了困惑。总体看来热奈特的"voix"与叙述主体的关系最为密切,因为它留下的一系列迹象指向他所关心的"谁说"。热奈特一方面指出"在同一部叙事作品中,这个主体不一定一成不变",一方面又以荷马史诗为例分析了其中的主体——叙述者,叙述主体与叙述者就这样在他那里走向了重合。[③]热奈特的研究延续了形式主义的封闭传统,在他描述的那个与外部隔绝的文本世界里,发出声音的意识主体自然只能是叙述者。R. K. 安德森将热奈特的理论付诸文本分析,发现叙述声音不是用叙述人称或

[①] 热拉尔·热奈特:《叙事话语 新叙事话语》,王文融译,北京:中国社会科学出版社,1990年;杰哈·简奈特:《叙事的论述——关于方法的讨论》,载杰哈·简奈特:《辞格 III》,廖素珊、杨恩祖译,台北:时报文化出版企业股份有限公司,2003年,第82页。

[②] 热拉尔·热奈特:《叙事话语 新叙事话语》,王文融译,北京:中国社会科学出版社,1990年,第77页。

[③] 同上书,第148页。

者"谁说"可以概括的,一旦脱离了所依附的话语与故事,这个声音便会化为虚无。①可见叙述声音当中应该包括更多的内涵。受热奈特影响,西摩·查特曼在《故事与话语:小说和电影的叙事结构》第四章"话语:'非叙述'的故事"中专门论述了视点与声音的关系,他认为"声音(voice)指的是讲话或其他公开手段,通过它们,事件及实存与受众交流";他还认为视点是角度,声音是表达,"角度与表达不需要寄寓在同一人身上"。② 在这些论述中,声音显然是被当作叙述者的声音了,它是叙述话语的组成部分,与叙述者的语气、态度相关,和视点分属于"说"与"看"两个方面。

  国内学者也习惯从叙述主体入手分析叙述声音。罗钢的《叙事学导论》第六章即以"叙述声音"为标题,分析了叙述者与作者、隐含作者的区别,认为:"与叙述者比,隐含的作者是沉默的,它没有自己的声音,而叙述者却通过自己的语言构成文本,作为一种语言学意义上的主体,叙述者显示自己存在的方式就是叙述声音。"③作者接下来在区分叙事聚焦和叙述声音的基础上,根据叙述者介入的程度划分出三种类型,以对应叙述声音的强弱程度。如此看来该章名为"叙述声音",实际讨论的却主要是叙述者,叙述声音只是叙述者在文本中的基本存在方式。谭君强《叙事学导论:从经典叙事学到后经典叙事学》第四章也以"叙述声音"为标题,但分析的还是叙述者的类别和功能。在作者看来,"叙述者是叙事文本的讲述者,是体现在文本中的'声音'"④。此外,他还在《审美文化叙事学:理论与实践》一书中阐述了叙述者干预(叙述声音的一种)与意识形态的关系,他认为:"在很多情况下,叙述者的干预又往往与作者的意识形态与价值观念有更多的联系。"⑤这一观点当然正确,但其对叙述干预的探讨仍未

---

① "This play cannot be reduced to a question of 'Who speaks' or to questions about 'person'; narrative voice is nothing if not temporally related to discourse and story." Rikke Kragelund Andersen, "'Alternate Strains Are to the Muses Dear': The Oddness of Genette's Voice in Narrative Discourse", in Per Krogh Hansen et al. ed., *Strange Voices in Narrative Fiction*, Berlin & Boston: De Gruyter, 2011, p.52.
② 西摩·查特曼:《故事与话语:小说和电影的叙事结构》,徐强译,北京:中国人民大学出版社,2013年,第136—137页。
③ 罗钢:《叙事学导论》,昆明:云南人民出版社,1994年,第216页。
④ 谭君强:《叙事学导论:从经典叙事学到后经典叙事学》,北京:高等教育出版社,2008年,第52页。
⑤ 谭君强、降红燕、陈芳等:《审美文化叙事学:理论与实践》,北京:中国社会科学出版社,2011年,第79页。

脱离叙述者层面。我们能够理解以上诸家的做法，为了便于描述声音这个比较抽象的对象，研究者在说到叙述声音时不得不更多地讨论叙述者的声音。但在叙述者之外，作者与人物也是发出声音的意识主体，叙述者的声音显然只是叙述声音的一部分，而且叙述者的声音经常不等于作者的声音，因此不能简单地把叙述声音看作叙述者声音。

三、叙述声音即文本中的所有声音

巴赫金在《陀思妥耶夫斯基诗学问题》的第一章使用了声音这一术语，将其界定为语言表现出来的某人的思想、观点和态度的综合体。他还提出了"对话""复调"等概念，认为不能对陀思妥耶夫斯基的小说进行哲理上的独白化分析，因为其中存在的各种意识无法用单一的叙述者意识来总括。[1] 他还说："陀思妥耶夫斯基的小说是对话型的。这种小说不是某一个人的完整意识，尽管他会把他人意识作为对象吸收到自己身上来。这种小说是几个意识相互作用而形成的总体，其中任何一个意识都不会完全变成为他人意识的对象。"[2] 巴赫金跳出文本分析的封闭窠臼，将其诗学理论建立在超语言学理论的基础之上，其对声音的认识与本章探究的叙述声音内涵比较接近。叙述声音的确应该包括文本中的所有声音，因为作者想要表现的可能就在多种声音的混响之中，声音之间的张力恰恰是文本的魅力所在。

巴赫金之外，还有一些叙事学家将声音概念扩大至文本产生的所有声音，包括文本声音（叙述声音及人物声音）和文本外声音（真实作者的声音），并进一步探讨声音的辨识方法以及各种声音产生的复调效果。M. 卡恩斯在《修辞叙事学》一书中认为声音会影响读者的阅读："就声音的发送而言，在读者体验叙事文的过程中，叙述者和观察者的位置可以为不同数量的人物或声音所占据。"[3] 卡恩斯由此分析了读者可能体验到的多种声音，如虚构外声音（extrafictional voice）与隐含作者声音、隐含作者声音与文本内叙述声音的联系与区别，并阐释了文本内叙述声音所处层次及

---

[1] M. 巴赫金：《陀思妥耶夫斯基诗学问题：复调小说理论》，白春仁、顾亚铃译，北京：生活·读书·新知三联书店，1988年，第9页。

[2] 同上书，第21页。

[3] Michael Kearns, *Rhetorical Narratology*, Lincoln & London: University of Nebraska Press, 1999, p. 88.

其与各种声音之间的关系。① 罗兰·巴特在《S/Z》中从符号学的视角对声音进行了分类,他认为文本由符码编织而成,每一个符码就是一种声音,"众声音(众符码)的汇聚成为写作,成为一个立体空间"②。苏珊·S.兰瑟在《虚构的权威——女性作家与叙述声音》中视声音为"意识形态的表达形式"③,认为叙述声音与被叙述的外部世界是一种互构关系,并围绕三种模式(作者的、个人的和集体的叙述声音)探讨了叙述声音和女性创作的关系。

国内学者也有相近观点。赵毅衡在《当说者被说的时候:比较叙述学导论》中说:"叙述主体的声音被分散在不同的层次上,不同的个体里。""从叙述分析的具体操作来看,叙述的人物,不论是主要人物和次要人物,都占有一部分主体意识,叙述者不一定是主体的最重要代言人,他的声音却不可忽视……隐含作者身上综合了整部文本的价值。"④作者认为人物、叙述者和隐含作者都有可能发出叙述主体的声音,这一观点显然是受了巴赫金的启发。赵毅衡在该书中还讨论了"指点干预"和"评论干预"这两种由叙述者发出的叙述声音,并用一章篇幅分析了抢话、转述语、内心独白和意识流等同时涉及多个主体的叙述声音。⑤ 申丹的《英美小说叙事理论研究》对布斯、兰瑟、卡恩斯和费伦的声音理论进行了介绍和阐释,其《叙述学与小说文体学研究》还对各类引语的功能与特点作了深入探讨,指出国内这方面的探讨有待开始,认为应当从"注意人物主体意识与叙述主体意识之间的关系""注意人物话语之间的明暗度及不同的音响效果"等方面入手研究。⑥ 这些内容与本章讨论的叙述声音密切相关,近年来她对"隐性进程"的思考也印证了叙述声音内涵的复杂性。⑦

---

① Michael Kearns, *Rhetorical Narratology*, Lincoln & London: University of Nebraska Press, 1999, pp.91—100.
② 罗兰·巴特:《S/Z》,屠友祥译,上海:上海人民出版社,2000年,第85页。
③ 苏珊·S.兰瑟:《虚构的权威——女性作家与叙述声音》,黄必康译,北京:北京大学出版社,2002年,第26页。
④ 赵毅衡:《当说者被说的时候:比较叙述学导论》,北京:中国人民大学出版社,1998年,第23页。
⑤ 同上书,第146—170页。
⑥ 申丹:《叙述学与小说文体学研究》,北京:北京大学出版社,2001年,第317—318页。
⑦ 申丹:《何为叙事的"隐性进程"?如何发现这股叙事暗流?》,《外国文学研究》2013年第5期,第47—53页。

四、叙述声音即修辞手段

费伦在《作为修辞的叙事：技巧、读者、伦理、意识形态》的第二章提出了自己对声音的理解，他主要关注声音作为叙事话语组成部分所发挥的作用。费伦承认其对声音与意识形态关系的重视是受了巴赫金的影响，但他在注释中又说不能完全照搬巴赫金的研究，因此自己更倾向于保留这样一个概念：声音与人物、文体、事件、背景和其他叙事特征相共存。①费伦在分析声音的四条原则之后这样表述：

> 声音是叙事的一个成分，往往随说话者语气的变化而变化，或随所表达的价值观的不同而不同，或当作者运用双声时变换于叙述者的或人物的言语之间……声音的有效使用却不必依赖声音的一致性。声音是叙事方式的重要组成部分，表明叙事的方法而非叙事的内容……（声音）只是为达到特殊效果而采取的手段。②

尽管如此，费伦在对《名利场》《永别了，武器》作文本分析时，还是把形式审美研究与意识形态研究有机结合起来，分析了作者声音、叙述者声音和人物声音之间的关系，因此他所分析的"手段"并非狭义的叙事技巧。作为《小说修辞学》作者布斯的学生，费伦也与乃师一样把叙事作为一种广义的修辞，所以此处的"手段"也是意识的一种体现。

以上四种观点皆有其可取之处。国外学者的研究视角和理论出发点存在着诸多微妙差异，对叙述声音关注的角度不可能完全相同，加之翻译成中文后国内学者又都有自己的独特理解，导致人们在探讨叙述声音时"各说各话"。或许是为了避免完全倒向上述四种观点的任何一方，资深叙事学家普林斯在《叙述学词典》中对声音作了内涵较为宽泛的界定：

> （声音是）描述叙述者或更为宽泛地说叙述事例特点的那组符号，它控制叙述行为与叙述文本、叙述与被叙之间的关系。尽管常常与视点相混合或混淆，但与人称相比，声音有更广的外延。如果对声音与视点做出区别：后者提供有关谁'看'的信息，谁感知，谁的视点

---

① 詹姆斯·费伦：《作为修辞的叙事：技巧、读者、伦理、意识形态》，陈永国译，北京：北京大学出版社，2002年，第18—32页。
② 同上书，第22页。

控制该叙述,而前者则提供有关'说'的信息,叙述者是谁,叙述场合是由什么构成的。①

普林斯界定的声音实际上就是叙述声音,其定义虽然也带有一定的倾向性,但"声音有更广的外延"一语仍为各家之说留出了空间。总之在叙事学由经典向后经典发展的过程中,叙述声音一直是批评家和理论家关注的焦点。

第二节 倾听文本中的叙述声音

"叙述声音"是个复杂的概念,我们可以通过倾听来捕捉它。倾听不是被动接受,而是一种主动行为,不仅是耳朵功能的听,更是一种全身感觉的反应。在汉语中,"听"往往指包括各种感觉在内的全身心的反应。② 声音理论家皮埃尔·沙费把倾听分为三种:因果倾听(écoute causale)、语义倾听(écoute sémantique)与还原倾听(écoute réduite)。③ 米歇尔·希翁对这三种基本的倾听模式作了更加详细完备的论述。④ 因果倾听是识别声源,对于叙述声音而言就是找到声音的发出者(即叙述声音的主体)。语义倾听又叫编码倾听。语义倾听主要关注的是声音所传达的内容,如故事情节、主题等。叙述声音在具体文本中具有促进叙述交流的意义,它由叙述主体发出,为受述者接收。"还原倾听"是指那种对源起与感觉进行有意的、人为的抽象化的行为。还原倾听关注声音本身,对叙述声音的还原倾听是对叙述本身或文本表达的关注,以发现意识在作者创作与读者阅读中的作用。

---

① 杰拉德·普林斯:《叙述学词典》(修订版),乔国强、李孝弟译,上海:上海译文出版社,2011年,第243页。
② 傅修延:《为什么麦克卢汉说中国人是"听觉人"——中国文化的听觉传统及其对叙事的影响》,《文学评论》2016年第1期,第136页。
③ 米歇尔·希翁:《声音》,张艾弓译,北京:北京大学出版社,2013年,第310—313页。
④ Michel Chion, "The Three Listening Modes", in G. Gorbman trans., *Audio-Vision*, New York: Columbia University Press, 1994, pp. 25—34.

一、叙述声音的来源

作者是叙述信息的发出者,是整个叙述行为的总出发点。如米勒在《解读叙事》一书中所言:"小说的作者是文本中所有语言的来源和保障。它是无所不包的意识。"① 他不仅要为读者提供阅读的文本,而且通过各种修辞手段来控制读者的反应。莫言于 2012 年在瑞典发表了一篇题为《讲故事的人》的演讲,强调了他作为叙述主体的身份,叙述主体要充分调动各种手段为叙述服务。叙述声音由叙述主体发出,为受述者接收。叙述主体包括文本外的作者、文本中的叙述者与人物,受述者包括文内读者和现实读者。我们分析文本意义时,有必要对叙述主体进行一定的了解。中国传统的文论观念主张沿波讨源、知人论世。张竹坡说:"作《金瓶梅》者,必曾于患难穷愁,人情世故,一一经历过,入世最深,方能为众脚色摹神也。"② 杨义先生也认为了解真实的作者对于解读文本是有重要意义的,他说:"惟有把真实作者弄清楚了,解读文本所得到的文化解码才能落到实处,不然那些天花乱坠的阐释有可能是某种茫茫然浑无头绪的迷宫,那是要闹笑话的。"③

叙述声音显然是要反映作者意识的。只不过真实的作者与文本中的隐含作者并不相同。作者会借助叙述者讲述故事,此时叙述者为代言人,故事被娓娓道来。这个叙述者可以在故事中,也可以在故事外,叙述声音可以与作者声音一致,也可以不一致,因而叙述声音常常会表现出可靠与不可靠或者时而可靠、时而不可靠等相对复杂的状态。叙述者在故事内时,他往往是故事中的一个人物,通常采用第一人称叙述,有时讲述的是自己的故事,有时也可能讲述他人的故事。当叙述者讲述自己的故事时,情感会相对细腻生动,叙述声音更具感染力,易给读者造成作者在讲述自己故事的假象。当叙述者讲述他人的故事时,叙述者置身事外,叙述声音会相对显得客观公正。文学发展到现在,叙述者在文本中的存在形态更为复杂。有些作品中叙述者的形象并不存在,只有他的声音在场。受口传文学思维与习惯的影响,人们仍会自觉地在文本中寻找一个"讲故事的

---

① J.希利斯・米勒:《解读叙事》,申丹译,北京:北京大学出版社,2002 年,第 21 页。
② 兰陵笑笑生:《金瓶梅》,张道深评,济南:齐鲁书社,1991 年,第 42—43 页。
③ 杨义:《中国叙事学》,北京:人民出版社,1997 年,第 200 页。

人",即叙述者。而声音往往也呈现动态的样式,即使在某一具体文本中也不是一成不变的。叙述者需要他的"声音"赋形,在实际的阅读体验中,叙述者的形象也是读者通过叙述话语或叙述声音推导出来的。因为叙述者的声音有时与作者的声音并不一致,所以叙述者的声音只能在一定程度上反映作者的意识。另外,人物的声音有时也可能是作者表现的另一种声音。布斯早就告诉过我们,作者、叙述者与人物在情感、道德与价值观等众多方面存在距离。因而叙述声音是个复杂的概念,它包含文本中的所有声音。即便对自然声音的描述也是某种意识的体现,声音之间的张力恰恰是文本的魅力所在。

分析叙述声音的来源,亦即分析声音发出与接收问题,找到声音主体与接收对象之间的关系,能更清晰地理解叙述声音在具体叙述交流中的作用和意义。克里斯蒂娃曾指出,语言并不仅仅是一个对立系统,也不仅仅是一种言语行为,由说话者或言说主体实现;所有语言,哪怕是独白,都必然是一个有受话指向的意义行为;语言预设了对话关系。然而,这种语言的"对话性"特征,并没有被充分思考。① 任何叙述都是一种或隐或显的言语传播行为,受述者是"传播游戏"必有的一方,与叙述者联合构成了文本传播的途径。②文本中的声音常常会"点明"接收者,而且接收者被期盼用相应的方式来理解。如美国黑人女作家托尼·莫里森在写作时既要考虑黑人读者,又要考虑白人读者。兰瑟认为莫里森的文本具有双重声音和双重受述者:黑人读者是"私下的受述者",白人读者则是"公开的受述者"。因而,真实的读者阅读文本的过程,实际上是通过对语言形式的反应来释放知识的过程,而这些形式则是作者在对该文本的深层结构进行编码时予以部署的。③

总之,叙述声音首先由作者预设,然后在叙述过程中通过叙述者传递出来,再被读者捕捉,最后作为意义随文本流传。叙述声音可以借助叙述话语显现出来,尽管文本中所有的话语都有存在的价值,然而对于读者而

---

① 祝克懿:《互文性理论的多声构成:〈武士〉、张东荪、巴赫金与本维尼斯特、弗洛伊德》,《当代修辞学》2013 年第 5 期,第 19 页。
② E. Tory Higgins, "Achieving 'Shared Reality' in the Communication Game: A Social Action that Grates Meaning", *Journal of Language and Psychology*, vol, no. 3, Sept, 1992, pp. 107—131. 转引自赵毅衡:《广义叙述学》,成都:四川大学出版社,2013 年,第 83 页。
③ 罗杰·福勒:《语言学与小说》,於宁、徐平、昌切译,重庆:重庆出版社,1991 年,第 140 页。

言,会在不同的话语处听到叙述声音(即不同的读者会把不同的话语当作叙述声音),或者在相同的话语中倾听到不同的叙述声音。话语只能提供一种指示,正如不是所有的语言都能被人理解一样,不同的听会收获不同的声音。

二、叙述声音的特征

叙述声音是文体、语气和价值观的融合,是叙事的一个成分。叙述声音往往随说话者语气的变化而变化,或随所表达的价值观的不同而不同。叙述声音在不同文本、同一文本的不同叙述层中有不一样的表现,呈现多样的特征。叙述声音是一种隐喻的说法,这是人们的隐喻性思维使然。人的意识与外部世界存在一定程度的同构性。叙述声音作为一种意识是对外部世界的模拟,同时又是一种超越。人们习惯于用相同的思维去感知和形容自然声音和叙述声音,得出二者的相似性如:模糊与清晰(隐逸与明晰)、单一与复调、可靠性与不可靠性、呼应与回响。

叙述声音本身是无形的,需要借助叙述话语显露迹象,迹象的多寡与程度的深浅将影响我们对声音强弱的感知。不同的声音能否被接收取决于读者的倾听能力,并且在不同的年代,声音的地位会发生翻转。我们原来获取的有时可能并不是文本真正传递的叙述声音,作者在其中暗藏玄机;相反原本模糊的背景音经过新时代读者的倾听而响亮起来,例如申丹教授所研究的"隐性进程"①就是一个用以解读叙述声音在不同年代、不同读者耳中处于不同地位的好理论。她在《反战主题背后的履职重要性——比尔斯〈空中骑士〉的双重叙事运动》一文中指出,《空中骑士》存在双重叙事运动。长期以来我们认为此作品是在控诉战争的残酷无情,是以儿子被迫弑父的悲剧展开叙事进程,这是显性叙述声音,它清晰可闻。同时我们发现实际上该作品还有一个隐性进程,是围绕履行职责的重要性展开,这个叙述声音却不为我们"耳闻"。申丹教授提醒我们"追踪双重叙事运动,关注其既互相冲突又互为补充的复杂关系,能更为准确地把握

---

① Dan Shen, "Covert Progression behind Plot Development: Katherine Mansfield's 'The Fly'", *Poetics Today*, 34.1(2013), pp.147—175.

作品的修辞目的并更加全面地理解作品的内涵"①。

在由复调叙述声音构成的小说中,每一个叙述者既是叙述内容的主体,又会成为他人叙述的对象。不同叙述者的叙述内容相互印证、相互参照,角度不一致,叙述声音也就不一样。作为人物的叙述者共同参与了整个故事的发展过程,因而他们那彼此关联、相互影响的叙述声音会在作品中形成混响,构成立体化的听觉空间,而读者站在不同的角度聆听则可以获得不同的感受。这样的作品给读者带来全新的阅读体验。莫言的《檀香刑》是一部声音小说,通篇洋溢着显性的声音叙事——猫腔,又暗中勾连着多样的隐性叙述声音。从"媚娘浪语""赵甲狂言""小甲傻话"等章节标题中,读者很容易发现此小说由多个叙述者共同讲述,塑造了人物叙述者的形象,形成多声部的叙述情境,展现同一个故事被以不同方式表达后的多重艺术效果。福克纳的《喧哗与骚动》不愧是一部经典之作,作品以康普生家族的班吉、昆丁、杰生和迪尔西的叙述结构全篇。四个叙述者都讲到了家庭中的一位重要成员——凯蒂,关于凯蒂的故事可以在他们的讲述中相互印证与补充。班吉的智力只是三岁孩子的水平,对外界的认识仅凭感觉,因而他的讲述内容跳跃,声音混乱。昆丁是这个家族的长子,杰生是次子,虽然智力正常,但一个生性懦弱敏感,一个性情狂暴。他们对于凯蒂的态度一个爱至暧昧,爱的原因是凯蒂是他心中贞操与美的化身;一个恨至疯狂,因为凯蒂的堕落阻碍了他的发财路。昆丁和杰生两人的性格都偏执、病态,因此他们的叙述声音也随之沾染上各自的情绪:昆丁的声音苦闷、绝望,杰生的声音充满铜臭味和对他人的憎恨。唯一正常的叙述者是家里的黑人女仆迪尔西。在小说的第四部分,她作为叙述者并对凯蒂三兄弟所讲述的故事予以概括、补充,使整个小说在结构上形成一个有机的整体。迪尔西这一人物充满"人性美",与康普生家族成员形成鲜明对比,她的声音明朗清晰。这四个叙述声音彼此独立,相互平等,形成四个乐章,构成交响乐结构。

叙述声音的可靠与不可靠在很大程度上的确来自读者的感知,因为声音需要读者的倾听,但同时我们还需明白叙述首先来自作者与叙述者,因而可靠的源头还是在于作者与叙述者之间的关系,而读者的感知只是

---

① 申丹:《反战主题背后的履职重要性——比尔斯〈空中骑士〉的双重叙事运动》,《北京大学学报(哲学社会科学版)》2015年第3期,第165页。

使得这一现象得以呈现与明晰。常见的现象是这样的:一个叙述声音因其模糊不清而显得不可靠,又会因为它与其他叙述声音的呼应关系而清晰起来。而且叙述声音本身或者说其内部会存在多个声部,会变换旋律,甚至在它形成的过程中改弦易张也是常有的情况。

同时叙述声音有其独特之处,为自然声音所不及。一旦进入具体文本,叙述声音的独特性会自然呈现出来,这一特性与作者、读者的个人因素以及时代的特定因素相关,不同国度与地区也有不同。例如中国传统文学作品中的叙述声音常常回响在诗意的创造性艺术空间之中,虚实相生,不及西方叙述声音的连贯与统一,尽管二者都讲究和谐,但是中国文学更讲究灵动,而西方(欧洲)文学在和谐之中更执着于严整。另外,不同历史阶段不同文体的叙述声音也会存在差异,有的是华堂弦响,有的则为明月箫声,阳春白雪与下里巴人共处于文学发展的过程之中。

三、叙述声音的功能

在文本中,叙述声音一般是叙述者的声音,叙述者属于虚构的文本世界,故事由他"讲述",尽管讲述之声已经不像口耳相传时代可以直接听到,但通过内心之耳,读者依旧可以倾听。叙述声音不一定都是平铺直叙的,它会重复、会循环,会放慢速度也会加快速度,甚至有时也是多声部的,让多种声音共鸣,创造一种叙述"和弦""共振"的效果。叙述者的叙述声音有独特的功能。它犹如一个媒介,传递内容,结构起整个故事,声音与讲述的方式会直接影响故事的生成。它还会刻画与描绘人物,体现人物的感知,使其栩栩如生;它还构建叙述情境,描摹声音,让虚构的世界与真实的世界交相辉映。

例如《三国演义》就是"以词起,以词结"。叙述声音以词的形式开始讲述故事。

> 滚滚长江东逝水,浪花淘尽英雄。是非成败转头空。青山依旧在,几度夕阳红。白发渔樵江渚上,惯看秋月春风。一壶浊酒喜相逢。古今多少事,都付笑谈中。①

正文第一句:

---

① 罗贯中:《三国演义》,北京:人民文学出版社,2002年,第1页。

话说天下大势,分久必合,合久必分。

结尾一首古风:

……纷纷世事无穷尽,天数茫茫不可逃。鼎足三分已成梦,后人凭吊空牢骚。①

这些叙述声音非常清晰地把东汉末年群雄争霸,后来三国鼎立,最终西晋一统天下的这些分分合合的故事勾勒出来。过去的故事对于人们而言已成历史,如梦一般一切成空,叙述者可以把这些故事付诸笑谈,叙述声音显然有一种超出事外的洒脱和看破红尘的沧桑。

叙述声音除了结构故事之外,还可以体现作家的思想意识和表现自身的主体价值。作者是叙述信息的发出者,是整个叙述行为的总出发点。杨义认为:"叙述者只是作者的心灵投影,或者某种叙事谋略。"②布斯说:"虽然作者可以在一定程度上选择他的伪装,但是他永远不能选择消失不见。"③因此叙述声音往往体现作者的声音。如下文:

确实,人们也许承认,在眼前这场灾难中可能暗藏着因果报应。毫无疑问,苔丝·德比的一些披着铠甲的祖先在参加战斗以后兴高采烈地回家时,曾经以同样的手段甚至更加无情地对待他们那时候的农家姑娘。④

以上是《德伯家的苔丝》(又译《苔丝》)第十一章中一段评论性的叙述声音,它告诉读者苔丝被亚雷伤害是一场悲剧,但也暗藏有报应的因素,并传递出"繁华易逝,生命无常"的标志音,这样的叙述声音在小说的第一章和最后一章中反复响起。

叙述声音是作者在特定的社会文化氛围中借助语言文字表述出来的,作者让叙述者采用哪种声音和哪种方式进行叙述,在一定程度上是由社会规约和文化习俗所决定。而且听故事(阅读)的过程往往从一字一句、一段一回开始的,听众(读者)出于自身的阅历、修养、趣味和世界观,总是以一个"先在的意识结构"去接受逐渐展开的叙事过程。作者早已安

---

① 罗贯中:《三国演义》,北京:人民文学出版社,2002 年,第 990 页。
② 杨义:《中国叙事学》,北京:人民出版社,1997 年,第 202 页。
③ W.C. 布斯:《小说修辞学》,华明等译,北京:北京大学出版社,1987 年,第 23 页。
④ 托马斯·哈代:《苔丝》,郑大民译,上海:上海译文出版社,2011 年,第 89 页。

排好的叙事结构和叙事过程,以一种陌生的甚至是异己的存在和读者的"先在意识结构"相互质疑和撞击,作品在影响着读者,读者也在影响着作品。这一交流过程只有在同一文化和社会规约下才能进行。叙述声音正是这共同体的连接纽带。

叙述声音位于社会地位和文学实践的交界处,体现了社会、经济和文学的存在状况。《爱弥儿》中有一段话可借来说明这一情况:"每种语言的精神都有它独特的形式,这个差别可能是民族性格不同的一部分原因或结果;可以用来证明这种推断的是:世界上各个民族的语言都是随着它们的风俗而几经变化的,它们也像风俗那样,或者是保持下去,或者是有所改变。"①巴赫金也说:"文学领域和广泛的文化领域(文学是不能与文化隔绝开来的),构成文学作品及其中作者立场必不可少的环境;离开这个环境,既无法理解作品,也无法理解作品中所反映的作者意向。"②叙述声音是对叙述话语的譬喻,叙述声音需要语言来呈现,语言的运用与变迁、语言的能指与所指都是社会大环境的产物,而社会如何发展,文化如何反应,这一切都会左右叙述声音的形貌。叙述声音又能回应社会文化之声,展现社会政治、经济、风俗与道德等多方面的问题。

巴尔扎克是一位主动从经济的角度观察生活的作家,因而在他的作品中财政金融、债务诉讼、银行的倒闭清算和商店的结算盘存等都得到了细致的描绘。恩格斯在《致玛格丽特·哈克奈斯》中说,他从巴尔扎克的《人间喜剧》里"甚至在经济细节方面(诸如革命以后动产和不动产的重新分配)所学到的东西,也要比从当时所有职业的史学家、经济学家和统计学家那里学到的全部东西还要多"③。在中国传统的文学作品中,经济作为一种文化更多的是表达"财是祸之源"这样的警示语。比如《醒世恒言》卷三十三"十五贯戏言成巧祸",故事的发展与"十五贯钱"相关,杨义分析说:"'十五贯钱'为数量和名词的结合,却在'戏言'的戏字上和'巧祸'的巧字上牵连着、贯通着种种情节线索,做尽了真真假假、颠颠倒倒的巧合

---

① 卢梭:《爱弥儿:论教育》(上卷),李平沤译,北京:商务印书馆,1978年,第122页。
② 巴赫金:《长篇小说的时间形式和时空体形式》,载巴赫金:《巴赫金全集》(第三卷),白春仁、晓河译,石家庄:河北教育出版社,1998年,第458页。
③ 中共中央马克思恩格斯列宁斯大林著作编译局编译:《马克思恩格斯文集》(第十卷),北京:人民出版社,2009年,第571页。

文章。"①

总之,叙述声音可以作为一种修辞用以引导叙述,对于故事有"生杀予夺"的权力,同时这一声音的背后也为一张无形的社会文化之网所笼罩。尽管作者让文本呈现哪种叙述声音多是有意为之,然而也存在某些无意识使然的状态。在文学作品中,作者的声音与时代的声音以及哲学层面的天地回响又往往会投射在叙述声音之上,因而分析叙述声音的叙事功能,可以倾听到多种声音的融合与交汇。叙述声音是一种叙述策略,甚至"声音就是意义"②。

综上所述,叙述声音与叙述交流中的诸多因素存在密切联系,直接影响文本意义的生成与传达。在互联网时代,叙述文本更加丰富多样。从"叙述声音"的角度重新分析叙述文本和梳理叙事理论,发掘中西方叙事特征与叙事思维,能有效地反观、思考和解读当下的叙事艺术和社会文化现象。

---

① 杨义:《中国叙事学》,北京:人民出版社,1997年,第279页。
② 托马斯·福斯特:《如何阅读一本小说》,梁笑译,海口:南海出版公司,2015年,第83页。

第十三章
叙事反讽

反讽是一个历史悠久的概念,尤其是涉及语言的反讽使用面很广,人们几乎都认可文学、艺术、哲学等语言艺术中或隐或现地存在反讽的意味。纵观关于叙事与反讽的相关研究,人们多集中在基于作品个案的反讽问题分析。近年来,关于反讽问题的理论研究逐渐增多。例如,《反讽时代:形式论与文化批评》(赵毅衡,2011)、《论反讽》(倪爱珍,2020)等著作从符号学等宏观层面肯定了反讽在叙事过程中的普遍性存在和重要意义,并试图从形式、符号等方面追溯反讽意义的来源。

反讽普遍地存在于叙事之中,可以称得上是叙事的关键词之一。那么,反讽概念在何种意味上是叙事的?它与叙事密切结合的内在机制是什么?这些问题需要从叙事学层面深入剖析。因为在反讽概念的使用过程中,不同程度地存在叙事反讽与反讽叙事的混淆使用问题,是叙事必然产生反讽,还是基于反讽的目的而叙事?换言之,究竟是叙事自身携带了反讽,还是在叙事过程中人为地使用了反讽?前者是文本反讽,后者是作者反讽;前者往往存在于文本形成之后的阅读接受过程,后者更多存在于文本形成之前或形成之时的创作过程。虽然两者或许很难完全区分,但是叙事中反讽的命名还是需要基于两者的重要程度、占比等以固定下来,以避免叙事反讽与反讽叙事的"误用"或"混用"。

所以,有必要较为宏观地梳理一下反讽的概念,提炼出叙事方面的重要意指,并深入到叙事文本内在结构性特征之中,寻找其中反讽意味的来源,进而回答作为叙事关键词之一的反讽具有怎样的存在形态。当然,这些形态隐藏在文本的深层,需要发掘、发现并进一步解读。在叙事的深层次结构之中,叙事主体的存在与多样性、故事的"分层"与叙事的"跨层"、叙事的显性进程与隐性进程等,或许与反讽意味的出现具有很大的关联性,同时又有助于具体分析叙事反讽与反讽叙事的深层差异性。

第一节 反讽概念

在西方,反讽(irony)概念与古希腊戏剧中角色的"掩饰"(eironeia)行为密切相关,这种行为更加强调一种"故意为之"的主体性。而苏格拉底将反讽作为一种"启发智慧"的方式,将反讽应用到认知领域。从掩饰行为到认知领域,反讽概念的使用边界得到显著拓展。虽不能说苏格拉底的反讽是"掩饰",但它的确又存在一定程度的"秘而不宣"。"苏格拉底讲他一无所知,可其实是有所知的,因为他知道自己是无知的,而另一方面,这种知识并非关于某种事物的知识,也就是说,这种知识没有任何积极的内容,由于这个缘故,他的无知是反讽的。"[①]从具体到抽象的过程中,苏格拉底的"无知"某种程度上是一种"预言"——难以证实也难以证伪的抽象问题,反讽成为苏格拉底启发智慧的谦逊态度和拥抱可能性的认知方法。

从逻辑上看,反讽行为存在于语言的表述行为之中,自然离不开语言本身及使用语言的个人。西方的反讽传统似乎更加强调反讽的语言主体性,而中国的反讽传统更加强调语言的本体性缺陷。[②] 庄子的"得鱼忘筌""得意忘言"立足于言和意的非对应关系,故而产生此言与彼意的差异性。"得意忘言"涵盖了语言主体表述与表达的整个过程,表述的是发出者之言,表达的是接受者之意。庄子似乎感受到了语言自身的不确定性,因为在使用语言交流的过程之中,语言不过是一种媒介,语言自身不会"说话",所表达的并不一定是要表述的确定意思。其中的反讽意味指向了语言自身及其使用过程之中。后来,王弼在"言""意"之间,加入"象"的中介作用,语言的反讽则更为复杂了。"这一观点不具有普通适用性""王

---

① 索伦·奥碧·克尔凯郭尔:《论反讽概念》,汤晨溪译,北京:中国社会科学出版社,2005年,第216页。

② 虽然我们的古籍中不存在"反讽"这个词,但并不缺少类似反讽意味的阐释。

弼的'言象意'观属于狭义的言象意研究方法,其适合的研究对象主要是表意之象中的文字类作品,勉强可以运用到表意之象中的图像类作品。但即使在表意之象中,是'得意忘象'还是'得意存象'也得根据具体情况具体分析。"①当然,无论是"得意忘象"还是"得意存象",均是对庄子"得意忘言"的进一步深化。其中的关键点是"忘",故而避免不了反讽的差异性。

总体而言,大概存在两种较为典型的反讽:一是偏重语言自身的本体反讽,二是偏重语言主体的认知性反讽。一定程度上讲,前者针对的是语言使用过程中客观存在的伴随性问题;后者针对的是人类认知的局限性问题,尤其是在存在主义哲学家那里,成为较为常用的认知策略。所以,这两种反讽亦可称之为"语言反讽"和"认知反讽"。语言反讽也许根源于语言自身是"概念"与"发音符号"的结合。"正是在发音的产生过程中,吸纳了种种偶然之物,因为呈现出来的重复,不是丁是丁卯是卯,这点为事实的无限种类、发音的多样变化的根源,他们是一大群偶然之物。"②音与义的分离及其联系的随机性或偶然性可能产生语言表述与表达的不一致,所说非所听或者所听非所说,类似庄子"得意忘言""得鱼忘筌"之谓,语言反讽似乎不可避免。

认知反讽更多指向人类认知的主体性局限。苏格拉底的"无知"是认知反讽,在放低主体姿态的同时,启发人们继续探索真理的勇气。庄子的"濠梁之辩"也具有类似意味。"子非鱼,安知鱼之乐?""子非我,安知我不知鱼之乐?"(《庄子·秋水》)。此中固然有诡辩意味,但就认知的主体性局限而言,似乎也存在类似苏格拉底的"无知"之反讽。当然,苏格拉底强调的是主体对客体认知的程度,不可盲目自信甚或自大,故而以自己"无知"的低姿态反讽其他人的认知,并以此启发人们多思考、多批判,似乎最终可以得到真理性认识。庄子的"子非鱼""子非我"更加强调认知主体的差异性,进而涉及人类知识的相对性问题。但无论如何,两者均具有认知反讽的深刻内涵。

---

① 赵炎秋:《"言·象·意"辩——兼论王弼的"言象意"观》,《福建论坛(人文社会科学版)》2020年第9期,第153—165页。

② 费尔迪南·德·索绪尔:《索绪尔第三次普通语言学教程》,屠友祥译,上海:上海人民出版社,2018年,第8页。

无论是语言反讽,还是认知反讽,它们之所以存在的重要前提是存在"差异性"①。某种程度上说,"差异性"就是反讽。"反讽往往源于理解上的不一致。在任何情况下,如果一个人所知道或感悟到的东西多于——或少于——另一人,那么反讽就必然会在实际意义上或潜在意义上存在着。"②在语言的音与义、认知的主体之间,均存在程度不同的差异性。当然,这种"差异性"并不必然是不能调和的矛盾对立,而往往表现为"和谐"的共存状态。语言的音与义是随机搭配的,付诸听觉的语音与其中表征的概念并不存在天然的匹配关系,进而导致这种匹配的差异性是伴随性存在的。认知的差异性则主要在于认知主体的不确定性,不同的认知主体都是历史性的具体存在,不可能存在完全一致的认知主体,故而不同主体的认知必然存在差异性。由于一个人的认知与另一个人的认知存在差异,故而两者的认知构成了互为反讽的关系,当然,其中不涉及对与错的认知判断。即使都是"错"的认知,也不可能完全"错"在同样的地方,故而也是互为反讽的;即使都是"对"的认知,但也有可能在通往"对"的过程中,论证的方法、思维的逻辑及使用的原理等也可能存在差异,两者之间的反讽也同样存在。

第二节 叙事者与反讽

既然反讽存在的重要前提是存在"差异性",那么,要认知叙事中的反讽,就需要继续追问这种"差异性"在叙事中的具体来源。叙事就是讲故事,自然离不开讲故事之人和所讲的故事这两个方面。从逻辑分析的角度来看,区分两者是必要的。但是,讲故事的人即叙事主体存在于讲故事或叙事的过程之中或曰故事的生成过程之中,所以,讲故事之人(下称叙事者)和所讲的故事却又难以做出截然的区分。

---

① 有学者认为:"反讽的本质在于否定性,由矛盾因素的对照实现。"(方英:《论叙事反讽》,《江西社会科学》2012年第1期,第39—43页。)事实上,反讽并不一定否定,有时也可能是差异性的共存状态;在差异性之间也并不必然就有矛盾对照,叙事反讽更多的是差异性,而不是否定性或矛盾冲突。

② 罗伯特·斯科尔斯、詹姆斯·费伦、罗伯特·凯洛格:《叙事的本质》,于雷译,南京:南京大学出版社,2015年,第252页。

讲故事是一个主客体运动的过程,既有作为主体的讲故事之人,也有作为客体的故事。假定存在一个恒定的故事,但讲出来的故事却不可能千人一面。这说明叙事者对讲故事的过程及效果具有很大的能动性意义。讲什么、怎么讲及讲出怎样的效果,均需要叙事者的能动作用。不同叙事者讲故事产生的差异性是叙事反讽的重要来源之一。典型的案例应该是小说的影视改编,例如,根据《林海雪原》部分内容改编的电影《智取威虎山》(2014),故事叙述者是当下的存在,而小说叙述者处于曲波所在的时代,跨越时空的差异性,预示了叙述者的当下理解与阐释。这是叙述者之间的差异性,构成了叙述者的本体反讽。

传统意义上的叙述者多半从人称与视角等维度进行区分。但是,韦恩·布斯在《小说修辞学》中就认为:"传统上把'视角'按照'人称'和全知程度划分为三四种的方法是多么不当。"[①]从人称和全知程度区分的叙述者未能足够呈现分类的"排他性"意义。仅就叙述者"我"而言,并不必然是"限知"的,也有可能是"全知"的,例如《堂吉诃德》中通过故事人物阅读"何必追根究底"的故事,表面上是第一人称"我"在讲故事,实质上又采用了"全知"视角。可见,即使是第一人称叙事,"我"并不必然存在于故事之中,与第三人称叙事没有本质性区别。产生这种现象的一个重要原因是叙述者在讲故事的过程中会发生变化,叙述者之间的反讽意义油然而生。

叙事者和故事构成了一个有差异而又共存的局面。毫无疑问,叙事者是离故事最近的那个"人"。尤其是在小说叙事中,叙事者的存在显著而又必要。"小说干脆另外设立一个叙述者,让这个虚拟人格对讲的故事负责,让叙述接收者认同叙述者的故事,这样作者和读者都可以抽身退出,站到假戏假看的外框架上,故事再假都可以袖手旁观。"[②]如此看来,所谓作者、读者和文本所构成的接受过程还可以进一步细化,至少还会形成作者与叙述者、文本与叙述者、接受者与叙述者等层面的差异性。

小说中作者与叙述者之间的差异性已广被接受,一部小说的作者与小说故事的叙述者显然有别。典型的例子是克尔凯郭尔的《诱惑者的日记》[收录在论文集《非此即彼:一个生命的残片》(上卷)],自始至终没有

---

① 韦恩·布斯:《小说修辞学》,华明、胡晓苏、周宪译,北京:北京联合出版公司,2017年,第140页。
② 赵毅衡:《符号学》,南京:南京大学出版社,2012年,第273页。

出现作者的名字,小说一开始就交代小说手稿是亲近叙述者的某人誊抄出来的;而这部小说又是《非此即彼:一个生命的残片》(上卷)中的一篇,在"前言"中,作者又假托"出版者"交代整部文集是偶然"拾到"的,不知道作者是谁。从中似乎可以感受到,克尔凯郭尔并不认为故事的叙述者是他自己,这就形成了作者与叙述者之间的反讽意义。类似的情况也存在于《红楼梦》之中,从空空道人到东鲁孔梅溪再到曹雪芹,似乎也有此反讽意义。

而在接受美学中,文学接受过程表面上是接受者与文本进行对话,实质上文本的主体属性还需要落脚到叙事或抒情主体。在叙事性作品中,接受者与文本的对话需要在接受者与叙事者之间展开。在中国古典小说中,经常会出现"看官"的尊称及"话说""且说"等叙述引语,这实际上是故事讲述者或叙述者在与故事的接受者进行对话。《红楼梦》中有"看官:你道此书从何而起?说来虽近荒唐,细玩深有趣味";《水浒传》中有"且说宋江他是个庄农之家""话说宋江弟兄两个行了数程""且把闲话提过,只说正话";等等。文本叙事者留下了与故事接受者的对话痕迹。

值得注意的是,即使是一个叙事主体,也会在叙事的过程中产生叙事反讽,这是因为在文本与叙述者之间也会存在差异性。韦恩·布斯的《小说修辞学》肯定叙事中存在反讽,而且是小说修辞的重要方式之一。其中主要是基于文本自身的隐含价值不同于故事叙述者价值取向的文本事实。在一定程度上,正是文本的隐含价值催生了隐含作者的概念。所谓隐含作者,"它包括对一部完成的艺术整体的直觉理解;这个隐含作者信奉的主要价值,不论他的创造者在真实生活中属于何种党派,都是由全部形式表达的一切"[1]。"我们有时使用'人物''戴面具者'和'叙述者'这些术语,但是他们更经常是指作品中的说话者,他毕竟仅是隐含作者创造的成分之一,可以用大量反讽把他同隐含作者分离开来。"[2]隐含作者可能不具有叙述者的叙事功能,是潜藏在文本深层的情感、认知及心理等价值主体,两者可能存在反讽的差异性。例如,《孔乙己》的叙述者是故事中"咸亨酒店"的一个小伙计,而文本中隐含着对中国传统文化及知识分子

---

[1] 韦恩·布斯:《小说修辞学》,华明、胡晓苏、周宪译,北京:北京联合出版公司,2017年,第69页。
[2] 同上书,第68页。

的深切思考,体现了文本中隐含作者的价值观。"咸亨酒店"的一个小伙计不可能有隐含作者那么深刻的认知与思考,两者存在显著的差异性,故而形成反讽性意义。

第三节 叙事"跨层"与反讽

一方面,文本中的故事叙述者与文本外围的作者、读者等具有一定的差异性,从而形成叙事反讽。另一方面,叙事文本内部的张力结构,在一定程度上蕴含着反讽性意义及其生成过程。事实上,作者与叙述者的差异性、文本与叙述者的反讽性存在必然涉及文本内部的叙事"层次"问题。这是因为故事存在自身的时空边界,构成较为自足的故事"框架"。通常意义上,"上一叙述层次的任务是为下一个层次提供叙述者或叙述框架"①。故事叙述者可能在某个"框架"或"层次"之外,也有可能在这个"框架"或"层次"之内。日记体、书信体小说的叙述者一般在故事的"框架"之内;但日记体、书信体小说一般会前置一位故事"框架"之外的叙述者交代日记或者书信的由来。这就是叙事的"分层"。例如,鲁迅的《狂人日记》就是如此:一开始就交代"余"听说昔日同学患病,偶有机会看望,虽已痊愈,不曾见面,但却获得他曾经患病时的日记。这是一个前置叙事层,交代清楚了日记的由来;而日记中的叙述者显然是"余"昔日患病的同学。

在叙事的过程中,为什么要进行叙事的"分层"呢?根本原因是叙事本身就存在层次性问题。叙事就是讲故事,讲故事就是故事叙述者讲述某个完整的故事情节。可见,故事叙述者与所讲述的故事之间存在类似主客体的分层,两者的关系可能是截然分离的,也有可能是相互交融的。叙述者与故事截然分离的典型情况,是某人讲述一个与己无关的故事,常常采用的是第三人称的叙事方位或视角。这时,故事与叙述者存在于两个不同的时空,叙述者超越了故事时空的自足性,又似乎无所不在。而叙述者与故事的相互交融在现代小说之中更为普遍,故事的叙述者可能是故事中的某个人物,从而参与了故事进程;也有可能是与某个人物相关联的"人",但不参与故事进程。叙述者与故事即使是相互融合,也改变不了

---

① 赵毅衡:《符号学》,南京:南京大学出版社,2012年,第246页。

讲述与被讲述的层次关系,故而叙事的分层不可避免。

叙事"层次"化之后就面临着叙事的整体性建构问题。在叙述故事的过程中,如果过度突出叙事的"层次"化而牺牲了叙事的整体性,则可能不利于故事的传播与接受过程。所以,叙事"跨层"就十分必要了。"跨层意味着叙述世界的空间—时间边界被同时打破。"①叙事"跨层"的核心是故事叙述者跨越叙事层次的不同"框架"。为了更直观地阐述这个问题,我们可以将克尔凯郭尔的小说《诱惑者的日记》作为典型案例进行分析。众所周知,克尔凯郭尔被誉为丹麦黄金时代的苏格拉底,是19世纪伟大的存在主义哲学家、思想家。他创作小说《诱惑者的日记》,实际上是在思考哲学上的个体存在问题。"克尔凯郭尔以'片段的哲学'来对抗'体系的哲学',这个意义不仅在于对哲学思想的表达形式上的突破,同时,它还是一种哲学的叙述角度的改变,并且最终由此实现了对传统哲学的思考维度的突破。"②以小说的艺术形式来呈现某种哲学思想,就是"一种哲学的叙述角度的改变"。从某种意义上说,《诱惑者的日记》的哲学沉思不在内容,而在小说形式上的创新。具体来说,克尔凯郭尔更多地通过小说"跨层"叙事的创新,展开反讽性的叙事意义。

《诱惑者的日记》的叙事至少可以分为两个层次:一是日记体的主叙事层,二是小说开头的前置叙述层。日记体主叙事层的叙述者是约翰纳斯,也就是日记的写作者。前置叙事层的叙述者是"偷看"约翰纳斯日记的人,他非常熟悉约翰纳斯及其女友考尔德丽娅。仅仅从日记体主叙事层来看,叙述者约翰纳斯总体上是一位勾引异性的诱惑者。前置叙事层的信息量极为丰富,既有否定约翰纳斯是诱惑者的"现实"判断,也有对考尔德丽娅的"补叙",还有对日记主叙事层的评论。前置叙事层的叙述者极力否定日记体叙述者约翰纳斯:"他的日记不带有真实记述的准确性,也不是简单的叙述,不是陈述式,而是虚拟式。"③所以,这个前置叙事层也可以成为"反叙事"或"元叙事"层。总体而言,《诱惑者的日记》的叙事存在显著的裂缝,甚或相互抵牾,反讽性意义油然而生。

---

① 赵毅衡:《符号学》,南京:南京大学出版社,2012年,第276页。
② 王齐:《作为基督教哲学家的克尔凯郭尔——克尔凯郭尔的假名写作》,《哲学动态》2009年第2期,第41—46页。
③ 克尔凯郭尔:《非此即彼:一个生命的残片》(上卷),京不特译,北京:中国社会科学出版社,2009年,第382页。

不仅《诱惑者的日记》的叙事存在分层与跨层,而且收录这部小说的论文集《非此即彼:一个生命的残片》也仅署上假名"出版者",而不是克尔凯郭尔的真名,这也构成了某种意义上的"跨层"。在书中,有一个"前言"叙述这个论文集的由来,"出版者"只是在一个偶然机会拾到了这部论文集手稿。"正是由于多个叙述者的设置,产生了叙述分层的结构。这种叙述结构充满了张力,经常会导致不可靠叙述的局面出现。"①由此来看,克尔凯郭尔似乎并不认为他的作品能够阐述或反映他的真实想法或观点。"假名写作的意义不仅在于它可以把选择和评判的权利交给作为个体的读者,更为重要的是,它能够轻松地实现哲学思考的重心和视角的转换。"②假名写作可能是借助某个或多个虚构的叙述者展开思想深处的差异性对话,在叙事性作品中常常在"跨层"叙事的过程中产生彼此之间的反讽性张力。

第四节　叙事进程与反讽

当然,表面上来看,不是所有的叙事均会呈现"层次"化即鲜明的叙事层次,不可否认,有些故事在讲述过程中常常会"以假乱真",叙事似乎构成了一个"整体"。但需要明确的是,其中不是没有叙事的分层,而是叙事的"跨层"潜藏在叙事进程的深处。近年来,以申丹为代表的叙事学研究专家在仔细考察叙事动态过程的基础上,积极探究叙事的隐性进程③,并进一步肯定了叙事过程中反讽性意义的深度存在。"隐性进程对表达作品的主题意义和审美价值起着十分重要的作用,邀请读者做出与情节发展大相径庭甚或截然不同的反应。隐性进程有别于以往批评界所关注的情节的各种深层意义,其反讽也有别于其他种类的反讽。"④叙事性文本

---

① 王文勇:《论克尔凯郭尔的叙事反讽——以〈一个诱引者的手记〉为例》,《重庆第二师范学院学报》2019 年第 2 期,第 83—86、101 页。

② 王齐:《作为基督教哲学家的克尔凯郭尔——克尔凯郭尔的假名写作》,《哲学动态》2009 年第 2 期,第 41—46 页。

③ 申丹先生提出叙事的隐性进程引起了国际性反响,*Style* 期刊(Volume 55, Issue 1, 2021)开辟专栏刊发包括申丹的"Covert Progression and Dual Narrative Dynamics"在内的七篇相关论文。

④ 申丹:《西方文论关键词:隐性进程》,《外国文学》2019 年第 1 期,第 81—96 页。

中隐性进程的探索究竟是基于怎样的活动？隐性进程的核心内涵是什么？它与叙事的故事层面有着怎样的联系与区别？隐性进程会产生怎样的叙事效果？这些问题有助于纵深挖掘叙事行为的更多意蕴。

隐性进程是在传统的故事情节理论之外重建起来的另一套叙事研究体系，为了区别传统叙事理论，申丹先生将其界定为"一股自始至终在情节发展背后运行的强有力的叙事暗流""自始至终与情节并列前行的独立表意轨道"①。以此来看，隐性进程存在于情节发展的过程之中，两者似乎是一种伴随关系，但隐性进程又独立于情节自身的发展。没有情节的发展，自然就不存在隐性进程。但两者又不是简单的依附关系，而是相互独立的"双轨"表意模式。换言之，隐性进程的探求必须进入故事情节发展的文本活动之中。

然而，隐性进程的核心意蕴是在文本叙事过程之中重构了一套完全不同的表意体系，甚或与故事情节不存在显著的关联性。隐性进程在叙事的过程中表现为另一种叙事动力。一般所谓的叙事动力很大程度上是指故事情节内在张力所形成的叙事内驱力，典型的情节是诸如传统戏剧中人物之间剧烈的矛盾冲突。但是，这里撇开了创作和接受过程中另一个隐在的主体，因为叙事文本是作者创造出来的，理论上很难"滤清"作者的个性、判断及意图等真实存在，其中潜藏着作者的创作动力与目的。而随着文本的成型，创作过程的个人化特征常常会被逐渐地淡化，即使企图"复原"作者创作时的想法与企图，也只能通过接受过程借助读者的视角"回溯"文本创作之时的"隐性进程"。

可见，探求叙事性文本的"隐性进程"需要明确以下几点：一是"隐性进程"是独立于故事情节的另一套表意体系，二是"隐性进程"可能更多的是作者在创作过程中的自我表达，三是需要在文本接受过程中"倒推""隐性进程"的可能形态。借用申丹先生所举《泄密的心》的例子，"若仔细考察全文，则会发现'我'是作品中唯一伪装之人，他不仅一直在伪装自己，且一直为之洋洋自得，他在结尾处的怒喝因此无意中构成自我谴责"②。所谓的"自我谴责"如果是在故事情节的"框架"之内，则还不是"隐性进程"。如果"自我谴责"是故事情节之外的内心活动，那么，可能就要进入

---

① 申丹：《西方文论关键词：隐性进程》，《外国文学》2019年第1期，第81—96页。
② 同上。

另一套表意体系。这套表意体系在作者创作过程中是有可能存在的。所谓"言在此而意在彼",这可能跳出特定的叙事框架而建构新的意义。

在中国现代小说中,比较典型的例子应该是《边城》中第三人称叙事的最后一句话:"这个人也许永远不回来了,也许'明天'回来!"第一个"也许"应该是叙述者基于故事情节的内在判断;第二个"也许"应该是作者"跳出来"表达一种良好的愿望,其中的"明天"二字打上了引号,显然不是确切的时间所指。在故事情节内部,比较理性的判断应该是"这个人也许永远不回来了"。而作者此时似乎跳出故事框架,自己忍不住给出某种良好的"祝愿",言外之意就是,我多希望"这个人马上回来啊"!也就是说,在故事情节的隐性进程之中,作者一直有对翠翠的喜爱、怜悯及美好祝愿,但文本中的叙述者似乎"克制"多了。不可否认,《边城》不仅仅有叙事,还有抒情。故事的叙述与隐性的抒情进程存在巨大的差异性,构成反讽性的意蕴张力。

与此类似,在《孔乙己》中,第一人称叙事的最后一句颇有叙事隐性进程的反讽意味:"我到现在终于没有见——大约孔乙己的确死了。"其中的关键是对"现在"和"的确"两个词的理解。如果"现在"指的是"店里当伙计"的叙述者"我"在故事中的某个时间点,那么,这句话是在叙述故事情节。但是,"我"似乎还可以理解为故事的创作者跳出故事的框架,而指向创作者所在的当下某个时间,"我到现在终于没有见"的人或事就颇为耐人寻味了。这是隐藏在文本叙事过程中的隐性进程,创作者似乎在表达对未来不会再出现孔乙己这样悲惨的人的美好祝愿。同样的道理,"大约孔乙己的确死了",如果仅仅是叙述者的一句无情叙述语,我们自然会反感这位叙述者的"冷血"。然而,这句话也有可能是创作者"犯框"①之语。言外之意是,孔乙己这样悲惨的知识分子再也不会出现就好了,表达出对知识分子未来生活的良好祝愿。由此可见,"我到现在终于没有见——大约孔乙己的确死了"有两种意思、两种解读,表征了叙事的两种进程,而且隐性进程对故事的叙述进程构成了显著的反讽意义。

综上所述,反讽概念的核心是存在差异性。这种差异性可能源于语

---

① 参见赵毅衡:《广义叙述学》,成都:四川大学出版社,2013年,第308页。虽然赵毅衡是以"犯框"阐释元叙述与故事叙述的区隔,但是,所谓"犯框"如果是指跳出故事叙述"框架"之意,那么,"犯框"并不必然是元叙述,也有可能是叙事隐性进程的内在机制。

言本身，也有可能源于主体认知、情感及意愿等方面的不同。而文学文本的媒介是语言，从形式方面而言，文学毫无疑问是一种语言艺术。同时，文学文本蕴含情感、认知及意愿等丰富内涵，从内容上而言，又是一种人文精神的艺术。尤其是在叙事性作品之中，存在许多叙事反讽，但也可能存在反讽叙事。就使用范围而言，叙事反讽是叙事中普遍的存在，而反讽叙事可能只是叙事隐性进程中的个别案例。前者主要基于文本的故事叙述层面，后者主要基于文本叙事过程中的隐性进程。在故事叙述层面，叙事反讽来源于故事之中叙事主体的差异性，也有可能来自故事的分层及叙事的"跨层"。因为不同的叙事主体、分层之后的故事"区格"、叙事"跨层"相互关联，均会产生故事及叙事的对照与反差，进而构成叙事反讽的内在张力。同时，在叙事的过程中，可能存在一股反讽叙事的暗流，独立于故事情节的叙述。它源于故事创造者在文本之中暗含的认识、情感与追求等。从接受过程而言，反讽叙事表面上是创作者与接受者独立于故事情节的另一层次对话。但从文本创作而言，反讽叙事实际上是创作者的深度创造，早在接受之前已经深埋在文本之中。总而言之，反讽叙事和叙事反讽均是文本叙事的关键词，但两者的所指及产生机制存在显著的区别，在应用的过程中需要仔细甄别，才能更为准确地把握叙事性文本的反讽内涵。

第十四章
叙事空白

　　中国传统小说评点理论家毛宗岗和金圣叹的小说评点中有"无字句处"和"不写之写"等理论观点。西方接受美学认为文本中没有写出来的或没有明确写出来的部分就是文学的空白。叙事学家热奈特和费伦等人提出了省略和省叙等理论范畴。以上学者的理论都涉及叙事交流中的一个重要现象：在叙事交流过程中，某些事件没有被叙述出来。换句话说，叙事空白就是故事时间大于零而文本篇幅等于零的叙事现象。它是一种重要而又普遍的叙事交流现象，无论是在尚简趋晦暗的中国传统叙事文本中，还是在西方现代主义和后现代主义的叙事文本中，作者和叙述者都善于利用叙事空白来达到某种叙事交流的目的。叙事空白是一种不写之写，一种无表达的表达。叙事空白是一种"有"着的"无"，"满"着的"空"。叙事空白的生成理据有中国哲学中的有无相生论和西方哲学的现象学理论。叙事空白的表述方式主要有以少总多法、烘云托月法、因果互现法。叙事空白的填补方式包括还原式填补，创造性填补和试推式填补。叙事空白具有重要的修辞价值。

第一节　叙事空白的界定

　　罗曼·英伽登区分了文学作品的结构层次。他指出，"文学的艺术作品"既不是实在的客体，也不是观念的客体，而是一种"意向性客体"；"文学的艺术作品"在审美上由语音层、意义层、再现客体层和图式观相层构成,实际只是一种图式化结构,只有当这些构成要素在阅读中被读者"具体化"时,"文学的艺术作品"才成其为审美对象。罗曼·英伽登关于文学作品结构的思想,已经被人们普遍地接受为进一步思考的出发点。伊瑟尔明确提出用"空白"取代"未定点",将"空白"引入文本与读者的交流过程之中。空白指的是文本中未曾写出来或未曾明确写出来的部分,是文本已经写出的部分所暗示的东西。他指出,空白是交流的基本条件,没有空白就没有交流的必要。同时空白又是一种文本策略,它成为文本与读者的汇聚点。并且,空白还是阅读中不可或缺的积极动力。空白在打断联结、阻滞阅读的同时遂成为"读者想象的推动力,要他去填补那些尚未显现的东西。但是文本已经写出来的部分为意义空白提供了重要的暗示,使读者的理解服从于作品的完成部分,而不会过多地偏离作者的本意。读者则通过创造性的阅读,按文本提示,想象地填补空白,调整习惯视界以适应陌生的文本,最终实现作品的意义"。

叙事学家迈尔·斯滕伯格和阿波特研究了空白对叙事交流进程的影响。阿波特认为有些文本中的叙事空白需要填补,有些文本中的空白并不需要填补。斯滕伯格列举了几种空白填补的材料来源,包括文本中明确提到了的事件和主题的信息、文本的语言和文类、故事世界的规则、生活常识和文化语境。斯滕伯格的观点无疑具有开拓性的意义。叙事学家罗宾·沃霍尔指出,文类的特点可以由叙述者明显没有叙述出来的材料的性质来决定,确定叙事文本的文类既要看它们叙述了什么,也要看它们没有叙述什么,而且两者同样重要。沃霍尔把不可叙述事件分为四类,分别是"不必叙述者"(即因属"常识"而不必表达之事件,相当于普林斯所讨论的不值得叙述事件)、"不可叙述者"(即因不堪讲述而不叙述者)、"不应叙述者"(即社会常规不允许而不被叙述事件),以及"不愿叙述的事件"(即由于遵守常规而不愿叙述的事件)。米克·巴尔在《叙事学:叙事理论导论》中认为,叙事中的省略主要出于两个原因:一是事件令人感到痛苦或难以言表,二是叙述者试图通过对某个事件的省略取消事件的存在。普林斯、沃霍尔和巴尔等人对不可叙述事件的定义和阐述,为我们探究叙事空白产生的原因提供了重要的参考。

在国内学界,当代文论家朱立元先生对英伽登和伊瑟尔的"空白"概念的内容进行了扩容。朱立元认为文学的空白作为文学的一个根本特性,不像伊瑟尔所认为的那样,仅仅体现在某些作品的具体构成因素上,而是体现在文学作品内在基本结构的各个层次——语音语调层、意义建构层、修辞格层、意象意境层和思想感情层这五大层次上,并最终体现在这些层次的整体结构上。朱立元还提出了极富中国特色的意象和意境层的空白,并指出文学作品的意象意境层空白不仅体现在读者的接受过程中,而且体现在作者的创建过程中,它是作者与读者的共谋,其召唤性来自文本的内在。金元浦的《文学解释学》则从梳理西方接受美学的理论渊源和理论路径入手,深入探究西方接受美学中的空白理论,并由此进一步对中国古代文论中的空白理论做出了阐释。金元浦认为文本结构方面的空白指的是言意、虚实、形神的矛盾与对立。他将文学的空白视为协调文本接受活动的核心要素。在国内叙事学界,从 20 世纪 90 年代起,叙事学者就注意到了空白对叙事的价值。傅修延指出作家在文本中运用的空白可以让叙事产生更为微妙的效果。胡亚敏认为省略的基本功能之一是将不值得写的东西或难以启齿的隐私省去,这样既避免了重复,又有加快节奏、深化意蕴的作用。罗钢提出被省略的事件不一定不重要,而是由于事件难以从正面表现,作者便明智地把它省略了。

通过以上所述,我们可以看出学界与叙事空白相关的研究中,接受美学主要从读者接受的角度来切入,朱立元等人的研究也主要是在接受美学启发下进行的类似研究。叙事学界对该问题也只是有所涉及,尚未进行全面系统的研究。

众所周知,热奈特在托多罗夫所作的"故事"和"话语"之区分的基础上提出了"文本时间"和"故事时间"的区分,并进而提出叙事速度的测量方法。根据热奈特的理论,叙事的速度是由以秒、分、时、日、月、年计量的故事时间和以行、页计量的文本长度之间的关系来确定。当故事时间仍在持续而文本篇幅却为零时,叙事速度达到最快状态——零叙。傅修延用一个图(见图 14.1)清晰地阐释了这种叙事现象。①

傅修延此图是从叙事速度的角度切入的。如果我们从叙事交流的角度来看,当叙述速度为零叙时,故事世界中的某些事件没有在文本中获得相应的篇幅。在这种情况下,故事时间是大于零的,而文本篇幅却是等于零的,本章将叙事交流中的这种现象称为叙事空白。当叙事速度为零时,文本当然呈现出叙事空白;但叙事速度不为零时,文本也同样存在叙事空

---

① 傅修延:《讲故事的奥秘——文学叙述论》,南昌:百花洲文艺出版社,1993 年,第 122 页。

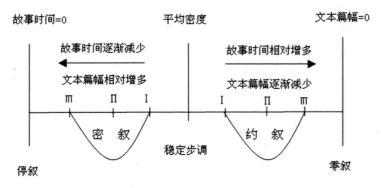

图 14.1　叙事速度图

白。因为故事世界中每时每刻都在发生无数的事件,这些事件只有极少数能进入叙事聚焦的范围之内,绝大多数事件都没有叙述出来,从而让文本呈现出叙事空白。所以当叙事速度不为零时,文本仍然存在叙事空白。所以叙事空白和零叙不是同一个概念。

叙事学中还存在许多与叙事空白相近的概念,如热奈特提出的"省略"、费伦提出的省叙和压制叙述、西方接受美学中提出的"空白"等。下文试论之。

叙事空白与省略的区别:根据热奈特的叙事时间理论,省略指的是故事时间大于零而文本时间等于零,文本时间无限小于故事时间的叙事现象。热奈特所提出的文本时间的概念其实是一个伪时间的概念。文本时间与故事时间的关系,充其量只是文本篇幅与故事时间关系的一种比喻。因此,热奈特所给出的省略概念的定义实际上是很不确切的。按照热奈特的说法,省略包括明确的省略、暗含的省略和纯假设省略。明确的省略指的是叙述者明确告诉受述者时间的省略。如"几年时间过去了"或"十年之后"。暗含的省略指文本中没有声明,但读者通过某个年代空白而推断出来的省略。纯假设省略指时间无法确定,有时甚至"无处安置",事后才被倒叙透露出来的省略。[1] 省略当然属于叙事空白的一种,但叙事空白却不一定就是省略。

叙事空白与压制叙述的区别:根据费伦的理论,压制叙述是"叙述者

---

[1] 热拉尔·热奈特:《叙事话语 新叙事话语》,王文融译,北京:中国社会科学出版社,1990年,第68—69页。

明显在叙述中压制了某些信息,但在其他地方又透露出这些信息"[①]。许多叙事学家如斯滕伯格和卡法勒诺斯等都将这种压制叙述称为"空白"。笔者曾有幸当面请教斯滕伯格先生,发现他将叙述过程中的暂时的信息压制和断点都称为"空白",但笔者认为这种"空白"只能归于费伦所提出的压制叙述的范围中,不属于叙事空白的范畴。因为这些被压制的信息最终还是被叙述出来了,只不过推迟了叙述的时间而已。

叙事空白与叙事学中的省叙之间的区别:热奈特在《叙事话语》一书中的"语式"部分探讨了叙事聚焦变化中的"变音"现象。第一种"变音"是文本提供的信息量比原则上需要的信息量要少,第二种是文本提供的信息量比聚焦范围所容许的信息量要多。热奈特将第一种"变音"称为"省叙"[②]。所谓省叙就是叙述者没有将聚焦范围内所发生的事件或人物的动作叙述出来,即叙述者对叙述聚焦范围内的事件和信息故意隐瞒。本来应该叙述的事件和动作在文本中没有被叙述出来。根据热奈特的理论,如果没有发生叙述越界,那些发生在叙事聚焦范围之外的事件,就不会被叙述出来,也就不会产生省叙,但却会产生叙事空白。也就是说,只有发生在聚焦范围内的事件没有被叙述出来才叫省叙。但无论是发生在聚焦范围内的事件还是发生在聚焦范围之外的事件,只要未被叙述即可使文本产生叙事空白。所以说省叙只是叙事空白的一种,但叙事空白并不仅仅是省叙。

叙述空白与接受美学中的"空白"思想的区别:西方接受美学中的"空白"指的是文本中没有写出来或明确写出来的部分。这一定义无疑略显粗疏。接受美学中的空白思想主要是针对读者反应而言的,而叙事空白则是贯穿叙事交流整个过程的一种现象。换句话说,接受美学对文本中的空白的研究主要是考察文本空白对读者接受的影响,而叙事空白研究不仅包括接受美学中的"空白"的研究,更为重要的是将叙事空白放在叙事交流的全过程来研究。

---

① 唐伟胜:《叙事进程与多层次动态交流——评詹姆斯·费伦的修辞叙事理论》,《四川外语学院学报》2008 年第 3 期,第 9 页。
② 热拉尔·热奈特:《叙事话语 新叙事话语》,王文融译,北京:中国社会科学出版社,1990 年,第 134 页。

第二节 叙事空白的本质

叙事"空白"是故事时间大于零而文本篇幅等于零的叙事现象。但叙事空白并不是文本的绝对虚无,而是文本对某些事件的一种无表达的表达,是一种不写之写。换句话说,叙事空白是"有"着的"无"和"满"着的"空"。试以川剧史上的一则逸事为例加以说明。

赴印度演出《秋江》,当地报纸评价说:"舞台上一无船,二无水,以你们的艺术天才,给我们展现了一个轻舟搏浪的真实场面,使我们感到船动、水动、风动,给我们留下了美妙的回忆。"阿根廷第二大城市科尔多瓦一位报纸的文化编辑很欣赏在《秋江》中,演员只通过一把桨,就可以使观众看到平静和咆哮的江河,以及江岸两边的风光,从而体会到人物的思想感情。德意志联邦共和国《法兰克福日报》载文评介:"在《秋江》一出戏里,艄翁让追赶心爱人儿的少妇坐上船来,空空的舞台上,艄翁手持一支桨,少妇站在一条虚构的船上,演员的动作模拟出了一叶小舟,几分钟以后人们便能'看到'水里的波浪、河流的弯道,交错的船只。"捷克斯洛伐克文化部副部长伯里瑟克发表观感说:"看了《秋江》一剧,使人感到舞台上不是华丽的地毯,而是碧波清流,眼前展示出一幅中国古老的山水图景,好像真有一只小船在河心里漂浮荡漾,这是非常富有诗意的情景,真是一出极为完美的喜剧。"①

可见叙事"空白"的巧妙运用可以达到及其良好的艺术效果。真正的空白不是无话可说,而是有话不说。虽然演员手上只有一篙一桨,却将舞台上演绎得满台皆水,波涛阵阵,弯弯的河道里来来往往的船只络绎不绝。可见叙事空白并不是虚无,而是一种有着的无、满着的空。换言之,文本中的空白不是不存在要说的话,而是没有将存在的、要说的话说出来。真正的空白不是话语的虚无,而是话语的缺席。不是没有,只是没有出场。正如海德格尔所言:"为了能沉默,此在必须有东西可说,也就是

---

① 转引自陈国福:《〈秋江〉荡舟世界》,《四川戏剧》1994 年第 6 期,第 28 页。

说,此在必须具有它本身的真正而丰富的展开状态可供使用。"① 只有"揣着明白装糊涂"才可以称为难得糊涂,真的糊涂不能称为难得糊涂。钱锺书先生在《谈艺录》中批评王渔洋时道出了这一实质:

> 渔洋天赋不厚,才力颇薄,乃遁而言神韵妙语,以自掩饰。一吞半吐,撮摩虚空,往往并未悟入,已作点头微笑,闭目猛省,出口无从,会心不远之态。故余尝谓渔洋诗病在误解沧浪,而所以误解沧浪,亦正为文饰才薄。将意在言外,认为言中不必有意;将弦外之音,认为弦上无音;将有话不说,认作无话可说。赵饴山《谈龙录》谓渔洋"一鳞一爪,不是真龙"。渔洋固亦真有龙而见首不见尾者,然大半则如王文禄《龙兴慈记》载明太祖杀牛而留尾插地,以陷土中欺主人,实空无所有也。妙悟云乎哉,妙手空空已耳。②

钱锺书认为王渔洋的诗歌并不像他诗论中所提倡的那样讲究神韵,其所谓的"神韵"只是无话可说的掩饰,而不是有话不说的空白,亦即只是为了故弄玄虚而有意制造的虚假叙事空白,将意在言外认作是言外无意,将弦外之音认作是弦外无音。换言之,言外无意而假装有意;弦外无音而假装有音;明明无话可说却装作有话不说。钱先生更直接指出:"若诗自是文字之妙,非言无以寓言外之意;水月镜花,固可见而不可捉,然必有此水而后月可印潭,有此镜而后花能映影。"③ 这段批评从反面表明,没有叙事话语的依托就没有叙事空白。有意思的是,美国作家海明威在这个问题上与钱锺书提出了极为相似的看法。他在谈到"冰山原则"时说,只有作者知道的才可以省略,因为作者不知道而造成的省略只会让小说中留下漏洞,而不可能让小说意义更丰厚。海明威更指出:

> 这一点也要记住。一个作家要是写得清楚明白,人人都看得出他是不是伪造。如果他用神秘化的手法来回避直接明白的叙述(完全不同于为取得某种效果只得打破句法、语法等所谓常规),那么,这个作家要经过较长的时间才能被人识破他是一个伪造者,而其他出于同样需要而苦恼的作家却会赞扬他。真正的神秘主义不应当与创

---

① 马丁·海德格尔:《存在与时间》,陈嘉映、王庆节合译,北京:生活·读书·新知三联书店,1987年,第200页。
② 钱锺书:《谈艺录》(补订本),北京:中华书局,1984年,第97页。
③ 同上书,第100页。

作上的无能混淆起来,无能的人在不该神秘的地方弄出神秘来,其实他所需要的只是弄虚作假,为的是掩盖知识的贫乏,或者掩盖他没有能力叙述清楚。神秘主义包含一种神秘的东西和许多种神秘的东西;但无能并不是一种神秘;过火的报刊文字插进一点虚假的史诗性的东西成不了文学。也要记住这一点:一切蹩脚的作家都喜欢史诗式的写法。①

海明威对某些没有能力叙述而故作神秘的作家提出了批评,并指出这种故作深沉终究会被读者所识破。换句话说,作者必须真的有话可说、胸有成竹才能运用叙事空白,川剧表演艺术家周海波先生对此有着非常深刻的认识。

  川剧表演艺术家周慕莲曾记述他年轻时跟名丑周海波学演《秋江》,周海波先问他"船有好大?""上流下流?""大河小河?""大河中小船怎么走"等问题。"往下,周海波提的一连串问题他就更答不上来了。比如问:船到放流时船身怎么动,船到滑滩时船身又怎么动?软皮浪有好大的浪头?河上是什么风?等等。这些问题,不是亲自当过几年船工的人是回答不出来的。周慕莲被考得抓耳挠腮,满头大汗。他心中纳闷:教戏就教戏吗,问这些做啥呢?见周慕莲不解,周海波就向他解释道:《秋江》是折做工戏,舞蹈表演是关键,虽然戏中有'俏头',但要演好却不容易。演《秋江》的演员,如果不把河性、水性、船性、风性——这'四性'摸清楚,那他的表演就是盲目的,一定演不像,更谈不上有创造性。此外还要掌握好三个字:你要想到舞台上有船有水,船行水中,是一个'动'字;陈妙常赶潘心切,是一个'追'字;江上行船,舞蹈要体现一个'风'字。"②

周海波老师可谓深知戏剧叙事中空白的作者必须胸有成竹,才能有效地创造叙事空白。虽然舞台上没有河,没有水,更没有船,没有风,但只要表演者心中有河,心中有水,心中有船,心中有风,那么演员的舞蹈、动作、一举一动、一颦一笑都能表现出河流的大小、水流的缓急和风速的大小等。只要演员的表演到位了,观众就能从演员的表演中看到河,看到

---

① 董衡巽编选:《海明威研究》,北京:中国社会科学出版社,1980年,第83页。
② 转引自金开诚:《文艺心理学概论》,北京:北京大学出版社,1999年,第243页。

水,看到船,看到风。例如,老艄翁手握撑竿,点竿撑船,人动竿不动,观众顿时觉得满台都是水,人物撑船行走在水上,整座舞台仿佛变成了河流。正是凭借对叙事"空白"大胆和巧妙的运用,周先生的《秋江》不仅在国内大受欢迎,在国际上也得到了许多观众的喜爱。

第三节　叙事空白的运作机制

叙事空白生成的哲学理解主要有中国道家的"空""无"思想和西方的存在主义理论。道家认为,无是可以生出一切"有"的"大有"。老子说:"天下万物生于有,有生于无。"①他认为"无"比"有"更为根本,因此在"有"与"无"的关系中更强调"无",追求一种"大音希声,大象无形"的大道之美、无言之美。《淮南子》认为:"夫无形者,物之大祖也;无音者,声之大宗也。""无形而有形生焉,无声而五音鸣焉,无味而五味形焉,是故有生于无,实出于虚。"②当代哲学家冯友兰先生指出:

> 老子所说的"道",是"有"与"无"的统一,因此它虽然是以"无"为主,但是也不轻视"有",它实在也很重视"有",不过不把它放在第一位就是了。老子第二章说"有无相生",第十一章说"三十辐共一毂,当其无,有车之用。埏埴以为器,当其无,有器之用。凿户牖以为室,当其无,有室之用。故有之以为利,无之以为用。"这一段话很巧妙地说明"有"和"无"的辩证关系。一个碗或茶盅中间是空的,可正是那个空的部分起了房子的作用。房子里面是空的,可正是那个空的部分起了房子的作用。如果是实的,人怎么住进去呢?老子作出结论说"有之以为利,无之以为用",它把"无"作为主要的对立面。老子认为碗、茶盅、房子等是"有"和"无"的辩证的统一。③

老子所说的"无之以为用"中的"无"指的就是"有中之无"。没有车毂上的木条,车轮中空的地方再大也不能滚动;没有四壁的器皿和房子根本就不存在,当然也就无法盛放东西和住人了。所以老子所说的"无"都是

---

① 任继愈:《老子绎读》,北京:北京图书馆出版社,2006年,第90页。
② 刘文典:《淮南鸿烈集解》(上册),冯逸、乔华点校,北京:中华书局,1989年,第28—29页。
③ 哲学研究编辑部编:《老子哲学讨论集》,北京:中华书局,1959年,第117页。

"有中之无"。冯友兰的论述无疑是对这一问题非常精到的论述。同理，任何叙事"空白"都不是文本的绝对虚无，而是文本中某些篇幅的缺失或缺席。总之，在道家看来，万物从道受命而生，万物与道合一才能同乎大顺。世界上的万事万物都来源于无，只有"无"才是宇宙万物的根本和来源。有是对"无"的一种否定，是一切"有"的源泉和依凭。一切有形的、有声的、有味的东西都来源于无形的、无声的和无味的东西。

无独有偶，存在主义哲学家海德格尔也认为只有"无"才是一切存在者的根源。在他看来，西方旧的形而上学最大的问题在于将"存在者"当作"存在"，实际上存在者只是存在的"去蔽"和澄明。他主张"从'无'生一切作为'有'的'有'"[①]；"在存在者之存在中，发生着无之不化"[②]。这一思想与我们中国传统道家思想的"有生于无"极其暗合。例如我们日常生活中说："这是一朵玫瑰花。"其背后隐藏着千千万万个"不"：这不是一朵梅花，这不是一朵菊花，这不是一朵康乃馨。因此，海德格尔认为，存在者的显现是从整片的黑暗之中被照亮，显示出来。而这整片的黑暗则是存在者的整体，是尚未被去蔽的原始的整体。任何事物的显现都只是有限的显现，不是整个原始整体的显现。任何一个存在者的显现都是以整个原始的整体为根源和依据的，都是以千千万万隐藏的事物为背景的。如果要让一个存在者得到凸现，就必须把他置入他所来自的那个原始整体中，让他与作为他背景的千千万万个隐藏的事物相连接。每个事物只有置入其所来自的原始的整体中才能成其所是，而这隐藏的原始的整体则是所显示的事物的根源。海德格尔曾指出，正是由于存在者的显现，使得接受者的目光完全集中于显现着的存在者，从而忽略甚至是抛弃了这个"无"。具体到叙事活动中，文本接受者对叙事"空白"的视而不见和习而不察亦是司空见惯。然而正因如此，对叙事空白的研究才显得尤为迫切。

空白生成的原因有以下几点。第一，语言的局限性。所谓"言不尽意"，语言与生俱来的局限性往往让叙述者和人物无法如其所愿言说。第二，不宜叙述事件的存在。所谓不宜叙述事件指的是由于某些原因不宜叙述的事件。美国叙事学家罗宾·沃霍尔曾对经典现实主义小说和当代

[①] 马丁·海德格尔：《海德格尔选集》（上），孙周兴选编，上海：生活·读书·新知上海三联书店，1996年，第151页。

[②] 海德格尔：《路标》，孙周兴译，北京：商务印书馆，2000年，第133页。

电影中不宜叙述事件进行了分类,她提出了分类的理据包括不必叙述者、不可叙述者、不应叙述者和不愿叙述者。这些事件确确实实在故事世界中发生了,但叙述者对此却保持沉默。第三,叙述策略的考量。如为了展示某种象征意义,叙述者用空白暗示某种超越时空的带有普遍性的东西,达到某种意味深长的效果。空白创设的原则主要有三条。首先是质的原则,主要指叙事沉潜与空白之中的事件必须是有价值的,值得读者打捞的。其次是量的原则,指的是隐藏在空白中的事件不能多到超出了读者的"打捞"能力。当然也不能太少,太少就达不到应有的效果。最后是真诚原则,即空白不是因为作者无知或故弄玄虚,而是叙述者和人物采用的有话不说的策略。

叙事空白指的是文学艺术中的某些意义在文本中某些事件里没有被叙述出来的现象。所谓没有被叙述指的是没有对某事件进行正面的、明确的、直接的传达。事实上许多叙事空白都有其表意方式,如叙事空白传达的以简驭繁法、因果互现法及欲露还藏法等。

以简驭繁法是指叙述者以简单的事件的叙述来传达繁复事件的叙事空白表述方式。如俄国作家果戈理的名作《钦差大臣》叙述了纨绔子弟赫列斯达科夫与人赌博输得倾家荡产,只得辞职还乡。他在从彼得堡回家途经外省某市时,被当地官场误认为是微服私访的钦差大臣,由此引出了当地整个官场的各级官吏的粉墨登场、丑态毕露。从市长、邮政局长、法官、督学到慈善医院的院长等各色人等都露出了他们丑陋的面目。小说的结尾处,正当市长等人知道了被假钦差大臣欺骗而捶胸顿足、混乱不堪之时,宪兵通报真正的钦差大臣已经抵达。面对真正的钦差大臣,他们又将以什么样的丑态卖力表演?他们的真实面目会暴露出来吗?他们将会得到什么样的下场?叙述者只交代了原因事件:真正的钦差大臣来了。会有什么样的结果,叙述者没有任何交代,但读者根据文本之前的叙述再加上自己的生活经验和想象无疑可以赋予此处的空白一个丰富而深刻的意义。可以说宪兵的一句话揭开了一部新的更丑态毕露的闹剧的序幕,在读者的脑海中自然而然地就会自动上演。

因果互现法指的是叙述者通过叙述某个事件的原因事件或结果事件,或同时叙述其原因事件和结果事件而将该事件传达出来的叙事空白表述方式。我们以著名导演希区柯克的电影《后窗》为例,在这部电影中,男主人公——摄影记者杰夫因腿伤在家中疗养,单调而乏味的生活让他产生了偷窥邻居们的不良嗜好，且乐此不疲。他的偷窥对象主要有：身材姣好的女舞蹈演员、弹钢琴的作曲家、推销员索沃德先生和他卧病在床的妻子（夫妇二人经常吵架），其中最奇怪的是索沃德先生。有一天深夜，索沃德提着沉重的箱子从家里到外面往返几次。而他的太太从此就再也没有在家里出现过。后来杰夫又看到他用报纸将刀和锯条包好。更诡异的是邻居家的一只小狗每天都在花园的同一个地点不停地刨土。而最令人感到恐惧的是这条狗居然被索沃德扭断脖子杀死了。而且杰夫发现索沃德先生有了许多的珠宝首饰。电影为了传达一个残忍的凶杀案，并没有将血淋淋的场面叙述出来，而是通过因果互现的叙事空白表述方式将丈夫谋杀妻子，然后将尸体分割、转移、掩埋，清洗现场等事件传达了出来。

欲露还藏法指叙述者通过对某个事件略加点染的叙述来传达整个事件的叙事空白表述方式。据说唐玄宗的哥哥宁王李宪，权势煊赫，府中有几十个色艺俱佳的宠妓。但宁王还是不知餍足。在宁王府附近有一个卖饼的男子，娶的妻子长得是肤白貌美、明艳动人。宁王见了心痒难耐，便仗着自己有钱有势强取了过来，对她百般宠爱。一年后，宁王问她："你还想念那卖饼的吗？"女子默然不语。于是宁王召来卖饼的男子。妻子眼含热泪，注视着自己的丈夫，一言不发。仿佛有万千思念，却不知如何诉说。当时在座的许多文人骚客见此情景都不胜伤感。宁王自己也被卖饼者之妻的这一空白所感动，便让在座的文人以此为题赋诗一首，并让卖饼者领着妻子回去了。妻子对丈夫的日思夜想没有通过千言万语表达出来，只是通过一言不发，相顾无言，唯有泪千行的叙事空白方式传达了出来。

借用德里达的话来说，"空"是对"满"的召唤，叙事空白是对读者填补的召唤。填补之时应主要考虑作者、文本和读者三个因素。作者不是文本意义的唯一来源，不能垄断文本意义的生产，文本也不是作者思想的传声筒。读者不是文本意义的被动接受者，他与作者在叙事交流过程中处于平等合作的地位，共同参与文本意义的生产。叙事空白的填补对于促进叙事交流具有重要作用：它使得作为一种中断的文本空白成为连接作者意图和读者经验及意愿的桥梁和纽带，它作为叙事交流的重要一环，对叙事交流的激发、展开和完成都具有重要的意义。叙事空白是叙述者对叙事接受者参与叙事进程的邀约。通过叙事空白的填补，叙事接受者同叙述者一道完成了叙事交流的过程。叙事空白填补的方式主要有三种：还原式填补、协商式填补和创造性填补。

还原式填补，如在法国作家格里耶的小说《嫉妒》中，故事的中心人物流亡于叙述之外。虽然在文本中没有关于他的任何叙述，但他却处处映照在故事世界中，是整个故事的中心人物。读者时时刻刻可以感受到他的存在。格里耶的所有小说基本上都没有完整的情节，读者读到的只是整个故事的一个苗头或症候。在阅读过程中读者被迫自主构建整个故事。就像考古学家用埋藏地下几千年的几块石头构建起一座古代宫殿的原貌，或古生物学家根据几块恐龙骨骼的化石而还原出一头完整的恐龙一样。格里耶的所有小说都是从文本的空白之处生发出来的。尤其是他的代表作《嫉妒》，文本意义的产生必须以空白之处的意义生产为前提。读者只有在脑海之内同时考虑叙述者写出来的事件和叙述者没有写出来的事件，才有可能将文本的意义解读出来。故事中明显占据中心位置却从未在文本中出现的这个人到底是谁呢？通过对文本的细读，再结合对小说标题"嫉妒"一词的仔细揣摩，读者可以顺利地推测出这个在文本中隐形却在故事中居于中心地位的人就是故事女主人公的丈夫，一个被嫉妒的心魔迷惑了的男人。有意思的是这个女人虽然被丈夫密切监视，却丝毫没有觉察到丈夫嫉妒的目光。这个对妻子与其他男人正常交往的嫉妒严重到几近病态的丈夫，用异常的目光注视着妻子的一举一动、一颦一笑。至于这个男人是谁？他为什么要这样密切地监视自己的妻子，叙述者没有提供任何现成的答案，一切都有待于读者从文本提供的蛛丝马迹中去寻找和推测答案，读者需在阅读过程中经受漫长的推理还原。

协商式填补，如海明威的《白象似的群山》的空白填补，在这篇按照"冰山原则"写成的短篇小说中，作者精心设计每一句话，将人物的语音、语调以及内在感情传达出来。小说讲述的是一个美国男人与一个姑娘在西班牙小站等火车时试图说服姑娘去做一个手术。至于这是一个什么样的手术，双方都没有明确说出来。但读者根据双方的对话可以知道这个手术就是堕胎。在小说的结尾，文本既没有交代女孩是否答应去做手术，也没有叙述他们之间关系发展的最终结局。叙述者对于主人公的身份以及故事的背景都没有任何介绍。小说也基本没有什么故事情节，但正是因为这个原因，让这篇小说留下了广阔的阐释空间。昆德拉在《被背叛的遗嘱》中对这篇小说进行了深入的探讨。按照他的研究，该小说虽然篇幅只有5页，但读者可以和文本协商出无数的故事：男人或许是个有妇之夫，逼着他的情妇堕胎以迁就他的妻子；他或许是个单身男人，希望她堕胎是因为担心生活变得过于复杂;但也有可能是出于一种无私的考虑,怕孩子的降生会给姑娘招来麻烦;或者——人们什么都可以想象——他已患了绝症,怕丢下姑娘独自一人带孩子度日;人们还可以想象孩子是另一个男人的,姑娘离开那男的正是为了和这个现在正建议他堕胎的美国人一起生活,他甚至都准备好了,一旦建议被拒,便自己承担起扮演父亲的角色。姑娘呢?她可能因屈从她的情人而同意堕胎;但也可能是自己做出了决定,只是随着手术日子的一天天逼近,她失去了勇气,自感有罪,表现出最后的话语上的反抗,其实这反抗针对的更多的是她自己的意识而不是她的男友。确实,隐藏在对话后的种种可能的情况是无以计数的。

  至于人物性格,选择起来也并非不那么令人为难:男人可能很敏感、多情、温柔;但他也可能很自私、狡猾、虚伪。姑娘可能极度敏感、细腻、深受道德的束缚;她也可能任性、矫揉造作、喜欢歇斯底里的发作。①

  海明威在《午后之死》中提出了他自己的创作经验,指出如果一位散文作家对于他想写的东西心里有数,那么他可以省略他所知道的东西,读者呢,只要作者写得真实,会强烈地感觉到他所省略的地方,好像作者已经写出来似的。冰山在海里移动得庄严宏伟,这是因为它只有八分之一露在水面上。《白象似的群山》文本就像一个万花筒:其中一些互不相连的彩色碎纸片,只要转换一下角度就可以形成一个新的色彩斑斓的组合。读者对于某个叙事空白不同的填补也能构建多个不同的故事。叙事空白的魅力也就体现在这里。

  创造性填补,以电影《瑞典女王》中的一个片段为例。这部影片讲述了瑞典女王克里斯蒂娜与西班牙特使相爱,为此而毅然抛弃王位与情人相约私奔的故事。在电影的最后,克里斯蒂娜与他的西班牙情人在夜色的掩护下分头潜至轮船。正当满怀着对爱情的憧憬的克里斯蒂娜登上轮船时,却发现自己心爱的人已经倒在轮船的甲板上奄奄一息。原来他为了赴约与情敌决斗,身负重伤。虽遭到重创,但他仍然挣扎着来到约定的地点,在临死前见到了自己的爱人,并在她的怀抱中死去。对克里斯蒂娜来说,从幸福的天堂一下子跌落到了悲惨的境地……影片的最后,克里斯

---

① 米兰·昆德拉:《米兰·昆德拉全新作品》,董强译,上海:上海译文出版社,2003年,第382—383页。

蒂娜冷漠地站在船头目视前方,脸上没有任何表情。然而正是这一默然无声的镜头对观众产生了巨大的冲击,令人久久不能忘怀,因为此时的女主在突然遭受了巨大的打击后,内心的狂风暴雨无法通过任何语言和声音表达出来。克里斯蒂娜的无声在观众的心里可以化作悲戚痛哭、愤怒的咆哮抑或是刚毅的怒吼。这样就让女主的空白具有无限种阐释和填补的可能。而这一叙事空白也就成为观众对这部影片频频回顾、念念不忘的最根本的原因。

第四节　叙事空白的价值

　　叙事空白具有重要的修辞价值。叙事空白的修辞价值主要体现在以下三个方面:一是叙事空白使读者在叙事交流中卷入更深。叙事空白让读者的好奇心和探求欲被极大地调动起来,于是读者将更多的情感和认知努力投入叙事交流中去。二是叙事空白让读者对故事的体验更持久。三是叙事空白的渗透性进入和弥漫性影响让叙事接受者不致产生排斥心理,而不由自主地接受文本所传达的意图。

　　叙事空白对接受者内在的一种激活和唤醒,叙事空白的存在让叙事接受者必须投入更多的认知注意和情感,对故事进行深层加工。这样,读者卷入叙事交流的程度就较深。

　　而对于叙事空白少的叙事文本,叙事接受者只需被动接受叙事文本提供的信息,而无须进行深入的思考、推理和想象,这样读者卷入叙事交流的程度就较低。叙事空白对读者感知某个事件的阻滞反而能激发读者的主观能动性,因为越不让人听的东西越能激发人的好奇和兴趣,从而让叙事接受者更加密切地关注叙事交流,投入更多的注意和情感到听觉叙事交流中去。

　　叙事空白之所以能让读者卷入更深,其原因就在于其对读者接受"自动化"的阻断及对读者注意力的唤醒。这一观点可以从心理学家的研究成果中得到佐证。英国心理学家丹尼尔·贝里尼曾提出著名的"唤醒理论"。他指出人对新奇刺激的感觉会随着刺激重复出现次数的增多而减弱。他认为艺术作品对接受者的审美愉悦的唤醒有两种形式:"渐进式唤醒"和"亢奋式唤醒"。所谓渐进式唤醒指的是艺术欣赏者的情感强度随着接受的进行而不断增强并最终到达顶点。而亢奋式唤醒指的是艺术欣赏者的情感由于受到突然的刺激而快速抵达临界点,然后再在情感释放时获得某种快感。所谓"入芝兰之室,久而不闻其香";"入鲍鱼之肆,久而不闻其臭",感知者对某些刺激的多次重复接受会降低对该刺激的感觉能力。对于读者来说,某些声音的缺席就是一种亢奋式唤醒。这种唤醒使读者已经钝化和麻木的感觉重新被激发起来,从而更好地聆听空白。据说某将军只有听着远方传来的炮火才可以酣然入睡,而一旦炮火声停止便立刻被惊醒。叙事交流中的空白对读者的激发正如突然中止的炮火声对这位将军的唤醒一样。

禅门中有一默一声雷的说法。五代时,南汉的刘王坚持礼聘灵树禅院的云门禅师等人到王宫内避暑讲法。所谓上有所好,下必甚焉。宫女和太监们见刘王如此敬重禅门,便也争相向禅师们礼敬问法,而大多数禅师们也乐得知无不言,倾囊相授。一时间王宫内热闹非凡。与此形成鲜明对比的是云门禅师却孤身默坐参禅,宫女和太监们都不敢贸然靠近。一位当值的官员见此情形便向云门禅师问法,云门禅师还是一如既往地保持沉默。这位官员非但不责怪云门禅师,反而更敬重他,并赋诗一首:"大智修行始是禅,禅门宜默不宜喧,万般巧说争如实,输却禅门总不言。"对于一个艺术品的接受者来说,适当的遮掩反而能够起到更大的刺激作用。因为这种若有若无的遮掩反而能够激起接受者探求的欲望,充分激发他们的想象,对他们产生致命的吸引力。同样的道理,在某些叙事文本中,叙述者对某些事件欲言又止,犹抱琵琶半遮面,反而能够让读者心痒难耐,对叙事文本的接受更有兴致,更能深入思考和想象,从而获得更多的叙事交流的回报。如果叙述者将一切都交代得清清楚楚,读者就会无事可做,反而会让叙事接受者失去交流的兴趣。

叙事空白的修辞价值还体现在它可以让读者更为持久地介入叙事交流中来。对于读者而言,某些叙事空白的阐释不是一蹴而就的,而往往是绵长不断,甚至持续一生的。为了阐释叙事空白,读者必须细读文本,以图在字里行间找到阐释的线索;读者必须不断地开动脑筋进行推理和想象,或者期待着最终能在文中找到答案。读者的这种体验正如心理学家荣格读乔伊斯的《尤利西斯》时的感觉一样。荣格曾经指出,读《尤利西斯》让他明白了为什么说"等待"是魔鬼折磨地狱中的灵魂的撒手锏,它比皮鞭和棍棒更有效。

叙事空白表述能够消除叙事接受者对故事中某些事件的排斥心理,让接受者更容易接受叙述者的叙事交流意图。据悉某单位组织员工参加"慈善一日捐"活动。绝大部分员工都有捐赠,只有个别人没有捐款,于是单位就将未捐款人的名单宣告出来。这样的做法显然是欠妥的,采取这样的方式将这个事件叙述出来是会遭到强烈抵制的。但如果组织者能够换一个策略,采取叙事空白的方式来传达的话,效果就会大不相同。如另外一个单位在碰到同样情况时,就没有直接将未捐款人的姓名通报出来,而是将已经捐款人的姓名通报出来,并实时更新。这实际上就是以叙事空白的方式将没有捐款的人的名单公示出来。这样既能将事件传达出来,又可以化解叙事接受者的抵制和排斥。

我们以上文提到的卖饼者的妻子的叙事空白表述为例,当宁王问她是否想念自己卖饼的丈夫时,她默然不语。此时她也许早已肝肠寸断,也许正在算计自己能否实话实说地回答宁王的问话。试想,如果此时卖饼者之妻直言不讳地告诉宁王她仍然想念自己的丈夫,那么换来的也许是宁王的恼羞成怒,甚至可能连自己和丈夫的小命都保不住。因为宁王问话中的语气显然是充满了自负和对女子丈夫的不屑的,况且宁王对女子又极为宠爱。如果女子回答说想念,则无疑会被宁王认为是对自己的严重侮辱和巨大的冒犯。宁王也许会认为:"难道我堂堂的宁王,当今圣上的哥哥还不如一个卖饼的吗?难道在我这金碧辉煌的王府里锦衣玉食还不如在你那贫寒之家吃糠咽菜吗?"所以,女子不能回答自己仍然想念自己的丈夫。不能用话语来和宁王进行叙事交流,而只能通过叙事空白的方式来表达自己的心声。这样不但照顾了宁王的面子,又更有力地传达了自己的意愿,实现了叙事交流的意图。她的空白所蕴含的意义被当时在座的诗人王维即兴所赋的一首《息夫人》表现得淋漓尽致。

莫以今时宠,能忘旧日恩。
看花满眼泪,不共楚王言。

第二处空白则传神地表达了自己对丈夫的思念之情。本来朝朝暮暮的夫妻硬生生被拆散三百多天,此时此刻,此情此景,他们有千言万语、千思万想需要倾诉而不知从何说起。正因为情感太过浓烈而气结声阻,无法发声。只有四目相对,泪眼蒙眬,诉无语,泣无声。正是这一无声悲泣之状感动了在座所有的受述者,成功地达到叙事交流的目的。可见,在叙事交流尤其是听觉叙事交流中,空白的修辞功能是何等强大。

结　语

　　叙事空白是叙事交流中一种重要的现象,在叙述者默然无言的地方,是叙述者态度体现得最真实的地方,也是他们最想传达的意义所栖息的地方。越是若有若无、若隐若现的声音也就越能激发观者的好奇。许多熟稔这一认知心理的作者便采用叙事空白的表述方式以达到隐而愈现、一默如雷的叙事修辞效果。前文海明威在《午后之死》中提出了自己的创作经验,他提到的"省略"并非要像省略情节技巧那样删除部分故事情节,而更多的是要把属于主要故事情节之外的某些信息分散到其他文本、情节中。读者通过阅读这些文本,并随着情节的进展,就能强烈地感受到那些省略掉的信息。叙事空白这一策略之所以能够取得良好的叙事交流效果,是因为叙事空白的作用方式是缓慢渗透的,是润物无声地影响叙事接受者。叙事空白是意义的集聚之处,是意义生长的温床,是读者阅读主动性得到充分发挥的舞台。在叙事空白运用较好的作品中,若没有关注到叙事空白在叙事交流中的功能,读者就会感到茫然和困惑,就无法全面和深入地把握和理解作品的主题意义、人物形象和艺术价值。

第十五章
音景

音景(soundscape)又译声景或声境,是声音景观、声音风景或声音背景的简称。音景研究的第一人为加拿大的夏弗,其代表作《音景:我们的声音环境以及为世界调音》一书打通普通声音与音乐之间的界限,系统阐述了音景的构成、形态、感知、分类与演进,提出了要从声学上规划人居环境的宏伟设想(此即所谓"为世界调音")。① 夏弗在讨论音景时往往援引一些著名的叙事作品,然而由于当代文化中视觉对听觉的压迫,音景至今尚未正式进入叙事研究的对象名单,对其的忽略已导致人物似乎是在无声的时空中行动,这种将故事背景默认为"静音"的做法几乎已成为一种潜规则。有时作者给出了明确提示,如柳永《雨霖铃》第一句便用"寒蝉凄切"拉开了雨声骤停后蝉声响起的声音幕布,但一直没有人解释柳永为何要用蝉声开启这个"执手相看泪眼"的故事。一些赏析文章只强调泪眼执手在读者心目中唤起的视觉画面,全然不顾柳永这位声律专家更注重听觉感受这一点。现代汉语中带"景"字的词语,如"景观""景象""景色""景致"等,全都打上了"看"的烙印,音景这一概念有利于提醒人们:声音也有自己独特的风景,忽视音景无异于听觉上的自戕。将声学领域的音景概念引入叙事研究,不是要让耳朵压倒眼睛,而是为了纠正因过分突出眼睛而形成的视觉垄断,恢复视听感知的统一与平衡。

---

① R. Murray Schafer, *The Soundscape: Our Sonic Environment and the Tuning of the World*, New York: Knopf, 1977.

第一节 音景:故事背景上的声音幕布

将音景称为声音幕布,是因为它像幕布一样可以用于覆盖与遮挡:乡村的听觉空间内多弥漫着各类鸟虫之鸣,而当附近有汽车行驶或飞机起降时,这些鸣声又会被隆隆的马达声盖过。幕布又有衬托之功,电影、戏剧乃至商场中的背景音乐可以营造氛围,叙述中的音景也有同样的烘云托月之效。幕布还有一个作用是开启和关闭,叙事交流中人们也会利用音景来开始和结束——前者意在"先声夺人",后者往往给人余音绕梁的感觉。

不过,耳朵听音与眼睛看景仍有本质上的不同。眼睛可以像照相机一样立刻将外部景观摄入,耳朵对声音的分辨则无法在瞬间完成,因为声音不一定同时发出,也不一定出自同一声源,大脑需要对连续的声音组合进行复杂的拆分与解码,在经验基础上完成一系列想象、推测与判断。按照夏弗的定义,声学意义上的音景包括三个层次:一是主调音(keynote sound),它确定整幅音景的调性,形象地说它支撑起或勾勒出整个音响背景的基本轮廓,如《雨霖铃》中的主调音为人物耳畔挥之不去的蝉声。二是信号音(signal sound),它在整幅音景中因个性鲜明而特别容易引起注意,如口哨、警笛和铃声等,《雨霖铃》中的舟人催促声("兰舟催发")应属此类。三是标志音(soundmark),它标志一个地方的声音特征,这一概念由地标(landmark)一词演绎而来。[①]

主调音、信号音和标志音引起的关注度不会完全相同,夏弗从视觉心理学那里借来了 figure(图)和 ground(底)这对范畴,用以说明音景和风景画一样也有自己的景深(perspective)——有些声音突出在前景位置,有些声音蛰伏在背景深处,但它们之间的关系并非一成不变:"由于任何声音都可以被人有意识地聆听,因此所有的声音都可以变成'图'或信号

[①] R. Murray Schafer, *The Soundscape: Our Sonic Environment and the Tuning of the World*, New York: Knopf, 1977, pp. 9-10.

音。"①夏弗的论述让我们想起《论语·八佾》中的"绘事后素",孔子在数千年前就已洞察"图"与"底"的关系:只有在素净的底子上施以五彩,形象才有可能凸显出来,产生"巧笑倩兮,美目盼兮"那样令人印象深刻的效果。《雨霖铃》以蝉声为音景打"底",是因为蝉的鸣声绵长,持续几无断歇,具有夏弗所说的"无所不在"的传播效率和对情绪的"弥漫性的影响"。这种影响的根源在于蝉声的单调和重复,它能让听到的人变得昏昏欲睡,音乐学上把单调的嗡嗡声当作一种"压抑智力活动的麻醉剂"②。大自然中能发出这种催眠声的鸟虫还有夜莺和蟋蟀之类。英国浪漫主义诗人约翰·济慈这样描述自己听到夜莺歌声后的感受:"我的心在痛,困盹和麻木/刺进了感官,有如饮过毒鸩,/又像是刚刚把鸦片吞服。"③有了这样的参照系,柳永以蝉声为先导以及用"凄切"来形容蝉声就很好理解了:离别在即,满耳的蝉声自然都是凄切之音(夜莺的歌声在济慈那里触发的是痛感,日本俳句诗人松尾芭蕉曾说"蝉之声,死之将至犹未觉"),加之又在都门饮了几杯闷酒,主人公像《夜莺颂》中的"我"那样进入了一种近乎麻木的精神状态。接下来的叙述未再提及蝉声,但我们知道令人倦怠无力的蝉声仍在故事背景上回荡,主人公受情境压迫无法振作起来完成像模像样的告别,于是乎才有了哽咽难言、欲语还停的分手场面,而这正好又可以使叙述自然转向下一节的人物内心独白("念去去,千里烟波……")。

音景不光由声音构成,无声也是音景不可或缺的成分。绝对的无声是不可能做到的事情,只要"听"的主体还是人,就不存在绝对的寂静:许多人都有这样的经历,当周围的声音都已消失时,他们开始听见自己体内发出的响动,包括扑通扑通的心跳和汩汩的血液流淌之声。但是人们可以通过保持静默来获得一段时间的相对无声,这种无声当然也是一种音景。现在全世界都用一种共同的仪式来纪念已故者,这就是从第一次世

---

① R. Murray Schafer, *The Soundscape: Our Sonic Environment and the Tuning of the World*, New York: Knopf, 1977, p. 9. figure 译作"形"似乎更为合适。

② "The function of the drone has long been known in music. It is an anti-intellectual narcotic. It is also a point of focus for meditation, particularly in the East." R. Murray Schafer, *The Soundscape: Our Sonic Environment and the Tuning of the World*, New York: Knopf, 1977, p. 79.

③ 约翰·济慈:《夜莺颂》,载约翰·济慈:《济慈诗选》,查良铮译,北京:人民文学出版社,1958年,第70页。

界大战停战纪念日（Remember Day）仪式上沿袭而来的默哀。对默哀有过体验的人，应当不会忘记那阵突然降临的静默对自己情绪的影响。普通的音景中也会出现短暂的声音停顿，这种有声和无声（尽管是相对的）的交替在音乐家那里成为一种艺术表现手段，白居易的《琵琶行》便叙述了琵琶女演奏中的"无声胜有声"。

对无声的重视和运用可以说是20世纪西方音乐学的一种趋势。奥地利的新维也纳乐派作曲家安东·韦伯恩对音乐中的停顿情有独钟，其作品大量运用休止符，人们说他简直是在用橡皮擦作曲。韦伯恩的尝试启发人们将寂静也视为一种音响，无声逐渐被赋予与有声同等的地位。加拿大作曲家约翰·韦恩茨威格在其作品《无言》中安排了一段很长的停顿，用以纪念纳粹暴行的牺牲者，其依据为大屠杀的最后声响是一片沉寂。美国音乐家约翰·凯奇更用长达4分33秒的休止符，创造了西方音乐史上第一首完全无声的乐曲——《4分33秒》，英国BBC交响乐团"演奏"此曲时甚至装模作样地翻动了乐谱。

无声在西方音乐中地位的提升，折射出现代人对宁静生活日益加深的向往。一时代有一时代之音景，人类的历史也体现在音景的变化之中。然而令人遗憾的是，这种变化总的来说体现为噪声的不断增加，以及人们听觉敏感力的不断钝化。夏弗用高保真（hi-fi）和低保真（lo-fi）这对声学范畴来描述各个社会阶段的音景，他认为农业社会的音景处于高保真状态，那时环境中没有多少噪声，人们能清楚地听到和分辨各种不同的声响；而在工业革命之后的社会阶段中，隆隆的机器声和城市里的嘈杂声压倒了各种自然的声音，声音的拥挤与噪声的膨胀使音景由高保真沦为低保真，人们听到的往往是一团无法辨别的模糊混响。① 现代人遭遇的音景变动或可用夏弗所说的"景深失落"来描述：旧时村民可以听到远近不同的地方传来的动静，现在闹市中人只能听到自己身边的声音，为了相互听见，他们还不得不提高嗓门说话，这在人类感觉史上确实是一项后果严重的改变。

音景的"高保真"与"低保真"之分，或可用果戈理的《五月之夜》与茅盾的《子夜》的对比来做进一步说明。前者用充满感情的语言，惟妙惟肖

---

① R. Murray Schafer, *The Soundscape: Our Sonic Environment and the Tuning of the World*, New York: Knopf, 1977, pp. 43—44.

地再现了乌克兰乡村之夜的多重声音,其效果犹如用立体声音响播放小夜曲;后者以"吴老太爷进城"为故事开篇,时空背景不在夜晚的乡野而在白天的城市,集中反映吴老太爷对五光十色的城市生活的不习惯,其中汽车的轰鸣尤其构成对这位古董式人物的刺激。两幅音景的区别在叙述中呈现得非常明显。乌克兰的夜晚中,树叶因风吹而"簌簌地发响","远远传来了乌克兰夜莺的嘹亮的啼声","可是在天空中,一切都喘息着"(作者在行文中多次提到夜空的呼吸声,这是《五月之夜》的神来之笔),而月亮似乎"也伫停在中天俯耳倾听"①。这幅音景不但有动感而且有"景深",先后发出的声响来自空间的不同位置,介于有声与无声之间的夜空呼吸与介于听与非听之间的月亮倾听尤其令人难忘。与此相对照,《子夜》中的现代城市景观连同其喧嚣直逼人物鼻尖("排山倒海般地扑到吴老太爷眼前";"无穷无尽地,一杆接一杆地,向吴老太爷脸前打来";"啵—啵—地吼着,闪电似的冲将过来,准对着吴老太爷坐的小箱子冲将过来"),这些叙述印证了夏弗所言——城市中的水泥森林把风景和音景压缩成一个二维的扁平面,视觉景深与听觉景深在这里双双遭遇"失落"。尽管吴老太爷"闭了眼睛"以降低视觉冲击,但由于耳朵没法闭上,他的两耳灌满了无从分辨的"轰,轰,轰!轧,轧,轧!"的声音。这样的声色刺激最终诱发了吴老太爷的脑充血,小说中范博文对此有一番分析:"你们试想,老太爷在乡下是多么寂静;他那二十多年足不窥户的生活简直是不折不扣的坟墓生活!他那书斋,依我看来,就是一座坟!今天突然到了上海,看见的,听到的,嗅到的,哪一样不带有强烈的太强烈的刺激性?依他那样的身体,又上了年纪,若不患脑充血,那就当真是怪事一桩!"②其中"老太爷在乡下是多么寂静"一语以及将书斋比作无声的坟墓,道出了乡村音景与城市音景的巨大反差。

第二节 不仅仅是幕布:音景的反转与"声音帝国主义"

然而音景又不仅仅是悬挂在故事后面的声音幕布,它在许多情况下

---

① 果戈理:《狄康卡近乡夜话》,满涛译,北京:人民文学出版社,2006年,第67页。
② 茅盾:《子夜》,北京:人民文学出版社,1960年,第24页。

会反客为主,从背景深处飘荡到舞台前端,将人们的注意力吸引到自己身上,这就是夏弗所说的"底"凸显为"图"。这种情况下的音景,其功能已由次要位置的叙事陪衬反转为不容忽视的故事角色。

叙事者,叙述事件之谓也。事件主要由人物的行动构成,行动一般来说会有声音伴随,因此叙述者说到声音时,往往会引发人们对行动的联想——"山间铃响马帮来"就是指"山间铃响"传递了"马帮来"的信息。声音有大有小,即便是衔枚疾走的秘密行军,不发出一点响动来也是不可能的。古代仕女莲步轻移导致环佩丁珰,则是有意用声音来增添行动的韵致与美感。所有的行动都是对既有平衡的打破,因而总会带来压力或曰压迫,加列特·基泽尔说:"让被压迫者保持沉默是可能的,但压迫没办法静悄悄地实施。只要有压迫,它就一定会发出声音。"①事实上声音不但是压迫的副产品,其本身就是压迫的工具,因为连动物都懂得用声音来恫吓对手,古往今来的人类战争中更离不开吼叫、呐喊与鼓噪。《伊利亚特》"阿喀琉斯的愤怒"一章中,荷马生动地叙述了古希腊人在战斗中发出的惊天动地之声;《三国演义》第四十二回中,张飞的三声怒吼竟然把对方一员大将吓得倒地而死。战争史学者罗伯特·奥康纳如此归纳冷兵器时代英雄人物的声音杀伤力:"他们嗓门都很大,热衷于利用恐怖的呐喊威慑敌人,同时塑造英雄人物令人畏惧的形象。"②

声音的压迫可以是粗暴的,也可以是温柔的,后者并不一定效率更低。鲍·瓦西里耶夫《这里的黎明静悄悄……》中,一群德国空降侦察兵悄无声息地渗透到苏军后方,在准备渡河前被几名苏军女兵发现,为了阻止对方的行动,女兵冉卡当机立断脱下军服,在敌人枪口下跳入河中大声唱起歌来,这一举动得到其他女兵和她们的指挥员的配合,于是原先"静悄悄"的河岸顿时变得喧哗和热闹。歌声和伐木声织成的音景,显示这片土地上仍有平民在活动,这让对方的侦察兵放弃了立即渡河的企图。③《这里的黎明静悄悄……》在中国拥有较高的知名度,由小说改编而成的

---

① 加列特·基泽尔:《噪音书——你想要的一切,你不想要的声音》,赵卓译,重庆:重庆大学出版社,2014年,第134页。

② Robert L. O'Connell, *Of Arms and Men: A History of War, Weapons, and Aggression*, New York: Oxford University Press, 1989, p.47.

③ 瓦西里耶夫:《这里的黎明静悄悄……》,王金陵译,北京:人民文学出版社,2004年,第71页。

电影、电视剧和话剧都曾在我们这里上演,吊诡的是,尽管这部作品的标题表明了作者的听觉倾向——"静悄悄"这一修饰语强调的是双方士兵一开始的无声对峙,然而由于视觉文化的强势以及挥之不去的窥视心理,女兵入浴的画面对许多人来说成了这部作品的主要"看点"。从本章角度说,这一情节的意义在于体现了声音对空间的即时覆盖:冉卡情急之中无法想到很多,但她肯定意识到一旦自己跳入河中唱起歌来,就会立即打破森林中原先的一片死寂,她的声音将在顷刻间弥漫到敌我双方所在的空间范围之内,由此形成对敌寇渡河意志的强力阻遏。

用声音来占领空间不是冉卡的发明,而是一种本能。人类现在主要从视觉角度展开自己的空间想象,而在遥远的过去,包括人类祖先在内的许多动物是靠自己的声音和气味来划定领地范围的,因此无论是虎啸狮吼还是狼嗥猿啼,都不能说没有张扬自己空间权利的功能。罗兰·巴特进一步告诉人们,对空间的听觉占有从古到今一直存在,即便是拥有自己独立住宅的现代人,其居住范围内也应回荡着"熟悉的、被认可的声音",这样才算实现了"带声响的"的空间占有。① 巴特说现代人所处的听觉空间"大体相当于动物的领地",与"动物的领地"相比较,人类的听觉空间其实更容易受到不"熟悉的"或不"被认可的声音"的侵扰。有意思的是,视觉优先原则在某种程度上反而助长了当代噪声的泛滥:既然空间的划定是在视觉主导之下进行,那么声音的越界侵犯就不会像有形之物那样受到严格监管。

夏弗从这种现象中看到声音与权力之间的联系,他把制造扰人的音景而又不受谴责的权力称为"声音帝国主义"(sound imperialism)。

> 当声音的力量强大到足以覆盖住一个大的平面,我们也可称其为帝国主义。举例来说,与一个手中空空如也的人相比,一个手握高音喇叭的人更像是帝国主义,因为他主宰了更大的听觉空间。手中拿把锹的人什么也不是,拿着风钻的人却是帝国主义,因为他拥有一种力量,可以打断和主宰临近空间内其他的声音活动。②

用"帝国主义"来形容音景,是因为它在"覆盖住一个大的平面时"具

---

① 罗兰·巴特:《显义与晦义》,怀宇译,天津:百花文艺出版社,2005年,第252页。
② R. Murray Schafer, *The Soundscape: Our Sonic Environment and the Tuning of the World*, New York: Knopf, 1977, p.77.

有西方列强对外扩张时那种肆无忌惮的霸权性质。在此基础上，夏弗提出工业革命必须要有机器的轰鸣来鸣锣开道——如果当年发明的是安静的机器，西方工业化的进程或许不可能完成得如此彻底；他甚至用戏谑的口吻说如果加农炮是无声的，人们可能不会将其运用到战争当中。① 炮弹的杀伤力不仅仅体现于弹片，这一点有助于我们进一步理解为什么冉卡跳入河中时会大声唱歌，按理说她现身于敌人枪口之下就已发出了此地有平民的视觉信号，但是歌声加入进来之后，震荡耳鼓的声音在对方来说就近乎是一种直接的肉体压迫。众所周知，冉卡随口哼唱的《喀秋莎》是一首婉转轻快的俄罗斯歌曲，但在当时的情况下这声音比炮弹的呼啸更能让对方胆战心惊。《三国演义》第九十五回"马谡拒谏失街亭，武侯弹琴退仲达"中，诸葛亮用淡定从容的琴声迫使率领十五万大军兵临城下的司马懿止步不前，接下来又让蜀军用炮声、喊杀声和鼓角声不断骚扰撤退中的魏军。尽管司马懿理智上知道自己拥有绝对的军事优势，但在纷至沓来的声音压迫之下还是乱了方寸。《史记·陈涉世家》记载的"狐鸣呼曰'大楚兴，陈胜王'"，以及《史记·项羽本纪》中的"汉军四面皆楚歌"，都可以看成是对"声音帝国主义"的妙用，音景由"底"到"图"的角色反转亦可从中窥见一斑。

  需要对夏弗的理论做点补充的是，"声音帝国主义"的崛起缘于人类在接受听觉信息时的被动状态：我们常常不能决定自己"听"什么或"不听"什么，有些声音不是由于注意力的集中而从"底"变为"图"，而是它们一出现就会毫无悬念地吸引人们的注意力，这种不顾人们主观意志的"吸引"更准确地说是一种"霸占"。希腊神话中塞壬女妖的歌声具有致命的杀伤力，俄底修斯率领船队经过时，事先命令水手用蜡条堵住耳朵，并让人把自己紧紧绑在桅杆之上——如果不是采取这种极端措施，他会和许多经过此地的水手一样化作塞壬岛上的白骨。② 从某种意义上说，冉卡和塞壬女妖的歌声具有同样的性质，但是德国侦察兵缺乏俄底修斯那样的智慧和意志，所以不能不为其所惑。在"声音帝国主义"面前，人人都有可能变成无力防范的弱者，在这方面英雄和普通人没有区别。

---

  ① R. Murray Schafer, *The Soundscape: Our Sonic Environment and the Tuning of the World*, New York: Knopf, 1977, p.78.

  ② 古斯塔夫·施瓦布：《希腊古典神话》，曹乃云译，南京：译林出版社，1995年，第596页。

第三节 音景何以不可或缺:拟声种种及人类本能

以上讨论已涉及音景的叙事功能,本节将对其不可或缺性做更进一步的说明。必须承认,"视觉优先"论者自有其闭耳塞听的权利:不提供音景的作品照样有自己的读者,"默片"在电影问世之初也曾让许多观众看得津津有味,电影史上甚至一度出现过对有声片的讨伐浪潮。因此行动与声音并不是绝对不可分离的,需要解释的是为什么人们最终还是离不开声音,以及为什么一些与听觉无涉的对象也在叙事中被赋予声音。

首先要看到的是,较之于纯粹提供视觉画面的叙述,摹写音景的事件信息中多了一些来自故事现场的声音,因而能创造更为鲜活生动的叙述效果。就加深听者印象而言,拟声所起的作用是十分积极的,用述行理论的话来说就是具有较强的"语力"(force)。① 有些叙述性的文字凭借这种强大的"语力",让人讽诵之后终生难忘。埃克多·马洛《苦儿流浪记》有一节叙述主人公雷米与好友马蒂亚在巴尔伯兰妈妈家中看其做黄油煎饼,黄油在锅中融化后发出"吱吱"的响声,马蒂亚闻声后立即拿起小提琴来为"黄油之歌"伴奏。② 《苦儿流浪记》是笔者少年时阅读过的小说之一,至今此片段仍如刀刻般存留于脑海之中,同样难忘的还有哑女丽丝在与雷米重逢时突然开口唱歌。这个故事的其他内容在笔者的印象中已经趋于模糊,唯独与声音有关的这两个细节始终不肯退出记忆。看来人的视觉记忆与听觉记忆就像两块黑板,前者写得太满而后者还有不少余地,因此留在后者上的印记更为清晰。

其次要看到的是,以上所论都还是"以声拟声",即用象声方式对原声做出拟仿,在此之外还有一些拟声属于"以声拟状"范畴,也就是说用想当然的声音来传达对事物状貌的感受与印象。与单纯的"以声拟声"相比,"以声拟状"极大地丰富了叙事中的音景,因为一旦由"绘声"转向"绘色",所谓原声也就不复存在,这就赋予表达者用各种各样的"声音图画"来传

---

① J. L. Austin, *How to Do Things with Words*, Oxford: Oxford University Press, 1975, p. 6.

② 埃克多·马洛:《苦儿流浪记》,尤颂熙、陈莎译,北京:世界知识出版社,1987年,第366页。

递自己印象的权利,这不啻是为听觉叙事插上了腾飞的翅膀。据陆正兰研究,"以声拟状"属于 R. P. 布拉克墨尔提出的"姿势语"(gesture)①——布拉克墨尔将"姿势语"定义为超越字面意义的"情绪等价物",他所举出的例子有莎士比亚《麦克白》台词中的"明天、明天、明天……"和《李尔王》台词中的"决不、决不、决不……"等。② "姿势语"是从听觉渠道传递的姿势或曰表情,这种"姿势"不但无法翻译成另一种语言,就是同民族的人往往也是只识其声不知其义。甚至可以这样说,越是难以索解、令人如堕五里雾中的拟声,所引起的联想就越丰富:《西游记》第六十二回的鲇鱼精和黑鱼精分别名为"奔波儿灞"和"灞波儿奔",不言而喻,对于异类形象在读者想象中的生成来说,这两个名字的古怪发音起了非常重要的作用。

"以声拟语"将声音由"无义"变为"有义",这一转变似乎是在告诉我们,模仿声音的表达方式中存在着向"有声有义"过渡的趋势。《古诗十九首》中,一些拟状的叠音既有重叠复沓的声律之美,又有离"约定俗成"并不遥远的朦胧所指。将《古诗十九首》中的叠音与《诗经》中的初始拟声词对读,可以看出一些原先没有字面意义的拟声开始有了不够明确但可意会的内涵,一些原先无从捉摸的声响与某些词语已经形成相对稳定的搭配。我们今天仍在使用的"扬扬得意""姗姗来迟"和"夸夸其谈"等表达方式,应当就是这样由最初的叠音发展而来。陆正兰认为,殷孟伦《子云乡人类稿》列出的元曲重言中,有不少如"活生生""醉醺醺"和"慢悠悠"等到后世已经"实词化"。③ 叶舒宪则在稍早的研究中指出,这类重言的运用"不能说与《诗经》所代表的上古口语惯例没有渊源关系",他甚至说《诗经》奠定的重言模式是"内化到'成人语'中的'婴儿语'"。④ 更早把《诗经》中的叠音与儿童语言联系在一起的是钱锺书,他对"稚婴学语"的观察可谓相当仔细:"象物之声,厥事殊易,稚婴学语,呼狗'汪汪',呼鸡'喔喔',呼蛙'阁阁',呼汽车'都都',莫非'逐声''学韵',无异乎《诗》之'鸟鸣

---

① 陆正兰:《歌词学》,北京:中国社会科学出版社,2007年,第89页。
② R. P. Blackmur, *Language as Gesture, Essays in Poetry*, New York: Harcourt, Brace and Company, 1952, p. 13.
③ 陆正兰:《歌词学》,北京:中国社会科学出版社,2007年,第96—97页。该书作者认为,殷孟伦《子云乡人类稿》(齐鲁书社,1985年,第287—288页)中列出的叠字中,还有许多没有实词化,如"死搭搭""怒吽吽""实辟辟""热汤汤""冷湫湫"等。
④ 叶舒宪:《诗经的文化阐释——中国诗歌的发生研究》,武汉:湖北人民出版社,1994年,第384页。

嘤嘤''有车粼粼'。"①

以上研究将《诗经》时代的拟声与儿童语言相联系,为我们深入思考叙事中音景的发生提供了宝贵的启发。早期人类如何发声已属无法复原的过去,但是观察婴幼儿的牙牙学语,我们仍能想象拟声与"姿势语"之类的初始发生:大人为了便于儿童记忆和沟通,除了不厌其烦地重复某些话语之外,还会有意识地把一些单音变成叠音,如"鸡""鸭""狗"变为"鸡鸡""鸭鸭""狗狗"等,孩子自己有时也会无师自通地创造出一些叠音。除此之外,尚未学会说话的孩子偶尔会咿咿呀呀地用谁也听不懂的"外星语"说上一大通,大人虽然不知道孩子究竟说了些什么,但能通过这样的"声音图画"感知其释放的情绪,这或许就是最初的"姿势语"。再往深里追究,模仿之声之所以趋于重叠,不仅是为了加深印象,更主要还是因为自然界的声音(拟声最初的模仿对象)大多是反复出现、不断重复的。早期人类既要知道每种声音意味着什么,又得学会模仿其中一些以使自己处于有利位置,这种模仿久而久之变成了一种习惯乃至本能。这种模仿本能并非独属于人类,大卫·罗森伯格提醒人们:"人类观察者最早在鸟类歌声中注意到的一个方面就是鸟类会模仿自己物种之外的声音。"②夏弗说拟声词是音景的镜像呈现,人类一直在用自己的"舌头舞蹈"来响应自然界的动静,诗人与音乐家对此作了生动的记录。③玛琉斯·施奈德提到一些地区的土著居民具有很强的声音模仿能力:"他们甚至会举办'自然音乐会',每个歌唱者在这样的音乐会上模仿一种具体的声音,如波浪、风、树的呻吟、受惊动物的叫声等。"④

或许就是这类带有练习性质的声音模仿,最终导致了人类祖先发声能力的突破性演进。据遗传学家研究,"与人类发声密切相关的一个主要基因(FOXP2 基因),是在不超过 150,000 年前的现代人类时期,才在人类群体里固定下来"⑤。人类的语言能力属于努力锻炼的结果,我们的祖

---

① 钱锺书:《管锥编》(第一册),北京:中华书局,1979 年,第 116 页。

② 大卫·罗森伯格:《鸟儿为什么歌唱:自然学家、哲学家、音乐家与鸟儿的私密对话》,闫柳君、庞溟译,上海:上海人民出版社,2008 年,第 126 页。

③ R. Murray Schafer, *The Soundscape: Our Sonic Environment and the Tuning of the World*, New York: Knopf, 1977, pp. 40—41.

④ Marius Schneider, "Primitive Music", *The New Oxford History of Music*, Vol. 1, in Egon Wellesz ed., *Ancient and Oriental Music*, London: Oxford University Press, 1957, p. 9.

⑤ 迈克尔·托马塞洛:《人类沟通的起源》,蔡雅菁译,北京:商务印书馆,2012 年,第 165 页。

先实际上是在相对晚近的时期才演化出可自如控制的发声系统,在此之前他们一定花了无数的时间练习用舌头和喉咙发出各种各样的声音。奥托·耶斯佩森认为这种练习是无目的性的,但正是这种无目的性的摸索,无意中碰开了人类把握语言能力的大门。

> 虽然我们现在认为语言的主要目的是交流思想……但很有可能的是,语言能力是由这样一种东西发展而来,它除了练习口腔与喉咙里的肌肉以发出欢乐的或者仅仅只是奇怪的声音以自娱、娱人之外没有其他目的。①

从某种意义上说,今天的"稚婴学语"再现了这一磕磕绊绊的演化过程。就像许多有育儿经历的人所观察到的那样,儿童是在模仿外部声响(不限于人声)的玩耍游戏中逐渐学会说话本领的,处在这一过程中的孩子不可能产生自觉的学习意识,其所作所为只能是耶斯佩森所说的"发出欢乐的或者仅仅只是奇怪的声音以自娱、娱人"。不过兴趣是最好的老师,有了"自娱、娱人"这样的甜头,普天下的儿童基本上都能在学习语言上顺利过关。②

对于已经学会说话的成人来说,某些词语的特殊读音同样也能给"口腔与喉咙里的肌肉"带来乐趣。以前述《西游记》妖精奔波儿灞与灞波儿奔的读音为例,两名互为倒读以及爆破音 b 在极短时间内的三次出现("奔""波""灞"发音均以 b 开头),使读者在念出这些声音时心中既感滑稽,唇舌之上又有几分因连续发出三个爆破音而产生的快意。再来看弗拉基米尔·纳博科夫《洛丽塔》的女主人公之名,这位小女孩原名多洛莉·海兹(Dolores Haze),其西班牙语发音的小名有洛丽塔(Lolita)、洛(Lo)与洛拉(Lola)等,小说中洛丽塔的继父亨伯特对自己的不伦之恋有过一番自述,他觉得念叨"洛丽塔"这个名字对自己的舌头来说是一种极其愉快的享受。

---

① Otto Jespersen, *Language: Its Nature, Development and Origin*, London:1964, pp. 420—437.

② 在赫尔曼·沃克的《战争与回忆》中,二战中幸存的犹太儿童路易斯因饱受刺激而罹患失语症,与亲人重逢之后,其母娜塔丽用意绪语儿歌成功地引导其开口发声,此举如"突然迸射的强烈光芒"把在场者"照得眼睛发花了"。赫尔曼·沃克:《战争与回忆》(4),主万、叶冬心译,北京:人民文学出版社,1981 年,第 1737—1741 页。

洛丽塔，我的生命之光，我的性器之火。我的罪孽，我的灵魂。洛——丽——塔：舌尖从上腭往下作三次短短的旅行，轻轻碰触到下齿，三次。洛。丽。塔。

她是身高四英尺十英寸、早晨只穿一只短袜站着的洛，朴实无华的洛。她是穿便裤的洛拉。她是学校里的多莉。她是虚线上的多洛莉。但是在我的怀中她始终是洛丽塔。①

后经典叙事学家詹姆斯·费伦从语音角度对引文作过洋洋数千言的细致分析，他认为前两句明显采用了诗的形式，第三句中头韵（t、th 和 p）和腰韵（tap 及其变形 tip 和 trip）的参与，以及 three 先作形容词后作名词的用法，再加上两个 e 在 three 和 teeth 中的连用，"所有这一切都使这个句子成为舌头的一种特别的旅行，就好像描写一种旅行的活动自然而然地产生其他东西。该句成了亨伯特对洛丽塔的爱的证据：他不仅以她的名字的发音、以自己念叨她的名字为乐，而且还以描写如何念她的名字为乐"。②亨伯特接下来把"洛丽塔"念成一音一顿、相互分隔的三个音——"洛。丽。塔"，其目的显然也是为了有意延长对小女孩之名的玩味过程，这种听觉上的速度放缓有点像是触觉上的摩挲把玩。引文第二段逐一列举小女孩之名在不同场合下的不同形式，正如费伦所言，这一切都是为最后那个充分暴露其占有欲的句子——"但是在我的怀中她始终是洛丽塔"——作铺垫。通晓多门欧洲语言的纳博科夫对声音的感觉极其敏锐，他精心设计的这段亨伯特自述揭示了声音与欲望之间的隐秘联系。

从发生学角度考察叙事中的音景——包括形形色色的拟声与"姿势语"，我们看到决定其存在价值的乃是人类的听觉本能。视觉文化在当今社会固然占有强势地位，但别忘了现代人仍和前人一样生活在各种声响汇成的音景之中。这一事实决定了我们仍将保持从老祖宗那里遗传下来

---

① "Lolita, light of my life, fire of my loins. My sin, my soul, Lo-lee-ta: the tip of the tongue taking a trip of three steps down the palate to tap, at the three, on the teeth. Lo. Lee. Ta. / She was Lo, plain Lo, in the morning, standing four feet ten in one sock. She was Lola in slacks. She was Dolly in school. She was Dolores on the dotted line. But in my arms she was always Lolita." Vladimir Nabokov, *Lolita*, New York: Fawcett Publishing Co., 1957, p. 11. "虚线上的多洛莉"（Dolores on the dotted line）指"多洛莉"为正式名，因而用于在信封、文件上用虚线画出供签名的位置。

② James Phelan, *Worlds from Words: A Theory of Language in Fiction*, Chicago: Chicago University Press, 1981, pp. 165—171.

的听觉敏感,以及对声音产生反应的内在冲动,只不过这种敏感与冲动常因视觉信息的过度泛滥而处于沉睡或曰钝化状态。叙事中的音景之所以为人喜闻乐见,在于对声音的描述与模仿能像声音本身一样穿透层层阻碍,抵达 T. S. 艾略特所说的"最原始、最彻底遗忘的底层"①,激活陷于麻木状态的听觉想象,唤醒与原始记忆有千丝万缕联系的感觉与感动。人类主要凭借视听两翼在感觉的天空中翱翔,那些将故事背景调为"静音"的叙事无异于只用单翼飞行,本章强调叙事中的音景不可或缺,原因正在于此。

---

① "我所谓的听觉想象力是对音乐和节奏的感觉。这种感觉深入到有意识的思想感情之下,使每一个词语充满活力;深入最原始、最彻底遗忘的底层,回归到源头,取回一些东西,追求起点和终点。" T. S. Eliot, *The Use of Poetry and the Use of Criticism : Studies in the Relation of Criticism to Poetry in England*, London: Faber and Faber Limited, 1965, pp. 118—119.

第十六章
聆察

为抵御视觉对其他感觉方式的挤压,汉语中有必要另铸新词,建立一个与观察(focalization)相平行的聆察(auscultation)概念,以对应于人身上仅次于"看"的感知方式——"听"。在《"聚焦"的焦虑——关于focalization的汉译及其折射的问题》①一文中,笔者谈到,观察在英语中的对应词应为focalization(由热拉尔·热奈特1972年发明的法语单词focalisation转化而来),这个词被造出来虽然只有四十多年的历史,却是目前叙事研究领域首屈一指的热词,据说使用率远远超过了位居第二的author。② focalization(观察)在我们这里多被误译为"聚焦",不管是观察还是"聚焦",这个词被频频使用说明现代人还未走出专注于视觉感知的"读图时代"。然而眼睛并非人身上唯一拥有的感官,我们在观察的同时也在通过耳朵和其他渠道接受外来的信息刺激,这一事实虽然简单却往往被人们忽略。所以本章要对聆察进行专门讨论,希望此番讨论能让更多人认识到听觉感知的不可或缺。

---

① 傅修延:《"聚焦"的焦虑——关于"focalization"的汉译及其折射的问题》,载周启超主编:《外国文论与比较诗学》(第1辑),北京:知识产权出版社,2014年,第165—182页。

② "'Focalization', perhaps one of the sexiest concepts surface from narratology's lexicon, still garners considerable attention nearly four decades after its coinage. The entry for the term in the online Living Handbook of Narratology is by far the most popular one, roughly 400 page views ahead of the second most popular, for 'author'." David Ciccoricco, "Focalization and Digital Fiction", Narrative, 20.3(2012), p.255.

第一节 "耳睑"开启"觉有声"

讨论聆察,不可不从"耳睑"的开启谈起。

人类有眼睑而无"耳睑",可是在视觉文化的压迫之下,我们经常会自觉不自觉地关闭听觉感知的阀门,这种情况就像合上了耳朵里并不存在的"耳睑"。闭耳塞听无法改变声音无所不在的事实,《一平方英寸的寂静》的作者在美国奥林匹克国家公园的雨林深处设置了一个噪声记录点,将其命名为"一平方英寸的寂静",此后他很遗憾地发现这个远离尘嚣的地方仍然不时受到各种声音的入侵。[①] 如此看来,在人眼看到图景(landscape)的同时,一定还有强弱不一的音景(soundscape)作用于人的耳朵。[②] 用合上"耳睑"来做譬喻似乎有点夸张,但若对既往的感知体验作一番回顾检讨,就会发现聆察的缺位乃是一种司空见惯的现象。

以对张择端《清明上河图》的鉴赏为例,很少有人会调动自己的听觉想象去感知画面上的声音。对该画作有多年研究的曹星原从北京故宫博物院买来高质量的反转片,利用数码技术将豆粒般的人物放大到几寸见方,这才"真正看清楚画面上的内容"——原来长卷中心的大船处于中流失控的危险状态。[③] 但笔者认为画中人物的一个共同动作——同时也是张择端致力于表现的一个最重要的动作,并没有获得应有的关注,那就是这些人都在声嘶力竭地呼喊,其中最有代表性的是岸边那位站在船篷顶部挥舞双臂的男子。《清明上河图》的其他部位也应有纷纭嘈杂的声音发出,仔细分辨可察觉有说书卖唱、算命卜卦、叫卖招徕、叫化乞食、吆喝开道、拉纤摇橹和驱驴赶骡等响动,它们汇成了一首喧哗热闹的市井生活交

[①] 戈登·汉普顿、约翰·葛洛斯曼:《一平方英寸的寂静》(珍藏本),陈雅云译,北京:商务印书馆,2015年,第1—50页。

[②] R. Murray Schafer, *The Soundscape: Our Sonic Environment and the Tuning of the World*, New York: Knopf, 1977, pp. 205—259.

[③] 曹星原:《同舟共济:〈清明上河图〉与北宋社会的冲突妥协》,杭州:浙江大学出版社,2012年,第5页。

响乐。读过闲园鞠农《燕市货声》和约瑟夫·艾迪生《伦敦的叫卖声》①的人，不妨将其中记录的诸多具体"市声"与《清明上河图》对读，这样才能获得对《清明上河图》的完整理解。

聆察的缺位在西方名画的鉴赏上也有表现。拉斐尔的《雅典学派》把古希腊五十多位学者名人集中到一间大厅之内，让这些人物从背景上的拱顶长廊深处向观众走来。由于这幅画是西方美术"焦点透视"的典范之作，人们更多关注的是画面上的透视比例以及人物的神态、动作、姿势和服饰等，然而拉斐尔下大气力呈现的却是亚里士多德与柏拉图辩论中的雄姿，两人显然是在并肩行进中阐释自己的观点，证明这一点的是他们大幅度挥动的手臂——常识告诉我们，当争论趋于白热化时，人们的嗓门和动作幅度也会相应变大。以耳助目的"听画"方式不一定适用于所有的画作，但在《雅典学派》面前我们不能不竖起耳朵，因为雅典学派是在自由辩论的百家争鸣氛围中形成——那个时候听觉传播正大行其道，柏拉图擅长用抽丝剥茧式的对话来揭示真理，亚里士多德则喜欢在自己创办的吕克昂学园里边散步边讨论学问，这一切都在告诉我们画面上的声音是一种"缺席的在场"。

声音在场却又无从现形，最典型的现代例证当推1973年的普利策奖获奖照片《战火中的女孩》。1972年6月8日，一位战地记者偶然拍摄到美机轰炸越南村庄后造成的悲惨场景，照片上一名全身赤裸的9岁小女孩正和几名儿童一道拼命奔跑，身后跟着一群手握武器的士兵，背景上升起冲天火光与滚滚浓烟。这张照片在《纽约时报》头版发表之后，掀起了美国反战运动的轩然大波。今天新闻传播专业的课堂上仍在津津乐道这张经典照片的视觉效果及其背后的故事，但此处有必要指出，看不见的声音才是那一瞬间的真正主角。照片上的火光与浓烟表明震耳欲聋的轰炸还在进行之中，手执武器的军人似在高声催促孩子们尽快逃离，小女孩及其伙伴张大的嘴巴显示他们正在不知所措地哭喊，小女孩长大成人之后还记得自己当时不停地大叫"好烫，好烫！"小女孩脱下燃烧的衣服在战场上无助地奔跑，这样的视觉图景显然是当时观众为之动容的原因，但我相

---

① 闲园鞠农:《燕市货声》，载曲彦斌主编:《中国招幌辞典》，上海:上海辞书出版社，2001年，第201—216页;约瑟夫·艾迪生:《伦敦的叫卖声》，载约瑟夫·艾迪生等:《伦敦的叫卖声——英国散文精选》，刘炳善译注，南京:译林出版社，2007年，第57—65页。

信大多数人一定还在想象中听到了她的哭喊,否则他们不会被触动得如此之深。卢梭曾经这样描述声音对情感的作用:"设想一个人正处于悲伤之中,当我们仅仅看到这个备受折磨的人时,我们不可能为他落泪。但当他向我们陈述他的悲伤的时候,我们一准儿会放声大哭……没有言说的哑剧很难使人动容,而没有动作的言说却经常使人哭干了眼泪。"①

《清明上河图》《雅典学派》与《战火中的女孩》均属造型范畴,造型类作品以图像模拟传递视觉感知,缺乏直接描摹声音的手段和媒介。然而,不能因为这一弱项便将在场的声音过滤掉,所谓聆察就是要阻止人们习惯性的关闭"耳睑",调动听觉想象去感知被图景屏蔽的音景。我们的古人似乎没有现代人这种屏蔽音景的习惯,陆游《曝旧画》中有诗句为"翩翩戏鹊如相语,汹汹惊涛觉有声",其中的"如相语"与"觉有声"表明诗人意识到了声音的在场;与此如出一辙的还有李白《观元丹丘坐巫山屏风》中的"寒松萧瑟如有声",以及苏轼《韩干马十四匹》中的"微流赴吻若有声"等。这里的"如相语""觉有声"和"如有声"等词语,显示陆游等人在鉴赏造型作品时是既看且听,致力于还原故事发生现场的图景与音景。钱锺书在《管锥编》中拈出了古代散文中的一些类似表达:

> 似含微笑,俱注目于瞻仰;如出软言,咸倾耳于谛听。(刘孝仪《雍州金像寺无量寿佛像碑》)

> 似微笑而时言,左右若承颜而受业。(《全后魏文》卷五八阙名《鲁孔子庙碑》)

> 兔兔有佛,相望若语;菩萨立侍,唅声未吐;师子护座,竖日相睹。(《刘碑造像铭》)

> 谛视瞻仰,将莞尔而微笑;摄心倾听,疑悉(偘)然而有声。(《全唐文》卷二百二十二·张说·二《龙门西兔苏合宫等身观世音菩萨像颂》)②

虽然这些是对佛祖讲经、圣人传教的赞颂,我们却能从中领略到一种超越圣凡之隔的人间意趣。《牡丹亭》"玩真"一出中,柳梦梅面对杜丽娘画像说出的"如愁欲语,只少口气儿呵",与上引数例可谓灵犀相通,汤显

---

① 卢梭:《论语言的起源兼论旋律与音乐的模仿》,吴克峰、胡涛译,北京:北京出版社,2010年,第6页。

② 钱锺书:《管锥编》(第四册),北京:中华书局,1979年,第1462页。

祖精心设计的台词预示了画像上的美人儿即将复活。现代人由于"耳睑"的关闭,在参观敦煌壁画和云冈石窟等古迹时已经听不到任何声音了,屏蔽声音意味着拒绝感受对象的生命气息,因而也就无法像古人那样与名作对话。当前旅游热正席卷天下,"观光""游览"和"看世界"之类词汇无意中堵塞了游客的听觉感知,大多数人只满足于向世界各地的艺术瑰宝投去浮光掠影的匆匆一瞥,其实只要在雕绘面前静下心来进入聆察状态,慢慢也能获得"如相语""觉有声"之类的印象。"读图时代"的一大弊端是用眼睛代替其他感官,现在许多人甚至懒惰到用相机替自己看景的地步,那些"立此存照"的照片缺乏瓦尔特·本雅明在《机械复制时代的艺术》一书中所说的"灵光",充其量只能作为自己到过某处的虚荣证明。

第二节 "消极的能力"

以上有意选择不发声的绘画、摄影等造型类作品进行讨论,但这并不意味着阅读与声音有密切关系的文学作品就不需要开启"耳睑"。恰恰相反,自印刷文化兴起以来,社会上各种文学读物的数量已经是浩如烟海,人们在消费它们时多取那种一掠而过的浏览方式,很少有人能放慢速度仔细聆察其中的声音。聆察与观察的一大不同,在于观察时可以聚精会神地高度投入,聆察时却不能太过积极主动——学外语的人可能都有这样的体会,听力考试时如果过于紧张专注,所听到的声音反而会"糊"成一片。作为聆察的主体,我们在接受、揣摩和消化所得到的听觉信息时,需要进入一种松弛闲适、以逸待劳的静候境界,《文子·道德》中对这种状态有过描述:

> 凡听之理,虚心清静,损气无盛,无思无虑,目无妄视,耳无苟听,专精积稽,内意盈并,既以得之,必固守之,必长久之。

然而不管是《文子·道德》的"上学以神听之,中学以心听之,下学以耳听之",还是《庄子·人间世》的"无听之以耳,而听之以心;无听之以心,而听之以气",统统都与现代人隔着一层神秘玄奥的面纱。季羡林说古人的表达方式"有时流于迷离模糊,好像是神龙,见首不见尾,让人不得要领……

我们一看就懂，一深思就糊涂，一想译成外文就不知所措"①。为避免陷入这种"一深思就糊涂"的境地，我们必须跳出"神听""心听"和"气听"等术语的窠臼，用明确客观的概念做出更为清晰的阐述。

英国诗人济慈的"消极的能力"之说，或可为这种阐述提供一点帮助。"消极的能力"原文为 negative capability，其别译尚有"消极感受力""客体感受力"与"否定的能力"等。济慈把"消极的能力"解释为"一个人有能力停留在不确定的、神秘与疑惑的境地，而不急于去弄清事实与原委"②，后来又补充说："我们所应做的是像花枝那样张开叶片，处于被动与接受的状态。"③凭借这种能力，他称自己可以分享地里啄食麻雀的生存，能够感受到沉睡在深海海底贝壳的孤独，甚至说可以进入一只没有生命的撞球的内在，为自己的圆溜光滑而感到乐不可支。济慈的另一主张"诗人无自我"与"消极的能力"之间存在因果关系，"诗人无自我"类似于《庄子·齐物论》中的"吾丧我"，没有自我意味着剔除主观色彩和先入之见，有利于诗人运用"消极的能力"展开自由想象。济慈说自己的思绪曾随"一段熟悉的老歌"而翩翩飞翔，展开想象之翼的听者虽然"飞翔得如此之高"，事过境迁之后却不认为自己"当时的想象有点过分"。④ 对济慈不够熟悉的读者可能会以为他不是什么理论大家，但"消极的能力"却是引起 T. S. 艾略特和韦勒克等一大批理论大家"接着讲"的原创观点，这些人的跟进与发挥最终导致西方文学批评的钟摆由作者转向作品，文论史上很少有哪个观点能播下具有如此强大生命力的思想火种。⑤

在今天重提"消极的能力"，目的在于恢复曾为人类常态的安静倾听，抵抗现代生活中日益喧嚣的自说自话。拒绝倾听是当今社会的道德之弊与疾病之源，有论者指出，时下每个人都在"吵闹的现代房子"里声嘶力竭

---

① 季羡林：《比较文学随谈》，载季羡林：《季羡林文集·第八卷：比较文学与民间文学》，南昌：江西教育出版社，1996年，第272页。
② 济慈：《一八一七年十二月二十一、二十七日(?)致乔治与托姆·济慈》，载济慈：《济慈书信集》，傅修延译，北京：东方出版社，2002年，第59页。
③ 济慈：《一八一八年二月十九日致 J. H. 雷诺兹》，载济慈：《济慈书信集》，傅修延译，北京：东方出版社，2002年，第93页。
④ 济慈：《一八一七年十一月二十二日致本杰明·贝莱》，载济慈：《济慈书信集》，傅修延译，北京：东方出版社，2002年，第52页。
⑤ 傅修延：《济慈诗歌与诗论的现代价值》(入选"2014年国家哲学社会科学成果文库")，北京：北京大学出版社，2014年，第79—136页。

地大吼大叫,其结果是谁也无法知道也不想知道别人在说些什么,为此需要像海德格尔那样用"孤寂"来对抗时代的喧嚣,让人们都静下心来体察生活中的"本真之音"。① 事实上孤独感并非大吼大叫所能驱除,只有用"消极的能力"抑制自我的膨胀,学会谦卑地倾听他人的声音,人们才有可能登临海德格尔那闪耀着荧荧蓝光的"孤寂高地"。

第三节 "最大的好客就是倾听"

如何对待他人发出的声音,在解构学者那里是一个关乎正义的问题,耿幼壮以"完全敞开自身以倾听他者的声音"来概括德里达等人的主张。

> 这种对于他者的关注,对于语言的他者的寻求,作为对他者的一种回应,作为对一种召唤的回应,作为对一种正义的等待,首先就要求完全敞开自身以倾听他者的声音。就像德里达说的:"人们必须以正义对待正义,而人们首先要做的正义就是倾听正义的声音,以试图明白正义从何而来,想自我们索取何物。"后来,让-路易·克里田更为直截了当地说:"最大的好客就是倾听。当我们不能提供庇护、温暖和食物之时,即使在街道上和道路旁,我们以全部身心所能提供给他人的正是好客[的倾听]。"②

"好客"(hospitality)在这里与"大度慷慨"同义,"最大的好客"之所以是倾听,倾听之所以具有正义的性质,在于当听者处于"虚心清静,损气无盛"的状态时,他们是毫无保留地向他人"完全敞开自身",这种"敞开"与济慈所说的"像花枝那样张开叶片,处于被动与接受的状态"并无二致。能为他人"提供庇护、温暖和食物"当然更好,但倾听本身就是一种自足的正义行为。海德格尔的学生伊曼努尔·列维纳斯认为他者的话语永远处在优先的地位,因此自我在他者面前更多地处于一种倾听的

---

① 王馥芳:《用"孤寂"对抗时代喧嚣》,《社会科学报》2013年1月3日。
② 耿幼壮:《倾听:后形而上学时代的感知范式》,北京:北京大学出版社,2013年,第46页。

状态。①真正好客的主人不会在自己的客厅里当雄辩家,鼓励客人说话并作耐心的倾听才是合乎礼仪的待客之道。非常可惜的是,倾听在时下的人际交往中已经成了一种稀缺物质,许多人觉得无论何时何地都应当取一种先声夺人的积极姿态,更有不少人在"不说白不说"的心理支配下一味发声呛声(尽管他们知道"说了也白说")。这种情况表明向他人"完全敞开自身"是多么难能可贵,我们这个社会如果还要朝文明正义的方向继续进步,就应当大力提升人们的"消极的能力"。

无论是"消极的能力"还是安静的倾听,其要义均在于"完全敞开自身"。有意思的是,听的一方一旦向对方敞开身心,对方便会以同样的姿态做出回应,所谓"没有倾听便没有倾诉",指的就是敞开的倾听可以换来敞开的倾诉。倾者倒也,只有空碗才可以往里面倒茶,安伯特·艾柯对此有形象的说明:

> 禅学大师们接受徒弟时常用的一种方法是,要求把内心深处所有会干扰启蒙的东西都排除干净。一个弟子来到一位禅学大师面前乞求教化,大师请他坐定,按照复杂的仪式先递给他一个茶碗。茶已经泡好,于是便向来人的碗中倒茶,茶已经开始从碗中溢出,大师仍在继续向碗里倒。②

要想让茶碗盛纳大师倒出的茶水,必须在接受之前先行将茶碗"清空",禅学大师这一动作旨在说明:徒弟如果不将心中的抵触之物清除干净,师傅再多的教化也会"溢出"。如此看来,"畅开"必须伴之以自觉的内部"清空",否则便不是"完全畅开自身"。实际生活的经验告诉我们,倾听一方越是能"清空"胸怀洗耳恭听,倾诉一方就越容易打开话匣滔滔不绝。《三国演义》中刘备三顾茅庐虚心求教,换来诸葛亮高瞻远瞩、洋洋洒洒的隆中之对;柳永《雨霖铃》的末句"便纵有千种风情,更与何人说",道尽了普天下"有千种风情者"欲诉无门的苦恼。

倾听与倾诉并不仅仅发生于人与人之间,高明的倾听,也就是本章讨

---

① 列维纳斯的倾听主要针对他者的"面容"("与一个面容相遇就是直接去倾听一个要求和一个命令"),但他的"面容"无关视觉,而是德里达所说的"身体、瞥视、言说和思想的非隐喻统一体"。保罗·利科也说:"面容不是一个景观,而是一种声音。"详见耿幼壮:《倾听:后形而上学时代的感知范式》,北京:北京大学出版社,2013年,第38—39页。

② 安伯特·艾柯:《开放的作品》,刘儒庭译,北京:新星出版社,2005年,第183页。

论的聆察,能够听到那些不会发声者的声音。辛弃疾《贺新郎》中的"我见青山多妩媚,料青山看我应如是",便是为沉默的青山代言。有英伦才子之称的阿兰·德波顿与其前辈约翰·罗斯金均认为好的建筑会开口说话,《建筑的声音——聆听老建筑》一书的作者们对包括铸造厂、画廊、酒店、教堂、剧院、发电站、邮局分检处在内的多处英国老建筑作了仔细的倾听,获得了许多非常有趣的发现。该书"记忆、意识和痕迹"一章以大卫·利特菲尔德对彼得·默里的采访为主要内容,默里虽是建筑师,在业界却是以善于和别人设计的建筑交流而闻名,他认为:"如果允许到访者用他们自己的方式来畅想一个地方的人类历史,那么一个地方的声音就会被放大。"① 他在参观了法国的加拿大国家维米岭纪念碑(第一次世界大战时加拿大军队通过维米岭的地下坑道向德军发动反击)之后说:

> 那个空间里的确有一些真实存在的东西和以前发生过的事情有关。可能是石头柔软的一面让这里有些不同,但是的确有一些东西被吸收到这个空间里,并且在80年后的今天仍然在这里回荡着……我没有什么特殊的方法,但是我确信建筑的经验以某种方式被存储在了建筑的结构里。建筑空间的外观或者是某些性质和曾经发生在这里的事件相互作用,而这也就是你对你身处的这个空间感到舒服或者不舒服的原因。②

当然,老建筑并非那种能够对外播放自己经历的"大音箱",它所传递的主要还不是物理学意义上的声音,而是那种由外观、气味、响动、温度和湿度等复杂因素合成的总体风格信息,称其为"声音"实际上是一种修辞性质的譬喻。利特菲尔德在采访默里之后说:

> 如果声音有任何物质性的话,那么它的厚度可能也是原子级的,只要轻轻地就能清理掉它。而有的时候声音却非常难以清除,默里在维米岭的感觉就是典型的例子,那里的空间太紧凑、太幽闭,并且会让你孤独地忘却了那里的气味。虽然默里承认人们对一个地方的感觉和回应可能大相径庭,他确信在维米岭坑道里的声音并不是由

---

① David Littlefield, Saskia Lewis:《建筑的声音——聆听老建筑》,王东辉、康浩译,北京:电子工业出版社,2011年,第59页。

② 同上书,第56页。

那里以前发生过的事所发出的,声音已经融入到了坑道的结构里。①

在"消失的力量"一章中,利特菲尔德的另一位采访对象杰利·犹大认为,建筑自身能说出的东西极其有限,但"一个人可以听到他希望听到的东西":"真正的建筑的声音并不是建筑所告诉你的东西,而是你能从中辨别出来的东西。要把自己的感情投射到建筑上,你必须为这一点留出空间。"②这里的"留出空间",与前面所说的"清空"有异曲同工之妙。

第四节　倾听作品中的声音

文学作品和老建筑一样需要倾听,回荡在其中的声音,有时也像利特菲尔德所说的那样只有"原子级(别)的""厚度",我们若不对自身进行"畅开"与"清空",便无法听见它们的倾诉。《搜神后记》载有一篇据说是陶潜所撰的《陨盗》:

> 蔡裔有勇气,声若雷震,尝有二偷儿入室,裔拊床一呼,二盗俱陨。③

这部被认为是"史上最短"的古代小说只有寥寥 25 个字,古人一贯惜墨如金,加之声音缺乏可供摹写的形貌,除了拟声与譬喻之外没有其他直接表现的手段,因此在叙述听觉事件时,人们主要描述声音造成的印象与效果,对于声音本身反而付之阙如。引文中蔡裔的"拊床一呼"究竟如何响亮,作者并没有告诉我们,但"二盗俱陨"的事实说明这一呼的分贝量超过了常人所能承受的极限。同样的情况见于《三国演义》第四十二回,张飞的搦战怒吼把曹操身边的夏侯杰惊得"倒撞于马下",但无论是罗贯中还是历代的说书人都没有直接描述张飞的声音。李斗《扬州画舫录》卷十一(虹桥录下)记述了说书人吴天绪对此的天才处理。

> (吴天绪说书)效张翼德据水断桥,先作欲叱咤之状。众倾耳听

---

① David Littlefield, Saskia Lewis:《建筑的声音——聆听老建筑》,王东辉、康浩译,北京:电子工业出版社,2011年,第59页。
② 同上书,第101页。
③ 陶潜:《搜神后记》,汪绍楹校注,北京:中华书局,1981年,第19页。

之,则唯张口努目,以手作势,不出一声,而满堂中如雷霆喧于耳矣。谓其人曰:"桓侯之声,讵吾辈所能效? 状其意使声不出于吾口,而出于各人之心,斯可肖也。"①

这位说书人懂得如何激发听众的"消极的能力",他那"张口努目,以手作势"的"欲叱咤之状",是在引导听众"清空"自己进入"倾耳听之"的"敞开"状态。任何人都没有张飞那样的大嗓门,吴天绪因此采取了"使声不出于吾口,而出于各人之心"的叙事策略,尽管在这个过程中他自己"不出一声",其效果却是"满堂中如雷霆喧于耳矣"。老建筑的聆听者们也是这样通过"出于各人之心"的"畅想",达到了"听到他希望听到的东西"的目的。如此看来,《陨盗》中的蔡裔之呼,也在召唤今天的倾听者作这样的聆察。

古代作品中发出这种召唤的地方甚多,由于未对它们作仔细的聆察,其中一些重要的听觉信息至今还处于明珠暗投的状态。以《论语·先进》中孔子令四位弟子"各言其志"的叙述为例。

> 子路、曾晳、冉有、公西华侍坐。子曰:"以吾一日长乎尔,毋吾以也。居则曰:'不吾知也!'如或知尔,则何以哉?"子路率尔而对曰:"千乘之国,摄乎大国之间,加之以师旅,因之以饥馑,由也为之,比及三年,可使有勇,且知方也。"夫子哂之。"求,尔何如?"对曰:"方六七十,如五六十,求也为之,比及三年,可使足民。如其礼乐,以俟君子。""赤,尔何如?"对曰:"非曰能之,愿学焉。宗庙之事,如会同,端章甫,愿为小相焉。""点,尔何如?"鼓瑟希,铿尔,舍瑟而作,对曰:"异乎三子者之撰。"子曰:"何伤乎? 亦各言其志也。"曰:"暮春者,春服既成,冠者五六人,童子六七人,浴乎沂,风乎舞雩,咏而归。"夫子喟然叹曰:"吾与点也。"

这段叙述中,孔子对前三位弟子宏大的政治抱负或哂或默,却毫无保留地称赞曾晳用低调语言道出的礼乐情怀。曾晳在孔门弟子中的地位似乎有点特殊,细读引文可以发现,曾晳在子路等人"述志"期间一直在漫不经心地鼓瑟(孔子曾用"朽木不可雕也"批评宰予昼寝,此时不知何故对曾晳如此容忍),直到先生点到自己的名字时才慢慢停止弹奏("鼓瑟希"),

---

① 李斗:《扬州画舫录》,陈文和点校,扬州:广陵书社,2010年,第136页。

在站起来回答之前还将瑟放下发出"铿"的一声("铿尔,舍瑟而作")。《论语》中的叙述很少细腻到如此地步,先行向读者透露曾皙对音乐的痴迷,无疑是为其后来回答中的"咏而归"作铺垫。"咏而归"一段是《论语·先进》乃至整部《论语》的华彩乐章与点睛之笔,万万不可付之一掠而过的视读。曾皙的抒怀之所以令孔子慨然动容,一般认为是其中形象的描绘契合了孔子内心深处对礼乐之治的憧憬,而更具体地看,应该是"咏而归"(一路唱着歌回家)的声音图景激起了他对沂河岸上歌声的回忆与共鸣,前引济慈的"在一个美妙的地方——听一个美妙的声音吟唱,因而再度激起当年它第一次触及你灵魂时的感受与思绪",说的便是"老歌"令已逝的记忆卷土重来。今人在"密咏恬吟"这段文字时,应当开启"耳睑"去"畅想"当年沂河岸上那群青少年放飞心情的歌声,甚至要听到他们宽大的春服在"风乎舞雩"时被吹得猎猎作响。前述老建筑的聆听者说"要把自己的感情投射到建筑上",对叙述性的文字也需要作这种设身处地的"感情投射",这样才能读出孔子在"吾与点也"(曾皙名点)这句赞语中注入的全部意涵。

最后让我们以《儒林外史》的两个片段为聆察对象,看看能否听出一点前人未察之音。胡适曾说:"《儒林外史》没有布局,全是一段一段的短篇小品连缀起来的。"① 笔者不敢苟同其"没有布局"的评价,但从结构上说这部小说确实像是一系列独立片段的"连缀"。以第五十五回"添四客述往思来 弹一曲高山流水"为例,在这个最后的片段中,登场人物为此前从未露面的荆元和于老者。他们的行动与前面所有的事件都无直接关联,而且整个故事在于老者听完荆元弹琴之后便匆匆落幕,紧接其后的是一段类似于"太史公曰"的议论与"词曰"。

> 荆元慢慢的和了弦,弹起来,铿铿锵锵,声振林木,那些鸟雀闻之,都栖息枝间窃听。弹了一会,忽作变徵之音,凄清宛转。于老者听到深微之处,不觉凄然泪下。自此,他两人常常往来。当下也就别过了。
>
> 看官!难道自今以后,就没一个贤人君子可以入得《儒林外史》的么?……

---

① 胡适:《胡适文选》,国宾主编,海拉尔:内蒙古文化出版社,2001年,第59页。

坦白地说，这段对倾听场面的描述并不特别出彩，当然这也完全合乎情理——荆元是个生意忙碌的裁缝，抚琴之术不可能超过业余水平，而听琴的于老者平日里要督率五个老大不小的儿子灌园，从文中也看不出他有多深的音乐造诣。作者用这段淡乎寡味的文字来为整部小说作结，以难登大雅之堂的裁缝和灌园叟来做文人雅士队伍的殿军，似乎有些压不住阵脚。然而古代文学讲究的是曲终奏雅，吴敬梓把荆元和于老者放在如此重要的位置，是因为他们内心深处的谦卑与淡定，用前面的话来说，小说中那些有头有脸的儒林人物全都在不知羞耻地自吹自擂、大吼大叫，而两位山野之人却在地老天荒之处屏神静息地抚琴和倾听，窃以为这就是"弹一曲高山流水"的曲终所奏之"雅"，是作者苦心孤诣营构的"本真之音"。荆元和于老者可以说已经登上了海德格尔所说的"孤寂高地"，故事中荆元断然拒绝了别人劝他去与所谓雅人"相与相与"的建议①，于老者"也不读书，也不做生意"，劳作之余只在"城西极幽静的"清凉山上用好水煨茶。这两个人能够相互"畅开"内心，在于他们对艺术和他人都怀有同样的谦卑，这种态度与书中文人的狂妄自大形成鲜明对照。刘易斯·托马斯说"humble（谦卑）和 human（人类）原就是同源词"②，两位山野之人身上体现了人类最宝贵的谦卑品质。吴敬梓当然不知道后来的"最大的好客就是倾听"等理论，但他用文学形象展示了如何用"消极的能力"来抑制自我膨胀，如何用艺术来维持内心的平静与平衡，这说明他比任何人都更早认识到拒绝倾听的非正义性质。

"弹一曲高山流水"在小说中并非个例。在讲述"江南数一数二的才子"杜慎卿故事的第二十九回中，杜慎卿私底下托媒婆沈大脚为自己"娶小"，场面上却自命清高唯"俗"字之务去③，还喜欢以驳斥、讥讽别人的方

---

① "朋友们和他（荆元）相与的问他道：'你既要做雅人，为甚么还要做你这贵行？何不同些学校里人相与相与？'他道：'我也不是要做雅人，也只为性情相近，故此时常学学。至于我们这个贱行，是祖父遗留下来的，难道读书识字，做了裁缝就玷污了不成？况且那些学校中的朋友，他们另有一番见识，怎肯和我们相与！而今每日寻得六七分银子，吃饱了饭，要弹琴，要写字，诸事都由得我；又不贪图人的富贵，又不伺候人的颜色，天不收，地不管，倒不快活？'"《儒林外史》第五十五回。

② 刘易斯·托马斯：《论可疑的事物》，载刘易斯·托马斯：《聆乐夜思》（汉英对照），李绍明译，长沙：湖南科学技术出版社，2011年，第 132 页。

③ "当卜鲍廷玺同小子抬桌子。杜慎卿道：'我今日把这些俗品都捐了，只是江南鲥鱼钱、樱、笋、下酒之物，与先生们挥麈清谈。'……萧金铉道：'今日对名花，聚良朋，不可无诗。我们即席分韵，何如？'杜慎卿笑道：'先生，这是而今诗社里的故套，小弟看来，觉得雅的这样俗，还是清谈为妙。'"《儒林外史》第二十九回。

式来拒绝倾听。正当他在雨花台上向一众文人发表滔滔宏论时,"只见两个挑粪桶的,挑了两担空桶,歇在山上。这一个拍那一个肩头道:'兄弟,今日的货已经卖完了,我和你到永宁泉吃一壶水,回来再到雨花台看看落照。'杜慎卿笑道:'真乃菜佣酒保都有六朝烟水气,一点也不差。'"小说此处的叙事策略和"弹一曲高山流水"一样,都是用俗人的雅趣来烛照雅人的鄙俗,以彰显"礼失而求诸野"的叙事主旨。"菜佣酒保都有六朝烟水气"一语貌似夸赞,仔细分辨还是带有一丝居高临下的调侃之音。吴敬梓让我们看到文化精英只是露出水面的冰山一角,水面之下还有菜佣、酒保、裁缝和灌园叟等组成的芸芸众生,他们的声音弥漫在底层的各个角落,影响着甚至决定着社会舆论的基本调门。

学会聆察这类微弱而又不容忽略的声音,对于习惯了关闭"耳睑"的读者来说可能有点困难,现代人的问题不仅是听觉感知趋于麻木,所有"触摸"外部世界的感官功能都有日益钝化之势,而文学的一个重要作用就是激活和提升人们对事物的敏感。马歇尔·麦克卢汉说他在剑桥大学I. A.瑞恰慈门下接受的是"感知训练",瑞恰慈注重训练学生对诗歌的理解力,他的著作如《文学批评原理》等有大量内容涉及视听感知与想象力。麦克卢汉对其师的良苦用心有深刻领悟,当代人心目中的麦克卢汉固然是传播学的一代宗师,但熟读《理解媒介——论人的延伸》等著作的人知道他从来没有离开过文学,"地球村"和"媒介即信息"等观点均建立在感知延伸的基础之上,他对西方视觉文化的批判也是因为过多的"看"削弱了"听"和其他感知。诉诸听觉的讲故事行为本是人类最早从事的文学活动,从"听"的角度重读文学作品乃至某些艺术作品,有助于扭转视觉霸权造成的感知失衡,这可以说是传媒变革形势下"感知训练"的题中应有之义。

参考文献

一、国外学者的相关著述

埃米尔·本维尼斯特:《普通语言学问题》(选译本),王东亮等译,北京:生活·读书·新知三联书店,2008年。

艾瑞丝·麦克法兰、艾伦·麦克法兰:《绿色黄金》,杨淑玲、沈桂凤译,汕头:汕头大学出版社,2006年。

爱德华·希尔斯:《论传统》,傅铿、吕乐译,上海:上海人民出版社,2014年。

巴赫金:《巴赫金全集》(全七卷),钱中文主编,石家庄:河北教育出版社,2009年。

柏拉图:《理想国》,郭斌和、张竹明译,北京:商务印书馆,1986年。

曹星原:《同舟共济:〈清明上河图〉与北宋社会的冲突妥协》,杭州:浙江大学出版社,2012年。

茨维坦·托多罗夫编选:《俄苏形式主义文论选》,北京:中国社会科学出版社,1989年。

戴维·利明、埃德温·贝尔德:《神话学》,李培茱、何其敏、金泽译,上海:上海人民出版社,1990年。

戴卫·赫尔曼主编:《新叙事学》,马海良译,北京:北京大学出版社,2002年。

丹纳:《艺术哲学》,傅雷译,北京:人民文学出版社,1963年。

E.D. 赫施:《解释的有效性》,王才勇译,北京:生活·读书·新知三联书店,1991年。

恩斯特·卡西尔:《语言与神话》,于晓等译,北京:生活·读书·新知三联书店,1988年。

符·塔达基维奇:《西方美学概念史》,褚朔维译,北京:学苑出版社,1990年。

戈登·汉普顿、约翰·葛洛斯曼:《一平方英寸的寂静》(珍藏本),陈雅云译,北京:商务印书馆,2015年。

亨利·詹姆斯:《小说的艺术》,朱雯、乔佖、朱乃长等译,上海:上海译文出版社,2001年。

华莱士·马丁:《当代叙事学》,伍晓明译,北京:北京大学出版社,1990年。

James Phelan, Peter J. Rabinowitz 主编:《当代叙事理论指南》,申丹、马海良、宁一中等

译,北京:北京大学出版社,2007年。

济慈:《济慈书信集》,傅修延译,北京:东方出版社,2002年。

杰拉德·普林斯:《叙述学词典》(修订版),乔国强、李孝弟译,上海:上海译文出版社,2011年。

J. M. 布洛克曼:《结构主义:莫斯科——布拉格——巴黎》,李幼蒸译,北京:商务印书馆,1980年。

雷蒙·威廉斯:《关键词:文化与社会的词汇》,刘建基译,北京:生活·读书·新知三联书店,2005年。

雷纳·韦勒克:《二十世纪西方文学批评》,刘让言译,广州:花城出版社,1989年。

雷·韦勒克、奥·沃伦:《文学理论》,刘象愚、邢培明、陈圣生等译,北京:生活·读书·新知三联书店,1984年。

里蒙-凯南:《叙事虚构作品》,姚锦清、黄虹伟、傅浩等译,北京:生活·读书·新知三联书店,1989年。

刘康:《对话的喧声——巴赫金的文化转型理论》,北京:北京大学出版社,2011年。

刘若愚:《中国文学理论》,杜国清译,南京:江苏教育出版社,2006年。

卢伯克、福斯特、缪尔:《小说美学经典三种》,方土人、罗婉华译,上海:上海文艺出版社,1990年。

罗宾·邓巴:《人类的演化》,余彬译,上海:上海文艺出版社,2016年。

罗伯特·斯科尔斯、詹姆斯·费伦、罗伯特·凯洛格:《叙事的本质》,于雷译,南京:南京大学出版社,2015年。

罗兰·巴特:《S/Z》,屠友祥译,上海:上海人民出版社,2000年。

马丁·海德格尔:《存在与时间》,陈嘉映、王庆节合译,北京:生活·读书·新知三联书店,1987年。

马歇尔·麦克卢汉:《理解媒介——论人的延伸》,何道宽译,北京:商务印书馆,2000年。

米克·巴尔:《叙述学:叙事理论导论》,谭君强译,北京:中国社会科学出版社,1995年。

M. H. 艾布拉姆斯:《镜与灯:浪漫主义文论及批评传统》,郦稚牛、张照进、童庆生译,北京:北京大学出版社,1989年。

诺思罗普·弗莱:《批评的解剖》,陈慧、袁宪军、吴伟仁译,天津:百花文艺出版社,2006年。

欧文·白璧德:《文学与美国的大学》,张沛、张源译,北京:北京大学出版社,2004年。

浦安迪教授讲演:《中国叙事学》,北京:北京大学出版社,1996年。

乔纳森·卡勒:《结构主义诗学》,盛宁译,北京:中国社会科学出版社,1991年。

热拉尔·热奈特:《叙事话语 新叙事话语》,王文融译,北京:中国社会科学出版社,1990年。

司汤达:《拉辛与莎士比亚》,王道乾译,上海:上海人民出版社,2006年。

苏珊·S. 兰瑟:《虚构的权威——女性作家与叙述声音》,黄必康译,北京:北京大学出版社,2002年。
特雷·伊格尔顿:《二十世纪西方文学理论》,伍晓明译,西安:陕西师范大学出版社,1987年。
托·斯·艾略特:《艾略特文学论文集》,李赋宁译注,南昌:百花洲文艺出版社,1994年。
W.C.布斯:《小说修辞学》,华明等译,北京:北京大学出版社,1987年。
西摩·查特曼:《故事与话语:小说和电影的叙事结构》,徐强译,北京:中国人民大学出版社,2013年。
亚里斯多德:《诗学》,罗念生译,北京:人民文学出版社,1962年。
伊塔洛·卡尔维诺:《新千年文学备忘录》,黄灿然译,南京:译林出版社,2009年。
尤瓦尔·赫拉利:《人类简史:从动物到上帝》,林俊宏译,北京:中信出版社,2014年。
宇文所安:《他山的石头记——宇文所安自选集》,田晓菲译,南京:江苏人民出版社,2003年。
约瑟夫·艾迪生等:《伦敦的叫卖声——英国散文精选》,刘炳善译注,南京:译林出版社,2007年。
中共中央马克思恩格斯列宁斯大林著作编译局编译:《马克思恩格斯文集》(第十卷),北京:人民出版社,2009年。
朱莉娅·克里斯蒂娃:《符号学:符义分析探索集》,史忠义等译,上海:复旦大学出版社,2015年。

二、中国学者的相关著述

巴尔扎克:《巴尔扎克论文艺》,艾珉、黄晋凯选编,袁树仁等译,北京:人民文学出版社,2003年。
陈瘦竹、沈蔚德:《论悲剧与喜剧》,上海:上海文艺出版社,1983年。
傅修延:《讲故事的奥秘——文学叙述论》,南昌:百花洲文艺出版社,1993年。
傅修延:《先秦叙事研究:关于中国叙事传统的形成》,北京:东方出版社,1999年。
傅修延:《中国叙事学》,北京:北京大学出版社,2015年。
龚鹏程:《中国小说史论》,北京:北京大学出版社,2008年。
郭绍虞主编:《中国历代文论选》(下册),北京:中华书局,1963年。
胡适:《胡适古典文学研究论集》(上册),上海:上海古籍出版社,2013年。
黄霖、韩同文选注:《中国历代小说论著选》,南昌:江西人民出版社,1990年。
季羡林:《季羡林文集·第八卷:比较文学与民间文学》,南昌:江西教育出版社,1996年。
贾文昭编著:《桐城派文论选》,北京:中华书局,2008年。
梁启超:《论中国学术思想变迁之大势》,夏晓虹导读,上海:上海古籍出版社,2001年。
刘熙载:《艺概笺注》,王气中笺注,贵阳:贵州人民出版社,1986年。
刘知几著,姚松、朱恒夫译注:《史通全译》,贵阳:贵州人民出版社,1997年。

柳鸣九主编:《自然主义》,北京:中国社会科学出版社,1988年。

鲁迅:《鲁迅全集》(第九卷),北京:人民文学出版社,1981年。

陆正兰:《歌词学》,北京:中国社会科学出版社,2007年。

罗钢:《叙事学导论》,昆明:云南人民出版社,1994年。

孟元老:《东京梦华录》,李士彪注,济南:山东友谊出版社,2001年。

倪爱珍:《史传与中国文学叙事传统》,北京:中国社会科学出版社,2015年。

钱穆:《国史新论》,北京:生活·读书·新知三联书店,2001年。

钱穆:《现代中国学术论衡》,北京:生活·读书·新知三联书店,2001年。

钱锺书:《管锥编》(第一、二、四册),北京:中华书局,1979年。

曲彦斌主编:《中国招幌辞典》,上海:上海辞书出版社,2001年。

申丹、韩加明、王丽亚:《英美小说叙事理论研究》,北京:北京大学出版社,2005年。

四水潜夫辑:《武林旧事》,杭州:浙江人民出版社,1984年。

孙景尧选编:《新概念 新方法 新探索——当代西方比较文学论文选》,桂林:漓江出版社,1987年。

孙楷第:《俗讲、说话与白话小说》,北京:作家出版社,1956年。

谭君强、降红燕、陈芳等:《审美文化叙事学:理论与实践》,北京:中国社会科学出版社,2011年。

谭君强:《叙事学导论:从经典叙事学到后经典叙事学》,北京:高等教育出版社,2008年。

王国维:《宋元戏曲史》,上海:华东师范大学出版社,1995年。

王秋荣编:《巴尔扎克论文学》,北京:中国社会科学出版社,1986年。

闻一多:《闻一多选集》(第一卷),成都:四川文艺出版社,1987年。

巫鸿著,郑岩、王睿编:《礼仪中的美术——巫鸿中国古代美术史文编》,北京:生活·读书·新知三联书店,2005年。

伍蠡甫等编:《西方文论选》(上、下卷),上海:上海译文出版社,1979年。

许建平选编:《二十世纪中国文学史论文精粹:小说戏曲卷》,石家庄:河北教育出版社,2001年。

杨义:《中国叙事学》(图文版),北京:人民出版社,2009年。

叶舒宪:《诗经的文化阐释——中国诗歌的发生研究》,武汉:湖北人民出版社,1994年。

张万敏:《认知叙事学研究:以鲍特鲁西和迪克森的"心理叙事学"为例》,北京:中国社会科学出版社,2012年。

张寅德编选:《叙述学研究》,北京:中国社会科学出版社,1989年。

赵毅衡编选:《"新批评"文集》,北京:中国社会科学出版社,1988年。

赵毅衡:《当说者被说的时候:比较叙述学导论》,北京:中国人民大学出版社,1998年。

赵毅衡:《广义叙述学》,成都:四川大学出版社,2013年。

赵毅衡:《苦恼的叙述者——中国小说的叙述形式与中国文化》,北京:北京十月文艺出版社,1994年。

赵毅衡:《哲学符号学:意义世界的形成》。成都:四川大学出版社,2017年。
周启超编选:《俄罗斯学者论巴赫金》,南京:南京大学出版社,2014年。
朱光潜:《诗论》,桂林:漓江出版社,2012年。
朱立元、李钧主编:《二十世纪西方文论选》(下卷),北京:高等教育出版社,2002年。

后　记

"中西叙事理论关键词比较研究"是江西师范大学傅修延教授主持的国家社科基金重大项目"中西叙事传统比较研究"的子课题之一,本书是该子课题的最终成果,在首席专家傅修延教授的悉心指导与全力支持下,由江西师范大学叙事学研究团队共同努力完成。具体参与分工的情况如下:

由傅修延教授负责撰写的部分有:"问题、目标和突破口:中西叙事传统比较研究谫论"、"论叙事传统"、"论西方叙事传统"、"音景"、"聆察"等5章;由刘亚律(江西师范大学)负责撰写的章节有"关键词:中西叙事理论比较研究的新路径"、"叙事"、"叙事阅读"等3章;其余各章的撰写情况分别是:"表述"(张丽,江西省社会科学院)、"不可靠叙述"(陈志华,江西师范大学)、"叙述结构"(张泽兵,江西省社会科学院)、"人物"(卢普玲,江西师范大学)、"叙事反讽"(王文勇,南昌师范学院)、"叙事空白"(涂年根,江西财经大学)、"叙述声音"(刘碧珍,江西师范大学)以及"重复"(易丽君,南昌工程学院)。